प्रतिदान

प्रतिदान

महाभारतकालीन पौराणिक पृष्ठभूमि पर
एक अर्वाचीन उपन्यास

रांगेय राघव

वाणी प्रकाशन

वाणी प्रकाशन

4695, 21-ए, दरियागंज, नयी दिल्ली 110 002

शाखा

अशोक राजपथ, पटना 800 004

फ़ोन: +91 11 23273167 फ़ैक्स: +91 11 23275710

www.vaniprakashan.in
vaniprakashan@gmail.com

PRATIDAN
by Rangeya Raghava

ISBN : 978-93-5000-505-7
Novel

संस्करण 2011
आवृत्ति 2014

मूल्य : ₹350.00

हर्ष प्रिंटर्स, दिल्ली-110 093 में मुद्रित

वाणी प्रकाशन का लोगो मक़बूल फ़िदा हुसेन की कूची से

दो शब्द

प्रस्तुत उपन्यास में महाभारत का प्रारम्भिक काल चित्रित करने का प्रयत्न किया गया है। इसमें मैंने तत्कालीन समाज का चित्रण करना ही अपना मुख्य उद्देश्य रखा है। भारतीय समाज में निरन्तर वर्ग-संघर्ष होता रहा है, किन्तु उसका स्पष्ट स्वरूप वर्ण-संघर्ष के रूप में भारत में प्रगट हुआ है।

मैंने चमत्कारों को हटाकर तत्कालीन घटनाओं को समझने का प्रयत्न किया है। अपनी पुस्तकों—'प्राचीन भारत का परिचय और विकास' तथा 'प्राचीन भारतीय परम्परा तथा इतिहास' में मैं अनेक तथ्यों का विवेचन कर चुका हूँ। इस उपन्यास में मैंने उनसे सहायता ली है।

द्रोण ही इस कथा का मुख्य पात्र है। उसकी दरिद्रता से उसके वैभव तक की कथा है। उसके सम्बन्ध में जितना जो कुछ 'महाभारत' से मैं ले सका उसे उपस्थित किया है।

धर्म को अंधभक्ति से देखने वाले इस पुस्तक में कुछ तथ्यों को देखकर चिढ़ सकते हैं कि पाण्डव मनुष्य-सन्तान थे। परन्तु इस उपन्यास में मैंने कोई ऐसी बात नहीं कही, जो महाभारत-काल में नहीं होती थी। ऐसा अवश्य है कि महाभारत के लेखकों ने चमत्कारों को आगे चलकर बहुत बढ़ा-चढ़ाकर लिख दिया है।

उत्तर कुरु और उसके पास के पर्वतों का वर्णन महाभारत का ही है। वहाँ की प्रथा में स्त्री-पुरुष स्वतन्त्र बताये गये हैं। वहीं कुन्ती रही थी।

फिर पुराने काल में बहुत-सी टॉटेम जातियाँ भी थीं, जो परवर्ती काल में पशु-पक्षी मान ली गयीं। मैंने उन्हें मनुष्य ही माना है।

ब्राह्मण और क्षत्रियों का संघर्ष प्राचीन काल में बहुत अधिक रहा है। जो लेखक केवल बौद्ध साहित्य के आधार को लेकर भारत का इतिहास खोजते हैं, वे भारत के इतिहास का एकांगी अध्ययन करते हैं। पुराणों में बहुत-कुछ ऐतिहासिक तथ्य पड़े हैं। बुद्ध-काल भारत की धारा में छोटा-सा युग ही है। उसे तो धारा में रखकर देखना चाहिए।

प्रस्तुत कथा द्वापर की है। उस समय इस देश में राजतन्त्र के साथ गण भी थे। इनकी विभिन्न परिस्थितियाँ भी थीं। मैंने उनका भेद और साम्य—दोनों ही प्रगट

किये हैं।

इनके अतिरिक्त जातियों का परस्पर सम्मिश्रण वर्ण, आश्रम तथा तत्कालीन राजनैतिक विचारधाराओं पर भी मैंने प्रकाश डालने का प्रयत्न किया है।

आजकल जो पुराण और महाभारत के रूप में मिलते हैं, उन्हें परवर्ती ब्राह्मणों ने अपनी स्वार्थ-साधना के लिए काफी बदल दिया है। परन्तु उसे यदि आरण्यकों, ब्राह्मणों और वेद से मिलाकर देखा जाये तो काफी असंगतियाँ दूर हो जाती हैं। दोनों इतने स्पष्ट हैं कि उनका भेद समझना कठिन काम नहीं है।

उस युग का वर्ग-संघर्ष आज की विचारधारा के अनुसार नहीं था। न वे समझते ही थे कि समाज का वैज्ञानिक विश्लेषण कैसे किया जाये? उनके अपने ही विश्वास थे। आज जो हम अपने को देख रहे हैं, वह उनके कई शताब्दियों बाद की बात है। इसलिए कहीं भी तत्कालीन वातावरण को मैंने विकृत नहीं किया है।

वास्तव में द्वापर एक बहुत ही महत्त्वपूर्ण युग था। उसके बाद ही राजन्यों के युद्ध ने आर्यों को निर्बल बना दिया। इसी के बाद पुराणकार ब्राह्मणों ने कलि का आगमन भी बताया है। अनार्यों की शक्ति बहुत बढ़ गयी।

इतिहास गहन विषय है। इसमें भूलें अवश्य होंगी। विद्वान उनका सुधार करें। मैं अनुगृहीत होऊँगा।

– रांगेय राघव

भीमाकार महिष फुफकार रहा था। उसके नेत्र क्रोध से और फैल गये और भागते रहने के कारण लाल-लाल भयानक दीख रहे थे। उसका गठीला शरीर नितान्त भारी था। भागते समय जब वह उछाल भरता, तब ऐसा लगता जैसे कोई भारी चट्टान महागिरि के शिखर से टकराकर लुढ़कती चली जा रही हो। उस आतुरता में यज्ञसेन वटवृक्ष के पीछे हो गया। उसने धनुष पर प्रत्यंचा चढ़ाने का प्रयत्न किया, किन्तु तभी अंगुलित्र ज्या में अटक गया और जितनी देर में वह उसे छुड़ाने का प्रयत्न करता, महिष लौटा। उसके आगे के दोनों सींग झुके हुए थे। वह प्रहार करना चाहता था। यज्ञसेन वृक्ष के चारों ओर घूमने लगा। महिष क्रोध से डकराता हुआ अपने आखेटक को आखेट बनाकर लक्ष्य साधने लगा। धनुष फेंककर भयभीत यज्ञसेन भाग चला। आगे-आगे यज्ञसेन और पीछे-पीछे विकराल महिष अर्राता हुआ भागने लगा। यज्ञसेन की घबराहट क्षण-क्षण बढ़ती जा रही थी। उसे लग रहा था, यमराज स्वयं उसी महिष पर आरूढ़ हैं और अब वह महिष उसे कुचल देगा, सींग मार-मार कर उसके शरीर को चूर-चूर कर देगा, एक-एक अंग को टूक-टूक कर देगा। स्वेदश्लथ यज्ञसेन की आँखों में भय फटकर फैल गया था। उसे प्रतीत हुआ, अब वह नहीं भाग सकेगा। एक बार और वह वेग से शक्तिपूर्वक भागा। महिष और यज्ञसेन की दूरी कम होती जा रही थी। महिष की डरावनी डकराहट अब निकट आती जा रही थी।

भागते हुए यज्ञसेन को लगा, वह नहीं बच सकेगा।

उसने मन-ही-मन एक बार देवताओं का स्मरण किया और महामृत्युञ्जय जप को भीतर-ही-भीतर दुहराते हुए वह एकाएक कूद पड़ा। उसके पीछे ही महिष कूदा। क्षण-भर प्रतीत हुआ कि महिष अब यज्ञसेन के ऊपर गिरेगा, किन्तु वह एकाएक विकराल स्वर से डकराया और फिर भट से गिरा। यज्ञसेन तब तक लुढ़ककर दूर हो चुका था। वह मूर्च्छित हो गया था।

सूखे पहाड़ों पर धवा के वृक्ष खड़े थे। बकरियाँ उनके सब पत्ते चर गयी थीं। वे नंगे ठूँठ पर्वत की पाषाण-काया पर ऐसे उगे हुए थे जैसे किसी कुरूप स्थूलकाय मनुष्य के कन्धे पर विरल रोम उग आये हों। पर्वत के चरणों पर सूखे मैदान के ऊबड़-खाबड़ में शमी वृक्ष दिखायी देते थे। उनके छोटे और पतले हरे पत्ते झाड़ियों-से लगते थे। पवित्र शमी वृक्षों के अधकटे ठूँठ उस नीरवता को कुछ और तीक्ष्ण बना रहे थे। कभी-कभी पर्वत पर मयूर नृत्य करते थे और उस समय उनकी षड्ज

संवादिनी केका गूँज उठती थी। उनकी नील ग्रीवा आकाश के धूमिलवर्ण की पृष्ठभूमि में सीधी होकर नीलम-सी चमकती और जब वे उसे झुकाकर ऊपर चोंच कर लेते, तब उनका मरकत का-सा वर्ण दीप्त हो उठता।

पहाड़ बहुत ऊँचा नहीं, साधारण था। उसके इशान कोण की ओर नागों की बस्ती थी, जहाँ उनके सुन्दर गृह बने हुए थे। दूसरी ओर दूर-दूर घर बनाकर रहनेवाले निषाद रहते थे। छोटी नदी में उनके बालक मछलियों का शिकार करते और फिर पर्वत की ओर उनके घरों से निकलता धुआँ वायु पर चढ़कर चलता और दूर से नीलम-से चमकते पर्वत पर मँडराकर लय हो जाता। दक्षिण की ओर हरियाली सघन होती जाती और दूर-दूर खड़े विराट् वटवृक्षों के सहारे अपने विस्तार को फैलाती। वृक्षों की लटकती जटाएँ पृथ्वी में लोटकर पड़ गयी थीं मानो किसी विराट् दैत्य ने अपनी उँगलियाँ पृथ्वी में धँसा दी थीं और वेगमय समीर के झोंकों में वह नीलम दैत्य काँप रहा था।

निकट के टीले की आड़ में से एक श्यामवर्ण तरुण बाहर आ गया। उसका शरीर अत्यन्त सुगठित था। उसके मुख पर नये रोम अब काले हो चुके थे। उनमें यौवन का गहरापन आ गया था। उन्नत ललाट पर पसीने की बूँदें झलक आयी थीं, जैसे पलाश के पत्ते पर ओस की बूँदें हों। उसके सुदृढ़ भुजदण्डों पर उच्छरित जीवन उमँग रहा था। लम्बी नाक आगे झुकी थी और उसके ऊपर नेत्र लम्बे और फैले थे, जैसे दृष्टि में एक केन्द्र स्थापित करने के लिए सौष्ठव ने यह संतुलन किया था। वह नंगे पाँव था और उसकी कटि पर अधोवस्त्र के ऊपर ही उसका उत्तरीय बँधा हुआ था। उसने चौकन्नी आँखों से देखा और फिर एक बार बाण चढ़ाकर महिष के ऊपर लक्ष्य साधा। बाण वेग से छूटा और पवन की छाती को दनदनाकर फाड़ता हुआ महिष के मस्तक में भरपूर घुस गया। यहाँ तक कि बाण के पुच्छ भी प्रायः भीतर समा गये। उस प्रचण्ड आघात से भी महिष पर कोई प्रभाव नहीं हुआ। वह वैसा ही पड़ा रहा।

तरुण के मुख से हास्य ध्वनि निकली। उसने धीरे से कहा—'मर गया।'

और वह वेग से यज्ञसेन के पास गया। उसे पड़ा देखकर उसे भय हुआ। कहीं मर तो नहीं गया? निकट जाकर देखा। नहीं, कहीं भी चाट नहीं थी। केवल गिरने से घुटनों से रक्त बह रहा था।

उसने अपना उत्तरीय खोलकर अपने मुख को पोंछ लिया और फिर यज्ञसेन का सिर अपनी जंघा पर रखकर उसे उत्तरीय के छोर से व्यजन करने लगा। यज्ञसेन ने कराहकर आँखें खोल दीं।

'कौन है, मैं कहाँ हूँ?' यज्ञसेन ने घबराकर पूछा।

'कोई नहीं, भयभीत न होओ। तुम मरे नहीं हो, जीवित हो। तुम्हारा सिर मेरी जंघा पर रखा है।' और यह कहकर युवक हँस दिया।

यज्ञसेन लज्जित-सा उठ बैठा। वह वस्त्रों से क्षत्रिय प्रतीत होता था। उसने कहा—'महिष कहाँ है?'

'वह रहा।' युवक ने महिष की ओर इंगित किया। यज्ञसेन देखकर झिझका।

युवक ने हँसकर कहा—'अब वह मर चुका है।'

'कैसे क्या हुआ, मुझे तो कुछ भी ज्ञात नहीं हुआ,' यज्ञसेन ने कहा—'दुर्दान्त पशु मेरे ऊपर चढ़ आया, सचमुच मेरे तो प्राण कण्ठ में आ गये थे।'

'ठीक जिस समय तुम कूदे, महिष भी कूदा, किन्तु मैंने उस पर बाण चलाया, जिसने उसका मस्तक तोड़ दिया। महिष अर्राकर गिर गया। एक ही बाण ने उसे उसके स्वामी के पास पहुँचा दिया।'

दोनों हँस दिये। यज्ञसेन ने विस्मय से महिष को देखा, फिर पूछा—'तो दूसरा बाण किसका है? यह भी तुम्हारा ही है। मैं तो तुम्हारे तूणीर के समस्त बाणों को पहचानता हूँ।'

फिर वह कुछ देर चुप रहा। उसने कहा—'आज यदि तुम न होते, तो मैं तो मर चुका था। मैं तुम्हें क्या कहूँ?'

यज्ञसेन की सरलता पर दूसरा युवक कुछ लज्जित-सा दीख पड़ा। उसने उठते हुए कहा—'चलो! आभार स्वीकार करने के लिए आश्रम से बढ़कर कोई स्थल नहीं है।'

उसने यज्ञसेन का हाथ पकड़कर उठाकर कहा—'चल सकोगे?'

'चल सकने को तो मैं अब भी एक महिष मार सकता हूँ। आज तो अचानक ही भूल हो गयी।'

युवक ने कुछ नहीं कहा। दोनों चलते रहे। राह में यज्ञसेन ने अपना धनुष उठा लिया।

कुछ दूर चलने पर यज्ञसेन ने फिर कहा—'तुम मेरे प्राणदाता हो। जीवन में मैं तुम्हें कभी नहीं भूल सकूँगा।'

युवक ने फिर भी कुछ नहीं कहा।

यज्ञसेन ने रूठकर कहा—'तुम मुझे याद रख सकोगे?'

'नहीं', युवक ने कहा और ठठाकर हँसा। उसके हँसने से निकट ही रोमन्थन करते मृगों ने चकित और भयभीत होकर देखा और ऐसी मुद्रा में स्थित हो गये जैसे अब छलाँग मारकर भागने का समय आ गया है।

यज्ञसेन ने उस हास्य का साथ दिया।

फिर कुछ दूर वे चुपचाप चले। यज्ञसेन आतुर था। वह जिन भावों को प्रगट करना चाहता था, उनके लिए उसके पास शब्द नहीं थे। और यदि वह उस भाषा में कहता था, जो परम्परागत थी, तो उसे स्वयं लज्जा आती थी। क्योंकि जिससे वह बात कर रहा था वह क्या उससे इतना परिचित नहीं था कि उसकी चेष्टाओं

से ही उसकी मानसिक अवस्था को समझ ले? अतः उसकी व्याकुलता एक प्रकार का स्नेहाधिक्य बनती जा रही थी।

'मैं आश्रम में जाकर,' उसने फिर कहा—'सबसे कहूँगा।'

'क्या कहोगे?'

'जो चाहूँगा कहूँगा। तुमसे मतलब? तुम तो निन्दा और स्तुति के परे जो हो गये हो?'

घनी हरियाली आ गयी थी। युवक ने भौं मोड़कर यज्ञसेन को देखा और मुस्कराया। फिर कहा—'तो क्या चाहते हो, यज्ञसेन? मैं तो समस्या को सुलझाने का वहीं से प्रयत्न करता आ रहा हूँ। अभी तक कोई हल नहीं निकल सका।'

'क्या बात हो गयी?' यज्ञसेन ने चौंककर पूछा।

'बात यह हुई कि तुम इस समय मेरी प्रशंसा कर रहे हो और चाहते हो मैं तुम्हारी हाँ में हाँ मिलाऊँ और यदि इस समय मैं तुम्हें प्रसन्न करने के लिए तुम्हारा अनुमोदन करता चलूँ, तो वह तो अपने मुख से अपनी प्रशंसा हो जायेगी। कैसे हो फिर? तुम्हारा मान भी न टूटे, मेरा मन भी भर जाये!'

दोनों ने मुक्त अट्टहास से वृक्षों पर आकर बैठे पक्षी उड़कर इधर-उधर हो गये और कलरव करने लगे। इस समय कहीं पास ही गाय के रंभाने का शब्द सुनायी दिया। और फिर कहीं मनुष्य-स्वर सुनायी देने लगा। यज्ञसेन अब आगे था, युवक पीछे। उसकी चाल में एक गाम्भीर्य था। यज्ञसेन में यौवन का अल्हड़पन अधिक था। वृक्षों की सघन हरियाली में दोनों धीरे-धीरे छिप गये।

❑❑

'जीवल!' महर्षि अग्निवेश्य ने पुकारा।

जीवल अग्निवेश्य का रक्षक शूद्र था। उसने प्रवेश करके कहा—'स्वामी!'

'द्रोण और द्रुपद लौट आये?'

'प्रभु! अभी-अभी ही आये हैं।'

'उन्हें मेरे समीप भेज दो।'

जीवल चला गया। कर्मान्त से अभी-अभी लौटकर टिट्टिभ दास बैठा खाना खा रहा था। जीवल ने उसे देखकर कहा—'आ धाव! (अर्थात् दौड़कर आ)।'

टिट्टिभ भोजन छोड़कर भाग आया। जीवल ने उसे द्रोण और द्रुपद को बुलाने भेज दिया। वह भाग चला। जीवल चला गया। एक कुत्ता आकर टिट्टिभ के भोजन को खाने लगा। वृष्णिकुमार झिल्लीबभ्रु उधर से निकला। उसने देखा भी, किन्तु उसने कोई ध्यान नहीं दिया। वह अपने रास्ते चला गया।

टिट्टिभ दौड़ा-दौड़ा योतिमत्सक के समीप पहुँचा जो इस समय वृषभों की सेवा में लग्न था। उसके पास शालिपिण्ड नामक नाग खड़ा कुट्टी करके रख रहा था। मारिषा कन्धे पर बड़ा कलश जल से भरकर ला रही थी।

'आर्य!' टिट्टिभ ने पुकारा, 'आर्य द्रोण और आर्य यज्ञसेन आखेट से लौट आये?'

'जाकर ढूँढ ले,' योतिमत्सक ने वृषभ को खूँटे से बाँधते हुए कहा—'मैं क्या सबके पीछे-पीछे लगा घूमता हूँ?'

टिट्टिभ ने कहा—'देव, क्षमा करें।' और वह फिर दूसरी ओर दौड़ चला।

आश्रम दूर तक फैला हुआ था। मध्य में गृह थे।

उनके चारों ओर वन था और वन के उपरान्त पूर्व की ओर खेत थे। वहीं वन के समाप्त होने के स्थान में दासों के घर बने हुए थे। अधिकांश मिट्टी और लकड़ी के बने हुए। अन्धा काक शूद्र पुआल पर पड़ा था। वृद्ध था। प्रातः स्वयं उसे वहीं भोजन दे दिया जाता, वह बैल की भाँति उसे चबाकर काफी देर में खाता और फिर हाथ में लाठी लेकर समस्त आश्रम में चक्कर लगाता। आश्रम के मृग उसके मित्र थे। जब वह चलता, वे उसे घेर लेते। काक प्रसन्न होकर उनको अपनी निष्प्रभ आँखों से देखने का प्रयत्न करता, फिर हाथ से टटोलता। जब महर्षि त्रिवची आश्रम में आये थे और उन्होंने जामत्व, तोत्तायन और कुनरवा नामक अथर्ववेद की शाखाओं का पाठ किया था, तब शूद्र सुन न ले, इसलिए काक को ही दूर बिठा दिया गया था कि वह सबको रोकता रहे। जब तित्तिर शूद्र ने एक बार अकेले में कौथुम गौतम की नकल करते हुए गाया—

इदं विष्णुर्विचक्रमे त्रेधा निदधे पद्म,

समूढमस्य पा ॐ सुले,

उस समय दुर्भाग्य से ब्राह्मणों ने सुन लिया। तब काक ने ही कहा था कि तित्तिर नहीं, कोई ब्रह्मवादी पक्षी पाठ कर रहा था। अभी-अभी उड़ गया। तपोवन में उस दिन हलचल मच गयी थी। काक मन-ही-मन हँसा था और उसने उस दिन तित्तिर की प्राण-रक्षा करने के सुकृत को अपने देवता काक को समर्पित कर दिया। उस दिन काक-बलि में पहले ही, आश्रम के कुक्कुट को पहले ही बलि प्राप्त हो गयी। काक ने अपना भोजन बाहर रख दिया था। वह जानता था, महर्षि तृणबिन्दु के कहने से ही पैलगग शूद्र मारा गया था। काक इस समय थककर सो रहा था।

टिट्टिभ ने उसे जगाकर कहा—'काक! तूने आर्य द्रोण को देखा है?'

'देखा तो, मूर्ख, मैंने किसी को नहीं। किन्तु जानता हूँ, वह बड़े करुण हैं।' काक ने उठकर बैठते हुए कहा। उसने अपनी आँखों को ऐसे मीड़ा जैसे अब खोल ही देगा और टिट्टिभ चला गया। काक ने धीमे से कहा—'दरिद्र है तभी वह इतना सरल है। जब तक उसका पिता जीवित था, तब वह क्या चिन्ता करता था?'

ऋषि भरद्वाज अङ्गिरस थे। अग्निवंश में उत्पन्न हुए। वे हरिद्वार में जाह्नवी तीर पर रहते थे। उनके परम मित्रों में उत्तर पांचाल के राजा पृषत थे। काल की गति में भरद्वाज ऋषि एक दिन नदी पर स्नान करने गये। उस समय यक्षनगर तुषार से ताम्रौष्ठ नामक यक्ष अधिपति के सथ धृताञी अप्सरा अपने अनेक बन्धु गन्धर्वों के साथ वहीं ठहरी हुई थी। यक्षों के पास अपार धन था। उनके प्रासादों में शंख-पद्म तक के कोष थे। बहुत प्राचीनकाल से यक्षों की अधीनता में गन्धर्व और किन्नर थे। उनके स्वामी कुबेर के असंख्य दास थे। वह किन्नरों से अपनी गाड़ी खिंचवाता था। कुबेर शासक की पदवी थी। हिमालय के उस प्रदेश से निकले यक्ष दक्षिण तक चले गये थे। यत्र-तत्र गंगा-यमुना के प्रदेश में भी कहीं-कहीं वे बसे हुए थे। सहस्रों दास हिमालय स्थित अपर तङ्गण की खानों से स्वर्ण खोदकर कुबेर का प्रासाद भरते थे। यक्षों की स्त्रियाँ भी गन्धर्व और किन्नर स्त्रियों की भाँति स्वतन्त्र थीं। उनके उत्तर में, उत्तर कुरुप्रदेश में न तो कोई स्वामी था, न दास। श्वेतशृङ्ग पर्वत पर स्त्रियाँ स्वेच्छाचारिणी थीं। किसी-किसी पार्वत्य प्रदेश में एक-एक स्त्री के सात-सात पति थे। उस प्रदेश की सुन्दरी धृताञी को जल में स्नान करते देखकर महर्षि विचलित हो गये। फलस्वरूप धृताञी गर्भवती हुई और अपनी जाति-परम्परा के अनुसार जन्म देने पर चुपचाप बालक को ऋषि भरद्वाज की अनुपस्थिति में कुटीर के कोने में रखे द्रोण कलश नामक यज्ञ-पात्र के पास रख गयी। वही पुत्र द्रोण था। वह बड़ा हुआ। पिता जैसे धनुर्वेद में रुचि रखते थे, पुत्र ने भी वही पथ पकड़ा। वह महर्षि अग्निवेश्य का शिष्य होकर उन्हीं के आश्रम में रहने लगा। उस समय गुरु ही शिष्य को निवास-स्थान, अन्न और वस्त्र प्रदान करता था और यज्ञसेन द्रुपद ने अपने पिता पृषत की भाँति द्रोण से मित्रता कर ली। दोनों के पिताओं को इससे अत्यन्त सन्तोष था कि उनके पुत्र भी उन्हीं जैसे मित्र हैं।

राजा पृषत में किंचित भी अभिमान नहीं था। वे रथ में आरूढ़ होकर स्वयं मित्र से मिलने जाया करते थे। उन्हीं ऋषि भरद्वाज के स्वर्गवासी होने पर द्रोण अकेला रह गया था। पिता की छाया में पुत्र उद्धत होता है, क्योंकि कोई दूसरा व्यक्ति उसके ऊपर अपनी छाया किये रहता है। उसके न रहने पर ऊपर का समस्त भार पुत्र के कन्धों पर गिरता है और पुत्र फिर वृषभ की भाँति उस भार को ढोता है। उस समय यदि पुत्र अकेला होता है तो वह कम झुकता है, यदि परिवार संग होता है तो वह कुछ अधिक झुक जाता है।

काक ने अपने कन्धे हिलाये जैसे कुत्ता अपने चर्म को मक्खी बैठने पर हिला देता है।

उस समय पश्चिम के अग्निहोत्री यजुर्वेद की श्यायायन शाखा से मंत्रों का पाठ कर रहे थे। कृष्ण द्वैपायन नामक ऋषि ने कुछ दिन पूर्व ही जो वेद का व्यास किया

था, उसका प्रभाव पड़ने लगा था। मद्र के ब्राह्मण इन बातों को स्वीकार नहीं करते थे। वहाँ ब्राह्मणों का विशेष आदर नहीं था। वहाँ वैश्य और क्षत्रिय भी पौरोहित्य करते थे। वहाँ के राजा केवल नाम के राजा थे। केवल उनके समीप भूमि अन्यों से कुछ अधिक होती थी। समस्त आर्य वहाँ शासक थे। उन सबका एक निर्वाचित महाराजा हुआ करता था। इस समय शूल नामक राजा था। उसकी योग्यता प्रसिद्ध थी। वह तरुण था। वह ब्राह्मणों के आधिपत्य को स्वीकार नहीं करता था। ब्राह्मण इससे उसे म्लेच्छ कहते थे। कुरु पांचाल में राजकुलों की जैसी प्रधानता थी, वैसी वहाँ नहीं थी। मद्र के ब्राह्मण...।

काक सोचते-सोचते ऊब गया। जैसे मद्र वैसे पांचाल। इसी समय पगचाप सुनायी दी। अन्धा स्वर से ही पहचान गया। अन्धे की आँखों के स्थान को उसका प्रत्येक अंग चैतन्य होकर पकड़ लेता है। उसने कहा—'प्रभु! आर्य द्रोण!'

'काक!' द्रोण ने कहा और उसके सिर पर हाथ रखा।

'प्रभु!' काक ने कहा, 'भूःसुरदेव! टिट्टिभ आर्य को ढूँढ़ रहा था!'

'क्यों?'

'देव! महर्षि ने बुलाया होगा।'

'अच्छा, मैं जाता हूँ।'

द्रोण चल दिया। काक फिर सो गया। द्रोण मन में विचार करने लगा। दूर अब कुन्ताक का पाठ हो रहा था। ब्राह्मणाच्छंसि द्वारा गाये हुए यह मन्त्र वृद्ध ब्राह्मण स्वीकार ही नहीं करते थे। जिस समय द्रोण आचार्य अग्निवेश्य की कुटीर के निकट पहुँचा उसने देखा, पूजनी—आचार्यपत्नी की पालतू चिड़िया अपनी बँधी टाँग लिए छप्पर पर इधर-उधर फुदक रही थी और अभीषाह नामक देश के कुछ तरुण एक ओर न्यग्रोध वृक्ष की छाया में बैठे थे। वे नये विद्यार्थी थे। आचार्य अग्निवेश्य का नाम प्रसिद्ध है। उनके यहाँ कांबोज से लेकर मिथिला तक के तरुण आते थे। यकृल्लोम के शूद्र राजा का पुत्र आया था, जो पिता की पराजय का समाचार सुनकर लौट गया था। उसका वहाँ पिता के साथ ही वध कर दिया गया और फिर क्षत्रियों ने वहाँ शासन प्रारम्भ कर दिया था।

मेध्या नामक दासी ने द्रोण को देखकर प्रणाम किया। वह किंचित गौरवर्ण थी। उसे अपने रूप का ज्ञान था। उसने बंकिम दृष्टि से द्रोण को देखा और कहा—'देव! कहाँ चले गये थे?'

'कहीं तो नहीं,' द्रोण ने कहा।

वह मुस्कराई।

'आचार्य को सूचना दें।'

'जाती तो हूँ।' वह इठलाकर भीतर चली गयी।

तरुण द्रोण के नासापुट कुछ फूल गये। भुजदण्ड फड़के जैसे स्त्री का फेंका हुआ अस्त्र अंकभ्यस्त पुरुष ने धैर्य से रोका और फिर पलटकर फेंक दिया।

टिट्टिभ जब लौटकर आया, उसने दूर से देखा कि द्रोण आचार्य के द्वार पर खड़े थे और उसके भोजन को खाकर कुत्ता गोल होकर सा रहा था। उसने क्रोध से उसमें पत्थर मारा। कुत्ता कें-कें करके काक के पास पुआल पर जा सोया।

❒❒

आचार्य अग्निवेश्य वृद्ध थे। उनका शरीर स्वर्ण की भाँति दीप्त था, जिस पर उनके पिंगल केश और दीर्घ भ्रूजाल ने एक भव्य आकृति का निर्माण किया था। उनकी नाक लम्बी और झुकी हुई थी। उनके कन्धे चौड़े थे, परन्तु अब वृद्धावस्था के कारण उनकी हड्डियाँ ही दीखती थीं, उन पर की पेशियाँ मोटी नहीं रही थीं। उनका लम्बा शरीर केवल अधोवासक और उत्तरीय धारण करता था। कन्धे पर श्वेत यज्ञोपवीत ऐसा प्रतीत होता था जैसे स्वर्णकमल पर चाँदी का तार पड़ा हो। उनके नेत्र पीले थे। वे कुशासन पर स्थित थे। उनके सम्मुख यज्ञसेन द्रुपद दोनों घुटनों को हाथों में बाँधे उन पर चिबुक रखे बैठा था। उसके नेत्रों में एक उदासी थी, जैसे वह घोर चिन्ता में डूब गया था। सम्मुख आचार्यपत्नी बलन्धरा कुटीर के बाँस को पकड़े दूसरी कुहनी फलका पर टेके खड़ी थीं। उनके नेत्र नीले थे। केशों में कुछ नीलापन था। इस समय उन्होंने स्नान करके उनको खोल दिया था और वे रेशम के लच्छों-से वक्रताहीन सीधे लटक रहे थे। उनका नीला अधोवस्त्र जानु से कुछ नीचा था। बायें कर में स्वर्णकंकण था। कटि पर मृगछाला बँधी थी। उनका वर्ण दूध से भी अधिक स्वच्छ था। मुख पर कुछ झुर्रियाँ झलकती थीं। उस समय तक ब्राह्मण और क्षत्रियों में माँग में सिन्दूर लगाने की प्रथा नहीं थी। नाग और संथाल जातियाँ ही उसका प्रयोग करती थीं। आचार्य की पत्नी बलन्धरा किसी समय आचार्य के अतीत पौरुष के उपयुक्त अतीव सुन्दरी रही होंगी। यह उनके गालों के हल्के खिंचान पर पड़ते छोटे-छोटे गड्ढों से प्रतीत होता था, वे भँवर-से गड्ढे जो हँसते समय पड़ते हैं। उनकी नासिका लम्बी होकर भी जहाँ उनके होंठ प्रारम्भ होते थे, वहाँ अपना महत्त्व खो देती थी और उनके पतले होंठ अपनी सदा रहनेवाली मुस्कान से अभय-से दिखा करते थे। शिष्यों पर उनका माता का-सा प्रेम था।

द्रोण ने प्रवेश करके दोनों को प्रणाम किया और गुरु का इंगित पाकर वे द्रुपद के समीप बैठ गये।

आचार्य अग्निवेश्य क्षण-भर अपने योग्य शिष्यों को देखते रहे। एक का वर्ण शुभ्र था, दूसरे का श्यामल किन्तु श्यामल होने पर भी वह आकर्षक था। आचार्य

जानते थे कि वर्त्तिका जाति की गुल्फकेशा नामक स्त्री से जो उनकी मेध्या नामक पुत्री थी, वह द्रुपद पर नहीं, मन-ही-मन किसी अंश तक द्रोण पर आसक्त थी। वे यह भी जानते थे कि दासीपुत्री जानकर भी स्वाध्यायी द्रोण उसे गुरु की पुत्री जानकर अपनी भगिनी के समान मानता था और आचार्यपत्नी ने जब आचार्य पर उनकी दासीपुत्री के आचरण पर तनिक व्यंग्य करके कहा था कि द्रोण ने मेध्या को बृहस्पतिपुत्र कच और शुक्रपुत्री देवयानी की कथा सुनायी, तब वे सुनकर मुस्करा दिये थे कि यदि वे स्वयं मालतीकुंज के समीप होते तो क्षण-भर अपने आश्रम-स्थित विभाण्डकपुत्र शृष्यशृङ्ग को अवश्य देखते।

द्रोण नासमझ-सा देखने लगा।

'आचार्यपाद में मुझे उपस्थित होने की आज्ञा प्राप्त हुई,' उसने धीरे से कहा।

'मैंने ही बुलाया था,' आचार्य ने कहा, 'तुम लोग जब वन में चले गये थे, उसी समय पांचाल के आमन्त्रण का भेजा हुआ संवाद आया। महर्षि भरद्वाज मेरे गुरु थे। उनसे जो विद्या मैंने प्राप्त की वह तुम दोनों को प्रदान की। इस समय तुम दोनों में से एक के जाने का समय आ गया है।'

द्रोण ने विस्मय से देखा। द्रुपद के नेत्रों से एक बूँद अश्रु गिरा, जो उसने सावधीन से पोंछ लिया, किन्तु आचार्यपत्नी की आँखों से यह नहीं छिप सका। उनकी आँखों में पानी छलक आया।

उन्होंने कहा—'पुत्र! अधीर न हो!'

कहा तो, परन्तु फिर उन्होंने अपने नेत्र पोंछ लिए।

'राजा पृषत मेरे मित्र थे,' अग्निवेश्य ने कहा, 'परमज्ञानी थे। किन्तु वृद्धावस्था सदैव ही दुःखदायी होती है। कोई अमर नहीं होता, पुत्र! परमवीर महादानी इन्द्र के-से शौर्यवान भी इस संसार से एक दिन चले जाते हैं। मांधाता, रघुकुल के राम, भगीरथ, सुदास, ययाति—कोई भी नहीं रह सका।'

कहते-कहते उनका गला जैसे रुँध गया, किन्तु अपनी व्याकुलता को छिपाने के लिए वे खाँसने लगे। सुस्थिर होने पर फिर कहा—'धनुर्वेद समाप्त कर चुके। अब जीवन के क्षेत्र में उतरो। तुम्हारा भविष्य उज्ज्वल हो।'

द्रुपद ने उठकर आचार्य और आचार्यपत्नी के चरणों को छुआ। उनके आशीर्वाद समाप्त ही न हो सके थे कि ठीक उसी समय कुटीर के बाहर कुछ लोगों के आने-जाने का शब्द हुआ। पांचाल के आमन्त्रण के भेजे हुए श्येनजित् और चित्रवाहन नामक आयुक्त और प्रमातार आचार्य के यादवअंध का शिष्य हृदय और चुलुका दासी के साथ द्वार पर उपस्थित थे। उनके पीछे काले-काले रंग के मूतिब दास अपने सिर पर अनेक थालों में फल, उत्तर के कम्बल, स्वर्णखण्ड आदि वस्तु लिए खड़े थे।

द्रोण ने उठकर देखा और कहा—'गुरुदेव! पांचाल के अमुक्त उपहार लेकर

उपस्थित हैं।'

द्रुपद ने विनीत होकर कहा—'गुरुदेव!'

उसने और कुछ नहीं कहा।

आचार्य अग्निवेश्य समझ गये। उन्होंने हँसकर कहा—'ठीक है, वत्स! यही काफ़ी है।'

द्रुपद उठ बैठा। उसने उठकर फिर उनके चरण स्पर्श किये, फिर गुरुपत्नी के चरणों को छुआ। उसने गुरुदेव से गुरुदक्षिणा के लिए इंगित किया था। आचार्य के इत्यंलम् कहने से वह कृतकृत्य हो गया। गुरुपत्नी ने आशीर्वाद दिया और अपनी आँखें पोंछ लीं। पितृहीन पुत्र के लिए उनके हृदय में इस समय ममता भर आयी थी।

दासी मेध्या ने आगन्तुकों से सब सामान एक दूसरे स्थान पर रखवा दिया और जब वह लौटकर आयी केवल द्रोण वहाँ उपस्थित था। वह क्षण-भर ठिठकी खड़ी रही। फिर कहा—'आर्य! बहुत चिन्तित हैं?'

'नहीं, मेध्या!' द्रोण ने चौंककर कहा।

'नहीं, फिर भी।'

'द्रुपद जा रहा है आज।'

मेध्या ने उदासी दिखाते हुए कहा, 'पिता का स्वर्गवास हो गया है न?' फिर उसने कुछ चंचलता लाकर कहा—'फिर भी ठीक हुआ।'

'क्यों?'

'आर्य यज्ञसेन अब स्वयं राजा हो गये।'

'हाँ, वह तो है,' द्रोण की अवस्था अब अद्‌भुत हो गयी। वह सोचने लगा कि उसे हर्ष मनाना चाहिए कि दुःख? क्या द्रुपद स्वयं इस विचार से हर्षित नहीं होगा? फिर उसके नयनों में वृद्ध महाराज पृषत का मुख घूम गया।

'राजा का जीवन बड़े आनन्द का होता है,' मेध्या ने कहा।

द्रोण ने देखा। मेध्या मुस्कराई। उसने मानो दो तीर चढ़ाये, एक नयनों पर, एक होंठ पर। होंठ पर धनुष मुड़ा, भ्रू की ज्या खिंची। द्रोण के हृदय से दोनों बाण टकराये, झन्नाकर टूट गये। मेध्या चिढ़ी। वह चुप देखती रही।

मधुविद्या के पारंगत औपजन्धनि उस समय दूर दिखायी दिये। औपजन्धनि वृद्ध थे। अथर्वर्णगोत्रोत्पन्न दध्यङ् ने अत्यन्त प्राचीन काल में जो विद्या अश्वियों से कही थी, जो पौतिमाष्य, गौपवन, अनाभिम्लात पाराशर्य्यायण आदि से शब्द-परम्परा से चली आ रही थी, वे उसी के आचार्य थे। द्रोण उनके दर्शन करने को उठ खड़ा हुआ।

'जा रहे हो?' मेध्या ने कहा।

'महर्षि के दर्शन करने जाता हूँ।'

'आर्य यज्ञसेन से नहीं मिलोगे?'

'अभी वह कार्यलग्न है। व्यस्त है। उसे कुछ मुक्ति हो, तो तुरन्त जाकर मिलूँगा।'

मेध्या अभी तक दूर थी। कुछ निकट आ गयी। कहा—'मैंने अभी सुना, तुमने आज आर्य यज्ञसेन की जीवन-रक्षा की है।'

द्रोण ने सिर झुका लिया।

'द्रुपद स्वयं कहते थे।'

द्रोण ने फिर भी कुछ नहीं कहा।

'तुम सबकी रक्षा करते हो, मैंने ही तुम्हारा क्या अपराध किया है?'

द्रोण हँसा। उससे मेध्या आहत हुई।

द्रोण ने ही कहा—'मैं ब्राह्मण हूँ।'

'मेरे भी पिता ब्राह्मण हैं।'

'किन्तु तू दासी-पुत्री है।'

'ऐसा क्या होता नहीं?'

'होता है, परन्तु मेरा जीवन तो नवीन है।'

मेध्या चुप रही। फिर कहा—'मुझे अपनी दासी ही बना लो।'

'दासी!' द्रोण ने कहा, 'उसके लिए पहले तो अभी मैं आचार्य का शिष्य हूँ, स्वतन्त्र नहीं हूँ। फिर उसके लिए धन चाहिए। पिता के स्वर्गवास के उपरान्त मेरे पास कुछ नहीं है।'

ब्राह्मणत्व का गर्व, लगा जैसे चटकने लगा। क्षण-भर पहले का गौरव ध्वस्त हो गया था। दारिद्र्य पुकार उठा। मेध्या ने खीझकर कहा—'तुम्हारे पास सब बातों का उत्तर है।'

द्रोण मुस्कराया। पूछा—'झूठ कहता हूँ?'

मेध्या चली गयी। सामने से आचार्यपत्नी बलन्धरा अपना मृगशावक लिए चली आ रही थीं। उन्होंने दूर ही से कहा—'पुत्र, तुम गये नहीं? यज्ञसेन तुम्हारे लिए व्याकुल हो रहा था।'

'जाता हूँ, माता,' द्रोण ने उत्तर दिया, 'ऋषि-दर्शन को...।'

'यहाँ अकेले क्यों खड़े थे? मित्र के जाने का दुःख हुआ?' वे अपनी धुन में कहती रहीं, 'तुम्हें तो एक का दुःख हुआ, परन्तु हमारे यहाँ तो नित्य ही कोई-न-कोई दुःख दे जाता है। छोटे-छोटे बालक बनकर आते हो, सारी ममता जब तुम पर उँड़ेल दी जाती है, तो तरुण होकर चले जाते हो। तुम्हारे आचार्य का हृदय तो सह लेता है, मैं तो नहीं सह पाती। माँ का हृदय है न! तुम क्या जानो, तुम्हारी माता धृताची तो उस हृदयहीन अप्सरा जाति की थी जहाँ स्त्री अपने को आनन्द का स्रोत समझती है,

स्नेह नहीं जानती...।'

वह बड़बड़ाती रहीं। द्रोण नहीं गया। वह कुटीर की ओर चल पड़ा। रात्रि का गहरा अन्धकार चारों ओर छा गया था। आचार्य अग्निवेश्य के द्वार पर दास उलकाएँ जलाये इधर-से-उधर घूम रहे थे। नाग्रोध वृक्ष के नीचे द्रुपद और द्रोण बैठे थे। दोनों के हृदय भरे हुए थे।

'खेद न करो,' द्रोण ने कहा, 'सबके पिता एक-न-एक दिन चले जाते हैं।'

उसे अपने पिता का स्मरण हो आया। भरद्वाज ऋषि का स्मरण आते ही उसके नेत्रों में जल भर आया। तब उसे अनुभव हुआ कि दूसरे को शाब्दिक सहानुभूति देना कितना सरल है, वास्तविकता कितनी कठोर है! द्रुपद ने कहा, 'मेरे पास आना। मेरा सब कुछ तुम्हारा है।' वह और नहीं कह सका। बहुत देर तक वे एक-दूसरे से ही नहीं बोले। द्रुपद ने फिर कहा, 'मैं तुम्हें कभी नहीं भूलूँगा, द्रोण! कभी नहीं भूलूँगा।' फिर अपने आप कहा, 'मैं सत्य कह रहा हूँ। अश्विद्वय मेरे साक्षी हैं।'

'मैं विश्वास करता हूँ।'

पारिजात का मादक सौरभ बिखर रहा था। दोनों चुपचाप बैठे रहे। प्रातःकाल देखा, रात रोती रही थी। दूर्वा पर उसके असंख्य आँसू चमक रहे थे।

और फिर एक बार, दो बार, वे गले मिले। द्रुपद यज्ञसेन सचमुच चला गया। उसके श्वेत तुरंग के सुमों से उठी धूलि क्षण-भर उठती रही, फिर वह भी बैठ गयी। द्रोण बहुत देर तक बैठा रहा। वह सब कुछ भूल गया था।

काक हाथ में लाठी लिए उधर से निकला। उसने पुकारा– 'टिट्टिभ!'

टिट्टिभ नहीं था। सामने से शालिपिण्ड नाग, मारिषा के साथ आ रहा था। उसके हाथों में ईंधन था, मारिषा के कन्धे पर जल का घड़ा।

मारिषा ने कहा–'क्यों? टिट्टिभ को क्यों पुकारते हो? वह आर्य यज्ञसेन के कुटीर को ठीक कर रहा है। वे चले गये हैं न!'

'जानता हूँ, मारिषा,' काक ने कहा, 'किन्तु आर्य द्रोण कहाँ हैं? जाते समय आर्य द्रुपद मुझे अपना उत्तरीय दे गये हैं, प्रसन्न होकर। बड़े दयालु थे। अन्यथा इस दास को कौन पूछता था?'

'तो टिट्टिभ का इसमें क्या काम था?' दूर होते हुए शालिपिण्ड ने पूछा।

'उसी से पूछता, आर्य द्रोण कहाँ हैं?'

'बैठे हैं आर्य, निकट ही तो,' मारिषा हँसी।

'आर्य!' काक ने पुकारा।

'क्यों?' द्रोण ने कहा, 'क्या हुआ?'

'आर्य इतने निकट थे, फिर भी इस दीन को उत्तर नहीं दिया? इस वृद्ध पर इतना क्रोध क्यों, भूःसुरदेव! ब्राह्मण देवता, मैं तो अन्धा हूँ, अन्यथा क्या आपको

उत्तर देने का कष्ट उठाना पड़ता?'

द्रोण ने कहा—'आजा, आ। बैठ!'

शब्द सुनकर काक आकर पाँवों के पास बैठ गया। अब वह बकने लगा—'आर्य, आपके बड़े मित्र थे। आपका हृदय तो बहुत दुःखी होगा। देव! एक बार मैंने देखा था, पुष्प के गिर जाने पर वृक्ष में से उस स्थान से जल निकल आया था। देव जहाँ स्थावर रोते हैं, वहाँ चल-जंगम क्या नहीं करते? और फिर ब्राह्मण! बड़ों की वेदना भी वेदना ही होती है, बड़ी होती है...।'

काक इसी प्रकार बक-बक करता रहा। द्रोण को उसकी बातों से कुछ सन्तोष प्राप्त हुआ। तित्तिरि एक छोटा अधोवस्त्र पहने आकर भागकर हाँफता हुआ खड़ा हो गया। उसने कहा, 'आर्य! आचार्यपत्नी ने स्मरण किया है। आर्य औपजन्धनि वहीं हैं।'

द्रोण उठकर वहीं चला गया।

आचार्यपत्नी ने देखते ही कहा—'वत्स! तुमको क्या हुआ?'

'कुछ भी तो नहीं, माता!'

'कुछ नहीं? अपना मुख देखा है? कैसा उदास है!' फिर वे ऋषिप्रवर औपजन्धनि को सुनाने लगीं—'मित्र चला गया है, इसलिए वत्स इतना दुःखी है।'

वृद्ध ऋषि हँसे। कहा—'बालक है न! इस अवस्था में बुद्धि ऐसी ही स्नेहशील होती है। वह तो मनुष्य निरन्तर दुःख सह-सहकर संसार को समझता है।'

'वैसे बड़ा कुशल है, चतुर है,' गुरुपत्नी ने प्रशंसा के स्वर में कहा।

'हाँ आँ,' वृद्ध ने अबकी बार कहा, 'पुत्र, तुम्हारा मंगल हो! क्यों नहीं, क्यों नहीं!'

द्रोण ने उन्हें साष्टांग दण्डवत किया।

'कल्याण हो, वत्स', वृद्ध ने हाथ उठाकर आशीर्वाद दिया।

आचार्य अग्निवेश्य ने प्रवेश किया। द्रोण ने पुनः झुककर साष्टांग दण्डवत किया। आशीर्वाद प्राप्त करके वह बैठ गया। आचार्यपत्नी ने महर्षि औपजन्धनि के लिए मधुपर्क बनाया था। थोड़ा-सा एक पत्ते पर द्रोण को भी दिया। द्रोण उसे खाकर हाथ धोकर कलश भर लाया और उसने महर्षि के हाथ धुला दिये।

आचार्य अग्निवेश्य ने बैठकर कहा—'बड़ा होनहार है।'

उनके मुख से इतना ही अलंघा।

और फिर वे बातें करने लगे। महर्षि औपजन्धनि इस समय गांधार से आ रहे थे। वे यात्रा के विवरण और मार्ग में मिले विद्वानों और तपोवनों की प्रगति के विषय में बताने लगे। उन्होंने अनार्यों, म्लेच्छों, कुलिकों के विषय में भी बताया। कई स्थानों पर असुर राजा और राक्षस राजा बलवान होते जा रहे थे। फिर उन्होंने

कुरु प्रदेश के विषय में पूछा। आचार्य ने बताया–'महाराज शान्तनु के देहान्त के बाद उनके पुत्र चित्राङ्गद को उसी वाम के गन्धर्व राजा ने सरस्वती नदी के तीर पर मार डाला। तब महावीर भीष्म ने...।'

'भीष्म कौन?' महर्षि पूछ बैठे।

'आप बाल्यावस्था में ही चले गये थे। वही गंगादत्त!'

'ओह, ठीक! फिर?'

'फिर उनके बाद भीष्म ने अनुज विचित्रवीर्य को बिठा दिया। भीष्म ने उनके तरुण होने पर काशिराज की दो कन्याओं–अम्बिका, अम्बालिका–को हरकर उनका राक्षस-विवाह कराया। दुर्भाग्य से वह विषय-भोगों में क्षय-ग्रस्त होकर मर गया। फिर शान्तनु पत्नी सत्यवती...' फिर आचार्य ने सिर हिलाकर कहा–'दाशराज कन्या, यमुना-तट पर रहती थी...यात्रियों को नदी पार कराती थी...नौका से...उसने द्वैपायन व्यास से नियोग का प्रबन्ध कराया। तब अम्बिका, अम्बालिका के दो पुत्र हुए–धृतराष्ट्र और पाण्डु। आजकल, धृतराष्ट्र तो अन्धे हैं, पाण्डु राजसिंहासन पर हैं।'

'ठीक है,' महर्षि ने कहा, 'ब्राह्मण का बीज, क्षत्रिय का क्षेत्र, बहुत श्रेष्ठ है।' फिर जैसे याद आया, 'मुझे ध्यान आता तो है। गांधार के राजा सुबल की पुत्री धृतराष्ट्र को ब्याही है?'

'हाँ, बड़ी साधवी है,' आचार्यपत्नी ने कहा, 'जब से आयी है उसने अपनी आँखों पर पट्टी बाँध ली है?'

'क्यों?' महर्षि ने चौंककर पूछा।

'पति अन्धे हैं, स्त्री भी अन्धी हो गयी।' आचार्यपत्नी ने अत्यन्त गौरव से कहा। उन्हें लगा, स्त्री की मर्यादा दिगन्तों में उन्नत और श्लाघ्य थी।

'साधु! साधु!' महर्षि ने कहा, 'मैं हस्तिनापुर अवश्य जाऊँगा। अवश्य जाऊँगा।'

'महर्षि गौतम के पुत्र शरद्वान थे न?'

'हाँ, हाँ, वह तो तुम्हारा ही समवयस्क था?'

'नहीं देव, वे मुझसे बड़े थे,' आचार्य ने कहा। फिर कहा, 'थोड़ा ही आयुभेद था।'

'मेरे लिए दोनों समान ही थे,' महर्षि औपजन्धनि हँसे। आचार्य भी। महर्षि के सन-से श्वेत केश हिल उठे। उन्होंने कहा, 'उनका क्या हुआ?'

'उनका स्वर्गवास हो गया।'

'छिः-छिः, अल्पायु में ही!'

'उनके पुत्र कृपा और पुत्री कृपी को महाराज शान्तनु ने पाल लिया था। वे

अब द्रोण के समवयस्क हैं। वह लड़का भी धनुर्वेद का आगे चलकर पारंगत होगा।' आचार्य ने निश्चय से सिर हिलाया। फिर कहा, 'वे बालक युवती जानपदी की सन्तान हैं। जानपदी अप्सरा! उन्हीं दिनों कालकूट पर्वत से आयी थी।' किन्तु फिर उनका स्वर बदल गया–'अप्सरा! उधर ऋषि शरद्वान गये, उधर वह लाकर उनके आश्रम में उनकी मृगछाला के निकट रखे शरस्तम्ब के पास ही दोनों शिशुओं को रख गयी। इन अप्सराओं और गन्धर्वों में यह स्वातन्त्र्य...!'

फिर उन्होंने बात बदली–'उधर से महाराज शान्तनु आखेट करते निकले। देखा उनके एक सैनिक ने। राजा ने किसी धनुर्वेदज्ञ ब्राह्मण की सन्तान समझा, क्योंकि वहीं धनुष-बाण थे, वहीं मृगछाला थी। पाल लिया। ऋषि शरद्वान को जब बात ज्ञात हुआ तो वे महाराज के पास गये। उन्हें उन्होंने बता दिया।'

फिर स्त्री-पुरुष के विवाह पर बात चल पड़ी। उन दिनों स्वयंवर होते थे और अनेक प्रकार के विवाह प्रचलित थे। अभी तक उत्तर के अनेक गणों में मातृसत्तात्मक समाज के चिह्न कहीं-कहीं अवशिष्ट थे। पांचाल और कुरु में राजकुल की स्थापना हो चुकी थी। यादव, मद्र आदि गण थे। कुरुप्रदेश के एक भाग में अभी भी तक्षक नाग वंश का शासन था। वहाँ नाग असहिष्णु थे। वे ब्राह्मणों और क्षत्रियों के द्वेषी थे। उन्हीं की सहायता से खाण्डव वन में अनेक राक्षस और पिशाच आकर बस गये थे जो इधर-उधर अपना वैभव खो चुके थे। पिशाच एक नितान्त बर्बर जाति थी जो कच्चा माँस खाया करती थी।

आचार्यपत्नी ने पुकारा–'मेध्या!'

मेध्या द्वार पर दिखायी दी।

आचार्यपत्नी ने पूछा–'दासों को भोजन दे दिया?'

'दे दिया, आर्ये!' मेध्या ने उत्तर दिया।

'आश्रम के कर्मान्तों के दास भोजन करके अपने-अपने घर गये?'

'गये, आर्ये!'

'और शूद्रों का पेट भर दिया?'

'उन्हें भी भोजन दे चुकी हूँ,' मेध्या ने कहा। फिर रुककर कहा, 'आज आर्य द्रोण ने कुछ नहीं खाया।'

मधुविद्या के पारंगत महर्षि औपजन्धनि ऐसे चौंके जैसे वे अपनी विद्या भूल गये। बोल उठे–'अरे पुत्र! जाओ, पहले अन्न ग्रहण करो...।'

आचार्यपत्नी ने स्नेह से देखा। द्रोण को उठकर जाना पड़ा। मेध्या ने कहा–'आज आर्य न समिधा लाने गये, न ही उन्होंने स्नान किया, न भोजन ही...।'

वह द्रोण के साथ मुस्कराती हुई चल दी। अब वह उसे आचार्यपत्नी की रोक-टोक से भयहीन अपने हाथों से भोजन करायेगी। किन्तु उसकी बात पर किसी

ने भी ध्यान नहीं दिया, वे लोग फिर बातों में लग गये थे। स्नान करके आने पर द्रोण मेध्या के बिछाये आसन पर बैठ गया। केले का पत्ता बिछाकर मेध्या ने भोजन परोस दिया और निकट ही बैठ गयी। वह ऐसे बैठी जैसे पति को भोजन देकर पत्नी स्वच्छंद और आत्मविश्वास से सामने बैठ जाती है और उसे ऐसे खिलाती है जैसे माता बालक को भोजन कराती है। देखती है—क्या खाया, कितना कम खाया और क्यों नहीं खाया?

द्रोण कुछ लज्जित हुआ। वह जल्दी-जल्दी खाकर उठ गया। मेध्या ने जूठा पत्ता उठाकर बाहर फेंक दिया।

संध्या हो गयी थी। आकाश स्वच्छ था। पक्षी दल-के-दल बाँधकर लौट रहे थे। ऊँचे पीपल पर काक-दल आकर बैठता था, बीच-बीच में एक-आध कौआ काँव-काँव करके उड़ता और एक चक्कर मारकर फिर उसी वृक्ष की दूसरी टहनी पर आकर बैठता। आश्रम की गौएँ चराकर नये विद्यार्थी ला रहे थे। मारिषा अरणी रगड़कर अग्नि निकाल रही थी।

द्रोण ने आचार्यपाद पर प्रणत होकर कहा—'देव!'

'क्या है, पुत्र?' उन्होंने सिर उठाया।

'देव! अब मुझे आज्ञा दीजिये।'

'पुत्र! इतनी शीघ्रता क्यों?' उन्होंने कुछ चौंककर पूछा।

'गुरुदेव! अब शिक्षा समाप्त हो गयी। क्या यह अच्छा लगता है कि मैं आप पर भार बनकर यहाँ रहूँ? मेरा कर्तव्य तो आपकी सेवा करना है।'

'सुना तुमने?' आचार्य अग्निवेश्य ने आचार्यपत्नी बलन्धरा को अपनी ओर आकर्षित करते हुए कहा, 'तुम्हारा पुत्र जाना चाहता है।'

आचार्यपत्नी तकली पर ऊन कात रही थीं। लच्छी ऊपर पकड़कर वह घूमती हुई तकली पर दृष्टि गड़ाये थीं, जिसके छोर पर तन्तु खिंचता जा रहा था। वे ऐसी चौंकीं कि डोरा टूट गया। द्रोण ने देखा, वे गम्भीर थीं। मेध्या सांध्य-उपासना के लिए जल ला रही थी। वह भी ठिठककर रुक गयी।

'कौन जाना चाहता है? आचार्यपत्नी ने बात को दुहराया।

'भरद्वाज अङ्गिरस द्रोण!' गुरुदेव न कहा।

'क्यों?' उन्होंने तकली रोककर ऊन को जोड़ा। अब उनकी दृष्टि फिर अपने ऊन पर जम गयी थी।

'कहता है, गुरु पर भार बनकर नहीं रहना चाहता।'

'यह तो ठीक कहता है,' गुरुपत्नी ने कहा।

'तो फिर वह चला जायेगा,' आचार्य ने याद दिलाया।

'ऐं?' आचार्यपत्नी को फिर झटका लगा और डोरा फिर टूट गया। अबकी

बार उन्होंने द्रोण की ओर देखा। कुछ देर देखती रहीं। फिर कहा—'स्वामी!'

आचार्य देखते रहे।

'दूसरे का पुत्र अपना नहीं होता,' आचार्यपत्नी ने नितान्त धैर्य से कहा। किन्तु वे कितनी अधीर थीं, यह उनके मुख की जड़िमा से दिखायी दिया। जैसे न उन्हें कहने का अधिकार है, न जो वह कहना चाहती हैं, वह तर्कसंगत ही है। उनके अपने चार-चार पुत्र यौवन को प्राप्त कर मर चुके हैं, इसे वह याद नहीं करना चाहतीं, परन्तु दुर्भाग्य से वह उसे भूल भी नहीं सकतीं। यही तो उनकी वेदना का दारुण रहस्य है। वह उस गाय की भाँति हैं जिसका बछड़ा मर चुका है, वह वन से लौटते प्रत्येक बछड़े को देखती है, समझती है—इनमें से एक उसका अपना है, लेकिन अपना कोई नहीं...वैसे सब अपने ही हैं...कोई पराया नहीं है। उनके शब्दों में कठोरता थी, किन्तु वह कितनी ममता पर आश्रित थी!

आचार्य ने मुँह मोड़ लिया।

'देव!' द्रोण ने कहा।

'नहीं, वत्स,' आचार्य ने कहा, 'गुरुदक्षिणा की बात न करो। वह तो तुम्हारी कल्याण कामना करके प्राप्त हो गयी। बहुत कुछ है। अब और किसके लिए? जो कुछ है वह मेध्या को प्राप्त होगा। इसका किसी क्षत्रिय से विवाह करा दूँगा। हमारा क्या है? हम तो फिर दोनों वानप्रस्थ ले लेंगे।' आचार्य ने हाथ उठाकर इंगित किया, फिर पूछा—'जाओगे कहाँ?'

'हरिद्वार।'

'पिता के आश्रम में?

'हाँ, गुरुदेव!'

'तो एक काम करो। महर्षि औपजन्धनि हस्तिनापुर जाना चाहते हैं। वृद्ध हैं। उनके साथ चले जाओ। वहीं से हरिद्वार चले जाना। ठीक है?'

'देव!' द्रोण ने कहा, 'मेरी सम्मति लेकर मुझे लज्जित न करें। मुझे तो आज्ञा दीजिए।'

आचार्यपत्नी ने पुकारा—'मेध्या!'

मेध्या ने द्वार पर आकर कहा—'हला, आर्ये!'

'ला, ले आ, जा! जा, देखती क्या है? आज मैं द्रोण को अपने हाथ से भोजन कराऊँगी। प्रातःकाल तो वह चला ही जायेगा।'

मेध्या ने सुना। वह लौट गयी। उसकी आँखें झुक गयीं।

द्रोण उठकर आचार्यपत्नी के साथ चला गया।

आचार्यपत्नी ने स्नेह से भोजन परोसा। द्रोण धीरे-धीरे खाता रहा। मेध्या आचार्यपत्नी के पीछे खड़ी निर्निमेष दृष्टि से उसे देखती रही। द्रोण ने एक बार सिर

उठाकर देखा। उसके नेत्रों में जल भर आया था। द्रोण की दृष्टि पड़ते ही उसने पलक झुका लिए। आँसू की बूँदें लुढ़ककर गालों पर आ गयीं और फिसलकर उसके शरीर पर टूट गयीं। आचार्यपत्नी ने कहा—'तो द्रोण, तू सचमुच चला जायेगा?'

द्रोण ने सिर झुका लिया।

❐❐

ब्रह्ममुहूर्त में आश्रम में सब जाग उठे। उषा आयी। विद्यार्थियों ने उषास्तुति गायी और फिर वे स्वाध्याय में लग गये। कुछ लड़के वन में समिधा लाने चले गये। दास कमान्तों में लग गये। शूद्रों ने यज्ञशाला को स्वच्छ कर दिया। वे दिन के भोजन का प्रबन्ध करने लगे।

महर्षि औपजन्धनि रथ पर बैठ गये। द्रोण ने सारथि का स्थान ग्रहण कर लिया। आश्रम के वे सब लोग जो उसे चाहते थे, वहीं आ गये। टिट्टिभ, मारिषा, शालिपिण्ड, नाग, तित्तिर और काक आ गये थे। मेध्या सबके पीछे खड़ी थी। जीवल आगे था। आर्य योतिमत्सक आचार्यपत्नी के निकट था।

मौन छा गया। हृदय का उद्वेग जब बढ़ जाता है, तब मनुष्य आँखों से न जाने कितना कह जाता है! वे दोनों भरी आँखें भूली नहीं जा सकतीं। शब्द व्यथा को बिखराते हैं। आँसू पिघलते जायें और नयन देखते रहें, पलकें काँपती रहें, इससे बढ़कर कोई अभिव्यक्ति नहीं। जीवनभर वह याद बनी रहती है। हृदय यह जो सोचता है कि वहाँ न जाने क्या कहना शेष रह गया था? वेदना की घुमड़ तो बादल जैसी होती है। देखता रह जाये कोई भी कि कितना रस है इसमें, कि इसमें है कितनी तरलता! ऊष्मा भी तो है, पर क्षणदा है। भीतर भयानक ताप लेकर भी कभी-कभी भावावेश में चमक जाती है।

द्रोण ने देखा। प्रत्येक के नयनों को देखा। कितनी पुकार थी उन नयनों में! आचार्य अग्निवेश्य के गाम्भीर्य के पाषाणों के भीतर यह कैसा तरल स्रोत था! जो नयन कह रहे हैं, वह क्या आचार्य कह सकेंगे?

द्रोण विह्वल होकर उतर पड़ा। उसने उत्तरीय कटि पर बाँधकर गुरु और गुरुपत्नी को दण्डवत की। दोनों ने स्नेह से उसके सिर पर हाथ फिराया। काक अन्धा होने के कारण कुछ देख न सका था। वह आगे बढ़कर बोला—'आर्य! आर्य जा रहे हैं?'

'हाँ, काक!' द्रोण ने कहा।

'तित्तिर, टिट्टिभ, शालिपिण्ड, मारिषा और काक ने उसे दण्डवत की। द्रोण घबरा गया। उसके पास उन्हें देने को कुछ भी नहीं था। मेध्या समझ गयी। उसने कहा—'ठीक है, शूद्र टिट्टिभ! आर्य द्रोण ने तुम लोगों के लिए पुरस्कार पहले ही रखवा

दिये हैं। यात्री की मंगलकामना करो।'

और मेध्या ने झुककर द्रोण के चरण छुए। क्षण-भर स्पर्श करती रही, फिर मुड़कर एकदम चली गयी।

योतिमत्सक और द्रोण गले मिले।

'वत्स!' ऋषि औपजन्धनि ने कहा, 'चलो! स्नेह के बन्धन टूटते नहीं। खिंचकर बढ़ते चले जाते हैं। जब मनुष्य दूर होता है तो वे बन्धन तने रहते हैं। जब पास होता है तो वे ढीले पड़कर एक-दूसरे में उलझ जाते हैं।'

द्रोण रथ पर बैठ गया। रथ चल पड़ा। फिरकर देखा। आचार्यपत्नी का हाथ आशीर्वाद के लिए उठा। लगा, वे रो रही थीं। इतना तो ये लोग यज्ञसेन द्रुपद के लिए व्याकुल नहीं हुए थे!

द्रोण का हृदय अब काँप गया। द्रुपद को निश्चय था, वह कहाँ जा रहा है। और द्रोण को? वह क्या जानता है कि भविष्य में क्या होगा? फिर उसने अपनी भुजाओं की ओर देखा। उसे लगा, उन भुजाओं की शक्ति में नया जीवन था।

तुरंग भाग रहे थे। वृद्ध महर्षि बैठे-बैठे ऊँघने लगे थे। द्रोण ने चाबुक फटकारा। वल्गा खेंची। घोड़े और तेज़ी से भागने लगे। उनकी ग्रीवा पर उगे घने बाल लहराने लगे थे। धूलि रथ को पकड़ना चाहती थी। रथ आगे भागा जा रहा था, भागा जा रहा था, पथ पर अपनी दोनों चक्रलीकों को छोड़ता, वे रेखाएँ जो परस्पर कभी नहीं मिलतीं...।

❑❑

रथ जब नगर में पहुँचा, द्रोण के नयनों में एक विस्मय छा गया। हस्तिनापुर उस समय उत्तरापथ का एक प्रसिद्ध नगर था। उसके पथ पक्के थे। पाषाणखण्ड बिछा दिये गये थे। रथ जब उन पर चला, घोड़ों के चलने का शब्द बज उठा। कुरु-प्रदेश के ब्राह्मण बड़े अभिमानी थे। वे अपने सामने अन्य देशों के ब्राह्मणों को कम समझते थे। कुरुक्षेत्र उनकी दृष्टि में समन्त हंचक पितामह की उत्तर वेदी था। वहीं से जनक जनदेव पूर्व की ओर यज्ञाग्नि लेकर गया था। यह वह पृथ्वी थी, जहाँ सरस्वती-तीर से ऋषिगण यज्ञोपवीत से पृथ्वी नाप-नापकर आकर बसे थे।

इस समय प्राचीन कुरु उत्तर कुरु के नाम से विख्यात था। वहाँ से गमनागमन बहुत कठिन हो गया था। यह कुरु-प्रदेश उपजाऊ भू-भाग था। इस समय भी कुरुक्षेत्र के चारों ओर पशु-पक्षियों की उपासना करने वाली अनेक जातियाँ रहती थीं। क्षत्रियों में राक्षस-विवाह बहुप्रचलित थे। अश्वमेध यज्ञों की परम्परा बढ़ती जा रही थी। दक्षिण में निषध प्रदेश तक आर्य जातियाँ फैल गयी थीं, जिनसे सम्बन्ध होता था। पुण्ड्र तथा

औड्र में क्षत्रिय राजा थे। पाण्डु ने बृहद्रथ नामक मगधराज को पराजित करके उसका वध कर दिया था। किन्तु महाराज पाण्डु के लौट आने पर बृहद्रथ-पुत्र जरासन्ध ने अपना शासन फिर स्थापित कर लिया था और वह शैव था। दक्षिण की भीमरथी नदी से आर्य व्यापारी द्राविड़ देश में जाते थे। दक्षिण के प्रमुख नगर शूर्पारक और नागों, तदुपरान्त हैहयों की राजधानी माहिष्मती अभी भी अपना महत्त्व खो नहीं चुके थे। हस्तिनापुर के दक्षिण-पूर्व में उत्तर पांचाल था, जहाँ द्रुपद यज्ञसेन राजा था। दक्षिण-पश्चिम में यमुना-तट पर इन्द्रप्रस्थ था, जिसके पश्चिम में मत्स्य और दक्षिण-पूर्व में मथुरा थी। मथुरा के दक्षिण में मकृल्लोमान था, जिसके भी दक्षिण में दशार्ण था, जिसके बाद ऋक्षवान पर्वत-श्रेणियाँ थीं। यमुना और गंगा के बीच का प्रदेश दक्षिण पांचाल कहलाता था।

द्रोण ने देखा, वहाँ के भवन विशाल और सुन्दर थे।

उनके हृदय में उन भवनों को देखकर एक कौतूहल हुआ। अनेक नागरिक पथों पर चल रहे थे। धनी लोगों के रथों पर स्वर्ण लगा था। उनमें मुक्ता-मालाएँ लगी थीं। वैश्यों की पहचान उनके वस्त्रों से सरलता से हो जाती थी। अब वैश्यों के भवन भी बड़े और सुन्दर दिखायी देते थे, यद्यपि उनके पास राजन्यों के-से अधिकार नहीं थे। वे लोग शूद्रों और दासों को लेकर खेती कराते थे। ब्राह्मणों की बस्ती अलग थी और उसे अग्रहार कहते थे। बाहर नगर के उपान्त में चाण्डाल और ऐसी जातियाँ रहती थीं, जो अस्पृश्य थीं।

द्रोण ने देखा, सुन्दरियाँ बहुमूल्य वस्त्र पहनकर पथ पर निकली थीं। उनकी केशसज्जा अत्यन्त आकर्षक होती थी। वे अपने मस्तक पर मृगमद लगाती थीं। कटि के नीचे के भाग में हस्तिनापुर की स्त्रियाँ यक्ष-स्त्रियों की भाँति चौड़ी रशना बाँधती थीं। मद्र की स्त्रियों की भाँति नहीं थीं। द्रोण ने देखा, इन स्त्रियों में संकोच और लज्जा भी अधिक थी। मद्यविक्रेता के यहाँ दिन में भी भीड़ रहती थी, जहाँ क्षत्रिय वारुणी पीते थे। माँस-विक्रेता के यहाँ से वैश्य और क्षत्रिय ही खरीदते थे। ब्राह्मण वही माँस खाते थे जो उनके अपने यहाँ बलि दिया जाता था और ऐन्द्राग्नि विधि से पवित्र किया जाता था। फूलवालों की दुकानों से सुरभि उठती थी।

आर्य महर्षि औपजन्धनि ने देखा और कहा—'वत्स! अब भी काम्बोज में स्त्रियाँ सिर पर उष्णीश पहनती हैं। यहाँ तो वह प्रथा छूट चली है।'

द्रोण ने रथ रोक दिया। उसने देखा, सामने ही दो स्त्रियाँ खड़ी थीं। वे केवल अधोवस्त्र पहने थीं। उनका शरीर सुगठित था। उनके वक्षस्थल पर श्वेत चन्दन लगा था।

'हाँ, हाँ वत्स', महर्षि ने कहा, 'यह हस्तिनापुर की अभ्रातर वेश्या हैं।' फिर उन्होंने कहा—'प्राचीनकाल में कहा जाता है, वैश्य की स्त्री पर क्षत्रिय और ब्राह्मणों का अधिकार था। वही शब्द अब वेश्या बनकर बच रहा है।'

द्रोण समझा।

एक रथ को खाली जाते देखकर द्रोण ने उसके सारथि से पूछा—'आर्य?'

महर्षि ने टोका—'आर्य नहीं, वत्स! वह तो कोई सूतपुत्र है।'

द्रोण ने रास्ता पूछा।

जिस समय रथ आर्य कृप के द्वार पर रुका, एक सुन्दर तरुणी दौड़कर बाहर आयी। उसके लम्बे नेत्रों में कौतूहल था। चार दास वहीं कुछ काम कर रहे थे।

महर्षि औपजन्धनि उतरे। उन्होंने कहा—'आचार्य कृप हैं?'

'हैं तो, महर्षि,' तरुणी ने कहा, 'किन्तु वे राजकुल में गये हैं। महाराज पाण्डु ने उन्हें बुलाया है।'

'ओह!' महर्षि ने कहा।

'आपका स्वागत है, महर्षि!' तरुणी ने फिर कहा—वह कुछ लज्जित थी। उसने कनखियों से देखा कि द्रोण दृष्टि बचा-बचाकर उसे देख लेता है। गौरवर्ण तरुणी के कपोलों पर लाली दिखायी दी। उसने आँखें झुकाकर कहा—'आर्य कृप मेरे भ्राता हैं।'

'अग्रज हैं?' महर्षि ने पूछा।

'अग्रज ही कहिये,' तरुणी ने कहा, 'मुझसे कुछ प्रहर पूर्व ही उनका जन्म हुआ था। आप गृहप्रवेश करके कृतार्थ करें।'

आर्य औपजन्धनि मुड़े और उन्होंने द्रोण को देखकर कहा—'यह मेरे शिष्यवत् अग्निवेश्य के शिष्य हैं। अद्‌भुत धनुर्धर हैं, ऐसा अग्निवेश्य कहते थे।'

तरुणी ने देखा और करबद्ध होकर प्रणाम किया। द्रोण मुस्कराया। तरुणी भी प्रसन्न दिखायी दी। उसने पुकारकर कहा— 'भद्रक!'

एक शूद्र उपस्थित हुआ। उसने दूर से ही पृथ्वी पर गिरकर अतिथियों को प्रणाम किया और उठ खड़ा हुआ।

'मेरा नाम कृपी है,' तरुणी ने कहा। फिर मुड़कर कहा— 'भद्रक! अश्वशाला में अश्व ले जा।'

'स्वामिनी! पुराना सेवक हूँ,' कहकर भद्रक ने घोड़ों की लगाम पकड़ ली। वह रथ ले गया।

'बलाक!' कृपी ने फिर पुकारा।

बलाक हाथ में स्वर्ण की झारी ले आया। उसने अतिथियों के चरण धुलवाये। मूषक नामक दास ने मधुपर्क लाकर कृपी को दिया। कृपी ने अतिथियों को दिया।

आर्य औपजन्धनि ने यात्रा सफल होने से प्रसन्न होकर विश्वेदेवा प्रतीत की प्रार्थना की।

'मेघ!' कृपी ने पुकारा।

मेघ ने आसन बिछा दिये। कृपी ने कहा—'मेकल है यह।'

महर्षि ने तीक्ष्ण दृष्टि से देखा। क्षत्रिय होकर भी मेकल शूद्र हो गये थे। उन्होंने विजातीय स्त्रियों से विवाह करके अपने अग्निहोत्र और यज्ञादि को ही नहीं, यज्ञोपवीत को भी छोड़ दिया था। कुछ दिन उन्होंने अन्य क्षत्रियों से संघर्ष किया, किन्तु बाद में वे शूद्र बना दिये गये। उन लोगों को सेवावृत्ति करनी पड़ी।

मेघ चला गया। वे लोग बैठ गये। कृपी इधर-उधर की बातें करती रही। भद्रक ने आकर सूचना दी—'आर्ये! स्वामी आ गये।'

'आ गये?' कृपी उठ खड़ी हुई। वह चली गयी। कुछ ही देर में कृप साथ आया। द्रोण ने देखा, तरुण कृप छरहरा था, किन्तु सुगठित था। वह अधोवस्त्र पहने था। उसके पादत्राण चमड़े के थे जो तनियों से बँधे हुए गुल्फों पर बँधे थे। उसके कन्धे चौड़े थे, जिन पर पीछे की ओर लहराता हुआ उत्तरीय पड़ा था, जो गले के सम्मुख होकर आधे वक्ष-स्थल को ढाँककर काँख के नीचे बँधा हुआ था। उसके सुचिक्कण घने केश कन्धों पर फहरा रहे थे। उसने आकर अपना धनुष और तूणीर टाँग दिया और पादत्राण खोल दिये और हाथ-मुँह धोकर उसने आकर महर्षि औपजन्धनि के चरण स्पर्श किये।

महर्षि ने मुक्त कण्ठ से ढेर-ढेर आशीर्वाद दिया। कृप बैठ गया। उसके पीछे कृपी घुटनों के बल बैठ गयी और उसने कनखियों से द्रोण को देखा, जो इस समय कृप को देख रहा था।

'आर्य द्रोण।' वृद्ध महर्षि ने परिचय कराया।

दोनों ने एक-दूसरे को प्रणाम किया।

फिर बात चल पड़ी—अब ब्राह्मण शस्त्रविद्या को भूलते जा रहे हैं।

महर्षि कहने लगे, 'किन्तु काम्बोज, गांधार और सिन्धु, सौवीर में ऐसा नहीं है।'

'क्षत्रियों के अधिकार पहले से भी बढ़ गये हैं,' द्रोण ने कहा।

'क्षत्रिय?' वृद्ध ने कहा, 'अब तो वैश्यों का भी सिर उठ रहा है। शूद्र भी अब यथाकामबध्याः के विरुद्ध होते जा रहे हैं। पहले इच्छा मात्र होने पर उसका वध किया जा सकता था।'

'तो,' कृपी ने कहा, 'एक दिन दास भी स्वतन्त्र हो जायेंगे?'

'क्यों नहीं?' महर्षि ने कहा, 'एक बात अद्‌भुत है। समस्त गण—गांधार से लेकर मद्र तक शस्त्र धारण करते हैं। प्रत्येक स्त्री-पुरुष। वहाँ ब्राह्मण-क्षत्रिय का भेद नहीं। वे कहते हैं, यही सनातन रीति है। पांचाल और कुरु की आर्य जातियों और गणों पर अनार्यों के सहवास से बुरा प्रभाव उत्पन्न हुआ। वे इस बात पर हँसते हैं कि हमारे यहाँ नागों आदि की स्त्रियों से विवाह होते हैं।'

'वहाँ नहीं होते?' कृप ने पूछा।

'नहीं। वे तो गण के अतिरिक्त सबको दास बनाकर रखते हैं। हमारे यहाँ

पौरोहित्य केवल ब्राह्मण करते हैं, वहाँ के ब्राह्मण हँसते हैं।'

'क्यों?' कृपी ने पूछा।

'वहाँ कोई भी किसी की पत्नी और कोई भी किसी का पति बन जाता है,' महर्षि ने कहा।

कृप ने कहा—'महर्षि प्रवर! हिमालय प्रांतस्थ गणों में तो यह अभी तक है, कौशल में तो अब नहीं रहा। मद्र और गांधार में भी ऐसा है?'

'सब में नहीं, वत्स! यादवों में तो बिलकुल नहीं। किन्तु मद्रकों, वाल्हीकों, त्रिगर्त्त, यौधेय आदि में तो है ही। अम्बष्ठ, पैशाच, कुलिन्द, बर्बर, शबर, इनमें और उनमें भेद ही क्या रहा? कुरु पांचाल के निषाद उनसे श्रेष्ठ हैं।'

कृपी भीतर चली गयी। कुछ देर में उसने लौटकर कहा— 'आर्य! भोजन करने पधारें।'

वे लोग पाँव, हाथ, मुँह धोकर भीतर पाकशाला में जा बैठे। शूद्र परोसने लगे। खाने की सोंधी गन्ध ने मन को प्रसन्न कर दिया। मिष्ठान्न प्रचुर मात्रा में थे। गाय के दूध में चावल की खीर अत्यन्त स्वादिष्ट थी।

❐❐

महर्षि औपजन्धनि तो चले गये, परन्तु कृप ने द्रोण को रोक लिया था। इन तीन-चार दिनों में अच्छी मित्रता हो गयी थी। कृप को शान्तनु महाराज ने पाला था, अतः वह समृद्ध था। उसके भवन के पिछवाड़े उसकी गौएँ बँधी रहती थीं। गोधन उस समय भी बहुत बड़ा महत्त्व रखता था। अभी कृप का विवाह नहीं हुआ था। वह चाहता था, पहले कृपी का विवाह हो जाये तो वह बाद में अपना विवाह करे। उसका विचार नगर में एक उपयुक्त स्थान देखकर धनुर्वेद सिखाने के लिए पाठशाला खोलने का था। वह जानता था कि वह तरुण है, फिर भी उसे विश्वास था कि वह सफल होगा क्योंकि महाराज पाण्डु उस पर प्रसन्न थे। उनकी दोनों स्त्रियाँ—कुन्ती और माद्री उस पर कृपा रखती थीं। पितामह भीष्म तो उस पर अत्यन्त स्नेह रखते थे। वे कभी-कभी हँसी में तो यह भी कहते थे कि कृप मेरा भाई है, क्योंकि इसे तो मेरे पिता ने पाला था। फिर भी क्या कोई विशेष कठिनाई हो सकती थी? कुरु प्रदेश गण्यमान्यों में कृप की पहुँच थी।

द्रोण ने सब सुना और फिर उसके मस्तिष्क में विचार आया—द्रुपद यज्ञसेन चला गया, उसका भविष्य निश्चित था। निश्चित है कृप का भविष्य। लेकिन मेरा?

विचार हट गया भोजन करते समय उसे चिन्तित देखकर कृप ने कहा—'आर्य! भविष्य की चिन्ता में मग्न हैं! हरिद्वार में आश्रम तो है? दास, दासी, पशु भी होंगे?'

'अब तो कोई नहीं होगा।'

'फिर से जमाने पड़ेंगे,' कृप ने कहा, 'इसमें कष्ट होगा। अकेले तो और भी,' वह हँसा, 'आर्य, विवाह क्यों नहीं कर लेते?'

न जाने क्यों और कैसे द्रोण की पलकें झुक गयीं, कृपी का मुख लाज से लाल हो उठा और द्रोण की घबराहट देखकर कृप ठठाकर हँसा। उसने पानी पीकर कहा—'आर्य! भोजन क्यों नहीं करते?'

'खाता तो रहा हूँ।' द्रोण ने मुस्कराकर कहा।

कृपी ने उसके सामने थाली में दो मोदक डाल दिये।

भोजन के बाद कृप ने कहा—'कृपी!'

'भ्रातर!'

'मैं तो राजकुल की सेवा में जा रहा हूँ। तू द्रोण को यदि कुछ चाहिए, तो दे देना। संकोच न करना।'

वह स्वयं तरुण था। उसने देख लिया था। उसके लिए वह काफ़ी था। वह चला गया।

मध्याह्न बीत चला।

'आर्य!' कृपी ने पुकारा, 'सो चुके?'

'सोया नहीं था,' द्रोण ने बैठकर कहा। फिर जैसे वह कुछ कहना चाहता था, कह नहीं सका। झिझक गया। उसने कृपी की ओर देखा। देखते ही वह लाज से झुक गयी और पाँव के अँगूठे से धरती कुरेदने लगी। पाषाण पर पाँव का अँगूठा फिसलकर रह गया। द्रोण ने कुछ नहीं कहा। देखता रहा।

संध्या हो गयी। दासों ने दीप जला दिये। मध्य प्रकोष्ठ में दासी भारुण्डी ने अगरु जला दिया। भारुण्डी गर्भवती थी। उसका पति दास था। वह मर गया। आर्य कृप ने अपने तक्षा का उससे विवाह करा दिया था। वेश्या के गर्भ और शूद्र के वीर्य से उत्पन्न वह आयोगव तक्षा (बढ़ई) उसका दास था। ऐसी स्त्री से विवाह कराने में कृप का दुगुना लाभ था। उस स्त्री का पुत्र माता के दासी होने के कारण दास ही होगा। दूसरे अध्यूढ पुत्र होने के नाते वह तक्षा का पुत्र कहलायेगा।

'भारुण्डी!' कृपी ने पुकारा, 'आर्य द्रोण आ गये?'

'आर्ये! अभी नहीं,' भारुण्डी मुस्कराई। कृपी ने देख लिया। पूछा—'हँसती क्यों है?'

'आर्ये, व्यग्र हैं। मैं सोचती थी, वे बालक तो नहीं हैं।'

और समय होता तो भारुण्डी पिटती, किन्तु आज कृपी को जैसे अच्छा लगा। कुछ नहीं कहा। पड़ोस के घर में कहीं पणव बजाकर स्त्रियाँ गीतमग्न थीं। कोई आनन्द-बेला थी। फिर कभी-कभी वल्लरी बजती। कृपी सुनती रही। किसी के घर का

आनन्द उसके हृदय में एक रहस्यमय आनन्द भरने लगा।

भारुण्डी ने देखा तो जाकर अपने पति तक्षा धम्मिल्ल से कहा। उसने सुना और कहा—'देखो!'

वह कुछ कहने में झिझकता था।

कुछ देर बाद आर्य द्रोण की पगध्वनि सुनायी दी। कृपी ने जाकर कहा—'आ गये, आर्य! मैं बड़ी देर से प्रतीक्षा कर रही थी।'

द्रोण ने जो ऊपर देखा तो बात आगे नहीं बढ़ी। किसी ने जैसे जीभ को तालू से सटा दिया। यह वह क्या कह गयी? किन्तु बात निकल चुकी थी। वह नीचे देखती रही। बाहर पौरी में किसी का हास्य सुनायी दिया।

कृप ने पुकारा—'कृपी!'

'भ्रातर!' कृपी ने आतुरता से कहा और वह उधर चली गयी।

'देखती है,' कृप ने कहा, 'अमात्य विदुर आये हैं।'

विदुर पाण्डु का मन्त्री था। तरुण होने पर भी उसके मुख़ पर गम्भीरता थी। वह बहुमूल्य वस्त्र पहने था। उसकी प्रत्येक चेष्टा कुलीनों की-सी थी। वह विचित्रवीर्य की पत्नी अम्बिका की दासी से द्वैपायन व्यास द्वारा उत्पन्न हुआ था। वह अत्यन्त नीतिज्ञ और तीक्ष्ण-बुद्धि था। राजनीति की कुटिल चालों को खूब समझता था, किन्तु वह न्याय का पक्ष लेता था, ऐसा उसके विषय में प्रसिद्ध था। अपने बुद्धिबल से ही इतने ब्राह्मणों और क्षत्रियों के रहते हुए वह अपध्वंसज पुत्र अर्थात् ब्राह्मण पिता और शूद्र माता का पुत्र होते हुए भी इतनी ऊँची जगह पर था। उसका विवाह हाल में ही राजा देवक की अपनी दासी से उत्पन्न पुत्री से हुआ था।

द्रोण का कृप ने विदुर से परिचय कराया। विदुर ने ब्राह्मण के चरणों का स्पर्श किया। द्रोण ने आशीर्वाद दिया। विदुर ने कहा—'कृपी का विवाह कब करोगे, आर्य?'

कृप ने कहा—'योग्य वर की प्रतीक्षा थी।'

विदुर ने द्रोण से कहा—'आर्य का गोत्र क्या है?'

कृपी लजाकर भीतर चली गयी। कृप हँसा। उसने कहा—'ठहर तो, कृपी!' किन्तु वह चली गयी।

'आङ्गिरस हूँ,' द्रोण ने कहा।

'तो ठीक है,' विदुर ने कहा, जैसे और सब तय है, बस गोत्र भी क्या, पूछने का बहाना था, एक प्रकार से द्रोण को सूचना देनी थी।

द्रोण गम्भीर हो गया। उसने धीरे से कहा—'आप सम्भवतः नहीं जानते, मेरे पास सम्पत्ति कुछ नहीं है। दास, दासी, पशु, कर्मान्त कुछ नहीं हैं।'

'पुरुष,' विदुर ने कहा, 'फिर ब्राह्मण! और फिर उज्ज्वल भविष्य! आगे अपना-अपना भाग्य। सब कुछ होते हुए भी निषध नरेश नल सब कुछ खो बैठे थे।

आपको कोई आपत्ति तो नहीं, आर्य? कृपी से भी तो पूछो।'

'कृपी!' कृप ने पुकारा, 'सुन तो अनुजा! विदुर श्रेष्ठ क्या कह रहे हैं।'

कृपी नहीं आयी। कृप हँसा। उसने कहा—'उसको भी क्या ऐसा वीर प्राप्त करके आपत्ति हो सकती है?'

द्रोण सोच रहा था, यह क्या हुआ? क्या यह सब आश्चर्य का विषय नहीं है? यह कैसे हुआ? और फिर अब क्या होगा? किन्तु कुल और परम्परा चलाना आवश्यक है। पितरों को मुक्ति कैसे मिलेगी? इन्द्र को स्मरण किया।

नित्य अग्निहोत्र जल रहा था। द्रोण ने उसे देखकर मन-ही-मन अग्निदेव का स्मरण किया।

जब विदुर चला गया और कृप उसके रथ तक बाहर उसे पहुँचाने गया, कृपी भीतरी द्वार पर दिखी। द्रोण न कहा—'मैं केवल अपने आपको दे सकता हूँ। और मेरे पास कुछ भी नहीं है। क्या इतना तुम्हें सन्तोष दे सकेगा! तुम चाहो तो किसी धनी ब्राह्मण-कुमार को वर सकती हो।'

कृपी ने धीरे से कहा—'धन? धन का तो आप उपार्जन कर सकते हैं या नहीं करेंगे—भविष्य में भी? अब तक विद्यार्थी थे, आगे गृहस्थ होंगे!'

द्रोण ने देखा, युवती अदम्य थी। और युवती ने देखा, अपराजित पौरुष था।

कृप की पगध्वनि सुनायी दी। कृप ने प्रसन्नमुख प्रवेश किया और कहा—'आज मुझे बहुत भूख लग रही है।' लेकिन, फिर जैसे वह चिन्ता में पड़ गया—'फिर मुझे कौन इतनी चिन्ता से खिलायेगा?'

द्रोण हँसा। कहा—'बड़े द्वेषी हो!'

'क्यों?' कृप ने अप्रतिभ होकर पूछा।

'अभी तो अनुजा गयी भी नहीं, अपनी चिन्ता पहले करने लगे। तुम्हारे लिए पाकशाला की स्वामिनी मैं खोज लाऊँगा।'

कृप झेंपा—उसने कहा, 'मेरा यह तात्पर्य नहीं था!'

तभी भीतर से स्वर आया—'भाभी!'

और वे तीनों खिलखिला कर हँसे। भारुण्डी ने सुना और जाकर तक्षा धम्मिल्ल से कहा। दासकक्षों से मुरज बजने का शब्द सुनायी दिया।

'यह क्या है?' कृप ने पूछा, 'आज दास इतने प्रसन्न क्यों हैं? किसी के कुछ हुआ है क्या?'

'अभी तो कुछ नहीं हुआ,' कृपी ने कहा।

भारुण्डी आ गयी थी। उसने अपने भारी वक्ष पर अंचल, और ढक कर कहा—'हुआ नहीं, होगा। स्वामिनी का विवाह होगा न? हमें उपहार दान दिये जायेंगे। पुरस्कार मिलेंगे। देवी! एक निष्क मुझे चाहिए।'

'धत्', कृपी ने कहा, 'मैं समझी थी तेरे बालक होगा।'

दोनों हँस दीं। भारुण्डी ने आँखें नचाकर कहा—'स्वामिनी को पति तो ठीक मिले हैं।' फिर उसने द्रोण को देखकर कहा—आर्य! स्वामिनी बहुत सुकुमार हैं। बहुत अच्छी हैं।'

'तू जा यहाँ से,' कृपी झल्लाकर बोली, 'अबकी बोली तो याद रखना!'

भारुण्डी चली गयी। हँसती ही गयी। इस समय वह जानती थी, कोई दण्ड नहीं देगा, अतः मुखर होने में कोई हानि नहीं। दास-कक्षों से संगीत उठता रहा।

❏❏

आर्ष-विवाह हुआ। जब वाद्य ध्वनि बन्द हो गयी, फूलों ने अपना नयापन खो दिया, जब द्रोण और कृपी का पथ एक हो गया, जब कृप को घर अकेला लगने लगा, जहाँ भारुण्डी गृह-व्यवस्था का प्रबन्ध करने लगी, द्रोण ने हरिद्वार के अपने आश्रम में अपनी नववधू के साथ प्रवेश किया। उसे भय था, कृपी उसके घर की उजड़ी अवस्था देखकर घबरा जायेगी, किन्तु जब कृपी स्वयं कहने लगी—'यहाँ नित्य अग्निहोत्र प्रज्ज्वलित होगा, उधर दासों के लिए कुटीर बनायेंगे, यहाँ गौ बँधेंगी, यहाँ हम पाकशाला बनायेंगे,' तो द्रोण का भय एक ओर जहाँ दूर हो गया, दूसरी ओर चिन्ता बढ़ गयी कि अब यह सब एकत्र करना होगा। एकदम सब नयी तरह से जमाना पड़ेगा। कृपी के मस्तिष्क में था कि सब-कुछ बहुत शीघ्र आ जायेगा। द्रोण को लगता था, सब-कुछ दूर है। उसने अपनी चिन्ता को छिपा दिया।

और कुछ दिन एक-दूसरे की आँखों में झाँकते हुए निकल गये। द्रोण के हाथ का धन समाप्त होने लगा। जो कुछ कृपी अपने साथ लायी थी, उसे छूने का द्रोण को साहस नहीं होता था। कृपी को सब काम अपने हाथ से करना पड़ता था। द्रोण देखता और उसको दुःख होता। किन्तु पथ दिखायी नहीं देता था। फिर भी कृपी बहुत प्रसन्न दिखायी देती थी।

पहले दिन स्वागत करने पड़ोस से जो ऋषिपत्नियाँ आयी थीं, उनमें धृतवती कृपी को अच्छी लगी थी और आवश्यकता से अधिक दूसरों के विषय में टीका-टिप्पणी करनेवाली वृद्धा रोहीतकी से वह घबरा गयी थी। रोहीतकी विधवा थी। उसके आगे-पीछे कोई न था। किन्तु उसके पास लगभग पचास गायें और दास थे। उन पर प्रभुत्व जमाकर, उन्हीं से सेवा करवाती वृद्धा नितान्त कर्कशा थी। ऋषिबालक उसे दूर से कभी-कभी चिढ़ा देते थे। मन्दाकिनी के पवित्र शीतल जल में पाँव डालकर जब कृपी बैठती तो वह सोचती कि कर्कशा दूसरों को दुःखी देखने में जितना हार्दिक सुख अनुभव करती थी, उतना उन्हें सुखी देखकर नहीं। दुःखी

को देखकर वह उससे कृत्रिम सहानुभूति दिखाती थी और गलत राय देकर ऐसी परिस्थिति उत्पन्न करती थी कि कुछ अधिक उलझन पैदा हो जाये। और, फिर वह नितान्त सहानुभूति के स्वर में उस बात को अपवाद के रूप में प्रसारित करती थी। सुखी को देखकर गाली देती थी। युवती धृतवती के एक पुत्र था। उसका पति वृद्ध था। वह इस वृद्ध ऋषि मन्दपाल से ब्याही थी। वह क्षत्रिया थी। पिता से ऋषि ने कन्या माँगी। पिता अस्वीकार नहीं कर सके। वह पूर्ण सेवा में लग्न थी कि एक दिन ऋषि ने उससे पुत्र के लिए प्रार्थना की। उन्हें अपने पितरों के तर्पण करने हेतु वंशवृद्धि की आवश्यकता थी। उन्हीं दिनों धृतराष्ट्र के सूत संजय का पिता गवल्गण अपने साथ रथ में भार्गव ऋषि वीरण को किसी काम से लाया था। वीरण सुन्दर व्यक्ति थे। क्रव्याद, पितरों के एक गण, के प्रसाद से ऋषि की कृपा से धृतवती ने गर्भ धारण किया और कृषीबल को जन्म दिया। ऋषि मन्दपाल का उस समय से धृतवती पर स्नेह बहुत बढ़ गया। धृतवती सौम्य और मनिस्वनी थी। किसी ने उसे दास-दासियों को डाँटते तक नहीं देखा था। गोमुख करण था, अर्थात् उसका पिता वैश्य और माता शूद्रा थी। अभी वह कुछ दिन हुए एक नया दास लाया था, जो शूद्र था। इस नये दास का नाम पूर्णक था। उसे देखकर कोई नहीं कह सकता था कि उसका पिता आयोगव और माता शूद्रा थी। वह गौरवर्ण था। उसका शरीर सुगठित था और उसके मुख पर स्त्रियों का-सा लावण्य था। सिर के बाल कत्थई थे जो उसके सिर पर घुँघराले-से झूलते थे। उसके नेत्रों में एक चमक थी जैसे बिल्ली की आँख हों। स्वामिनी धृतवती उस पर अत्यन्त प्रसन्न थी। वह दास उनके बालक कृषीबल को खिलाया करता था। कृषीबल इस समय पाँच वर्ष का था।

धृतवती जब आती तो कृपी को पड़ोसियों के विषय में जो कृपी पूछती, सब बताती। कौन किस गोत्र का है, किसके कितनी पत्नियाँ हैं, दास, दासियाँ, यज्ञ इत्यादि अनेक विषय थे, जिनके बारे में कृपी पूछती।

ऋषि मन्दपाल के यहाँ जाकर द्रोण ने जब चरण छुए, वे अत्यन्त प्रसन्न हुए। जब द्रोण बालक था, उनके कन्धे पर चढ़कर खेलता था। अब द्रोण विवाह कर चुका है, जानकर वृद्ध ने उसे घना आशीर्वाद दिया। कुशल पूछी। सब-कुछ सुनकर कहा—'वत्स, ब्राह्मणों में तो धन अब केवल भार्गवों के पास शेष है। प्राचीनकाल में जब महावीर परशुराम ने क्षत्रियों का वध किया था, तब वे अन्त में सब धन ब्राह्मणों को दान दे गये थे। महेन्द्रपर्वत पर अब भी वे ब्राह्मण परशु धारण करके उस धन की रक्षा करते हैं। तुम वहाँ जाओ। वहाँ तुम्हें धन प्राप्त होगा।' द्रोण अपने नवीन शिष्यों को लेकर वहाँ जाने की बात सोचने लगा।

द्रोण घर लौटा तो प्रसन्न था। किन्तु रात को एक नवीन समाचार फैल गया। महाराज पाण्डु राज्य-त्याग कर हिमालय जा रहे थे। उनके साथ उनकी दोनों स्त्रियाँ

कुन्ती और माद्री थीं। कारण यों सुनायी पड़ा कि महाराज पाण्डु आखेट करने के लिए हिमालय के दक्षिण शिखर पर शालवन में घूम रहे थे। वहाँ किन्दम नामक ऋषि अपनी स्त्री के साथ विलास कर रहे थे। वे पुत्रोत्पत्ति के लिए रत थे। रात न होने के कारण वे सघनवृक्षों में चले गये थे और मृगछाला पहने रहने के कारण वे पाण्डु को पत्तों के बीच मृग जैसे दिखायी दिये। पाण्डु ने मृग समझकर दोनों के बाण मार दिये। आहत मृग जब गिरे तब उनके मुख से मनुष्य-चीत्कार निकला। पाण्डु ने देखा और वे काँप गये। उसके बाद महाराज पाण्डु की मनःस्थिति ऐसी बिगड़ी कि वे अपनी स्त्रियों को देखते ही उस हत्या की याद करते और धीरे-धीरे उनका शरीर क्षीण होने लगा। भूल से हत्या हो गयी, अतः ऋषि-वध का अपराध तो उन पर नहीं लगा, क्योंकि मृग-वध तो प्रसिद्ध था। प्राचीनकाल में देव-पूजा के लिए अगस्त्य ऋषि ने अभिचार क्रिया सम्पन्न करने को मृग वपा से हवन किया था। परन्तु मृग व्यसन में था, पाण्डु यदि यह देख पाते! और वह फलाहारी ऋषि जब मरा तो उसके नेत्र फैल गये। पाण्डु काँप उठे। पाण्डु पहले ही स्वर्ण के-से रंग के थे, अब उसमें पाण्डु रोग के लक्षण दिखायी देने लगे।

शोक ने उन्हें ग्रस लिया। रामायण के कवि वाल्मीकि को क्रौंचवध पर दुःख हुआ था। यह कथा प्रसिद्ध थी। पाण्डु ने तपस्या करने का विचार किया। उन्होंने कहा—'सिर मुँड़ाकर, फल खाकर, भलाई-बुराई, मान-अपमान, शोक-हर्ष, मित्रता, विरोध, उपहार, क्रोध, हिंसा—सब छोड़ कर भस्म रमाकर, सब-कुछ त्याग करके, भिक्षा पर जीवन व्यतीत करूँगा।' विषयभोग से अरुचि हो गयी। उन्हीं महाराज पाण्डु ने संन्यास लेना चाहा। जटा धारण कर ली। किन्तु दोनों पत्नियों ने न छोड़ा। संग चल दीं। हाहाकार करता हस्तिनापुर फूट गया। धृतराष्ट्र को राज्य-सिंहासन मिला। वे भ्रातृशोक से अत्यन्त विचलित हो गये।

महाराज पाण्डु नागशत पर्वत पारकर चुके थे और आगे चैत्र रथ की ओर जा रहे थे।

आश्रम में यह संवाद फैल गया। चर्चा हुई। वृद्धा रोहीतकी ने कहा—कृपी! सुना?'

कृपी सुन चुकी थी। उसने कहा—'बहुत बुरा हुआ।'

'क्या करते महाराज?' रोहीतकी ने कहा, 'पाण्डु तो अपने रोगों से ग्रस्त हैं। स्त्रियाँ तरुण हैं। फिर कैसे हो?'

वह कुछ और बड़बड़ाई। किन्तु धृतवती जाने क्यों सकुचा गयी!

प्रातःकाल द्रोण ने कृपी से कहा—'आर्ये!' मैं महेन्द्र पर्वत जा रहा हूँ, तुम यहीं रहना।'

कृपी ने कारण जानना चाहा, किन्तु द्रोण ने कहा—'मुझे बुलाया गया है।'

शिष्यों को साथ लेकर वे चले गये।

द्रोण के चले जाने पर वह अकेली रह गयी। एकान्त में आर्या धृतवती उसके समीप चली आती। दोनों में इधर-उधर की बातें होती रहतीं। रोहीतकी को यह पसन्द नहीं था। उसने कृपी से कहा– 'धृतवती बहुत चतुर है।'

कृपी ने उत्तर नहीं दिया। जब अन्यान्य गृहों में स्त्रियों को काम था, कृपी के पास काम नहीं था। वह केवल अपना ही तो काम करती थी। लोकचर्चा वह इस कान से सुनती, उस कान से निकाल देती। इन सबसे उसे करना ही क्या था!

इसी समय एक दुर्घटना और हो गयी। कृपी ने देखा कि ऋषि मन्दपाल दास पूर्णक को मार रहे थे। मारते-मारते उन्होंने उसे अधमरा कर दिया। जब गोमुख ने उसे मारने को लगुड़ उठाया तो ऋषिपत्नी धृतवती उसी पर बिछ गयी, उसने उसे रोते हुए ढँक लिया और वह करुण स्वर से कहने लगी–'उसकी हत्या नहीं, निर्दयी, मेरी हत्या कर दो!'

ऋषि मन्दपाल ने क्रोध से फूत्कार किया और कहा–'दोनों को निकाल दो। आज इसका–इस पूर्णक का वध करना उचित था, किन्तु फिर धृतवती का यहाँ क्या होगा? इन दोनों को अग्रहार और नगर के बाहर निकाल दो।'

दासों ने दोनों को धक्के देकर निकाल दिया।

कृपी को तब मालूम हुआ। ऋषिपत्नी धृतवती को शूद्र का गर्भ था। और अब वे दोनों चाण्डाल बस्ती में जाकर बसेंगे, क्योंकि उनका पुत्र चाण्डाल कहलायेगा। ब्राह्मणी का इस प्रकार अधःपतन देखकर कृपी की इच्छा हुई कि वह धृतवती की हत्या कर दे। वह चाण्डाल बस्ती, जहाँ लोग दुर्गन्ध से भरे होते हैं, कुत्ते का माँस खाते हैं, जिन्हें भक्ष्याभक्ष्य का कुछ ज्ञान नहीं, जिनके यहाँ लोहे का घण्टा बजता है, वे बर्बर...पशु...!

कृपी सिहर उठी।

उसने देखा, आगे-आगे भयभीत पूर्णक, पीछे-पीछे धृतवती, यों वह जा रहे थे। धृतवती का सिर झुका हुआ था, जो मिलता था वह उस पर थूक देता था। यही बहुत था कि उसे जीवित छोड़ दिया गया था। वह ऐसे चल रही थी जैसे उससे बढ़कर कोई पापी संसार में नहीं है। क्या था उसे अप्राप्य जो वह ऐसे जघन्य जीवन के लिए फिसली! वहाँ, जहाँ कभी यज्ञ का पवित्र धुआँ नहीं उठता, जहाँ कभी वेदमन्त्रों का निर्घोष नहीं होता, कभी कदली फलों की सुगन्धि नहीं उठती। वहाँ तो मलमूत्र की दुर्गन्ध पथों पर रहती है, चमड़े के पात्रों में वे चावल खाते हैं। दिन-रात कुत्ते उनके बर्तन चाटते हैं। एक का उच्छिष्टान्न दूसरा खाता है। घृणित घृणित...!

रोहीतकी ने हँसकर कहा–'कृपी! तेरी सखी तो लोहे के आभूषण और कौड़ियों के गलहारों पर मोहित होकर चली गयी।'

'जाने दो,' कृपी ने झल्लाकर कहा, 'वह अत्यन्त घृणित थी।'

'मैंने पहले नहीं कहा था?'

'नहीं।'

'वृद्धा चौंकी। कहा—'अरी, इंगित करती थी।'

'मैं तो समझ नहीं पाती थी।'

'तेरी आँखों पर तो सखी-प्रेम की पट्टी बँधी थी। अरे जो दास-दासियों से स्नेह करेगा, वह क्या नहीं करेगा? संसार में एक उसी को करुणा आती थी? ऐसी ही दयालु थी तो वानप्रस्थ ले लेती!'

कृपी भीतर चली गयी।

कई दिन बाद जब द्रोण लौटकर आया, कृपी प्रसन्न हो उठी। उसी दिन उसने ऋतु-स्नान किया था। अब पुंसवन कर्म करके अग्नि में हवन किया और रात्रि में द्रोण से पूछा—'आर्य! आप कहाँ गये थे?'

द्रोण कहने लगा—'प्रिये, मैं धन प्राप्त करने महेन्द्र पर्वत पर गया था। वहाँ भार्गव ब्राह्मण हैं, जो इस समय भी क्षत्रियों के समान शस्त्रधारी हैं। किन्तु मैंने जाकर देखा, वे भी अब इस योग्य नहीं रहे कि धन दे सकें। ब्राह्मणों के पास धन समाप्त होता जा रहा है।'

द्रोण ने लम्बी साँस खींची। और कहा—'यह थोड़े-से ब्राह्मणकुमार जो मेरे पास शस्त्र चलाना सीखने आते हैं, देखती ही हो, वे धन देने के योग्य माता-पिताओं की सन्तान नहीं हैं।'

कृपी हँसी और कहा—'आपको धन की इतनी चिन्ता क्यों है, आर्य? अभी तो हम दो ही हैं। क्या दो का पेट इतना बड़ा है?'

द्रोण ने उसकी ओर आश्चर्य से देखा। अत्यन्त सुख से पालिता कृपी के मुख से यह सुनकर उसे काफ़ी धैर्य हुआ।

द्रोण ने कहा—'किन्तु इस यात्रा से लाभ ही हुआ। मैं भार्गवों से प्रयोग, उपहार और रहस्य के साथ समस्त अस्त्रों का चलाना सीख आया हूँ।'

कृपी शैया पर बैठ गयी। उसने बंकिम भ्रू करके कहा—'आर्य! धृतवती की बात सुनी!'

उसने सब सुनाया। कहा—'फिर वह चली गयी।' निर्विकार एकटक कृपी को देखता द्रोण सुनता रहा। फिर कहा—'किन्तु कृपी के नयन मेरे सब अस्त्रों से श्रेष्ठ हैं।'

रात गहरी हो गयी थी। कृपी लजा गयी।

द्रोण ने दीप बुझा दिया।

❑❑

कृपी के बलिष्ठ पुत्र पैदा हुआ। इतना बलिष्ठ कि जब जन्म के समय वह गम्भीर स्वर में रोया, वृद्धा रोहीतकी ने कानों पर हाथ रखकर कहा—'बालक है कि पुरीष का उच्चैःश्रवा! इसका रुदन तो अश्व का-सा स्थाम है।'

जब बालक बड़ा होने लगा और बोलने लगा तो उसी स्मृति की याद हुई और हँसी-हँसी में उस बालक का नाम अश्वत्थामा पड़ गया। सात वर्ष बीत गये। द्रोण अपने धनुर्वेद के अभ्यास में लग गये। उनके पास जो थोड़े-से शिष्य आते थे उन्हीं से कुछ सहायता लेकर वे अपने काम कठिनाई से चलाते। इसी समय एक दारुण संवाद आया। द्रोण के मुख पर अब पौरुष का गाम्भीर्य आ गया था। उन्होंने शान्ति से सुना।

महाराज पाण्डु का स्वर्गवास हो गया था। अनेक ऋषि हिमालय से उनके शव को हस्तिनापुर पहुँचाने आये थे। पाण्डु-पत्नी माद्री उनके साथ ही मर गयी थीं। कुरुजाङ्गल प्रदेश में पहुँचकर ऋषियों ने अपने आगमन की धृतराष्ट्र को सूचना दी। सहस्रों ऋषियों का आगमन सुनकर पितामह भीष्म, सोमदत्त, बाल्हीक, धृतराष्ट्र, विदुर और प्रायः समस्त हस्तिनापुर उनका स्वागत करने पहुँचा। गांधारी के पुत्र और उनके असंख्य पालित पुत्र भी अपने सेवक-रक्षकों की गोद में बैठकर गये। ऋषियों ने बताया कि पाण्डु मर गये थे। ऋषि तो यक्षों के साथ लौट गये, और फिर दान प्रारम्भ हुआ। अन्तिम संस्कार किया गया। नगर से पुरोहित प्रज्ज्वलित अग्नि ले घी की सुगन्ध फैलाते हुए चले। सुन्दर पालकी में पाण्डु और माद्री की लाशें फूलों से ढँककर रखी गयीं। छत्र लगा दिया गया। चँवर हिलने लगे। महान हाहाकार के बीच वाद्य ध्वनि की गूँज में पुरोहित श्वेत वस्त्र पहने अग्निहोत्र की अग्नि लेकर बढ़े। राजा के लिए दास श्वेत वस्त्र लेकर पीछे-पीछे चले। गंगा-तट के मनोहर वन में चन्दन आदि से लेपित शवों को सुवर्ण कलशों के जल से नहलाकर, उत्तम उज्ज्वल वस्त्र श्वेत चन्दन का लेप करके पहनाये गये और फिर पुरोहितों ने प्रेत-कर्म प्रारम्भ किया और शवों का दाह कर दिया। पिण्डदान हुआ, फिर श्राद्ध में सहस्रों ब्राह्मणों को दान मिला। ब्राह्मणों को ग्राम भी मिले। बारह दिन बाद सूतक उतरने पर पुरवासियों ने शोक-चिह्न उतार दिये। माता सत्यवती, अम्बिका और अम्बालिका ने वानप्रस्थ ले लिया।

ऋषि मन्दपाल ने कहा—'और?'

यात्री शर्मक ने कहा, 'फिर क्या? पाण्डु के पाँचों पुत्र...।'

'पाँच पुत्र!' मन्दपाल ने चौंकर पूछा, 'पाण्डु तो पुत्र उत्पन्न करने के अयोग्य हो गये थे?'

'देव! शर्मक ने कहा, 'शतशृंग उत्तर कुरु के समीप है। वहाँ पितरों के ऋण से उऋण होने को पाँच प्रणीत पुत्र प्राप्त किये।'

'तब ठीक है,' ऋषि मन्दपाल ने कहा।

प्रणीत पुत्र अपनी पत्नी में अन्य उत्तम व्यक्ति द्वारा उत्पन्न पुत्र होता था। यक्षों के समाज में तो यह स्वतन्त्रता थी।

ऋषि मन्दपाल ने कहा—'श्वेतकेतु के बाद से ये प्रथाएँ कम हो चली हैं। सनातन हैं, सनातन हैं...।' वृद्ध चला गया। द्रोण ने शर्मक से पूछा, 'बालक सुन्दर हैं?'

'युधिष्ठिर सबसे बड़े कुमार हैं। तुम्हारे अश्वत्थामा से कुछ बड़े हैं। भीम बराबर का होगा, अर्जुन छोटा है। यह तीन तो कुन्ती के हैं। माद्री के दो हैं—नकुल, सहेदव!'

'हूँ!' द्रोण ने कहा, 'उनके संस्कार तो हो गये न?'

'हो गये, आर्य!' शर्मक ने कहा। वह आङ्गिरस था। हस्तिनापुर से उत्तर जा रहा था। यहाँ अतिथि बनकर टिक गया था।

उसने फिर कहा—'पाण्डु वैसे तो स्वस्थ हो चले थे, किन्तु चैत्र में माद्री के साथ वन में घूमते समय वे अपने को वश में न रख सके। मृत्यु को प्राप्त हुए।'

शर्मक की बात समाप्त हो गयी। द्रोण ने उठकर अपने धनुष को ठीक किया और वे अपने शिष्यों को पाश-निर्माण समझाने लगे।

अश्वत्थामा अपने छोटे-छोटे बाणों को अपने छोटे-से धनुष पर चढ़ाकर लक्ष्य संधान कर रहा था। द्रोण ने देखा, पुत्र ने एक के बाद एक करके सात बाण एक ही स्थान पर मारे। द्रोण ने उसे उठाकर स्नेह से उसका मस्तक चूम लिया और कृपी के पास जाकर कहा—'कृपी! कृपी!'

'आर्य!' कृपी बाहर आ गयी।

'देखो तो, पुत्र कितना चतुर है!'

'क्या हुआ?'

'इसने एक ही लक्ष्य पर सात बाण मारे।'

'पिता का पुत्र ही तो है,' कृपी ने गर्व से कहा, 'जैसे यह भी कोई आश्चर्य की बात है? तुम भी कैसे आदमी हो!' द्रोण मातृ-गर्व को समझ गये। उन्होंने कहा—'मैं इसे संसार में श्रेष्ठ धनुर्धारी बनाऊँगा।'

'कैसे?' कृपी ने पूछा।

उस एक शब्द ने बिच्छू की भाँति डंक मारा। द्रोण ने सिर झुका लिया। धन! धन कहाँ था जो इतनी बड़ी बात कह दी!

द्रोण धीरे-धीरे बाहर चले गये। कृपी वहीं खड़ी रही। अश्वत्थामा ने माँ की दोनों भुजाओं तक पहुँचते हाथों से अपनी पहुँच के अनुसार उसकी कुहनियाँ पकड़कर कहा—'अम्ब!'

'क्या है, पुत्र?'

'तुम क्या सोचती रहती हो, माता?'

'कुछ नहीं, वत्स!'

'नहीं, कुछ तो भी!'

कृपी ने आँखों के कोने से आँसू पोंछे। वह भीतर चली गयी।

शिष्य चले गये थे। इस समय द्रोण अपने शस्त्रों को टाँग रहे थे कि अश्वत्थामा ने पहुँचकर कहा—'पिता!'

द्रोण ने तूणीर टाँगते हुए कहा—'पुत्र! क्या हुआ?'

'पिता! अम्ब रोती हैं।'

द्रोण को लगा, वह तूणीर गिर जायेगा। उन्होंने उसे दृढ़ता से पकड़ लिया। भ्रम था, वह गिर नहीं रहा था। द्रोण का मन हिल गया था।

'क्यों रोती है?' द्रोण ने फिर कहा।

'मैं क्या जानूँ?' अश्वत्थामा ने कहा और वह आश्रम के मृग के पीछे दौड़ने लगा और दौड़ते-दौड़ते वन की ओर निकल गया।

द्रोण वहीं बैठ गये। उनके हाथों पर कब उनका सिर आ टिका, यह वे स्वयं नहीं जान सके। देर तक वे उसी चिन्ता की मुद्रा में बैठे रहे। कृपी आयी।

'आर्य!' उसने धीरे से काष्ठस्तम्भ को पकड़कर कहा, 'चिन्तित हैं?'

'नहीं,' द्रोण ने सिर उठाकर कहा।

'फिर क्या मैं नहीं समझती?' कृपी ने कहा, 'मैं तो आपके सुख-दुःख की साथिन हूँ, अर्द्धांगिनी हूँ। मुझे क्यों नहीं बताते?'

'तुम जानती हो, कृपी,' द्रोण ने कहा, 'मैं किसलिए व्यग्र हूँ। कितने ही वर्ष व्यतीत हो गये। यौवन ढलाव पर आ गया, परन्तु मैं तुम्हें एक भी सुख नहीं दे सका।'

'क्या नहीं दे सके, मैं भी तो सुनूँ?'

'दिया ही क्या?'

'सौभाग्य नहीं दिया?' कृपी ने कहा। फिर रुककर कहा—'स्नेह और मान नहीं दिया?'

द्रोण ने देखा। कृपी ने फिर कहा—'पुत्र नहीं दिया?'

'फिर मुझे और क्या चाहिए?' उसने आगे कहा।

द्रोण चुप रहे। कृपी ने कहा, 'महानगर के ब्राह्मणों को छोड़कर यहाँ तो मैं किसी के पास भी धन नहीं देखती। सब ऐसे ही काम चलाते हैं। समस्त अग्निहोत्री ऐसे ही हैं। कोई बड़ा चावल है, कोई छोटा, हैं सब अन्ततः चावल ही।'

'कृपी!' द्रोण का गला रुँध गया।

'आप यदि किसी राजा के यहाँ...।'

कृपी नहीं कह सकी। द्रोण ने पुकारकर कहा—'नहीं कृपी, नहीं। द्रोण, आङ्गिरस

भारद्वाज द्रोण, सेवावृत्ति स्वीकार नहीं कर सकता।' ब्राह्मण का अधिकार लेना है, देना है तो अपनी इच्छा से। आज क्षत्रियों के शासन में ब्राह्मणों ने दान ले-लेकर अपने को पतित कर लिया है। तभी अब धृतवती जैसी स्त्रियाँ बढ़ती जा रही हैं। अब ब्राह्मण पहले की भाँति एक-दूसरे की सहायता भी नहीं करते। पहले गोत्र अलग होने पर भी ब्राह्मण एक थे। अब वह बात नहीं रही। अब वे चाहते हैं, ब्राह्मण भी क्षत्रिय, वैश्य और शूद्रों की भाँति अपना पेट पालने को कुछ बदले में दे। फिर द्रोण ने कहा—'देते हैं। यह पौरोहित्य करके ब्राह्मण दान ले-लेकर रहते हैं। मैं अपनी धनुर्विद्या कैसे बेच सकता हूँ? क्षत्रिय की भाँति अपनी सेवा बेचूँ?'

द्रोण का मुख क्रोध और घृणा से लाल-सा हो आया। उसने उठकर कहा—कृपी! क्या सचमुच समय इतना कुटिल हो गया है कि ब्राह्मण अपनी मर्यादा को नहीं रख सकेगा?'

अग्रहार में बाहर 'वेदवाह्य! वेदवाह्य!' की पुकार आ रही थी। सम्भवतः कोई अंत्यज पथ पर अपनी घृणित उपस्थिति की घोषणा करता हुआ जा रहा था। द्रोण के मुख पर शान्ति लौट आयी। नहीं, अभी पृथ्वी रसातल को नहीं गयी है। अब भी ब्राह्मण सर्वोपरि है।

कृपी भीतर चली गयी। अश्वत्थामा लौट आया था।

साँझ हो गयी थी। द्रोण के चिन्तित मस्तक पर वेदना ने रेखाएँ खींच दी थीं। यह वे कृपी से क्या कह गये थे? क्या कृपी ने उनकी बात के मर्म को समझा? ब्राह्मण सेवा नहीं कर सकता। क्या सब ब्राह्मण सेवा करते हैं? किन्तु वे शस्त्र-बल पर नहीं, अपने पौरोहित्य के बल पर जीवित हैं। क्या द्रोण ने स्वयं भूल नहीं की?

पाकशाला में कृपी चावल पका रही थी। पात्र में से भाप भभक-भभक कर निकलती थी और शून्य में लय हो रही थी। इस पाप में अग्नि से भी अधिक ताप था। कृपी सोच रही थी, क्या उसने पति से ठीक कहा? स्त्री के लिए पति ही तो सब कुछ है। फिर क्या उसने पति को दुःखी नहीं किया? उसके मन में आया, वह जाये और पति से क्षमा-प्रार्थना करे।

कृपी उठी। उसने जाकर देखा, द्रोण गम्भीर चिन्ता में डूबे हुए थे। उसने कहा—'आर्य!'

'कौन?' द्रोण ने मुड़कर देखा।

कृपी चुप रही।

'आर्ये?' द्रोण ने फिर पूछा। उनके स्वर में ऐसी शंका थी जैसे जाने अब क्या कहेगी! कृपी का हृदय भीतर-ही-भीतर न जाने कैसा-कैसा करने लगा। कहा—'क्यों, कृपी?'

'आर्य! मेरी बात का बुरा न मानें।'

'नहीं,' द्रोण ने सूखी हँसी-हँसकर कहा, 'वह कुछ नहीं। तुमने कहा ही **क्या**?'

'मैंने भ्रातर को लक्ष्य में रखकर कहा था। जानती न थी कि आप इसे इतनी नीच बात समझेंगे। मैंने समझा, भ्रातर जब सेवा करते हैं और आपने उनकी भगिनी से विवाह करने में अपना अपमान नहीं समझा, तो सम्भवतः ...।'

वह चुप हो गयी। द्रोण को लगा कि वह अपनी बात स्पष्ट करने के बहाने दुहराने आयी है।

'ठीक ही तो है, आर्ये!' द्रोण ने कहा।

दोनों ने एक-दूसरे की ओर देखा। अथाह निमन्त्रण था। दोनों एक-दूसरे के पूरक थे। जब संसार में पति और पत्नी के नेत्र समवेदना और दुःख में मिलते हैं, तब उससे अधिक दारुण दृश्य कोई नहीं होता। उस समय उन नेत्रों में कितना प्यार, कितना भय, कितनी भविष्य के सुख की छलना होती है! दोनों का सुख जो दो डोरों की भाँति एक-दूसरे में बँटा जाकर अन्त में एक सुदृढ़ रस्सी बनाता है, तो लगता है वह दोनों अपनी एक और वास्तविकता अन्तस्तल के किसी कोने में छिपाये और बिठाये हैं, जिसे प्यार अपनी समस्त निर्ममता से छिपाये है, भय अपनी आतुरता के पँख समेटे है; स्त्री और पुरुष—एक बन्दी, दूसरा पराजित स्वामी—अथवा किसी एक क्षण में इसकी विपरीत अवस्था—और वे दोनों एक-दूसरे की ओर देखते रहे। यौवन ऐसे फिसल गया था जैसे बालू पर से लहर दौड़ गयी हो, भिगो भी गयी और कन-कन भीगकर भी क्या अपना मन तक भीग सका? कृपी द्रोण के समीप जाकर बैठ गयी। संध्या का ताम्र आकाश आब उठती हुई गोधूलि की उदासी को देखने लगा था। कल ये दोनों तरुण थे। दारिद्र्य और चिन्ता ने ऐसा कर दिया है जैसे परकटे दो पक्षी ऐसी डाल कर बैठे हैं, जिसको पत्ते नहीं सजाते, जिस पर फूल नहीं खिलते। और पक्षी इसी आशा में बैठे हैं कि कभी वर्षा होगी, फिर जीवन प्रारम्भ होगा।

एक मूक आश्वासन जब नयनों की वाणी बन गया हो, तब होंठों पर कम्पन कहता है कि मैं विश्वास करने का प्रयत्न कर रहा हूँ, जैसे संध्या का निस्तब्ध अंतस् किसी नये उगते नक्षत्र से कह रहा हो—ओ टिमटिमाते दीपक, जल उठ; जल उठ...!

कृपी ने देखा। द्रोण के नेत्रों में एक नयी गम्भीरता का जन्म हुआ।

बाहर अश्वत्थामा खेल रहा था। उसके साथ में अनेक-अनेक पड़ोस के ऋषिकुमार। ऋषि गय के क्षीर, क्षेम, क्षेत्र; ऋषि जङ्घाबन्धु के चित्रांगद, चित्र और च्यवन तथा इसी प्रकार अन्य भी। धृतवती का पुत्र कृषीबल आगे था।

इसी समय जीमूत शूद्र ने आकर ऋषि गय के पुत्रों को पुकारा—'चलो आर्य पुत्र! धेनु आ गयी। दूध पीने चलो।'

जङ्घाबन्धु के पुत्र चित्रांगद ने कहा—'अरे! हमारी कजरी भी आ गयी होगी। चलो चित्र, चल रे च्यवन! घर चलें।'

वे सब चले गये। अश्वत्थामा अकेला रह गया। कुछ क्षण वह खड़ा रहा। फिर वह कृषीबल के पीछे-पीछे चला।

कृषीबल घर पहुँचते ही दासी दीर्घरोमा से बोला—'ला, मुझे भूख लगी है।'

'लाती हूँ, आर्यपुत्र!' कहकर काली दासी भीतर चली गयी। वह केवल कंचुक और लहँगा पहनती थी। उसके शरीर पर ताँबे के आभूषण थे। वह ऋषि मन्दपाल के घर की व्यवस्था कर रही थी। लौटकर दूध ले आयी।

कृषीबल पीने लगा। दूर से अश्वत्थामा ने देखा—दूध सफ़ेद रंग का एक तरल पदार्थ था।

वह उदास घर लौट आया।

उसको उदास देखकर कृपी ने पुकारा—'पुत्र!'

पुत्र शिथिल-सा आकर निकट बैठ गया।

'किसी ने मारा है?' कृपी ने पूछा।

'नहीं, अम्ब!'

'फिर इतना उदास क्यों है?'

'भूख लग रही है?' द्रोण ने पूछा।

'हाँ, अम्ब!' पुत्र ने माता से ही कहा।

'तो चल, पुत्र' कृपी ने कहा, 'भोजन बना रखा है, मैं तो तेरी प्रतीक्षा ही कर रही थी।'

'अम्ब!' अश्वत्थामा ने कहा, 'मैं भोजन नहीं करूँगा।'

'क्यों?' कृपी ने चौंककर पूछा। उसे शंका हुई, किसी कष्ट के कारण तो बालक मना नहीं कर रहा है?

'तो क्या करेगा? द्रोण ने पूछा।

'मैं तो दूध पिऊँगा,' अश्वत्थामा ने मुँह फुलाकर कहा।

द्रोण हँस दिये। उनकी समझ में नहीं आया कि बालक क्या कह रहा है? समझे, छोटा बनना चाहता है। उन्होंने उससे कहा—'मूर्ख, तू इतना छोटा तो अब नहीं रहा। गोदी में खेलनेवाले बालक माँ का दूध पीते हैं!'

अश्वत्थामा नहीं माना। उसने सिर हिलाया और फिर ज़ोर देकर कहा—'फिर कृषीबल, चित्रांगद और क्षेम दूध क्यों पीते हैं? वे तो गाय का दूध पीते हैं।' अश्वत्थामा ने ऐसे ही कहा जैसे मुझे क्या बताते हो, मैं क्या कोई मूर्ख हूँ, जो नहीं जानता!

'मैं देख आया हूँ, पितर!' उसने फिर कहा, 'उनके घर पर दूध बुला-बुलाकर पिलाया जाता है। अम्ब! तू मुझे क्यों नहीं पिलाती?'

इससे पहले कि उनकी बात का कोई उत्तर देता, उसने फिर कहा—'अम्ब!

हमारे घर में एक भी गाय क्यों नहीं है?'

उसकी बात का फिर किसी ने उत्तर नहीं दिया। द्रोण ने अपने दोनों हाथों से अपने सिर को थाम लि[illegible] बालक हठ करने लगा।

'अम्ब! सब पीते हैं, मैं भी पियूँगा।'

और कृपी को लगा उसकी छाती फट जायेगी। कितना कठिन था उस याचना को सुनकर अनसुना कर देना! दिगन्तों में जैसे दारुण यातना छटपटाने लगी। कृपी रोने लगी। उसने अश्वत्थामा को खींचकर अपने वक्ष से लगा लिया और वह रोने लगी। निःशब्द रुदन, जो अत्यन्त हृदय विचलित होने पर घुट-घुटकर फूटता है, जैसे डूबता हुआ व्यक्ति एक-एक श्वास के साथ वायु के स्थान पर प्राणधारी पानी गटकता जा रहा हो, डूबता जा रहा हो, अपनी असह्य यन्त्रणा से छटपटाता हुआ निकलने का जितना ही प्रयत्न क़रता हो, उतना ही फँसता चला जा रहा हो...।

और द्रोण के कानों पर हथौड़ा-सा बजने लगा। यह क्या है! और पुत्र का शब्द फिर-फिर कानों में गूँज रहा है—अम्ब! सब पीते हैं, मैं भी पिऊँगा।

आज ब्राह्मण का पुत्र दूध माँग रहा है, इसलिए कि जबसे माँ का दूध छूट गया, उसने कभी दूध नहीं पिया! जैसे शूद्र का बालक हो। और वह ब्राह्मण-सन्तान, जिसके पूर्वजों के पास एक समय कामधेनु थी...!

द्रोण को लगा, कार्त्तिवीर्यार्जुन की सहस्र भुजाओं के समान वह प्रश्न फैल गया और उन्हें चुनौती देने लगा। द्रोण की आँखों में अन्धकार छा गया। क्या सुन रहे हैं वे? क्या है उनका जीवन? यही कि वे अपने बालक के लिए एक धेनु तक का प्रबन्ध नहीं कर सके? क्या माँगा है आखिर उस अबोध बालक ने? निर्मम बधिक से बालक प्राण माँग रहा है!

और कृपी रो रही है। कितनी वेदना है उस स्वर में! मुझसे कुछ नहीं कहती। क्यों नहीं कहती कुछ? रो-रो कर अपनी यातना को बहा रही है, हिमखण्डों-सी जो भीतर जम गयी थी, कितने ताप को पाकर वह आज अकस्मात् बाहर आ गयी है!

अभाव! यही है अभावों की चरम अभिव्यक्ति! इसी दिन के लिए द्रोण ने कृपी से विवाह किया था! बेचारी ने एक दिन भी अपने मुख से कुछ नहीं कहा। इसलिए कि पति को सुनकर दुःख होगा। सुख में, दुःख में सहगामिनी दृढ़ता से खड़ी रही, किन्तु आज!

पराकाष्ठा हो गयी!

कैसे सह सकेगा माँ का हृदय कि बालक ने अपने मुख से कहा—अम्ब! सब पीते हैं, मैं भी पिऊँगा...!

यह भी तो नहीं कि बालक ने कुछ दुर्लभ वस्तु माँगी हो और माँ को लग रहा है—मेरे लाल, तेरा मुँह न थक जाये, हम जैसे अभागों के घर तूने जन्म ही क्यों

लिया?

एकाएक द्रोण हँस दिये।

कृपी ने आँसू पोंछकर मुस्कराने का प्रयत्न किया।

'मैं लाऊँगा पुत्र! तेरे लिए दूध लाऊँगा,' द्रोण ने कहा।

कृपी ने ऐसे देखा जैसे क्या कह रहे हो? जो कुछ कहा है, उस पर कुछ विचार भी किया है?

द्रोण ने सान्त्वना दी—'पुत्र, इस समय जाकर भोजन कर। मैं प्रातःकाल तुझे दूध पिला दूँगा।

अश्वत्थामा को आश्वासन-सा हुआ।

कृपी ने कृतज्ञ नेत्रों से द्रोण की ओर देखा। उस मुख पर एक दृढ़ता थी। उसे लगा, उसका रक्षक खड़ा था। उसने जिसका बीज धारण किया है, वह उस क्षेत्र का त्राता है। उस पर लगने वाले फल उसी के फुटे हुए अंकुर के प्रसाद है। क्या उस पर विश्वास नहीं करेगी?

द्रोण ने उठकर कन्धे पर उत्तरीय डाल लिया। वह अब अधिक उत्साह से भरा हुआ लगता था।

कृपी सोच रही थी—अपनी प्रतिच्छाया, अपनी आत्मा के अंश के लिए ही तो संसार सब कुछ करता है। यही बालक तो कल हमें पितृ ऋण से मुक्त करेगा। हमारे लिए स्वर्ग का द्वार उन्मुक्त करेगा।

द्रोण चले गये। कृपी ने दीप जला दिया। शिखा काँपने लगी। हवा पर झूमती थी, फिर अन्धकार के सर्प की लाल जिह्वा बनकर लपलपाती थी। झोंका आया। दीप बुझ गया। कृपी ने अश्वत्थामा को हृदय से चिपका लिया। फिर उठी और दीप जलाकर ऐसे स्थल पर रख दिया, जहाँ हवा का झोंका सीधा नहीं लगता था

अश्वत्थामा चावल खा रहा था। उसने हठात् पूछा—'अम्ब! कल मैं दूध पिऊँगा न?'

'नहीं तो क्या, मेरे पुत्र?' कृपी ने आश्वासन से कहा, 'पिता धेनु लेने गये हैं न?' वह कह तो गयी, पर हृदय भीतर-ही-भीतर काँप उठा।

❑❑

अश्वत्थामा जब सो गया तब कृपी सोच में पड़ गयी। अग्रहार का कोलाहल धीरे-धीरे शान्त होता चला गया और फिर वह अन्धकार में लय हो गया। आकाश में बुझे हुए-से नक्षत्र टिमटिमाने लगे। दूर शून्य में तैरते हुए, वे जैसे आज बिलकुल अपरिचित थे। कृपी ने स्नेह से अश्वत्थामा के सिर पर हाथ फेरा। बालक की नींद माता के

स्पर्श से जैसे और भी गहरी हो गयी। द्रोण अभी नहीं लौटा था। क्यों हुआ उन्हें इतना विलम्ब—कृपी ने सोचा। फिर एक ओर आशा ने सुनहला स्वप्न दिखाना प्रारम्भ किया, तो दूसरी ओर निराशा ने उसकी पृष्ठभूमि तैयार करने का उपक्रम किया।

कुटीर के फूस पर हवा खिलखिल करती हुई अब लोटने लगी और दूर किसी धेनुवत्स के रंभाने का स्वर उठा। हवा पर किसी मातृ-हृदय की ममता को दुलार गया और फिर खो गया। अब निस्तब्धता जैसे पहले से भी अधिक बढ़ गयी।

कृपी प्रतीक्षा करती रही। वह अकेली ही थी। किन्तु भय उसे नहीं लगा। भय क्या है, वह जानती ही नहीं थी। वह स्वयं धनुष चलाना जानती थी। फिर एकान्त की नीरवता कचोटने लगी। आज यदि गृह में दास-दासी होते तो क्या यह सन्नाटा यहाँ भाँय-भाँय करता?

कृपी धीरे से उठी। उठकर बाहर तक गयी। देखा, पथ निर्जन था। केवल कहीं-कहीं श्वान भूँक उठते थे। फिर वही अन्धकार, और कुछ नहीं। घर के पीछे के छोटे-से ताल के किनारे अब जुगनू उड़ रहे थे। कृपी कुछ देर वहीं खड़ी रही। फिर उसे एकाएक याद आया कि अश्वत्थामा अकेला है।

वह उसके पास चली गयी और उसकी बगल में सिर के नीचे अपना हाथ लगाकर लेट गयी और जैसे कुछ करने के लिए एक लोरी गुनगुनाने लगी।

द्रोण भारी हृदय लिए निकला था। क्या करे? कहाँ जाये?

क्या आज ऐसी परिस्थिति आ गयी है कि ब्राह्मण माँगने जाये और उसे नहीं मिले? काल की भयानक गति समाज को किस अधःपतन की ओर ले जा रही है, तभी तो अब विराट् के मुख से जन्म लेने वाला ब्राह्मण व्याकुल हो रहा है। त्रेता और द्वापर के बीच के अकाल में तो ऋषि विश्वामित्र को चाण्डाल से मरा हुआ कुत्ता माँगकर खाना पड़ा था।

द्रोण सिहर उठा। किसी अग्निहोत्री ब्राह्मण से गाय माँगने में क्या अनुचित है? एक गाय? एक गाय होती ही क्या है?

ब्राह्मण से याचना में क्या दोष? समस्त ब्राह्मण एक ही विशाल परिवार हैं।

द्रोण का मन अपने स्वनिर्मित प्रासाद की सुखद छाया में जा पहुँचा और जब मनुष्य एक बार कल्पना की नींव रख लेता है और उस आधार पर भीत उठाता है तो उसे लगता है कि वह ठोस घर बना रहा है, किन्तु जब वह भीत गिरती है तब उसके दुःख का भी अन्त नहीं होता।

आर्य मन्दपाल के द्वार पर द्रोण खड़े हुए। दास ने देखा। ऋषि सामने ही एक प्रकोष्ठ में बैठे थे।

द्रोण ने प्रणाम किया। वृद्ध ने इस रात में जो द्रोण को देखा तो माथा ठनका। अनुभवी व्यक्ति थे। पुलकित होते हुए-से, दोनों हाथ फैलाकर अत्यन्त स्नेह से उन्होंने

कहा—'स्वागत!'

फिर जैसे अत्यन्त आश्चर्य हुआ कि वे उसे पहचान गये, कहा—'अरे कौन? द्रोण!'

दासी दीर्घरोमा ने देखा और वह चली गयी। उसे कृषीबल को सुलाना था।

द्रोण बैठ गया। वृद्ध ने पहले इधर-उधर की बातों में समय नष्ट करना प्रारम्भ किया, जैसे वह रात्रि के अतिथि का मनोबल तोड़ रहा था। द्रोण को बिना दिलचस्पी भी सुनना पड़ा। किसी के मन को खट्टा करना भी उसकी अनुरोध-शक्ति को खण्डित करना है।

'वत्स, बहुत दिन बाद आये?' वृद्ध ने कहा, 'बैठो-बैठो!'

द्रोण संकोच के साथ बैठ गया।

'बूढ़ा हूँ न?' मन्दपाल ने कहा, 'कोई नहीं पूछता। क्यों पूछे?।' वृद्ध सिर उठाकर फिर हँसा और अन्त में कहा—'आयु बढ़ती है तो अपने हृदय को भी अपना शरीर कभी-कभी अपरिचित-सा लगता है।' द्रोण सुनता रहा। उसने धीरे से कहा—'आर्य!' फिर वह झिझका।

आर्य समझ गये कि कुछ खास बात है। फिर भी ऐसे रहे जैसे कोई बात ही नहीं हुई। कहा—'नहीं, मैं तुम्हें दोष कब देता हूँ? समय का फेर है, समय का।'

द्रोण ने आँखें उठायीं।

'कहो, द्रोण! तुम मुझे पुत्र के समान प्रिय हो। कुछ कहना ही चाहते हो न? कहो। निस्सन्देह प्रियजन के ही पास जाना उचित है।'

साहस हुआ। द्रोण ने कहा—'आर्य! अश्वत्थामा बहुत दिन से दरिद्रता में पल रहा है। उसे माँ के दूध के अतिरिक्त मैंने किसी दूध के अस्तित्व का ज्ञान नहीं होने दिया था। किन्तु क्या करूँ? भाग्य बड़ा विचित्र है...!'

द्रोण सारी बात कह गया और फिर अपनी अन्तिम बात कहने के पहले उसने रुककर देखा।

आर्य मन्दपाल ने सुना। कहा—'फिर?'

'देव! एक गौ चाहता हूँ। और ब्राह्मण होने के नाते केवल एक अग्निहोत्री से ही माँगता हूँ। क्या आप मुझे एक गाय दे सकेंगे?'

आर्य मन्दपाल जैसे तैयार थे, कहा—'ले जाओ, सब तुम्हारी ही हैं।' फिर कहा—'देखते ही हो, अग्निहोत्री के पास एक भी तो गाय अधिक नहीं। समय का फेर है, पुत्र! और एक वह समय था जब ब्राह्मण...।'

वृद्ध अब गद्गद हो गये। कहा—'आ हा...!' फिर मग्न होकर कहा—'अहा हा...!'

फिर वह विभोर हो गये।

द्रोण निरुत्तर हो गया। बात स्पष्ट थी। यहाँ कुछ नहीं मिलना था।

'जानता हूँ, द्रोण,' आर्य मन्दपाल ने कहा, 'कष्ट कैसा है? किन्तु दारुण दुःख मुझे है, तुम्हें नहीं, मुझे है।' द्रोण इस बात से चकित रह गया। जब प्रणाम करके वह वहाँ से चला, हृदय भारी था।

अब?

एक छोटा-सा शब्द अथाह जल के बीच में एक भँवर बन गया। पहले तैर सकते थे, इस भँवर में पड़कर तो हाथ-पाँव की शक्ति ही क्षीण हो रही है। तो क्या सचमुच गाय नहीं मिलेगी?

आर्य द्रोण ने निराशा से देखा। तारे चुप थे। वे तो कभी कुछ नहीं कहते। जब मनुष्य दुरभिमान से देखता है तो एक आह टूटता हुआ दीखता है।

फिर अश्वत्थामा से वे प्रातः क्या कहेंगे? इस ममता को तो वही जानता है कि अपना बालक माँगे और हम उसे कुछ न दे सकें। उस समय मनुष्य अपने को कितना अधिक धिक्कारता है! पिता का हृदय इस विषय में माता के हृदय से भी निर्बल होता है।

और फिर कृपी? क्या कहेगी वह? कैसे द्रोण उसकी याचना और उदासी भरी आँखों के सामने खड़े हो सकेंगे, जो अपने भीतर एक मूक उलाहना लिए होगी? और फिर जैसे सामंजस्य करने कसकते आँसू निकल आएँगे।

द्रोण की इच्छा हुई, सब कुछ छोड़कर चल दे। दूर किसी ऐसे एकान्त में जहाँ मनुष्य के राग-द्वेष नहीं हों, जहाँ कोई भी बन्धन नहीं हो। स्नेह भी तो अभाव का आधार है, तभी वह कचोट उठता है।

फिर याद आने लगा कृपी का वह मुख, जिसमें दृढ़ता का लौह है और वेदना का आँसू उस पर तलवार का पानी बनकर चमकता है। और वह मृगशावक-सा अबोध अश्वत्थामा! क्या वह उन्हें भीरु नहीं समझेगा?

अत्यन्त साहस करके द्रोण ऋषि गय के द्वार पर पहुँचे। दास माठर भीतर से बाहर आ रहा था। माठर को देखकर द्रोण को लगा, वे अब सफल हो जायेंगे। इस अनुभूति का कोई कारण नहीं था। फिर भी मनुष्य अपने मन को सन्तोष देने को कितनी प्रतारणा खड़ी करता है!

'दास!' द्रोण ने कहा, 'ऋषि गय हैं?'

'हैं, देव!'

'सूचना दो। आर्य द्रोण उपस्थित है।'

दास भीतर चला गया। उसके लौटकर आने तक द्रोण सोचते रहे कि अबकी बार बात कैसे प्रारम्भ की जायेगी? सीधे ही जो कह दूँगा, इधर-उधर की बातों से बात का प्रभाव मिट जाता है। माठर नहीं आया।

जब वह लौटा, उसने कहा—'आर्य! भीतर चलें।'

उसने पथ दिखाया। द्रोण उसके साथ-साथ चले। जैसे-जैसे भीतर जाते थे, हृदय धड़कता-सा था। माँगने वाले व्यक्ति का व्यक्तित्व तो प्रारम्भ से ही नष्ट हो जाता है।

ऋषि गय ने सुना तो कथा ले बैठे—'पुत्र! गाय! किसी भी क्षत्रिय को लो न? आश्चर्य मत करना। हाँ! अब ब्राह्मण की सामर्थ्य...कौन पूछता है...और क्षत्रिय...अजी ...तुमने पहले नहीं कहा...!'

द्रोण ने उनके खण्ड-वाक्यों का अर्थ लगा लिया, फिर भी वह सुनता रहा। ऋषि गय की वेदना इतनी बढ़ी हुई लगती थी कि कोई भी बात नहीं कर पाते थे। उनकी कथा चलती रही। उसका कहीं अन्त नहीं था। वह नगर, ग्राम सब पर हो आयी, पर गाय की तो उनकी बातों ने पूँछ भी नहीं छुई। पर लग ऐसा रहा था जैसे अब वे गाय की बात से समाप्त करेंगे।

द्रोण ऊब गया।

गय ने समाप्त किया—'कहाँ...आर्य, कहीं नहीं...सारा जीवन...ब्राह्मणत्व...सब नष्ट हो गया...हो गया।'

द्रोण चला आया।

अन्तिम बार...अन्तिम बार...!

द्रोण ने ऋषि जङ्घाबन्धु के द्वार पर पाँव रखा। उस समय उसके मुख पर पहले से ही निराशा थी। और लगता था कि वह चलते-चलते थक गया और अभी उसे मालूम नहीं है कि कितना और चलना है।

ऋषि जङ्घाबन्धु तो जैसे मुख देखकर भाँप गये थे। कहने लगे—'देख रहे हो, आर्य, परसों एक गौ मर गयी। दे दी चाण्डालों को। भाई, सुख से तो यह चाण्डाल हैं। सब कुछ तो खा लेते हैं, सो इन्हें भूख तो लगती नहीं। ब्राह्मण हैं, तो अब सब काम स्वयं नहीं कर सकते...।'

फिर जैसे बात बदलने को कहा—'नहीं, सो बात नहीं है, आर्य! वह अपना दास है न? वह जानता है उस चाण्डाल को भली-भाँति। गौ-चर्म हमें मिलेगा ही। उसके पात्र बनवा लेंगे। पर आर्य! गाय! बड़ा कठिन है। कैसे मना करूँ? सब तुम्हारा है, पर तुम स्वयं सोच लो।'

द्रोण चुपचाप सुनता रहा।

❒❒

रात गहरी हो गयी थी। सामने खड़े वृक्ष अब गहन और डरावने लगने लगे थे। मनुष्य को अपने मन के अनुसार प्रकृति को देखना उसके स्वभावगत होने के कारण प्रिय

लगता है। द्रोण सोचने लगा—

तब क्या खाली हाथों लौटना होगा? द्रोण को खाली हाथों लौटना होगा!

यह विचार इतना भयानक था कि वे इस सत्य का सामना नहीं करना चाहते थे और विवशता थी कि वह सहस्र कंटक लिए अब उगने लगा, आकाश तक पहुँच गया।

बालक की भोली आँखें आँखों के सामने आ गयीं। अश्वत्थामा पूछेगा—पितर! क्या गाय ले आये? तब वे क्या कहेंगे? कहेंगे—पुत्र! तेरा पिता अभागा है। वह गाय नहीं ला सका!

द्रोण का हृदय व्याकुल होने लगा।

और उनमें एक नयी भावना जगी। कैसे भी हो, मनुष्य को अपनी इच्छा की पूर्ति करनी चाहिए। कैसे भी हो! और तर्क तब दब गया। अपना, केवल अपना स्वार्थ वृत्रासुर के समान अपना पुच्छ पटकने लगा। द्रोण के सामने वज्रधारी इन्द्र आ गये। उन्होंने भी तो वृत्र को छल से मारा था!

क्या किसी गाय का अपहरण करना ठीक न होगा? उन्हें वृद्धा रोहीतकी की याद आयी। वृद्धा इस समय सो रही होगी। उसके पास अनेक गायें हैं। एक को खोल लेंगे। उसे क्या मालूम होगा? कुछ नहीं। प्रातःकाल सम्भवतः ज्ञात हो। तब क्या वह माँग सकेगी? कह देंगे, बाहर से ले आये हैं। यह विचार उत्तम रहा।

पाँव चले भी। लगा, समस्या अन्त में सुलझ गयी। न अब बालक रोयेगा, न पत्नी। और द्रोण गौरव से रहेंगे। गाय का बछड़ा होगा, तो उसे बेचकर दो गाय और ले लेंगे और कुछ ही दिन में एक झुण्ड खड़ा हो जायेगा।

किन्तु मन ने कहा—मूर्ख! यदि कोई जाग गया? और किसी ने पहचान लिया तो? तो सब कहेंगे कि यह भारद्वाज द्रोण चोर भी है। चोर! यह शब्द बार-बार आघात करने लगा और वे काँप उठे।

रात्रि के अन्धकार ने फुसफुसाया—कौन देख रहा है? कोई नहीं। किन्तु फिर याद आया, यह पाप है। अप्रगट पाप से प्रगट पाप अच्छा होता है। द्रोण ने अपने-आपको धिक्कारा। समस्त पौरुष पुकारने लगा।

नहीं, नहीं! क्या वे ऐसा कार्य कर सकेंगे?

फिर स्वार्थ ने कहा—क्यों नहीं? फिर याद आया, कवि कहता है कि किसी का धन मत लो।

धन मत लो! उन्होंने दुहराया।

क्या वे आज इतने पतित हो गये हैं? क्या वे आज एक असहाय वृद्धा स्त्री को लूटने की सोच रहे हैं? नितान्त जघन्य! घोर नीचता!

उनका हृदय सिहर उठा। फिर वे सोचने लगे।

तो क्या सेवा करनी ही होगी? क्या किसी क्षत्रिय के सामने अपने स्वाभिमान

को झुकाना होगा? यह और भी भयानक विचार था। द्रोण का मन करने लगा कि सब कुछ छोड़कर वे भाग जायें। अपना-अपना भाग्य है। क्या वे अमर हैं? यदि आज ही उनकी मृत्यु हो जाये तो?

फिर कृपी याद आयी। वह उनके पुत्र की माता है। मनुष्य का कितना छल है कि वह प्रत्येक बात में अपनी सुलझन ढूँढता है! और उसके लिए कोई-न-कोई बहाना ढूँढ लेता है। हाँ, वह प्रतीक्षा कर रही होगी। राह देखकर बैठी होगी।

घर की ओर पाँव उठने लगे। जीवन की तृष्णा अपने लिए परस्पर स्वार्थों को उलझाकर एक केन्द्र का निर्माण करती है। पुरुष अपनी अहम्मन्यता में उसका स्वामी बनता है और फिर उसके उत्तरदायित्व से घबराकर उससे भागने का भी प्रयत्न करता है। किन्तु उसके बन्धन छोटे नहीं होते। वे हृदय के भीतरी तन्तुओं को भी अपनी ओर खींचते हैं।

द्रोण के पाँव बढ़ते ही गये और एकाएक ही वें घर के द्वार पर जाकर ठिठक गये। जैसे मनुष्य बहुत दूर से चलता चला आये और उसे अचानक ही याद आये कि उसे अपने विश्राम-स्थल तक पहुँचने के लिए अभी एक पहाड़ लाँघकर जाना और बाक़ी है। कभी-कभी घर की देहरी लाँघ जाना भी पहाड़ लाँघ जाने से कुछ सरल नहीं होता।

घर के प्रत्येक व्यक्ति से इतनी आत्मीयता होती है कि वहाँ न महानता होती है, न लघुत्व। वहाँ तो मनुष्य की चेतना का आवरण अपने झूठ से ही अपने-आप डरने लगता है।

भीतर जाकर उन्होंने देखा, चारों ओर शान्ति छायी हुई थी। कृपी लेट गयी थी।

अश्वत्थामा सो रहा था। बालक के मुख पर एक तृप्ति की मुस्कान थी। आज वह मुस्कान उन्हें ऐसी लगी जैसे आकाश का वह सुन्दर नील जलधर था, जिसके बोलने में बिजली गिरने का भय रहता है, या वह मनोरम हिमाच्छादित ज्वालामुखी जो जब मुख खोलता है तो भीतर से पृथ्वी पिघलकर गिरने लगती है। कृपी के नेत्र खुले। द्रोण कुछ नहीं बोले। कृपी चौंकी और उसने उठकर कहा—'आर्य!'

द्रोण ने फिर भी कुछ नहीं कहा। वे सामने देखते रहे।

कृपी को निकट आने पर साहस हुआ। द्रोण की मुद्रा और भी गम्भीर हो गयी। कृपा मुस्कराई और उसने स्नेह से देखा, किन्तु मुख देखकर वह डर गयी।

'आर्य!'

'आर्ये!' द्रोण ने कठिनाई से कहा।

'आर्य! स्वस्थ तो हैं?'

'देवी! पूर्ण स्वस्थ हूँ।'

फिर दोनों चुप हो गये। कृपी ने फिर पूछा—'आर्य! लौटने में बहुत विलम्ब हुआ।'

द्रोण ने सिर हिला दिया और खाली आसन पर जाकर बैठ गये। उनकी उस निश्चिन्तता से कृपी ऊब गयी। धीरे से कहा—'भोजन कर लें, आर्य!'

द्रोण ने नहीं सुना। कृपी ने दुहराया। द्रोण चौंक-से उठे। जैसे यह वे क्या सुन रहे हैं!

कहा—'ऐं! हाँ। ठीक ही तो है। नहीं, किन्तु, नहीं...सत्य मुझे भूख नहीं है, आर्ये!'

कृपी पास बैठ गयी।

कहा—'सत्य है?'

द्रोण चौंके। पूछा, 'क्यों?'

'मैं जानती हूँ। यह तुमने नहीं कहा।'

'तो?'

'इसी का तो उत्तर चाहती हूँ।'

'मैं नहीं जानता।'

'अच्छा, चलो।'

द्रोण अस्वीकार नहीं कर सके। वे चुपचाप उठकर कृपी के साथ चले गये। कृपी ने उनके हाथ-पाँव धुलवाये और भोजन परोस दिया।

भोजन करते समय कृपी चुपचाप उनकी ओर देखती रही। उसने जैसे अपनी दृष्टि से उनके शरीर पर एक अभेद्य कवच-सा मँढ़ दिया।

'और दूँ?' उसने पूछा। फिर उत्तर की अपेक्षा नहीं करके स्वयं ही चावल परोस दिया।

द्रोण के खाने के बाद वह अपने लिए परोसकर बैठ गयी। द्रोण चले गये। कृपी खाने लगी। उसने कोई शीघ्रता नहीं की। नितान्त संयम से धीरे-धीरे खाती रही। पति के भोजन कर लेने पर जैसे उसकी इस समय की उलझन मिट गयी थी।

द्रोण अपने कुटीर में आ गये। वह देख रहे थे। अभी तक एक अद्भुत उमस छा रही थी। जब वर्षा होगी...।

द्रोण इस विचार को अधिक नहीं सह सके...बस यही नहीं...बस यही नहीं...।

अश्वत्थामा के सिर पर हाथ फेरा। बालक मुस्कराया।

नींद में बालक की मुस्कराहट के साथ लोगों ने कल्पना कर रखी है कि उस समय मातृकाएँ उसे फूल दिखाती हैं, शुभ्र उजले-उजले फूल, और जब वह रोता है तब उसे शृंगाल डराता है।

द्रोण पीछे हट गये।

कृपी ने प्रवेश करके देखा, पति विक्षुब्ध हैं।

'आर्य!'

'देवी!'

'सोये नहीं?'

वह बालक के पास लेट गयी।

द्रोण ने कहा—'अभी नींद नहीं आयी।'

कृपी ने कहा—'यह तो बहुत देर का सो गया है।' दम्पति ने परस्पर बातों के अभाव की पूर्ति के लिए सन्तान का सहारा लिया।

'रोया तो नहीं?' द्रोण ने पूछा।

'नहीं,' कृपी ने स्नेह से कहा। द्रोण आकर अपनी शैया पर लेट गये।

द्रोण को नींद नहीं आयी। बड़ी देर तक करवटें बदलते रहे। जैसे कल प्रातःकाल एक दारुण दृश्य उपस्थित होने वाला है। उसके लिए अभी से तत्पर होना है। यह क्या सरल है? शैया पर पड़े-पड़े वे बहुत दूर-दूर की सोचने लगे। और उन्हें लगा, वे व्यर्थ भटक रहे हैं।

फिर न जाने वे क्यों हँसे!

कोई हल निकल ही आया। मनुष्य ने अपने स्वजन की मृत्यु के समय जब अपने भीतर दारुण दुःख पाया और साथ ही अपनी असमर्थता का अनुभव किया तो कहा—इसमें दुःख करना व्यर्थ है, यह तो प्रकृति का नियम है और इस प्रकार अपनी समस्या को सुलझा लिया। मृत्यु से पराजय स्वीकार करके वह उस पर विजयी हुआ।

इतनी-सी बात थी।

बालक को बहका लेना क्या कठिन है? यह अबोध है। वह कुछ नहीं जानता। त्रिया-हठ और बाल-हठ संसार में प्रसिद्ध हैं। जो उनके सामने सिर झुका देता है, वह वास्तव में निर्बल होता है। बालकों को अत्यन्त बिगाड़ देता है।

क्या वे अपनी दृढ़ता से डिग जायेंगे? कभी नहीं। कभी नहीं।

द्रोण ने करवट बदली। अश्वत्थामा को वक्ष से लगाये कृपी सो रही है।

'सो गयी?' द्रोण ने धीरे से कहा, 'फिर? कृपी तू भी सो गयी।' फिर वे धीरे-धीरे हारने लगे। पलकें झपक गयीं। वे सो गये।

दूर हो गये वे आत्मा को डराने वाले काले-काले चित्र। द्रोण की नाक कुछ बजने लगी। आयु जब बढ़ती है तो जैसे नये आदमियों को बताया करती है कि देखो यह आदमी अधिक चल चुका है, मैं इसकी साँसों को देख रही हूँ, ये पहले की भाँति नहीं आतीं-जातीं। अब बार-बार कराह उठती हैं। बार-बार ठोकर-सी खाती रहती हैं।

रात आधी से भी अधिक बीत चुकी थी। बहुत-से तारे निकल आये थे।

❐❐

प्रभात का शीतल समीरण अब अग्रहार में घुसकर ब्रह्म-बेला की सूचना देने लगा। महर्षि-गण उठने लगे। और फिर मन्द-मन्द गुंजार-सी सुनायी देने लगी। बालक उठा दिये गये।

द्रोण स्नान करने चले गये। अश्वत्थामा उठकर माता के पास चला गया।

कृपी समिधा लेने चली गयी थी। अश्वत्थामा उसे ढूँढता रहा।

द्रोण स्नान करके लौटे और फिर अपनी नित्य क्रिया में दत्तचित्त हुए। जाकर अग्निहोत्र प्रज्ज्वलित किया। अभी अरणी रगड़कर रखी ही थी कि संध्या का समय हो आया।

द्रोण संध्योपासना करके निवृत्त हुए ही थे कि अश्वत्थामा आ गया। वह स्नान कर आया था।

द्रोण ने उसे देखा जैसे नहीं देखा।

अश्वत्थामा ने प्रणाम किया।

'आयुष्मान् वत्स, आयुष्मान्!' द्रोण ने मुस्कराकर कहा।

'पिता!'

'पुत्र!'

'पिता!' अश्वत्थामा ने फिर कहा।

'पुत्र!' द्रोण ने कुछ विस्मय से कहा।

'पिता, धेनु ले आये?' उसने अबोध बनकर पूछा।

'नहीं पुत्र, रात बहुत हो गयी थी।'

'मुझे दूध दो,' बालक ने कहा। उदासी उसके मुँह पर छा गयी थी। जैसे वह अब शीघ्र ही रो उठेगा। द्रोण ने देखा और हृदय काँप उठा।

'दूँगा, पुत्र,' द्रोण ने कहा, 'इतना दुःखी क्यों होता है?

'कब?'

'अभी।'

द्रोण उठे। भीतर गये। द्रोण भीतर गये। एक क्षण ठिठके। फिर उनके हाथ जल्दी-जल्दी चलने लगे।

'ले, वत्स!' वे हाथ चषक भरकर निकले। उस समय उनके नेत्रों में एक हल्का भय था।

दूध हाथ में लेकर अश्वत्थामा हर्ष से पागल हो उठा। उसके नेत्र आनन्द से विस्फारित हो गये। वह एकदम चिल्लाया, 'वही है, वही है...!'

'तो चिल्लाता क्यों है, पुत्र?' द्रोण ने कहा। परन्तु वह आवेश में था। फिर चिल्लाया—'पिता! तुम बड़े अच्छे हो।'

कहते हुए वह पीछे हट गया। वह इस समय बीच के द्वार पर खड़ा था।

द्रोण का हृदय भीतर-ही-भीतर काँप उठा।

'पी ले, वत्स। यहीं पी ले।'

'नहीं पिता, यहाँ न पिऊँगा।'

'तो फिर?'

'सबको दिखाकर पिऊँगा।'

अश्वत्थामा बाहर भागा। द्रोण का हृदय स्तम्भित हो गया। वे पुकार उठे—'अश्वत्थामा!'

स्वर फिर कण्ठ में अटक गया।

द्रोण ने चाहा कि उसे रोक लें, किन्तु बालक तब तक घर के बाहर जा चुका था। अब वह पकड़कर नहीं लाया जा सकता था।

द्रोण के सामने सब कुछ घूमता हुआ चलने लगा।

यह क्या हुआ? अब? अभी वे सोच भी नहीं पाये थे कि उन्होंने सुना कि पथ पर इस समय अत्यन्त विह्वल-सा होकर अश्वत्थामा आनन्द से पुकार उठा—'मूर्खो! जानते हो न? तुम बड़ा अभिमान करते थे। मैं भी किसी से कम नहीं हूँ। मेरे पिता भी किसी से कम नहीं हैं...।'

बालक का एक-एक शब्द द्रोण के हृदय पर एक-एक कील ठोकने लगा।

उसका स्वर सुनकर सब बालक आ गये।

एक ने कहा—'क्या है, रे अश्व?'

अश्व सुनकर सब हँस पड़े।

कृषीबल ने पूछा—'बताया क्यों नहीं?'

'देखो, क्या पीता हूँ? अश्वत्थामा ने गर्व से कहा। और एक घूँट पिया।

एक बालक ने बढ़कर देखा और कहा—'हूँह! दूध है। हम तो नित्य पीते हैं।'

'हम भी पीते हैं,' कृषीबल ने कहा।

'दिखा-दिखाकर क्या पीता है,' क्षेम ने कहा, 'अभी मैं भी लाता हूँ। तू तो आज एक दिन पी रहा है...!'

'एक दिन नहीं,' अश्वत्थामा ने कहा, 'नित्य पिऊँगा, समझा...!'

क्षेम भीतर भागकर गया और उसने कहा—'जीमूत! जीमूत!'

'हाँ, आर्यपुत्र!' जीमूत ने कहा।

'मुझे दूध दे।'

जीमूत उस समय साग काट रहा था। क्षेम उसके कन्धे पकड़कर झूलने लगा और हठ करने लगा—'अभी दे...जीमूत...अभी दे...अभी दे...!'

ऋषि गय ने पाकशाला में कोलाहल सुना तो पूछा—'क्या है, जीमूत?'

'आर्य, कुछ नहीं। आर्यपुत्र क्रीड़ा कर रहे हैं।'

'पाकशाला में क्रीड़ा?' ऋषि ने फिर कहा।

क्षेम ने उत्तर दिया—'देव! दूध माँगता हूँ।'

'इस समय?' ऋषि चौंके।

'हाँ, देव! अश्वत्थामा दूध पी रहा है न?'

ऋषि को विस्मय हुआ। यह कैसे हुआ? क्या द्रोण को रात कहीं से गाय मिल गयी? या कहीं से चुरा लाया है?

'तो फिर?' वे बोले, 'तू दूध क्या करेगा?'

वे बाहर आ गये।

'पिता,' क्षेम ने मुँह बनाकर कहा, 'मैं पिऊँगा। अश्वत्थामा दिखा-दिखाकर पी रहा है। वह मुझ पर हँसेगा।'

आकर देखा तो ऋषि गय ने आश्चर्य से आँखें फाड़ लीं।

क्षेम उस समय जीमूत के पीछे लग गया और तब तक नहीं माना जब तक दूध नहीं ले लिया।

क्षेम दौड़कर बाहर गया और पुकार उठा—'यह देख, मैं भी ले आया हूँ।'

वृद्धा रोहीतकी ने जब यह कोलाहल सुना तो बाहर आ गयी।

ऋषि गय ने उसको देखकर जैसे साहस इकट्ठा कर लिया।

उसने कहा—'भ्रातर! यह कैसा कोलाहल है! यह अश्वत्थामा दूध-दूध क्यों चिल्ला रहा है?'

गय ने कहा—'कौन जाने?'

वृद्धा को चैन कहाँ? पूछा—'और द्रोण का बेटा है, भ्रातर! याद है नहीं? हाँ, द्रोण का!'

महर्षि जङ्घाबन्धु दर्भ लेकर जा रहे थे। रोहीतकी ने पुकारा—'सुना, आर्य!'

'क्या हुआ, आर्ये?' महर्षि रुक गये।

'परमाश्चर्य! परमाश्चर्य!' वृद्धा ने कहा।

उस समय वहाँ इधर-उधर से अनेक व्यक्ति यह सुनकर रुक गये।

'द्रोण का पुत्र दूध पी रहा है,' वृद्धा ने कहा।

'ऐं?' महर्षि चौंक पड़े, 'द्रोण के पास तो एक भी गाय नहीं थी।'

'यही तो आश्चर्य है!'

'नहीं, इस बालक से पूछो तो,' महर्षि जङ्घाबन्धु ने कहा।

रोहीतकी ने अश्वत्थामा से कहा—'पुत्र! दूध पीता है?'

उसके नयनों में एक कुटिल स्नेह था। बालक उसे तुरन्त पहचान गया और इसलिए उसने कुछ उद्धत होकर सिर उठाकर कहा—'हाँ, और क्या?'

'आश्चर्य!' जङ्घाबन्धु कह उठे।

'तेरे घर में धेनु तो है ही नहीं?' वृद्धा ने फिर कहा।

अश्वत्थामा इस तर्क की निर्बलता पर हँस दिया। उसने कहा—'तो क्या है, पिता ने दिया है।'

ऋषि गय ने कहा—'आर्ये! बालक झूठ नहीं कहता।'

'परन्तु द्रोण रात-रात में गौ कहाँ से ले आया?'

'देखो तो, दूध ही पीता है?' महर्षि जङ्घाबन्धु ने कहा।

'देखूँ, वत्स!' वृद्धा ने अश्वत्थामा से कहा, 'दूध कैसा होता है?'

'तुमने नहीं देखा?' बालक ने आश्चर्य से पूछा।

रोहीतकी ने देखा तो आश्चर्य-सा हुआ। फिर देखा। फिर देखा। फिर उसने उसे सूँघा।

अश्वत्थामा गर्व से खड़ा अपना चषक दिखा रहा था। एकाएक वृद्धा की समझ में कुछ आ गया।

वह हँसी।

'क्यों?' बालक चौंका।

'यह दूध तेरे पिता ने दिया है?' वृद्धा की गरगलाती आवाज़ फूटी।

'हाँ, नहीं तो तुम दोगी?' बालक ने प्रत्याघात किया।

'क्या है?' गय ने पूछा।

जङ्घाबन्धु सतर्क हो गये। कहा—'क्यों, आर्ये? क्या है, आर्ये! क्या है?'

'चावल पीसकर पानी में मिलाकर द्रोण ने अपने पुत्र से कह दिया है कि यही दूध है,' वृद्धा न कहा, 'सुना, भ्रातर! यह नया दुग्ध है। नया ही है...,' वृद्धा अपनी कुटिल हँसी हँस पड़ी। और फिर उसने हाथ उठाकर कहा—'धन्य हो...धन्य हो!'

समस्त समुदाय ठठाकर हँसा। बालक भी हँसे और बड़ों के गम्भीर स्वर के साथ उसके कलकण्ठ भी झंकार उठे। अश्वत्थामा पुकार उठा—'यह झूठ है...!'

किन्तु इस प्रतिरोध से अट्टहास दोगुना हो गया। आज कितना बड़ा उपहास हुआ है!

बालक रुआँसा हो गया, किन्तु उस पर किसी ने भी ध्यान नहीं दिया। वे कठोरता से हँसते रहे। आज तो अद्भुत बात हुई।

उस अट्टहास को सुनकर बालक अचकचा गया। वे सब लोग कितने निर्दय थे।

अश्वत्थामा ने पूछा—'तो क्या यह दूध नहीं है?' उसके बड़े-बड़े सरल नेत्र छलछला आये।

वृद्धा रोहीतकी ने भर्राये स्वर से कहा—'मैं तो यही समझती हूँ। हाँ, यह नहीं है...दूध तो नहीं है...।'

'तो?' बालक ने पूछा।

महर्षि जङ्घाबन्धु ने गम्भीर स्वर में कहा—'आर्ये! अग्रहार सुने। धन्य है द्रोण...!'

वे कुछ कह नहीं सके।

रोहीतकी ने दोनों हाथ फैलाकर अपना स्वर उठाकर कहा— 'धिक्कार है उसे ...धिक्कार है उस द्रोण को...वह एक धेनु का भी प्रबन्ध नहीं कर सका! और धनुषबाण धारे फिरता है...!'

'उसने उस बालक से छल किया?' ऋषि गय ने कहा, जैसे उनके हृदय को इस समय बड़ा भारी कष्ट हुआ था।

'भाग्य!' महर्षि जङ्घाबन्धु ने कहा, 'यह भी एक स्मरण रहने योग्य घटना हो गयी। आश्चर्य हुआ। परमाश्चर्य हुआ।'

समुदाय चला गया। क्षण-भर पहले जो लहरें उस बालक के घरौंदों को ठोकर मारकर गिरा रही थीं, अब लौटकर समुद्र में मिल गयी थीं और निरवधि अट्टहास कर रही थीं। जैसे वे केवल उसका एक छोटा-सा घर ही गिराने आ गयी थीं।

अश्वत्थामा ऐसा खड़ा रहा जैसे जड़ीभूत हो गया। पिता ने यह क्या किया! द्रोण ने ऐसा किया? अश्वत्थामा ने सोचा और मन नहीं किया कि वह घर लौट जाये। उसी समय कृपी समिधा लेकर आयी। उसने अश्वत्थामा को देखा तो ठिठक गयी।

द्रोण सब सुन रहे थे, किन्तु बाहर निकलने का साहस नहीं हो रहा था।

कृपी ने देखा, पुत्र के हाथ में चषक था। वह समझ गयी। उसने स्नेह से उसके सिर पर अपना बायाँ हाथ फेरा। पुत्र चुप ही खड़ा रहा, जैसे वह अब इस संसार में सबसे ही रूठ गया है।

कृपी ने चषक हाथ में ले लिया और फिर उसके पानी को धूलि में फेंक दिया। अश्वत्थामा फिर भी नहीं बोला। तब कृपी ने पुकारा—'पुत्र!'

पुत्र! शब्द गूँज उठा।

कृपी ने नेत्र गम्भीर व्यथा से पसीज गये। कहा—'मैंने तो कुछ नहीं किया, पुत्र?'

पुत्र विचलित हुआ।

'किसने दिया है यह?'

'पिता ने।'

'पिता ने?' कृपी काँप उठी।

'अम्ब!' कहकर पुत्र चिपट गया। कृपी ने साहस किया। अश्वत्थामा फूट-फूटकर रोने लगा।

'फिर? कृपी ने कहा।

'वे हँसते थे।'

'उन्हें हँसने दे, वत्स,' कृपी ने कहा, 'वे हृदयहीन हैं।'

कृपी का संयत स्वर काँप गया। जैसे उसे अड़ोस-पड़ोस ने सुन लिया था।

तभी धीरे से दुःखी भाव से वृद्धा रोहीतकी ने बाहर निकलकर कहा—'क्यों, कृपी? हम हृदयहीन हैं?'

'नहीं तो क्या, आर्ये?'

'कैसे, री?' वृद्धा ने पूछा।

'तुम सबने यह नहीं देखा कि यह एक अबोध बालक है। उसे तंग करना क्या अच्छा था? यदि उपहास करना था तो हमारा कर लेते। दूध माँगता था तो दरिद्र माता-पिता क्या करते? बालहठ को बहलाने के लिए ही तो माता-पिता ने यह किया। फिर उसको इतना वितंडा देकर क्या आप सबने उचित किया है?'

'और पिता ने जो छल किया?' वृद्धा ने पूछा।

कृपी ने सुना। इसका उत्तर वह नहीं दे सकी।

वृद्धा रोहीतकी ने फिर कहा—'तेरा पुत्र भी तो चुप नहीं रहा। वह सब बालकों को दिखाने को ले आया। बालक तो कुछ समझते नहीं। वे उसे घेरकर नाचने लगे। चिढ़ाने लगे। मुझसे पूछा। मैंने देखा तो मुझे बड़ा आश्चर्य हुआ। कृपी! आर्य द्रोण को छल करने को अपना ही औरस पुत्र मिला?'

कृपी का हृदय कटने लगा। वृद्धा की बात सुन-सुनकर अब उसे लगा दोष अपना ही था।

'तुम ठीक कहती हो, आर्ये,' कृपी ने कहा।

'मुझे झूठ से लाभ ही क्या है?'

कृपी निरुत्तर हुई। अश्वत्थामा ने कहा—'आर्ये, तुम हँसी थीं।'

कृपी कठोर हो गयी। वृद्धा ने कहा—'अरे, तू भी उसी का पुत्र है न?'

'आर्ये!' कृपी ने कठोर स्वर से कहा। वृद्धा सहम गयी। कृपी बढ़ी और उसने अश्वत्थामा को उठाकर अपनी गोद में भर लिया जैसे सबसे उसकी रक्षा करना चाहती थी।

वृद्धा ने व्यंग्य से कहा—'तो क्या है, कृपी! तू बालक को धूलि देकर कह, मैं भोजन दे रही हूँ, तो भी मैं नहीं कहूँगी।'

'बालक मेरा है, आर्ये! तुम्हारा नहीं,' कृपी ने कहा, 'दरिद्र हैं तो क्या मनुष्य नहीं हैं?'

वृद्धा रोहीतकी शीघ्र उत्तर नहीं दे सकी। वह देखती रह गयी। फिर कहा—'ऊँह! बड़ा अभिमान है! घर में खाने को नहीं, तब तो यह हाल है...!'

कृपी ने पलटकर कहा—'तुमसे माँगने तो नहीं गयी?'

वृद्धा चुप हो गयी।

❐❐

कृपी ने बालक को गोदी से उतार दिया। सिर से समिधा का गट्ठा उतारकर डाल दिया।

द्रोण गम्भीर खड़े रहे। वे जैसे एक वृक्ष की भाँति थे। बाहर से आती वायु उनके केशों को धीरे-धीरे फरफरा रही थी। और उनके गाम्भीर्य को और भी गुरुतर बना रही थी। उनके नेत्र दूर कहीं अनदेखी वस्तु को न देखते-से देख रहे थे।

कृपी देखती रही। द्रोण का वह गाम्भीर्य उसके क्रोध को उत्तेजित करने लगा। वह आज तक द्रोण के सामने कुछ भी नहीं बोली थी। किन्तु बालक के हृदय के आघात को उसने अपने हृदय पर अनुभव किया था। द्रोण का चातुर्य उसे अत्यन्त घृणास्पद प्रतीत हुआ। कुछ देर तक वह नीचे के होंठ को ऊपर के दाँतों के नीचे दाबे रही, जैसे वह कहना तो चाहती है, फिर भी स्यात् कहना ठीक नहीं होगा।

फिर एकाएक वह फूट पड़ी।

'तुमने बालक के हृदय को पत्थर समझा था, अपने बल के गर्व का चमत्कार दिखाने के लिए यह बालक ही रह गया था? सारा संसार हँस रहा है। कोई भी हँसेगा नहीं तो क्या करेगा? पिता होकर तुमने पुत्र के साथ ऐसा छल किया? अब पिता की बात पर पुत्र भी विश्वास करना छोड़ देंगे। क्या नहीं? अबोध जानकर तुमने उसे बहका देने का प्रयत्न किया था! यह नहीं हुआ कि अपने पौरुष से उसकी इच्छा पूरी करते?'

द्रोण चुपचाप सुनते रहे। क्या कहते? कृपी ने कुछ भी तो असत्य नहीं कहा। किन्तु उन्हें मन-ही-मन थोड़ा-सा आश्चर्य हुआ। यह स्त्री इतनी कठोर और कड़वी बात कहाँ से निकाल सकी? क्या इसके हृदय में इतना आक्रोश था जो इस बहाने से बाहर निकल पड़ा है? या इसके हृदय को इतना अधिक धक्का लगा है, जो वह अपने क्रोध के आवेश में इतना सब कह गयी है?

कृपी कहती तो कहती चली गयी, किन्तु हठात् उसने द्रोण के मुख की ओर देखा। न जाने फिर क्या हुआ कि वह चुप हो गयी। द्रोण फिर भी नहीं बोले। वहीं बैठकर कृपी रोने लगी।

उसके हृदय में बहुत कुछ घुमड़ रहा था। कैसे कहे वह अपनी समस्त वेदना को! पुत्र बालक है। बालक के हृदय पर शैशव में जैसा भी प्रतिबिम्ब डाला जाता है, वह उसे वैसे ही तो स्वीकार कर लेता है। और जिसे बाल्यावस्था से ही अविश्वास सिखाया जायेगा वह आगे चलकर क्या होगा?

अश्वत्थामा ने कहा—'अम्ब!'

कृपी ने देखा। उसका स्वर निकला—'पुत्र!'

उस स्वर में कितनी घुटन थी, कितना आर्द्र कम्पन था! अश्वत्थामा न समझने योग्य आयु में भी उस स्वर को समझ गया।

कृपी कहने लगी—'मैं समझती थी, तुम अपने पुत्र को अपना ही अंश समझकर उसे संसार में अपने लिए सबसे प्रिय समझते होगे। किन्तु पुरुष हो न! तुम्हारे लिए दम्भ से बढ़कर कुछ भी नहीं है।' वह चुप हो गयी। फिर जैसे अपने आपसे कहा—'माता [illegible] हृदय ही अभागा होता है। वही जाने क्यों इतना व्या[illegible] चाहती, पुत्र का कल्याण ही तो जीवन का सबसे बड़ा सुख [illegible]

द्रोण ने कुछ भी नहीं देखा। अश्वत्थामा उन्हें घूर रहा था। जैसे [illegible] का प्रयत्न कर रहा था कि द्रोण ने कितना बड़ा अपराध किया था? जिस[illegible] से वह दुःखी था, वह स्वयं उसे समझ नहीं पा रहा था।

कृपी ने फिर कहा—'वत्स! न रो। आ तू, मेरे पास आ।'

अश्वत्थामा धीरे-धीरे उसके पास शंकित-सा आ गया। वह अब रो नहीं रहा था। फिर माँ क्यों कहती है कि अब उसे रोना नहीं चाहिए।

एक-एक बात द्रोण के मस्तिष्क में जाकर टकराने लगी।

यह सब क्यों हुआ?

प्रश्न का उत्तर था—अभाव! अभाव—धन का। वह होता तो सब ठीक रहता है। जब वह नहीं है तो आपस के सम्बन्धों में भी कुछ उलझन पैदा हो रही है। कृपी कह चुकी। कहकर थक गयी। द्रोण ने वह हलाहल हाथ बढ़ाकर पहले अपनी हथेली में समेट लिया और फिर उसे पी गये।

उन्होंने उत्तर नहीं दिया। वे बाहर आ गये। शस्त्र टँगे थे। द्रोण ने उदास नेत्रों से उनकी ओर देखा और आज की विरक्ति में पहली बार उन्हें लगा कि वे शस्त्र भी उन पर विद्रूप से हँस रहे हैं।

उन्होंने मुँह फेर लिया और धीरे से कहा—'करुणा! धर्म निलय! करुणा!'

उनका गला रुँध गया। वे कुछ भी नहीं कह सके।

कृपी को रोते-रोते मध्याह्न हो गया। उसकी आँखें सूज गयीं। वह आज तक पति के प्रेम में रही थी। पति से उसने मुस्करा कर ही बात की थी। आज जो हुआ वह अब धीरे-धीरे उसके हृदय को विदीर्ण किये दे रहा था।

'अम्ब! भूख लगती है,' अश्वत्थामा ने आकर कहा।

कृपी ने देखा। बालक का मुँह कुछ सूखा हुआ था। वह भूखा था।

'ठहर, अभी बनाती हूँ,' उसने कहा। उसने अपने ऊपर शोक किया कि क्यों वह अभी तक बैठी रही थी!

तब वह उठकर खाना बनाने गयी।

खाना बनाकर उसने पुकारा—'वत्स!'

'आया, अम्ब!' अश्वत्थामा का स्वर सुनायी दिया और बालक चपल हरिण की भाँति आकर सामने बिछे आसन पर बैठ गया। कृपी ने खाना परोस दिया।

'चावल दूँ?' कृपी ने पूछा।

'नहीं, अम्ब,' अश्वत्थामा ने कहा।

[illegible] और [illegible] न?'

[illegible] कहा, 'अधिक क्यों देती हो?'

[illegible] अश्वत्थामा खा चुका, वह उठकर बाहर आयी और मुस्करायी कि वह [illegible] बात सोच रही थी कि कहीं पुत्र संकोच तो नहीं कर रहा है? तब उसे [illegible]या। ओह! उसने बाहर देखा और धीरे-धीरे कुछ हिचकते हुए शंकित दृष्टि [illegible] देखते द्रोण के पास गयी।

द्रोण चुप थे।

कृपी ने कहा—'आर्य!'

द्रोण ने शायद सुना नहीं। तब कृपी ने अत्यन्त धैर्य से धीरे से फिर कहा—'आर्य!'

आँखें उठीं। प्रश्न उन पर खिंच गया। क्रिन्तु वाणी नहीं सुनायी दी। द्रोण चुप रहे।

कृपी ने कहा—'बालक भोजन कर चुका है। वह अब खेल रहा है। आप भी भूखे हैं। प्रातःकाल से मैंने भोजन अब तक नहीं बनाया था। भोजन ग्रहण करें। चलिए।'

उस स्वर में अनुनय था, याचना थी, एक दृढ़ता थी, और अधिकार था।

द्रोण ने जैसे नहीं सुना। कृपी मन-ही-मन कुछ झुँझलाई। पर उसने अपने भाव को प्रकट नहीं होने दिया। द्रोण का मौन भी एक अभिव्यक्ति थी।

कृपी ने फिर कहा—'देव! समय अधिक हो रहा है। चलिए। भोजन करें, मैं कहती हूँ। आप तो किसी ध्यान में मग्न हैं। तनिक मुझ पर भी ध्यान दें।'

द्रोण ने सूनी आँखों से देखा। उन नयनों में कितनी जलन थी, कितना सूनापन, जैसे निदाध का तप्त सांध्यकालीन आकाश, निरवधि शून्य भी और उसमें ही तप्त उच्छ्वास भी! और फिर अनन्त नीलिमा, कहीं-कहीं उड़ते हुए हारे-थके पक्षी। और फिर जैसे अब अँधेरी छा जायेगी, निविड़, घनी, जिसका फिर ढूँढे से भी कोई ओर-छोर दिखायी नहीं देगा।

कृपी डर गयी। उसे लगा, उसका डाला हुआ बीज हठात् ही फूट गया था और उसने अपनी जड़ें धरती में घुसाकर अपने लिए स्थान बनाना प्रारम्भ कर दिया था। क्या यह सब ठीक ही हुआ था?

उसने उनके दोनों हाथ पकड़कर कहा—'मुझे क्षमा करें, आर्य!'

स्वर भर्रा गया।

द्रोण ने कहा—'कृपी!'

एक शब्द में कभी-कभी ऐसा गहरा इतिहास एकदम डाँवाडोल हो उठता है कि मन की नाव अपने को ऐसे भँवर में डाल देती है, जिससे निकलना बहुत ही कठिन होता है। उस समय उसे लगता है, वह घूम रही है, घूम रही है। और वह अपने उपचेतन में जानती है कि वह वास्तव में अपनी गति भूलकर अपने-आप डूब रही है, ऐसी जगह जहाँ से वह निकल नहीं सकेगी।

द्रोण के नयनों से दो बूँद आँसू गिरे। उन्हें देखकर कृपी को आश्वासन हुआ। जब आँसू गिरते हैं, तब दुःख पिघलने लगता है। वह जो बाहर नहीं झलकता, हिम की भाँति भीतर ही जम जाता है, वह वास्तव में बहुत ही भयानक होता है।

कृपी ने कहा—'आर्य!'

द्रोण ने कहा—'इस पाप के लिए मैं कुछ भी, कुछ भी करूँगा, आर्ये! आज तुमने मेरी बन्द आँखों को खोल दिया। मेरा अभिमान कितना जड़ हो चुका था—यह मुझे आज ही प्रगट हुआ। अब कोई चिन्ता न करो, आर्ये, सब ठीक हो जायेगा।'

कृपी ने अपना सिर उनके कन्धे पर रख दिया। इस मौन से बढ़कर कोई और विश्वास उनके पास नहीं था। वह जैसे सांत्वना पा गयी थी। जब अश्वत्थामा खेलने चला गया, कृपी ने द्रोण को आकर याद दिलाया कि अग्निहोत्र का समय व्यतीत होता जा रहा है। उनको उठकर अपने नित्य कर्म में लगना चाहिए। उसकी अन्तरात्मा की व्याकुलता सहारा चाहती थी।

द्रोण चिन्तित बैठे थे। उन्होंने उदास दृष्टि से देखा, जैसे यह भी कर लिया जायेगा।

कृपी ने कहा—'समिधा ले आयी हूँ।'

'तुमने कष्ट किया, आर्ये?' द्रोण ने पूछा।

कृपी ने कहा—'तो उसे भूलेंगे नहीं, आर्य?' आँखें उठीं। उनमें स्त्री ने वशीकरण फेंका। आशा थी कि द्रोण कहेंगे, मैं अब याद नहीं रखना चाहता।

'कैसे भूलूँ?' द्रोण ने कहा।

'कुछ दुःख हुआ है?'

'नहीं, शोक।'

'शोक का अन्त क्या है?'

'मैं नहीं जानता।'

दुपहर हो गयी। धूप में कुछ ऊष्मा थी। छाया-वृक्षों के नीचे अब द्रोण लेटे हुए थे। कृपी उनके समीप आकर ही लेट गयी थी। वह आलस खाकर कुछ ऊँघने लगी थी।

द्रोण ने कहा—'कृपी!'

कृपी को लगा, किसी ने पुकारा। अपने ऊँधने में उसे लगा, कोई बहुत दूर

से बुला रहा है।

उस शब्द को सुनकर वह चौंकी। कहा—'मुझे किसी ने बुलाया था?'

'मैंने ही तो।'

'क्यों?'

'सोचता था, कुछ कहूँ।'

उसने कहा—'स्वामी!' एक ही शब्द! जैसे अब इससे अधिक कहना व्यर्थ था।

द्रोण ने कहा—'तो फिर सुन लो।'

कृपी पास आ गयी।

'आर्ये!' द्रोण ने कहा, 'इस पथ पर बहुत दिन चलकर भी कुछ नहीं कर पाया।'

'पथ!' कृपी ने आश्चर्य से कहा, 'पथ क्या बनाया जा सकता है? मैं तो जानती हूँ जो जैसे चलता है, वह चलता ही जाता है। आप सच कहते हैं?'

'हाँ, मैं सत्य ही कह रहा हूँ, आर्ये!' द्रोण ने विश्वास से कहा।

'तो क्या आर्य अब और कुछ करेंगे?'

'हाँ, निश्चय ही।'

कृपी ने कहा—'शीघ्र कहें, आर्य!'

'मैं जानता हूँ, तुम विश्वास नहीं करोगी।'

'क्यों, आर्य?' कृपी का उत्साह ठंडा पड़ा। शायद कोई गम्भीर बात नहीं है।

'मैं पांचाल जाऊँगा,' द्रोण ने कहा।

'क्यों?'

'द्रुपद पांचालराज मेरा सहपाठी था। वह मेरा अभिन्न मित्र था। चलते समय उसने मुझसे कहा था—द्रोण! मेरे पास आना और आधा राज्य लेकर सुख से जीवन व्यतीत करना। अब तक मैं सोचता था कि जाने की क्या आवश्यकता है? पर अब समय आ गया है। तुम मेरे साथ चलोगी, कृपी?'

आवेश में कृपी के कन्धे पकड़कर द्रोण ने उसे झकझोर दिया।

'चलूँगी,' उसने धीरे से कहा, फिर ऐसे धीमे से कहा, जिससे वायु भी न सुने—'अभी किसी से न कहना।'

साँझ हो गयी।

अश्वत्थामा आया तो कृपी ने उसके मस्तक का चुम्बन करके कहा—'कहाँ गया था, रे पागल!'

कृपी अत्यन्त प्रसन्न थी, स्वयं बालक को भी उसकी प्रसन्नता देखकर आश्चर्य हुआ।

'अम्ब!'

'क्या है रे?' कृपी ने बिना उधर देखे ही कहा।

'क्या बात है, माँ?'

'यात्रा पर चलेंगे, रे मूढ़! पांचाल चलेंगे,' कृपी ने लापरवाही से कहा।

अश्वत्थामा ने सुना तो उछल पड़ा—'यह सत्य है, अम्ब?'

'मैंने क्या कभी झूठ कहा है?'

'मैं इसकी नहीं कहता था, माँ!' बालक ने कहा। फिर उसने देखा कि माँ मुस्कराई। उसमें भी एक विश्वास था, सत्य की रेखा थी। दौड़ा-दौड़ा गया और क्षेम से कहा—'क्षेम! हम तो जा रहे हैं। अब बहुत दूर जा रहे हैं। बहुत दिन में पहुँचेंगे वहाँ। तू जानता है कहाँ?'

क्षेम ने पूछा—'मैं क्या जानूँ?'

'अरे कहेगा तो नहीं किसी से?'

'कभी नहीं।'

'पांचाल।'

'पांचाल!' उसने मुँह फाड़कर कहा। और जब वह मुँह बन्द कर रहा था तो रोहीतकी ने सुना। सायंकाल का समय था, जब वृद्धा रोहीतकी पूछने आयी—'आर्य जा रहे हैं?'

द्रोण ने कहा—'हाँ, आर्ये!'

'कब तक आयेंगे?'

'जब भाग्य लाये।'

वृद्धा ने आश्चर्य से पूछा—'जब भाग्य लाये!'

कृपी ने कहा—'हाँ, आर्ये!'

वृद्धा को परमाश्चर्य हुआ। यह अच्छा है कि पति-पत्नी दोनों ही ने भाग्य पर ऐसा विश्वास कर लिया है। उसने कहा—'इन्द्र मंगल करें! ब्रह्मा मंगल करें!' वह चली गयी।

संवाद अग्रहार में फैल गया—द्रोण अब जा रहे हैं।

अश्वत्थामा से रोहीतकी ने पूछा—'वत्स! कहाँ जाओगे?'

उसने इस प्रश्न के कारण अपने को बहुत ऊँचा समझा। कहा—'पांचाल।'

'वहाँ कौन है तुम्हारा?'

'अभी अम्ब से पूछकर आता हूँ,' उसने कहा—'ठहरो, आर्ये!'

रोहीतकी घबरायी। कहा—'अरे, मैं तो वैसे ही पूछती थी। रहने दे। ऐसी बात क्या है? आप मालूम हो जायेगा।'

अश्वत्थामा हतप्रभ हुआ। इतना प्रभुत्व देकर भी उससे छीन लिया गया।

महर्षि गय ने जङ्घाबन्धु से कहा—'क्या यह सत्य है कि द्रोण अपना कुटुम्ब लेकर जा रहे हैं? ऐसा क्या हो गया? कहीं कोई वृत्ति प्राप्त हो गयी?' उनको न

जाने क्यों इतनी घोर चिन्ता ने घेर लिया था!

जङ्गाबन्धु ने उत्तर दिया—'कौन जाने, आर्य! अब वे प्राचीन काल की बातें तो है नहीं। मैं तो जिधर देखता हूँ उधर ही मुझे आश्चर्य दिखायी देता है।' वे महर्षि गय से भी अधिक चकित थे।

जीमूत ने सुनकर कहा—'यहाँ सब उपहास करते हैं। जा रहे हैं। वहाँ कोई नहीं जानता, तो जैसे सब अपरिचित वैसे सब मित्र।'

'पर जायेगा पांचाल?' गय ने फिर कहा।

किसी को विशेष विश्वास नहीं था।

'पांचाल में क्या है?'

'सम्भव है, बात वैसे ही फैला दी हो कि लोग द्रोण की दुग्ध-घटना भूल जायें।

किन्तु द्रोण ने अपना सामान बाँधना प्रारम्भ कर दिया था। सामान थोड़ा ही तो था। अधिक समय नहीं लगा।

कहा—'अब बस।' फिर एक अँगड़ाई ली, जैसे थकान मिटा दी और कहा—'प्रबन्ध हो गया।'

रात की अँधियारी झुक आयी। द्रोण सो गये। उनके बाद कृपी सुख से सोयी, सुख से उठी।

दूसरे दिन द्रोण प्रबन्ध करने गये। जब वे लौटे, रात हो गयी थी।

वे लेट गये।

जीवन की सारी थकान जैसे दूर हो गगी।

'पांचाल!' कृपी ने कहा।

'द्रुपद बहुत अच्छा मित्र था मेरा।'

'अब भी है!'

'क्यों नहीं?' द्रोण ने विश्वास से कहा।

पति ने पत्नी को देखा तो लगा जैसे स्त्री को पूर्ण विश्वास तो नहीं था, वह जिसमें जीवन की शान्ति आकर प्रस्फुटित होती है, नियति भी जहाँ आती है और हारकर लौट जाती है।

और पत्नी ने जब पति को देखा तो उसे प्रतीत हुआ कि वह पूर्ण शरण पा गयी थी। अब उसे भय का कोई स्थान नहीं था।

दूसरे दिन वे उठे।

अश्वत्थामा ने पूछा—'अम्ब!'

'हाँ, वत्स।'

'अभी चलना होगा?'

'हाँ, वत्स! क्यों?'

चलते समय वे रुके।

द्रोण ने अधैर्य से कहा—'कृपी!'

'स्वामी!'

दोनों के गले रुँध गये। बहुत दिन यहीं रहे थे। आज वह घर छूट रहा है। अश्वत्थामा की आँखों में भी पानी आ गया। बालक के स्नेह की स्मृति तो बहुत दिन तक बनी रहती है।

आश्रम की ओर देखा तो द्रोण को लगा, वह सब-कुछ अपना था।

'फिर आयेंगे।' द्रोण ने धीरे-से कहा।

'आयेंगे क्यों नहीं?' कृपी ने कहा, पर उसे इतना मोह नहीं था। वह पहले भी ऐसे ही एक घर छोड़ आयी थी। परन्तु पुरुष का हृदय दूसरी तरह का होता है। द्रोण का वह अपना घर था। उसे छोड़ने में दुःख हुआ।

'इन्द्र! पुरीष!' द्रोण का स्वर फूटा, 'रक्षा कर!' रक्ष कर, गृह-देवता!'

उसने माथे पर हाथ फेर दिये।

घर से टूटा मिट्टी का घड़ा फेंकते समय भी मनुष्य सोचता है, फेंक दूँ और फिर उठाकर रख लेता है कि न जाने किस काम आ जायेगा...! जब हस्तिनापुर से हरिद्वार आये थे तब पथ स्यात् देखा ही नहीं था, क्योंकि तब प्रेम और यौवन ने आँखों पर पट्टी बाँध रखी थी। तब तो आँखों में आँखें उलझ गयी थीं और राह का ज्ञान नहीं हुआ था। अब न दिन ही उतने छोटे होते हैं, न रात ही।

किन्तु अबकी बार यात्रा की कठिनाई सामने आयी, क्योंकि अश्वत्थामा साथ था। बालक को लेकर यात्रा करना तो काफ़ी कठिन काम था। कृपी ने समस्या उठायी। द्रोण ने सोचा और वे साथ खोजने लगे। अन्त में हल मिला और तीसरे दिन प्रातःकाल वे लोग जाजलि वैश्य के सार्थ के साथ चल दिये।

जाजलि मोटा आदमी था। उसका रंग उजला था, पर आकर्षक नहीं था। वह एक क्षौम पहने था, जिसके ऊपर उसका अत्क था। सिर पर उष्णीश था। पाँव में उपाहन थे।

जाजलि को द्रोण के धनुर्द्धर होने का दिलासा था। वह उन्हें साथ लेने को सहर्ष तैयार हो गया। कहा—'आर्य! स्वागत है। आप स्वामी हैं।'

द्रोण के लिए इतना अलम् था। वह भी जाजलि को समझते थे। उत्तर के गन्धर्वों से सोम खरीदकर वह दूर-दूर तक यात्रा करता था और बेचा करता था। कम्बल, चर्म, वस्त्र उन्हें बदले में दे आता था। हिमालय की हिमराशि में भी वह चलता रहता था।

सार्थ के साथ अनेक दासियाँ थीं। वे प्रायः ही युवतियाँ थीं। उन्हें वह बेच देता था, फिर नयी खरीद लेता था और सब ही उसकी सेवा में हर प्रकार से प्रस्तुत

थीं। दासियों के प्रति जाजलि बड़ा चौकन्ना था।

कुलिन्द जाति से कुछ पुरुष आये। उन्होंने कुछ दूर तक वन का मार्ग दिखाया। जाजलि ने उन्हें अपने यहाँ का मैरेमक पिलाया, जिसे पीकर कुलिन्द अत्यन्त प्रसन्न हुए और बिना कुछ माँगे ही चले गये।

वैदेहक भुमन्यु, जो ब्राह्मणी के गर्भ और वैश्य के बीज से उत्पन्न हुआ था, जाजलि का निकट परिचारक था। वही स्वामी की सेवा किया करता था। अत्यन्त लोलुप आँखों से देखने वाला वह व्यक्ति कभी-कभी अत्यन्त नृशंस-सा दिखायी देता था।

पुल्कस पुन्नाग जो मागधी सैरन्ध्री और बाह्य से उत्पन्न माता में चाण्डाल द्वारा उत्पन्न हुआ था, आगे चलता था। वह बलिष्ठ था और अनेक बोझ उठानेवाले कार्य कर लेता था। जब जाजलि क्रुद्ध होता था तो वह भीमकाय व्यक्ति भी कुत्ते की तरह काँपने लगता था।

आगे-आगे वृषभ थे। चारों ओर घोड़े चल रहे थे। उन घोड़ों पर शस्त्रों से सुसज्जित व्यक्ति थे। जाजलि को उन पर भी बड़ा विश्वास था। वे आज कई वर्षों से उसी की सेवा में थे और बिलकुल हाँ-न किये संग डोलते थे। वैसे तो सब ही उसके दास थे। उनको उससे मुक्ति मिलना भी कोई ऐसा सहज काम नहीं था। जाजलि पहले पाँचों उँगलियाँ टिकाकर फिर मुट्ठी बाँधने वालों में था।

महावन में प्रवेश करने के पहले शूद्रों ने क्रकच बजाकर सबको सावधान किया कि आगे का पथ अब और भी दुरूह होता जा रहा है। सबको चौकस रहना चाहिए।

सार्थ में कुछ कोलाहल-सा सुनायी दिया, क्योंकि सब बोलने लगे।

ब्राह्मणों ने काम्य अग्निहोत्र किया कि वे निर्विघ्न पहुँच जायें। पथ में दस्युगण न मिलें, इसलिए उन्होंने इन्द्र से प्रार्थना की और फिर पुरोहित ने शकुन-विचार किया। उसमें सफलता के चिह्न देखकर जाजलि का रोम-रोम प्रसन्न हो गया। उसने सिर हिलाया जैसे वह पहले से ही जानता था।

सार्थ के वैतनिक सैनिक इषु, अर्धचन्द्र, अशवि, अज्जलिक तथा अन्तर्भेदी नामक बाण लिए हुए थे। उनकी कटि पर असि बँधी थी। उनके कोश साथ में थे।

स्त्रियों के हाथों में ऋष्टि, भल्ल तथा किसी-किसी के पास प्रास (बरछा) था। वे भी मौक़ा पड़ने पर लड़ने के लिए तैयार थीं। वृद्धाएँ युवतियों को इस रूप में देखकर प्रसन्न होती थीं। उन्हें वह समय याद आ रहा था, जब वे भी ऐसे ही चलती थीं।

सारथि ने कशाघात किया, तुरंग हिनहिनाये और चल पड़े। उनके खुरों से रुँदकर धूलि अधिक ऊँची नहीं उठी, क्योंकि अभी उनमें गति अधिक नहीं थी।

जाजलि ने चक्राश्मधारी को पास बुला लिया और उसे कुछ बातें समझाने लगा। चक्राश्मधारी के घनी दाढ़ी थी और वह हर बात पर सिर हिलाता था।

परश, परश्वध और परिधि से सज्जित दास अब शकटों के बीच-बीच में बिखर गये। उनकी भिन्न-भिन्न जातियाँ थीं। गलों में बड़े-बड़े कड़े पड़े थे।

द्रोणाचार्य पैदल चल रहे थे। उनके पाँव में चमड़े के उपानह थे और कन्धे पर सामूर पड़ा था। कन्धे पर ही तूणीर लटक रहा था और कटिबन्ध में खड्ग था। वे प्रशांत थे। कृपी और अश्वत्थामा को जाजलि ने शकट पर स्थान दे दिया था। कृपी इस समय आराम से बैठी थी। ब्राह्मणी थी और इसलिए सब उससे सादर बात करते थे।

अभीषु खिंची, पताका फहरायी, युगवाही वृषभ अब बढ़े, चक्र घूमे, रथ की आवाज़ गूँजने लगी। इस रथ के पीछे माल से भरे शकट थे। उन पर विभिन्न वस्तुएँ लदी हुई थीं। चीन का रेशम भी था जो तङ्गण से लाया गया था।

राह में कुलिन्द ने शंख बजाया। वह काले रंग का था। उसके सिर पर पंख बँधे हुए थे, सुगठित देह थी। उसके पीछे ही उसकी स्त्री थी, जिसकी कटि के ऊपर के भाग को कौड़ियों ने ढँक रखा था, जिसमें से उसका सुगठित शरीर झलक रहा था।

दूसरी ओर से शब्द आया। यह शब्द कुछ देर तक होता रहा। फिर जब कुलिन्द ने दूसरी बार शंख बजाया तब स्वर के साथ ही इधर से स्वर आने लगा।

सब रुक गये और जाजलि ने कुछ जोर-जोर से कहा।

'यथाज्ञापयति देव!' कहते हुए दास इधर-उधर चलने-फिरने लगे। उस समय वे सब अत्यन्त व्यस्त दिखायी दिये। कृपी ने झाँककर देखा और कठिनाई से बाहर कूदने को तत्पर अश्वत्थामा को रोका।

अनेक कुलिन्द कम्बल लिए आये थे। वे वैसे ही आते-जाते सार्थों को अपने जंगल से माल लादकर लौट जाते थे और सार्थ से बदले में कुछ सामान ले जाते थे। कुलिन्द के लोग बड़े सच्चे थे, किन्तु उनका क्रोध भी बहुत भयानक होता था। जब वे शत्रु हो जाते तो प्रचण्ड आक्रमण करते थे। उस समय उन्हें दबाना बड़ा कठिन काम हो जाता था। इसलिए उनके बल को टटोलने के स्थान पर उनकी बुद्धि को काम में लाना अधिक सहज था। जाजलि ने शकटों पर उन्हें लदवा दिया और मोल-तोल करने लगा।

'यह क्या है? मृग चर्म हैं?' उसने कहा—'रहने दो जी, इतने ही। अभी वे ही नहीं बिके, और लेकर क्या करेंगे? तुम लोग तो एकदम लाकर शकटों पर लाद देते हो।'

कुलिन्द-नेता हँसा। कहा—'तो क्या कुछ भी बदले में न दोगे? हम तो तुम्हारे ही लिए अपनी वस्तु रोके रखते हैं।'

फिर बातें होने लगीं।

द्रोण ने देखा, उस चतुर वैश्य ने कुलिन्दों को प्रायः लूट ही लिया।

'और क्या लोगे?' जाजलि ने कहा, 'इतने तो पात्र ले चुके हो। पर तुम्हारा तो मन मैरेमक से भरता ही नहीं।'

कुलिन्द हँसने लगे। वे कुलिन्द पर्वत के पास रहते थे, जहाँ से निकलने के कारण यमुना का नाम कालिन्दी था। वहीं से ये लोग वनों में होते हुए इधर-उधर घूमा करते थे।

'कहाँ जाओगे?' कुलिन्द-नेता ने कहा, 'यहीं क्यों नहीं रुक जाते?'

जाजलि तो चाहता ही था। बोला—'पर तुम लोगों को कष्ट जो होगा।'

'अरे, कष्ट की भली चलायी! कष्ट मनुष्यों से होता है कि पशुओं से?' वह हँसा।

रात हो गयी। आकाश में नक्षत्र निकल आये। नीरवता से सारा सार्थ अपने भोजन आदि के कार्यों में लग गया। दूर कहीं वृक्षों के पीछे कुलिन्दों का सामूहिक नृत्य-गीत हो रहा था।

उल्काओं के प्रकाश में अरिष्ट और आम्रातक के वृक्ष अब काले-काले दिखायी देने लगे। उनके पत्ते कभी-कभी, जब लपटें चमकतीं तो, दिख पाते। शुद्ध वायु में धुआँ उठता और घुल जाता। फिर अन्धकार में केवल जगह-जगह सुलगती आग की लपटें दिखायी देतीं!

छूट गया वह हरिद्वार, वह गंगा की पुनीत धारा और वह मनोहर आश्रम। द्रोण को वह सब याद आ रहा था। वे चुप थे। कृपी और अश्वत्थामा द्रोण के पास आकर बैठ गये। कृपी भोजन पकाने लगी। जब वे सब खा चुके तो द्रोण ने कहा—'आर्ये! कुछ कष्ट तो नहीं हुआ?''

'नहीं, स्वामी!'

'यह तो असम्भव है। फिर भी,' द्रोण ने हँसकर कहा, 'घर तो नहीं है।'

'पर घर में ही क्या था जो यहाँ नहीं है?' कृपी ने पूछा।

प्रातःकाल सार्थ फिर चल पड़ा। अब द्रोण और जाजलि और भी अधिक परिचित हो गये। जाजलि से ज्ञात हुआ कि द्रुपद राजा बड़े वैभव में रहता है। अब वह बहुत गम्भीर रहता है। है परम विद्वान, ऋषि अग्निवेश्य का शिष्य है। पर फिर भी उसमें काफ़ी अहंकार है, पांचाल का राजा है, कोई साधारण व्यक्ति भी तो नहीं।

द्रोण ने सुना और वे गहरी चिन्ता में डूब गये।

इसी प्रकार धीरे-धीरे चलते हुए इनकी यात्रा कई दिन में निर्विघ्न समाप्त हुई।

❑❑

अब वे पांचाल पहुँच गये। अहिच्छत्र महानगर था। द्रोण ने राजा की बनवाई एक वापी के समीप पत्नी और पुत्र को छोड़ा और वे स्नानादिक के उपरान्त पांचाल-राज के प्रासाद की ओर चले। नगर के बाह्य भाग में बनी एक पांथशाला में कृपी और अश्वत्थामा ठहर गये। कृपी के हृदय में इस समय आशा का समुद्र हिलोरें ले रहा था।

पांचाल की राजधानी सुविख्यात थी। जब कभी राजयज्ञ होता था, तपोवनों से ऋषि-मुनि आते थे और विवादों और शास्त्रों में भाग लिया करते थे। उस समय यज्ञ का उठता हुआ धूम्र आकाश में गम्भीर ऊँकार के साथ उठता और राजन्यों के शस्त्र बाहर अपनी झंकार से धरती को थरथरा दिया करते थे। पण्यों में विस्तृत धनराशि सामग्री का रूप धरकर आ गयी थी। पांचाल के प्रशस्त राजपथों पर रथों और अश्वारोहियों की भीड़ रहती थी। किन्तु उनका मन किसी में न लगा। वे आज जिधर भी देखते हैं, वहीं उन्हें एक नीरवता दिखायी देती है। वास्तव में मनुष्य जब किसी ध्येय में व्यग्र हो जाता है, तब उसकी चिन्ता उसे अपने ही स्वार्थों के भँवर में फेंक देती है और वह उन्हीं में डूबता चला जाता है, उसे इधर-उधर कहीं का भी ध्यान नहीं रहता।

पथ पर एक बालक खड़ा नये कदली फल बेच रहा था। दो-चार नर्तकियाँ चतुष्पथ पर नाच रही थीं, किसी पर भी द्रोण का ध्यान नहीं गया।

वे सीधे प्रासाद की ओर बढ़ चले। उन्हें लग रहा था, राजा द्रुपद बाहर ही प्रतीक्षा करते हुए मिलेंगे। जब यज्ञसेन द्रोण को देखेगा तो उसे कितना आश्चर्य होगा! वह उस अभूतपूर्व विस्मय के कारण सम्भवतः हर्ष के अश्रु बहाता रह जायेगा। कौन है उसका अपना पुराना मित्र जो उसे यज्ञसेन नाम से पुकारता होगा? चारों ओर ऐसे व्यक्ति होंगे, जिनसे वह खुलकर बात भी नहीं कर पाता होगा। सब पर उसका अधिकार ही तो होगा। स्नेह उसे कहाँ मिल सकेगा?

जिस समय वे द्वार पहुँचे, सिंहद्वार की भव्य आकृति ने उनके हृदय पर अपनी अधिकारमत्त प्रभावोत्पादकता से एक स्तम्भित छाया डाल दी। द्रोण उसे आश्चर्य से देखते रहे। वे हस्तिनापुर भी देख चुके थे, किन्तु तब वे निस्पृह होकर गये थे। यहाँ वे याचक बनकर आये थे। उस समय वे अपने को किसी से कम नहीं समझते थे। अब वह बात नहीं थी।

उन्हें देखकर द्वारपाल ने प्रणाम किया।

'आर्य! किसे देख रहे हैं?'

द्रोण सहम गये। फिर उन्होंने कहा—'कल्याण हो!'

और ब्राह्मण का आभिजत्य जागा। यह वे क्या सोच रहे थे? वे ब्राह्मण हैं। ब्रह्मा के मुख से उनका जन्म हुआ है। यह तो कोई शूद्र है।

'द्वारपाल!' द्रोण ने कहा।

'देव!' उसने विनीत उत्तर दिया।

'हम राजा से मिलना चाहते हैं।'

'नहीं, इस समय नहीं,' द्वारपाल ने एकदम उत्तर दिया।

द्रोण इस उत्तर के लिए तत्पर नहीं थे। सोचा, स्यात् वे समझे नहीं। फिर कहा—'राजा इस समय नहीं मिलते?'

द्वारपाल ने रूखे स्वर में कहा—'नहीं।'

द्रोण का मन क्रोध से भर गया। फिर भी चुप रहना ही उन्हें श्रेयस्कर प्रतीत हुआ।

कहा—'तुम उन्हें सूचना तो दो।'

'देव!' आज्ञा नहीं है। मुझे अपनी वृत्ति प्यारी है,' द्वारपाल ने कहा और पत्थर की-सी आकृति बनाकर खड़ा हो गया। द्रोण का मन काँप उठा। किन्तु वे अपने क्रोध को फिर पी गये।

'तब?'

मन ने कहा—यह क्या हुआ?

फिर देखा। प्रासाद! भीतर से आती हुई अगरुधूम की सुगन्धित लहरियाँ। और एक उन्माद पर थिरकती हुई मत्त-गर्विणी तृष्णा।

दिन चढ़ने लगा। द्रोण उद्यान के एक वृक्ष के नीचे बैठ गये। उनके सामने ही कुछ राजपुरुष आये और भीतर चले गये। फिर कुछ नर्तकियाँ अपने हाव-भाव दिखाती हुई आयीं और नूपुरों की झंकार से वायु को कँपाती हुई भीतर चली गयीं। द्रोण बैठे रहे। उन्हें यह सूझ नहीं रहा था कि वे अब क्या करें?

उद्यान के वृद्ध माली बकनख ने देखा कि धनुष और तूणीर धारण किये एक व्यक्ति उद्यान के वृक्ष के नीचे बैठा है। वह हतप्रभ हो रहा है। उसे उत्सुकता हुई। वह उनके पास गया। द्रोण ने उसे देखकर मृदु मुस्कान से उसका स्वागत किया। उसने पूछा—'तुम कौन हो, क्षत्रिय?'

क्षत्रिय! द्रोण का हृदय झन्ना उठा!

कहा—'मैं ब्राह्मण हूँ।'

'अपराध क्षमा हो। प्रणाम स्वीकार करें।'

'ठीक है। मैं राजा से मिलना चाहता हूँ।'

द्रोण की बात सुनकर उसने कहा—'आप नहीं जानते, राज-प्रासाद में घुसना इतना सरल नहीं है!' फिर जैसे उसने आप से कहा—'परदेसी लगते हैं?'

'हाँ, मैं हरिद्वार से आया हूँ।'

'हरिद्वार,' बकनख ने कहा, 'बहुत दूर है।'

'स्नेह मुझे खींच लाया है।'

'राजा और स्नेह!' बकनख ने आश्चर्य से कहा।

द्रोण ने कहा—'किन्तु वे मेरे परम मित्र हैं। तुम उन्हें नहीं जानते। वे मेरे सहपाठी थे। गुरु के आश्रम में हम दोनों भाई-भाई की भाँति रहते थे। उन्होंने मुझे बुलाया था। समय मिलने पर मैं उपस्थित हुआ हूँ।'

बकनख हँसा। वह वृद्ध था। उसे संसार का अब काफ़ी अनुभव हो गया था। द्रोण के उत्साह को देखकर उसे मन-ही-मन दुःख भी हुआ। केवल वृद्ध ही जानता है कि एकदम उठने वाला जब उसके बाद ही गिरता है तब उस पर कैसा आघात होता है, क्योंकि उसे जीवन में अनेक बार उतार-चढ़ाव देखने पड़ते हैं।

'तो जाओ, सभा का समय हो गया', वृद्ध ने कहा।

'सभा में तो सब जाते होंगे?'

'अवश्य।'

बकनख ने देखा, द्रोण को अब उत्साह-सा छा गया।

'यज्ञसेन मेरे प्रिय मित्र थे', द्रोण ने फिर कहा, 'एक बात कहूँ। किसी से कहना नहीं। कल मैं इस आधे राज्य का स्वामी हो जाऊँगा। तब तुम्हें बुलाऊँगा। तुम बड़े सहृदय हो। क्या नाम है तुम्हारा?'

वृद्ध का मुख आश्चर्य से खुल गया! वह बोला—'ऐं!'

यह ब्राह्मण तो कुछ पागल-सा लगता था। बकनख ने कहा— 'तो जल्दी जाओ। मैं तुम्हें अपने-आप ढूँढ लूँगा।'

सभा का भव्य प्रांगण पार करके द्रोण ने देखा कि असंख्य स्तम्भों पर सभा-भूमि की छत टँगी थीं, जिसमें से जगह-जगह मणि-मालाएँ लटक रही थीं। सुन्दर स्तम्भों पर घोड़ों की धनुष टेके हुए खड़ी आकृतियाँ खुदी थीं और पुष्प-मालाएँ गन्ध फैला रही थीं।

द्रोण झिझके। वैभव ने फिर उन्हें आतंकित किया। द्वार पर सशस्त्र दंडधर थे और कंचुक इधर-उधर घूम रहे थे। द्रोण को लगा, एक वे ही अस्वच्छ वस्त्र पहने हुए थे। क्या उनका आना उचित था?

परन्तु वे अपने कार्य से आये थे और अपना कार्य याद आते ही फिर उनके पाँव बढ़ चले। वे दोनों ओर बैठे हुए सभासदों की चिन्ता न करके आगे बढ़ने लगे। दो बार एक दंडधर ने सोचा कि रोक दे। आगे भी बढ़ा, परन्तु जब राजा के अंगरक्षकों को देखा तो हट गया।

द्रुपद उस समय गांधार और मद्र से लौटे एक ब्राह्मण की यात्रा का विवरण सुन रहे थे। ब्राह्मण कह रहा था—'राजन्! अद्भुत था वह व्यापार! वहाँ मद्र में स्त्रियाँ नितान्त व्यभिचारिणी हैं। जौ की मदिरा पीते हैं, वेद-ध्वनि करने को तो क्या, पौरोहित्य करने तक को वहाँ क्षत्रिय और वैश्य तत्पर रहते हैं। वहाँ ब्राह्मण न पूज्य

हैं, न राजन्यों का वहाँ सम्मान है। एक-आध स्थल पर तो मैं देखकर आश्चर्य में पड़ गया।'

'क्यों?' राजा द्रुपद ने पूछा।

'देव! कह दूँ?'

'कहो, आर्य!'

'देव! कई परिवार थे। वे सब अपने को एक ही घर मानते थे। वहाँ स्त्रियों और पुरुषों पर स्वेच्छा के अतिरिक्त और कोई बन्धन नहीं थे। श्वेतकेतु की मर्यादा तो उनको अश्रव्य थी।'

द्रुपद ठठाकर हँसे।

'अच्छा!' उन्होंने आश्चर्य से पूछा, 'सुनी ही नहीं थी?'

'नहीं, राजन्,' ब्राह्मण ने फिर कहा, 'सुनी ही नहीं थी।'

'फिर?' राजा ने पूछा। वे उत्सुक थे।

दासियों ने चँवर हिलाते-हिलाते देखा कि एक कृष्णकाय ब्राह्मण, दरिद्र, जो धनुष-बाण धारण किये था, बढ़ने लगा। सभा अब धीरे-धीरे द्रोण की ओर आकर्षित होने लगी, क्योंकि वे राजन्यों के स्थान पर चल रहे थे और उनकी पग-ध्वनि उस ब्राह्मण के स्वर को सुनने में बाधा दे रही थी। फिर क्या कारण था कि वे एकदम बढ़े ही जा रहे थे?

दीपाधारों से ऋषि नभोद का दृष्टिपथ रुक रहा था। उन्होंने झुककर देखा और उनके मुख पर आश्चर्य का भाव आया। यह कौन है? है तो कोई अच्छे कुल का ही। परन्तु पहले तो देखा नहीं था।

राजा द्रुपद ने चौंककर मुड़कर देखा, किन्तु उसके मुख पर कोई भाव नहीं बदला।

ब्राह्मण आगे बढ़ा। वह गम्भीर था। उस समय उनकी आँखों में एक अद्भुत भाव था। न उसे आनन्द कहा जा सकता था, न विषाद। उसमें स्फूर्ति भी नहीं थी, किन्तु पराजय का नाम भी नहीं था।

द्रुपद के सिर पर हेम-किरीट था। उसमें हीरे चमक रहे थे। स्वर्ण की चमक को हीरों की चमक ने एक नया देदीप्यमान दम्भ दिया था। उनके केश उसके बाहर, पीछे की ओर सुन्दरता से कढ़े हुए थे। कानों पर मोतियों की मालाएँ लटक रही थीं। सामने की ओर मुकुट के बीचोंबीच एक बड़ा-सा लाल मणि जड़ा हुआ था।

ब्राह्मण का विशाल शरीर भी उस समय निकट पहुँच चुका था। ब्राह्मण ने कोई अभिवादन नहीं किया। राजा द्रुपद जैसे समझ नहीं सके कि क्षत्रिय यहाँ क्यों खड़ा है, या यह ब्राह्मण ही है?

निकट खड़े राजपुरोहित ने कहा—'राजा को अभिवादन करो, युवक!'

एक तो 'युवक' शब्द, दूसरे 'अभिवादन' सुनकर द्रोण चौंके।

राजपुरोहित ने चौंककर देखा कि ब्राह्मण यह सुनकर धीरे से मुस्कराया।

'कौन हैं आप?' द्रुपद ने कहा।

'मैं? आपको याद नहीं?' द्रोण ने कहा—'आप मुझे भूल गये? किन्तु आप तो कहा करते थे... ।'

द्रुपद ने काटा—'तथ्य की बात कहें।'

उस नीरस वाक्य को सुनकर भी वे समझ नहीं सके। और अपने आवेग में द्रोण ने प्रसन्नता से कहा—'नरनाथ! मैं वही आपका पुराना मित्र द्रोण हूँ। भारद्वाज का पुत्र, द्रोण! आप मेरे साथ हरिद्वार में महर्षि अग्निवेश्य के यहाँ शिक्षा पाते थे। हम दोनों की मित्रता देखकर देवताओं को भी ईर्ष्या होती थी। गुरुपत्नी को हम दोनों पर अत्यन्त स्नेह था।' आपने चलते समय कहा था—'द्रोण! अवश्य आना। मेरे पास अवश्य आना। तुम नहीं आओगे तो मैं समझूँगा, जीवन सफल नहीं हुआ।'

राजा द्रुपद ऐसे देखते रहे जैसे किसी आश्चर्यजनक वस्तु को देख रहे हों और उन्हें उस वस्तु के मुख से ऐसी बातें सुनकर जैसे और भी आश्चर्य हो रहा हो। वे कुछ सोचते हुए-से दिखे, फिर कहा—'ओह, हाँ। याद आया, तुम मेरे साथ महर्षि के यहाँ आश्रम में थे। ठीक है। मैं तो भूल ही गया था। कब की बात है! बहुत दिन भी तो हो गये।'

सभा हँस दी।

द्रोण अप्रतिभ हो गये। वे सोच भी नहीं सके कि क्या कहें?

राजा ने फिर कहा—'ब्राह्मण!' उस समय उनकी भृकुटि खिंच गयी थी, जैसे घोर अपमान ने उनके हृदय को ग्रस लिया था, 'तुम अभी बालक हो। अभी तक तुम्हारी बुद्धि परिपक्व नहीं हुई। यदि तुम कुछ भी समझदार होते तो मुझे इस भाँति अपना मित्र नहीं बताते। ब्राह्मण! मित्रता सदैव समर्थों में होती है। मेघ और वज्र अपने समान-बल के कारण मित्र होते हैं, एक गरजता है तो दूसरा कड़कड़ाना जानता है। मनुष्य का वैभव उसका धन, उसकी शक्ति है। पांचाल के कुलीन राजन्यों के सामने आकर मुझसे कहते हो कि तुम मेरे समान हो?'

उस समय राजन्यों के अट्टहास से सभा-मण्डप गूँज उठा। उसके रुकने पर द्रुपद ने कहा—'ब्राह्मण! वसंत का मलय सूखे वृक्षों का मित्र नहीं होता। राजा पालक होता है। उसके पास लक्ष्मी रहती है। वह तुम जैसे दरिद्रों का मित्र कैसे हो सकता है? समय की बहती धारा पर्वतों को काटकर मैदान बना देती है। फिर मित्रता क्या समय से भी बलवान है? इस जीवन को तो पांथशाला समझो, ब्राह्मण! आज यह साथी है, कल दूसरा और कोई होगा। तब मैं एक तरुण था, तुम भी तरुण थे। मित्रता हो गयी, पर क्या वह ऐसी शाश्वत थी? समय ने अपने हाथों से उस घर को भी गिरा दिया।'

द्रोण ने सुना। राजा ने कहा—'महाशय! दरिद्र व्यक्ति धनी का, मूर्ख बुद्धिमान का और नपुंसक वीर का सखा नहीं हो सकता। स्नेह तो सन्तुलन है। दोनों ओर से बराबर टँगा रहे। स्पर्धा भी उसके मूल की शक्ति है। श्रोत्रिय ही श्रोत्रिय का, रथी ही रथी का और राजा ही राजा का सखा हो सकता है। मनुष्य के विभिन्न समय में विभिन्न प्रयोजन होते हैं और प्रयोजन के बदल जाने पर प्रयोजन का सहाय्य भी बदल जाया करता है।'

सभा में एक सन्नाटा छा गया। राजा ने फिर कहा—'यदि तुम चाहो तो कोई वृत्ति तुम्हें दी जा सकती है।'

द्रोण की आँखों के सामने अँधेरा छा गया। क्या यों ही उन्होंने अपने पिता भारद्वाज का नाम उज्ज्वल किया है? यही सांत्वना पहुँचायी है उन्होंने कुल के पूज्य पितरों को?

उनकी इच्छा हुई, धरती फट जाये और वे उसमें समा जायें। किन्तु ऐसा कुछ नहीं हुआ। उनकी इच्छा हुई कि वे कुछ कहें, पर वे नहीं कह सके और वे हठात् चल दिये।

❑❑

द्रोण को देखकर कृपी सहम गयी। उसके सामने कोई नहीं खड़ा है। कम-से-कम यह वह नहीं है जिसे इतने दिन में अपना मानती आयी है। ये एकदम आकाश की-सी शून्यता का प्रतीक है, या किसी वज्र से विदीर्ण पर्वत है, या यह किसी उच्छल समुद्र का गर्जन है जो अपनी ही रोर से निरवधि स्तब्ध हो गया है।

द्रोण का निष्प्रभ मुख नितान्त मुद्राहीन था। जैसे इस व्यक्ति का रक्त कहीं खो गया है। आँखें भस्मावृत चिनगारी की तरह कभी भभक उठती हैं, फिर बुझ जाती हैं। आत्मा के गहवरों में जैसे कोई हिंस्र पशु सोने के बाद उठा है और भयानक गुर्राहट के साथ अँगड़ाइयाँ-सी ले रहा था।

उसने कहा—'आर्य!'

द्रोण ने नहीं सुना। कृपी का हृदय एक अनागत आशंका से काँप उठा। जब मनुष्य बहुत-से सुख की कल्पना करके एकदम कोई ठोकर खाता है तो वह भयानक रूप से विचलित हो उठता है और उसका दुःख इस सीमा तक पहुँच जाता है कि वह मौन हो जाता है।

बालक अश्वत्थामा द्रोण को देखकर चौंक-सा उठा। उसने कहा—'पितर!'

पुत्र का स्वर भी विफल हो गया।

'चुप रह, वत्स,' कृपी ने कहा। उसे डर था कि कहीं पिता पुत्र पर क्रोध न

निकाले। 'तू जाकर खेल।'

'अम्ब, कहाँ?' बालक ने पूछा। कृपी को याद आया। वे तो परदेस में थे।

कृपी ने पुकारा—'आर्य!'

द्रोण फिर भी चुप रहे।

'आर्य!' कृपी ने फिर आवाज़ दी।

'ओह! हाँ!' द्रोण ने चौंककर कहा।

'आपको क्या हो गया?'

'कुछ तो नहीं।'

'जब गये थे, तब प्रसन्न थे। लौटे हैं तो संसार को भूले हुए हैं।'

'संसार है ही इस योग्य, आर्ये!'

'क्या हुआ? कहते क्यों नहीं?'

'कैसे कहूँ! अपनी मूर्खता कैसे कहूँ?'

'मूर्खता! आवश्यकता में मनुष्य अपनी आशा का सहारा ढूँढता है, आर्य! दूसरे तो बहाने होते हैं।'

द्रोण का भार हल्का हुआ। कहा—'देवी! द्रुपद का अहंकार इतना अधिक था, इतना अधिक था...!'

द्रोण कह नहीं सके। उनकी घृणा की तीव्रता सम्भालने को उन्हें शब्द नहीं मिले।

कृपी ने कहा—'सच?'

द्रोण ने फिर कहा—'आर्ये! मैं ठीक कहता हूँ।'

'द्रुपद ने आपको पहचान तो लिया?'

'पर वह पहचानना, न पहचानने से भी बुरा था।'

'क्यों, स्वामी?'

'उसने मुझे भरी सभा में अपमानित किया।'

'कैसे?' कृपी का पूछना था कि द्रोण मुस्कराये।

कृपी ने सुना और पथरायी आँखों से देखा। कहा—'सच है?'

'उसने कहा, तू दरिद्र है।'

'यह तो आपने ही कहा होगा?'

'नहीं, मैंने केवल मित्रता की याद दिलायी थी।'

'धनी किसी के मित्र होते हैं? फिर राजा?' कृपी ने आश्वासन दिया, किन्तु द्रोण को सांत्वना नहीं मिली।

'तो क्या मनुष्यता कोई वस्तु नहीं?'

'मनुष्यता दरिद्रों की शक्ति है। वे ही उसकी दुहाई देते हैं।'

'नहीं, कृपी! मनुष्य मनुष्य में भेद होता है,' द्रोण ने काटा।

'परन्तु, स्वामी! मनुष्य किस कारण से बदलता है?'

यह बात ठोस थी। द्रोण सोचने लगे।

'संसार में कोई किसी का नहीं होता, स्वामी! वे धन और बल के उपासक हैं।'

'और मैं कहाँ जा रहा हूँ!' द्रोण ने कहा, 'कहाँ जा रहा हूँ मैं?'

कृपी ने कहा—'हम अपने पथ पर हैं, और वे अपने पथ पर।'

'उनका पथ पाप का है।'

'सामर्थ्य पाप-पुण्य का भेद करती है।'

'तो मैं समर्थ बनूँगा,' द्रोण हठात् कह उठे।

कृपी चुप हो रही। जब द्रोण के मुख पर व्यथा कुछ कम हुई, कृपी का साहस जागा। उसने कहा—'आर्य! आश्रम लौट चलें।'

शब्द कानों पर बजा। द्रौण चौंक उठे। क्या यह स्त्री ठीक कहती है? जहाँ से अपमानित होकर आये हैं, वहीं?

'आश्रम! वहाँ क्या है?' द्रोण ने पूछा।

'एक छत तो है।'

'उतनी कहीं भी हो सकती है।'

'तो मुझे कहीं भी भय नहीं है।' यह वही निर्भय स्वर था, जिसे लाठी की भाँति टेककर दारिद्र्य का जीवन चल रहा था। कृपी ने फिर कहा—'जहाँ तुम हो, पुत्र है, वहीं मेरा संसार है।'

द्रोण को उस समय भी ध्यान आया। पहले कृपी कहती थी—जहाँ तुम हो। अब पुत्र का नाम लेती है। अधिकार बँट गया है। परन्तु द्रोण को इससे प्रसन्नता हुई। कृपी पर कुछ अधिक स्नेह हुआ। यह उनकी सहगामिनी थी।

'सच कहती हो, आर्ये?' उन्होंने पूछा।

कृपी ने केवल आँखें उठाकर देखा। इससे बढ़कर शब्द न कभी विश्वास ने कहे हैं, न ममता ने समझे हैं।

'मैं आश्रम नहीं जाना चाहता,' द्रोण ने कहा।

'तो?'

'जहाँ भाग्य ले जायेगा, जायेंगे।'

'भाग्य तो यहाँ भी लाया था।'

'भाग्य ही तो यहाँ से ले जायेगा।'

कृपी सिहर उठी। क्या ऐसे ही भटकना पड़ेगा? कहा कुछ नहीं। पूछा—'फिर?'

द्रोण इस बार-बार के प्रश्न से ऊब उठे। कहा—'मैं जहाँ कहूँ, वहाँ चलोगी?'

'मैंने कभी ना किया है?' कृपी ने मान किया।

'किया तो नहीं, पर आश्रम...!' द्रोण कुछ सोचते हुए-से रुक गये। कृपी सुनना चाहती थी। कहा—'रुक क्यों गये? कहो न? फिर?'

'फिर?' द्रोण ने अबकी बार कहा, 'वहाँ चलना मुझे तो ठीक नहीं लगता। बताओ, आर्ये! वहाँ लोग पूछेंगे नहीं?'

कृपी को रोहीतकी याद आ गयी। वह सिहर उठी। कहा— 'पूछेंगे क्यों नहीं?'

'तो क्या उत्तर दोगी?'

कृपी सोच नहीं पायी। कहा—'उत्तर तो क्या दूँगी? तुम ही कुछ बताओ न?'

'हस्तिनापुर चलो,' द्रोण ने कहा।

'वहाँ मुझे छोड़ दोगे?'

'नहीं, मैं भी रहूँगा।'

'हस्तिनापुर!' कृपी ने पूछा।

द्रोण समझे। स्त्री पूछती है, तुम उस अपमान को सह लोगे? पति पत्नी के घर में कैसे रहेगा?

कहा—'कृपी! तुमने अभी द्रोण का एक पक्ष देखा है। अब उसका दूसरा पक्ष भी देखना।'

कृपी ने पूछा—'वह क्या?'

'द्रोण बदला लेगा,' द्रोण का स्वर विकृत हो गया।

'बदला! किससे?' कृपी ने पूछा। वह डर-सी गयी थी। यह क्या कह रहे हैं? मस्तिष्क तो ठीक है न?

द्रोण ने क्रोध से कहा—'आर्ये! जब तक मैं द्रुपद का गर्व खण्ड-खण्ड नहीं कर दूँगा, तब तक मैं अपने जीवन को अपूर्ण समझूँगा। जब तक द्रुपद को अपने चरणों पर नहीं डाल दूँगा, तब तक मैं अपने को जीवित नहीं, मृत समझूँगा।'

'आर्य!' कृपी चिल्लायी।

'शान्त रहो, आर्ये!' द्रोण ने कहा, 'धैर्य से सुनो। द्रोण सहज भूल जाने वाला व्यक्ति नहीं। ब्राह्मण कभी भी अपमान नहीं भूलता। चाहे ब्रह्मा भी आ जाये, तो भी ब्राह्मण का क्रोध ठंडा नहीं होता। मैं जब तक द्रुपद को अपने चरणों पर नहीं डाल लूँगा, तब तक कभी विश्राम से नहीं बैठूँगा।'

द्रोण का स्वर भयानक हो उठा।

कृपी ने वह प्रतिज्ञा सुनी और फूट-फूटकर रोने लगी।

उस प्रतिज्ञा में कितनी असम्भव कल्पना थी, उसे सोच-सोचकर कृपी काँप उठती थी। वह जानती थी, द्रोण बड़ा हठी है। फिर उसे पांचाल-राज की शक्ति याद आती। फिर अपना दारिद्र्य। तब उसे द्रोण के संकल्प पर हँसी आती। फिर वह

इसलिए रोती कि कहीं ये सारा जीवन इसी प्रतिज्ञा के लिए दाँव पर न लगा दें!

तीन दिन बीत गये।

'चलो देवी!' द्रोण ने कहा, 'हस्तिनापुर चलें।'

'कब?' कृपी ने पूछा। वह निश्चित करना चाहती थी।

'कल ही,' द्रोण ने कहा।

कृपी ने देखा। द्रोण दृढ़ था। वह क्षण-भर देखती रही। फिर उसने कहा—'चलो।'

जब वे हस्तिनापुर पहुँचे, कृप का निवास-स्थान बदल गया था। अब वे एक विशाल भवन में रहते थे। द्रोण को धूल-भरे पैरों से उस भवन में प्रवेश करने में संकोच हुआ। वे द्वार पर रुक गये। उनके पीछे आर्या कृपी चुपचाप खड़ी हो गयी। आज वे आश्रय माँगने आये थे। कैसे कहें! पाँव गड़े जा रहे हैं।

भारुण्डी ने जो देखा तो आश्चर्य से भागी-भागी आयी।

'आर्ये! आर्ये'! उसका गला रुँध गया, 'कब की गयी, आज याद आयी है!' स्नेहातिरेक से उसने बढ़कर कृपी के पाँव पकड़ लिये। कृपी रोने लगी।

भद्रक भागा।

'आर्य,' वह चिल्लाया, 'आर्या आ गयीं।'

'कौन?' कृपाचार्य ने पूछा।

'आर्या कृपी।'

शब्द सुनते ही कृपाचार्य चौंककर खड़े हो गये। उधर से बलाक आ रहा था। कृपाचार्य ने कहा—'ऐ! इधर आ तो। देख, कौन अया है? जल्दी बता।'

बलाक दौड़ा-दौड़ा गया। उधर से मूषक आ रहा था। उसने कहा—'बलाक! आर्या की क्या हालत है!'

'क्यों?' बलाक ने पछा।

मूषक ने कहा—'देख आ।'

बलाक ने देखा और भीतर जाकर कृप से कहा—'आर्य!'

मेघ दूर था। निकट आ गया। भारुण्डी का स्वर सुनायी दिया—'स्वामी! स्वामी!'

धम्मिल ने कहा—'चलिए, प्रभु!'

सब बाहर गये। धूलधूसरित भगिनी और उसका पति। उसका क्षुधित पुत्र। कृपाचार्य की आँखें भर आयीं। उन्होंने बड़े कष्ट से अपने को सँभाला।

'स्वागत, आर्य!' उन्होंने अवरुद्ध कण्ठ से कहा। और वह हृदय से निकली हुई आर्त्त पुकार गूँजी और वेदना के असंख्य तारों को बजा गयी। मर्म के भीतरी स्तरों पर एक पीड़ा सचेतन हो उठी।

द्रोण को जैसे सुनायी नहीं दिया। सचमुच वे बधिर हो गये थे। उन्हें अभी तक अपने ऊपर विश्वास नहीं हुआ था। क्या वे सचमुच अपनी स्त्री के भाई के द्वार पर याचक बनकर खड़े हैं? क्या वे सचमुच इतने पतित हैं? क्या वे आज भिखारी से किसी भी भाँति अच्छे हैं? आर्य कृप की पत्नी आर्या लङ्वती आगे आ गयी। कृपी उसे नहीं पहचानती थी, क्योंकि वह विवाह में आ नहीं सकी थी।

आचार्य कृप ने द्रोण के चरण छुए। द्रोण के नेत्रों से आँसू बहने लगे। उन्होंने कृप को उठाकर अपने वक्षस्थल से लगा लिया।

कृप ने कहा–'आर्य! स्वस्थ तो हैं? आर्ये!'

द्रोण फिर भी नहीं हिले। तब कृप ने अपना उत्तरीय उतारकर धरती पर डाल दिया और कहा–'अपराध क्षमा हो।'

आर्या लङ्वती ने कहा–'आर्ये, स्वागत है।' और तब झुककर उसने कृपी के चरणों को स्पर्श किया।

कृपी ने आशीर्वाद दिया–'सौभाग्यवती हो। सौ पुत्र हों। एक कन्या हो।'

लङ्वती ने अश्वत्थामा को गोद में ले लिया। और कृपी का हाथ पकड़ लिया। कहा–'आओ, आर्ये! जिस घर में बचपन से पली हो, उस घर को क्या विवाह के बाद ऐसे भूल जाना चाहिए!'

द्रोण भीतर चले। कृप बुद्धिमान व्यक्ति था। वह अब तक परिस्थिति को समझ चुका था। वह द्रोण का अत्यन्त आदर करता था।

उसने कहा–'आर्य! हस्तिनापुर अब पहले का-सा नहीं रहा। विराजें!'

द्रोण बैठ गये। कृप भी बैठ गया। लङ्वती मधुपर्क बना लायी। कृप ने अतिथि के पाँव धुलाये। ताम्बूल प्रस्तुत किया। उसमें लवंग भी थी जो ताम्रलिप्ति की ओर से आयी थी। द्रोण ने संकोच से ही यह सब स्वीकार किया।

अश्वत्थामा खेल में लग गया था। कृप का पुत्र रोचमान उससे शीघ्र ही हिलमिल गया। बालकों की मित्रता क्षण में जुड़ी, क्षण में मिटी। रोचमान बड़ा ऊधमी था।

भारुण्डी उन्हें खिलाने ले गयी। पहले अश्वत्थामा झिझका, पर कृपी के इशारे से उसके साथ चला गया। रोचमान के जाने पर जब प्रकोष्ठ में कृप, लङ्वती, कृपी और द्रोण ही रह गये, तो कृपी का बाँध ही टूट गया।

कृपी ने भीतर की सब कथा सुनायी। उसको सुनकर कई बार लङ्वती रो उठी। और जब अश्वत्थामा की दारुण यातना कही गयी तब कृप भी रो दिया।

कृपी जैसे वज्र हो गयी थी। द्रोण की चेतना खो चुकी थी। जैसे वह कुछ सुन नहीं रहा था। कथा चलती रही। द्रोण चुप बैठा रहा। कृपी ज्वालामुखी की भाँति अग्नि उगल रही थी।

कृप सुनता रहा। सुनता रहा। जब कृपी रोने लगी, तब उसने कहा–'भगिनी!

रोने से क्या होगा?'

'हृदय हल्का होता है, आर्य,' लङ्वती ने स्त्रियोचित ममता से कहा।

'हृदय हल्का रोने से नहीं, मन की बात के पूर्ण होने से होता है,' कृप ने कहा।

कृपी ने पूछा—'तो क्या...?' वह कह न सकी। कृपाचार्य उठ गया और वह अपनी पाठशाला चला गया।

दिन में लङ्वती ने भोजन कराया। अत्यन्त स्नेह से उसने कृपी को तेल लगाकर स्नान कराया।

मध्याह्न के समय जब एकान्त हो गया, कृपी द्रोण के पास गयी। वह अकेला बैठा सोच रहा था।

कृपी ने द्रोण से कहा—'आर्य!'

'देवी।'

'अब क्या करेंगे?'

'सोच रहा हूँ।'

कृपी ने फिर कहा—'यहाँ भी कब तक रहेंगे?'

'जब तक भाग्य कहेगा।'

वह रोने लगी। उसका पति पहले ऐसी भाग्य की बात नहीं करता था।

लङ्वती ने पुकारा—'आर्ये!'

कृपी उठकर चली गयी, द्रोण बैठे रहे।

लङ्वती ने कृपी से कहा—'आर्ये! एक बात मानोगी?'

'कहो।'

'अब कहीं जाना नहीं। मुझे अकेले बड़ा डर लगता है।'

संध्या-समय कृप ने प्रवेश करके कहा—'कृपी!'

'भ्रातर!'

'आर्य कहाँ हैं?'

'भीतर हैं।'

कृप भीतर चला गया। उन्होंने कहा—'आर्य, कब तक यों चुपचाप चिन्तन करेंगे?'

द्रोण ने सुना नहीं। कृप क्षण-भर रुका। अब की उसने और जोर से द्रोण से कहा—'आर्य, भाग्य बलीन है। कब तक बैठे रहेंगे?'

'वही मनुष्य बैठता है, जिसका भाग्य बैठ जाता है,' द्रोण ने कहा।

'तो निश्चय ही उठ खड़े हों। भाग्य भी उठ खड़ा होगा।'

'क्या यह इतना सहज है?'

'सहज संसार में पराजय भी नहीं है आर्य, मृत्यु भी नहीं, कुछ भी नहीं। फिर

क्या है जो परिश्रम से अप्राप्य है?'

द्रोण ने अपने हाथो में मुँह छिपाकर कहा—'परिश्रम! तो क्या मैं ब्राह्मण नहीं रहूँ?'

'देव! युग के अनुसार धर्म बदलता है।'

'यह मैं नहीं मानता, आर्य! मनुष्य के ऊपर है वर्ण, हम उसे विकृत नहीं कर सकते।'

कृप बैठ गया। कहा—'प्राचीन ब्राह्मण राज्य करते थे, अब क्यों नहीं करते?'

द्रोण चौंके।

कृप ने फिर कहा—'जो हो वह होता रहेगा। आप यहीं रहेंगे।'

'आर्य!' द्रोण ने कहा।

कृप उठकर खड़ा हुआ और उसने साष्टांग दण्डवत की।

'प्रतिज्ञा करें,' कृप ने कहा, 'तब उठूँगा।'

'करता हूँ,' द्रोण ने भर्राये स्वर से कहा। और आँखों में से आँसू झरझर गिर पड़े। उन्होंने कृप को उठाकर छाती से लगा लिया।

कृप ने फिर कहा, 'आर्य, इस घर को अपना समझें। जो कुछ है वह सब आपका ही है।'

'पर,' द्रोण ने कहा, 'एक बात है।'

'कहें।'

'मेरा यहाँ रहना गुप्त रखें।'

'स्वीकार है,' कृप ने कहा, 'आपका अपमान मेरा अपमान है।'

द्रोण का मन कुछ हल्का हुआ। कहा—'आर्य, तुम मनुष्य नहीं हो।' उस समय कृपी और लङ्घती भी आ गयीं।

'पशु हूँ?' कृप ने मुस्कराकर कहा, 'आर्या लङ्घती भी बहुधा यही कहती हैं।'

'कौन? मैं कहती थी!' लङ्घती ने कहा।

सब हँस पड़े। दुःख में हँसना बहुत बड़ी बात होती है। और जिनमें यह शक्ति होती है, वे जीवन की बड़ी-से-बड़ी यातना को सह जाते हैं।

उसके बाद हृदयों के पत्थर हट गये।

द्रोण बालकों को शिक्षा नहीं देते थे। केवल अश्वत्थामा को शिक्षा दिया करते थे। उनकी इच्छा थी कि उसे वे एक महान् धनुर्धारी बना दें—ऐसा कि जो वे जीवन में नहीं कर सके, उसे उनकी आत्मा का प्रतीक उनका पुत्र पूर्ण कर सके।

कुछ यादव-कुमार कुरु वंश की राजधानी में शस्त्र-विद्या सीखने आते थे। यादवों का केन्द्र मथुरा के निकट ही था। मथुरा के उत्तर से बाणासुर की राजधानी से भी अनेक विद्यार्थी आया करते थे। सुदूर पांचाल और गांधार तक के बालक

आया करते थे। कृपाचार्य को इतने बालकों में समय ही नहीं मिलता था। दिन-भर पढ़ाते ही निकल जाता था। इधर इतनी अधिक प्रसिद्धि हो गयी थी कि आचार्य स्वयं घबराने लगे।

निकट के देशों के कुलीन तरुण कृपाचार्य के यहाँ आने लगे। द्रोण ने अपने को उनके सम्पर्क से दूर रखा। कोई नहीं जानता था कि यह श्यामकाय ब्राह्मण भी धनुष-बाण से कुछ सम्बन्ध रखता है।

उनका जीवन सूना-सूना हो गया। उन्हें लगता, उनके हृदय पर एक भारी पत्थर रखा है। वे उसे हटाना चाहते हैं, पर हटा नहीं सकते। कृपी देखती और वह मन-ही-मन द्रोण से डरती। कहीं कोई ऐसी बात न हो जाये कि द्रोण का मन फिर जाये और वे क्रुद्ध हो उठें। दारिद्र्य बड़ा विषम ज्वर है। उस समय असन्तोष की भयानक भूख लगती है। तनिक-सी बात भी उस ज्वर को सन्निपात बना सकती है। उस समय सम्मान ही एक पथ्य है, जो मनुष्य का कल्याण कर सकता है।

आर्या लङ्वती अत्यन्त सुशील थी। वह तो कृप से भी अच्छी थी। कृपी उसके प्रति मन-ही-मन कृतज्ञता का अनुभव करती। कभी यदि उसको तनिक भी प्रकाशित कर दिया तो लङ्वती इतना संकोच करती कि फिर उसे समझाना एक कठिन काम हो जाता।

इस प्रकार दिन बीतने लगे।

❒❒

हस्तिनापुर का जीवन बड़ा सबल था। कभी वहाँ दूर-दूर से शास्त्रज्ञ आते, कभी ऋषि और मुनि। द्रोण देखते कि कृपाचार्य की पाठशाला उत्तरापथ का एक प्रमुख कला-केन्द्र-सी बन चली थी, क्योंकि वहाँ केवल आयुध ही नहीं थे। वहाँ कवि भी आते और अपनी कविताएँ सुनाते। ब्राह्मणों का सम्मान नितान्त उच्च था। कभी-कभी विद्यार्थी अर्थशास्त्र पर विवाद करते। उन दिनों राजा धृतराष्ट्र के मन्त्रियों में कणिक का नाम फैल रहा था। उसने अपनी एक नीति प्रचलित की थी। कणिक ब्राह्मण था। वह शुक्र तथा अन्य प्राचीन नीतियों का मर्मज्ञ था। परन्तु वह नये सिद्धान्त प्रचलित कर रहा था, जिनका कौरवों पर काफी प्रभाव पड़ने लगा था। अनेक तरुण जब विवाद करते, छोटे-छोटे बालक युधिष्ठर, सुयोधन आदि उन्हें सुना करते। यद्यपि उनकी समझ में नहीं आते।

कणिक कहता था—दण्ड! दण्ड ही राजा का सबसे बड़ा बल तथा साधन है। राजा को सदैव ही प्रजा और शत्रुओं को दबाये रखने के लिए चतुरता से अपने पौरुष को प्रगट रखना चाहिए; शत्रु से काम लेते समय धर्म और अधर्म पर ध्यान नहीं

देना चाहिए, क्योंकि धर्म तो जय का अनुगामी है। मित्र से विश्वासघात भी कुछ बुरा नहीं है, यदि उससे अपना काम सधता है। अब तो राजा को सिंह की नहीं, गीदड़ की नीति से चलना चाहिए। झूठी भी सौगन्ध देकर, धन देकर, विष देकर शत्रु यदि सम्बन्धी भी हो, तो भी शत्रुता में उसे मार डालने में हानि नहीं है। राजा क्रोध में भी प्रिय बोले, और अपने मन की बात किसी पर प्रगट न होने दे। अपने काम के लिए चाटुकारिता करने में भी कोई हानि नहीं है। अर्थ की कामना रखने वाले दो समान पुरुष कभी मित्र नहीं हो सकते। देश और काल को देखकर काम करते रहने से ही सफलता मिलती है।

कणिक की बातें सुनकर राजन्य वर्ग बहुत चकित होता। परन्तु अभी भी ऐसे नीतिज्ञ थे, जो पुरातन गोत्रों के नियमों को राज्य से ऊपर स्थान देते थे।

द्रोणाचार्य समय मिलने पर इधर-उधर घूमने निकल जाते। कहीं किसी वृक्ष की छाया में बैठे-बैठे दिन व्यतीत हो जाता। वे सोचते थे कि क्या था, क्या हो गया! यह जीवन कितना विचित्र है! प्रारम्भ के वे स्वप्न कहाँ चले गये? उन दिनों वे सोचते थे कि उनका भविष्य बहुत उज्ज्वल है। सारा उत्तरापथ उन्हीं के लिए आँखें बिछाये बैठा है।

द्रोण आज उस कल्पना पर हँसते। फिर वे सोचते—

क्या है यह कणिक ब्राह्मण! धूर्त्त राजन्यों को सैद्धान्तिक आधार देकर अपने लिए धन एकत्र कर रहा है। यह उन्हें मूर्ख समझता है, उनसे धन ले लेता है। वे इसे मूर्ख समझते ही नहीं, बनाते भी हैं क्योंकि इसके ब्राह्मणत्व और विद्वत्ता की आड़ में वे इससे ऐसी बातों का प्रचार करवा रहे हैं जो उनके स्वार्थ को लाभ पहुँचाती हैं। मूर्ख कौन है? राजन्य या कणिक?

फिर उन्हें विस्यम होता। जब वे विद्यार्थी थे, तब वे क्यों इतना सोचते थे? उन्हें द्रुपद यज्ञसेन याद आया। वह कितना अच्छा व्यक्ति था, किन्तु जब राजन्यों में पड़ गया तो उसमें कितना अन्धकार छा गया! उसने मनुष्यत्व खो दिया। कहाँ जा रहा है यह समस्त क्षत्रिय समुदाय? ब्राह्मण से स्पर्धा थी, उसमें क्षत्रिय जीत गये। नहीं, पूरे तो नहीं जीते! ब्राह्मण ने अभी तो आगे नहीं बढ़ने दिया। पर अब राजन्यों के पास सम्पत्ति बढ़ती चली जा रही है। गोधन कितना अधिक है! उस धन से अहंकार बढ़ता जा रहा है। अन्तःपुरों में स्त्रियाँ बढ़ती चली जा रही हैं। कोई अन्त नहीं। अब पहले की-सी बात कहाँ रही? अब आर्यों में धन का भेद इतना अधिक हो गया है कि पहले की भाँति आर्य मात्र होने के कारण सम्मान नहीं मिलता। पहले एकाध बल्बूथ थे, अब तो जो भी शूद्र हो, या वैश्य, जहाँ किसी प्रकार उसके पास धन आ गया, उसका सम्मान बढ़ गया। और आर्येतरों को देखकर लगता है कि वे शक्ति छीनने में पीछे नहीं हैं। स्वयंवरों में तो उनका आना-जाना प्रारम्भ हो ही गया है।

द्रोण ने सोचा—अब समस्त प्रजा में केवल ब्राह्मण के अतिरिक्त समस्त प्रजा का धन और सम्पत्ति राजा की है। वह क्षत्रिय उसे चाहे जिस दाँव पर लगा सकता है। द्रोण सिहर उठे। पहले कहाँ थी राजा की इतनी शक्ति?

एक दिन द्रोण को विचार आया—क्यों न वे कहीं यात्रा पर चले जायें? विंध्य के दक्षिण में ब्राह्मणों का प्रभुत्व बढ़ रहा था। या वे उत्तर की ओर चले जायें और किसी गण में मिल जायें। अज्ञातनाम रहेंगे, धन की वहाँ इतनी आवश्यता नहीं। या फिर वे उत्तर-पूर्व में उत्तर कुरु की ओर चले जायें, जहाँ कहते हैं कि स्त्री और पुरुष दोनों स्वतन्त्र हैं। वहाँ किसी प्रकार की कोई चिन्ता ही नहीं। यहाँ वे कुरु पांचाल में आकर कहाँ फँस गये हैं!

द्रोण का यह विचार भी हट गया, क्योंकि फिर उन्हें याद आया कि वे अकेले नहीं थे। साथ में कृपी और अश्वत्थामा भी तो थे। फिर अश्वत्थामा को कौन शिक्षा देगा? कौन उसे इस संसार में योग्य बनायेगा? बेचारा बालक! उसने कभी सुख नहीं पाया।

प्रातःकाल कृपाचार्य एक बार द्रोण से अवश्य मिलते। भोजन अवश्य साथ नहीं कर पाते, क्योंकि कृपाचार्य को कई बार प्रासाद में भोजन के लिए जाना पड़ता। वहाँ काम रहता था, जाना भी आवश्यक हो जाता था। उस समय घरों में और बाहर भी खाना परोसने का काम शूद्रों का था। शूद्र ही खाना बनाने में निपुण थे। ब्राह्मण उस समय तक खाना बनाने वाले नहीं हुए थे।

कृप कहते—'आर्य! आप नहीं चलेंगे?'

'कहाँ, आर्य?'

'महारानी गांधारी ने भोज दिया है।'

'तो मैं क्यों जाऊँगा?'

'सब ब्राह्मण जा रहे हैं। मुझे नहीं देखते?'

पर द्रोण सब में जाने वाले नहीं थे। बोलते—'नहीं आर्य, आपकी बात और है।'

'यदि निमन्त्रण की इच्छा हो, तो मैं वही करूँ।'

'नहीं आर्य, ऐसे तो जाना ही नहीं है।'

'आर्य अभी मुझे पराया ही समझते हैं।'

'नहीं, आर्य! पराया समझता तो यहाँ क्यों रहता?'

इस तर्क को सुनकर कृपाचार्य बात उड़ा देते। कहते—'सुना आपने? महर्षि घोर आङ्गिरस हस्तिनापुर आने वाले हैं।'

'बड़े प्रसिद्ध धनुर्धर हैं।'

कृप हँसा—'कोई प्रसिद्ध होने से ही अच्छा भी हो जाता है?'

'नहीं, आर्य! कहते हैं, दार्शनिक भी हैं।'

'दार्शनिक तो वृहस्पति भी था। देवगुरु नहीं, वही परवर्त्ती जो कहता था—खाओ, पियो, मौज करो।'

'कणिक भी तो यही कहता है।' कृप ने ताम्बूल ग्रहण करके सामने खड़ी दासी के हाथ की सोने की झारी से फूलों से सुगन्धित जल अपने उत्तरीय पर थोड़ा-सा छिड़क लिया।

कृप चले गये। द्रोण फिर सोचने लगे।

सायंकाल का समय था। द्रोणाचार्य प्रकोष्ठ में आकर बैठे थे। दीपक जल रहे थे। उस समय रथ द्वार पर रुका।

द्वारपाल ने आकर सूचना दी—'स्वामीनी! महारानी कुन्ती आयी हैं।'

कुन्ती! कृपाचार्य झटके से उठे। द्रोणाचार्य ने सुना तो वे भी अलिंद में जा खड़े हुए। उधर कुछ अँधेरा-सा था।

कृपाचार्य ने जाकर देखा, कुन्ती गम्भीर खड़ी थी।

'महारानी!' कृप ने कहा।

'हाँ, आचार्य! मुझे ही आना पड़ा,' अब कुन्ती के स्वर में कुछ व्यथा का आभास हुआ।

'कुशल तो है? प्रवेश करें। स्वागत है!'

कुन्ती धीर पग से भीतर आ गयीं। उनका रंग गोरा था। कृपी से आयु में बड़ी थीं। किन्तु उनका सौन्दर्य फूट रहा था। पाण्डु की पत्नी के सौन्दर्य में जो गाम्भीर्य था, उसे द्रोण ने देखा और फिर देखा।

मन्त्रभवन में कुन्ती बैठ गयीं। धीरे से कहा—'आचार्य! भीम कहाँ है?'

'क्यों, बालक घर नहीं पहुँचे?'

'सब तो आ गये, वही नहीं आया।'

'कुमार कहाँ चले गये?'

'यही तो मैं आपसे पूछती हूँ।'

'देवी!' कृपाचार्य सोच में पड़ गये। फिर कहा—'मैं अश्वत्थामा से पूछता हूँ।' उन्होंने पुकारा—'मेघ!'

'देव!' मेघ दौड़ा-दौड़ा गया।

'अश्वत्थामा को बुलाकर ला।'

मेघ दौड़ा। अश्वत्थामा आया।

'मातुल!' बालक ने कहा।

'प्रणाम करो, वत्स। महारानी आयी हैं।'

अश्वत्थामा ने प्रणाम किया। कृप ने कहा—'देवी, पूछता हूँ। बालक से पता

चलाना सहज नहीं होता।'

'परन्तु बालक मेधावी है,' कुन्ती ने व्यावहारिक ढंग से कहा।

'यह देवी का आशीर्वाद है,' कृप ने स्वीकार किया। फिर कहा—'तुम लोग कहाँ खेले थे?'

'गंगा-तीर पर।'

'क्या खेले थे?'

'पहले वृक्षों पर चढ़कर एक-दूसरे को छूते थे।'

'तो फिर तुम हारे क्यों?'

'मैं क्यों हारा? सुयोधन हारे।'

'अच्छा, सुयोधन हारा। फिर बड़ा क्रुद्ध हुआ होगा तुम पर?'

'मुझ पर क्यों? भीम पर हुआ। भीम से उसकी लड़ाई रहती है।'

'अच्छा!' कृप ने कहा, 'क्यों? तुमसे नहीं रहती?'

'हमसे क्यों रहेगी?' अश्वत्थामा ने कहा, 'भीम दौड़ने में, निशाना लगाने में, खाने-पीने में, द्यूत खेलने—सभी में सुयोधन को हरा देते हैं। अकेले में वे सुयोधन को चिढ़ाकर कहते हैं—दुर्योधन! और परसों तो...।' अश्वत्थामा हँस दिया।

'परसों तुमने भी कुछ किया था, क्यों?' कृप ने पूछा।

'मैंने नहीं, आर्य,' अश्वत्थामा ने कहा, 'कुमार भीम ने खेलते-खेलते जो कौरव-कुमारों के सिर हँसते-हँसते भटाक से लड़ा दिये, दोनों गिर पड़े। तब महाराज धृतराष्ट्र के अनेक पालित पुत्र और उनके अपने पुत्र उसके पीछे पड़ गये। पर अकेले भीम ने उन्हें वह नाच नचाया कि हम सब देखते रह गये। एक के भी हाथ नहीं आये।'

'अच्छा!!' कृप ने आश्चर्य से कहा, 'फिर?'

'फिर क्या?' अश्वत्थामा ने हाथों को नचाकर बताया, 'यों जो पकड़के सुशासन के बालों को झटका दिया तो एकदम सुशासन धूलि में। भीम में बड़ा बल है। कभी किसी के कहीं चोट मारते, कभी कहीं। कभी लिया दो-तीन को पकड़ा और जल में गोता लगा गये। फिर जब वे छटपटाते तो छोड़ देते। फिर...,' अश्वत्थामा ने हँसकर कहा, 'उधर तो सुयोधन पेड़ पर चढ़ा, छोटा-सा वृक्ष था, उसने तोड़कर फल मुँह में रखा, भीम ने पेड़ हिलाया, सुयोधन भट से गिरा।'

इस बार आचार्य को भी हँसी-सी आयी, पर छिपा गये।

'हूँ,' कृप ने कहा, 'बड़ा दंगा करता है!'

'तो अब वे कहाँ हैं?'

'पता नहीं, मातुल!'

'फिर प्रमाणकोटि क्यों गये थे?'

'सुयोधन ने महाराज से आज्ञा लेकर वहाँ जल-विहार का प्रबन्ध कराया था।'

'कौन-कौन गये थे, वहाँ?'

'सब ही गये थे,' कुन्ती बोल उठी, 'मुझसे स्वयं युधिष्ठर आज्ञा माँगकर गया था। सब भाई गये थे। वहाँ क्या था?'

'देवी! वहाँ कर्मचारियों ने किनारे पर बड़े-बड़े तम्बू बना दिये थे। उनमें सुख की सब सामग्रियाँ थीं। उत्सव का नाम जल-विहार था। निपुण रसोइये गये थे। कुमार तो बड़े-बड़े रथों, हाथियों पर बैठकर गये थे।'

'तुम कहाँ थे? कुन्ती ने पूछा।

'देवी, मैं रथ में था।'

'फिर,' आचार्य ने कहा, 'कहाँ गये?'

'नगर से जब प्रमाणकोटि पहुँच गये तो सुयोधन आदि महाराज धृतराष्ट्र के पुत्रों ने साथ जाने वाले परिचारकों को लौटा दिया।'

'क्यों?'

'मुझे क्या मालूम, देव!'

'फिर?'

'उपवन देखा। वहाँ सुन्दर बैठकें बनी थीं...।'

कुन्ती अधीर-सी दिखीं। वे टोकनेवाली थीं। कृप ने धीरे-से कहा—'बालक का प्रवाह न रोकें, महादेवी!'

वे चुप रह गयीं।

बालक कहता रहा—'बड़ा सुन्दर स्थान था। चित्रों और पच्चीकारियों ने तो आश्चर्यजनक रूप कर दिया था। हवा आने-जाने को सुन्दर झरोखे थे, वातायनों में जाली थी, पानी के यन्त्र थे, जिसमें से पानी फूट रहा था। नहरें, तालाब भरे थे और मेंढक बोल रहे थे। सुन्दर-सुन्दर कमल के फूल खिले थे। पाण्डव और कौरव अपने हाथों से एक-दूसरे को कौर खिलाकर आनन्द कर रहे थे।'

कृप ने गूढ़ दृष्टि से कुन्ती को देखा। अश्वत्थामा ने कहा—'वहाँ भीम ने सुयोधन को और सुयोधन ने भीम को अपने हाथ से मिष्ठान्न खिलाये। फिर सब लोग जलक्रीड़ा करने गंगा में उतरे। वहाँ से जब लौटे तो भीम इतने थक गये थे कि और सब तो विहार-भवनों में चले गये, वे वहीं प्रमाणकोटि की स्थल भूमि में किनारे तट पर लेट गये। उस समय वे थकान से झूम रहे थे।'

कृप ने दूसरी बार आश्चर्य से सिर हिलाया।

'फिर?'

'वहीं सोते रहे वे अकेले।'

'फिर?'

'दूसरे दिन हम लोग रथों पर लौटे।'

'पाण्डव-कुमारों ने भीम को नहीं ढूँढ़ा?'

'वे तो कहते थे–भीम हमसे पहले ही नगर में पहुँचने के लिए अकेला चला गया है। सुयोधन ने ढूँढ़ा भी था।'

कुन्ती फूट पड़ी–'आचार्य! युधिष्ठिर तो मुझसे आकर पूछने लगा कि माता बताओ भीम कहाँ है?' महारानी का नीचे का ओंठ कुछ फड़का जैसे वे रो उठेंगी। पर कठिनाई से उन्होंने अपने ऊपर संयम कर लिया।

महारानी उठ गयीं। वे अपने रथ पर जा बैठीं।

तीर-चार दिन बाद द्रोण ने सुना–भीम आ गया है। आते ही उसने सुयोधन को गले से लगाया। सुयोधन डर गया। पर फिर मीठी बातें करने लगा। भीम फिर भी उसके समीप ही खड़ा रहा।

द्रोण की कुछ समझ में नहीं आया। वे जानते थे। इस विषय में विदुर सब जानते होंगे। उनसे चलकर पूछें। पर फिर सोचा–क्यों? अपने को क्या?

बात आयी-गयी हो गयी।

❐❐

कृपी ने एक दिन कहा–'आर्य!'

द्रोण चौंके। मुड़कर देखा।

'आज मन करता है, गंगा-स्नान कर लूँ।'

'हो आओ न?'

'आप नहीं चलेंगे?'

'नहीं, देवी!'

'क्यों?'

'शोभनीय नहीं होगा।'

आर्या लङ्वती ने न जाने कहाँ से सुन लिया! कहा–'एक तो आर्या की प्रार्थना इतने वर्षों में हुई। आर्य ने उसे भी स्वीकार नहीं किया!'

द्रोण हँस दिये। कुछ दिन बाद सारा हस्तिनापुर विचलित हो गया। पार्वत्य प्रदेश से सुन्दरी मृगनन्दा नामक नर्तकी आयी थी। अद्भुत नृत्य करती थी। राजसभा में उसका नृत्य होने को था। कृपी भी लङ्वती के कहने से तैयार हो गयी। ढूँढ़ा तो द्रोण घर पर नहीं थे। कृपी नहीं गयी। लङ्वती को राज-निमन्त्रण के कारण जाना पड़ा। पर वह काफी रो कर गयी।

कृपी भरी बैठी थी। द्रोण धीरे-धीरे आये।

'आर्य!' कृपी ने कहा, 'मैंने कहा न था, आज मृगनन्दा के नृत्य में चलेंगे? आप इतने विलम्ब से आये हैं।'

'उसी के कारण तो विलम्ब करना पड़ा, देवी!' द्रोण ने बड़े धैर्य से कहा।

'क्यों?'

'राजसभा में वे ही जाते हैं जिनका सम्मान होता है। मैं क्या सोच कर जाता ?'

कृपी को याद आया। वह रोने लगी।

'रोती क्यों हो?' द्रोण ने कहा, 'तुम्हें तो जाने से मैंने नहीं रोका था।'

इस आघात ने और तीखा प्रहार किया।

'मैं क्या जाने को वहाँ ललचा रही थी?'

'तुम ही ने तो कहा था, तुम राह देख रही थीं,' द्रोण ने दुहराया।

कृपी उठकर चली गयी, भीतर। द्रोण बैठे-बैठे सोचते रहे। फिर वहीं लेट गये और नींद ने उन्हें भुला दिया। जब कृपी लौटकर आयी, उसके हाथ में भोजन की थाली थी। सुवर्ण का थाल दीपालोक में चमक रहा था। वह उसे अब पाकशाला में बिछाने ले जा रही थी। जो सोता देखा तो थाली रख आयी और द्रोण के पाँव दबाने लगी।

द्रोण ने करवट लेकर आँख खोली। देखा, कृपी रो रही थी।

'आर्ये!' उन्होंने चौंककर कहा।

कृपी रोती रही।

'क्यों रोती हो?'

कोई उत्तर नहीं।

'मेरे न जाने से तुम्हें दुःख हुआ?'

'नहीं स्वामी, मुझे अपने ऊपर ग्लानि हुई।'

'क्यों?'

'मैं क्यों विचलित हो गयी?'

'तुम भी ठीक थीं, कृपी! कहाँ तक कोई मन को मारे!' द्रोण ने कहा—'मैं अभागा हूँ। लेकिन क्या करूँ, कोई राह नहीं सूझती। कहाँ जाऊँ, क्या करूँ?'

कृपी डर गयी। कहा—'क्यों, देव! यह क्या कह रहे हैं?'

'कुछ नहीं, कृपी! कहीं नहीं जाऊँगा।'

बात समाप्त हो गयी। द्रोण भोजन करने को उठे।

नित्य अग्निहोत्र की ज्वाला जलती। वे काकबलि देते। परन्तु उनका शरीर वैसा ही रहा। एक भी दिन पनप नहीं सका। वे बस अश्वत्थामा को अस्त्र-शस्त्र की विद्या सिखाते।

'पुत्र', उन्होंने कहा, 'सब सीखकर क्या करेगा?'

'कृपाचार्य की भाँति बनूँगा,' बालक ने सिर उठाकर कहा।

द्रोण को लगा, सब धूल हो गया था। पर बोले कुछ नहीं।

उन्हीं दिनों फिर सुनायी दिया कि गांधारी रानी ने एक दिन आर्या लङ्घती के साथ कृपी को बुलवाया। देखने की साध थी।

'क्या देखेंगी?' द्रोण ने कहा, 'वे तो आँखों पर पट्टी बाँधे रखती हैं न?'

'हाँ, आर्य!' लङ्घती ने कहा।

'तो भी हो आओ न?' कृप ने कहा, 'बड़ी स्नेहशीला हैं।'

लङ्घती कृपी को ले ही गयी। जब कृपी लौटी तो उसे अपने पुराने दिन याद आ गये। तब अम्बिका और सत्यवती महारानी थीं। वे उसे बड़े प्रेम से रखती थीं, सत्यवती तो बहुत ही स्नेह करती थीं। दाशराज की कन्या थीं, पर अनिन्द्य सुन्दरी थीं। अब वे दोनों वानप्रस्थ लेकर चली गयी थीं। गांधारी ने भी उस सहज स्नेह को निभाया। पहले की प्रीत गांधारी ने बखान की।

कृपी गद्‌गद थी।

आते ही बोली—'मुझे नहीं भूलीं महारानी अभी तक!'

'भूल जाना कोई नहीं जानता,' द्रोण ने कहा, 'पर क्या दिया?'

'देतीं क्या?' कृपी चौंकी।

'ब्राह्मणी के सामने क्षत्रिया ने सिर झुकाया?'

'क्यों नहीं, चरण छुए।'

'पर दिया कुछ नहीं। यह राजन्य बड़े चतुर होते जा रहे हैं। बस पाँव छू-छूकर ही बहलाते हैं।' फिर द्रोण ने कहा—'क्या दे देते हैं ये! जो है सो ब्राह्मण का है। ब्राह्मण का ब्राह्मण को वापिस करने में भी प्राण निकलते हैं!'

कृपी ने देखा। द्रोण ने फिर कहा—'क्षत्रियों को सब-कुछ ब्राह्मणों ने दिया है। इक्कीस बार क्षत्रिय-संहार करके ब्राह्मणों ने ही यह पृथ्वी क्षत्रियों को दान दी है।'

कृपी सिहर उठी।

❐❐

प्रातःकाल द्रोण ने जब धनुष उठाया तो अश्वत्थामा को और्व की कथा सुनाने लगे। फिर कार्त्तिवीर्यार्जुन की कथा सुनायी।

कहा—'पुत्र! कामधेनु क्या है?'

'देव! एक गाय है।'

'गाय है, क्योंकि गोधन है। और कामदुधा इस पृथ्वी को भी कहते हैं।'

परन्तु बात टूट गयी। कृपाचार्य आ गये।

कुछ दिन बाद पिता का श्राद्ध करते समय द्रोण की आँखों में पानी भर आया। जैसे वे अपने को इस योग्य ही नहीं समझते थे कि अपने पितरों को पानी दें।

जीवन कितना कठोर हो जाता है, जब मनुष्य के अरमान उठने नहीं पाते! कह दो कि जिये जा, पर जीने की शक्ति नहीं मिलेगी तो क्या मनुष्य को कोई सुख है?' वह एक नीरस जीवन है। वह एक विराट् मरुभूमि है। दूर-दूर तक बालू झुलसती है। उस पर मनुष्य की इच्छाएँ सार्थ बनाकर निकलती हैं। बालू की गर्मी सबको जला देती है। जब कोई सार्थ नहीं निकल पाता तब कल्पना का पक्षी उड़कर उस मरुभूमि को पार कर जाना चाहता है। परन्तु किसी-किसी के मरु का कोई अन्त ही नहीं होता। वहाँ पक्षी भी जीवित नहीं निकल पाता। और मनुष्य की आशा नये-नये पक्षियों को जन्म देती है और प्रत्येक कल्पना के मरण को देखकर भी, अखण्ड विश्वास रखती है कि कहीं-न-कहीं, कोई पथ अवश्य है, कभी-न कभी उस पर पाँव पड़ेगा ही।

भाग्य जिसे कहते हैं, वह क्या सुलभ है? वह तो अपने विरोधों में फँसा पड़ा है। रोने से कीचड़ हो, और सूखी धरती पर पाँव तपे, तो क्या करे कोई? अपने ऊपर रोने से तो अपने-आपको मिटा देना श्रेयस्कर है।

द्रोण का हृदय काँपता, फिर इच्छा होती, जो है वह नहीं हो, जो है वह नहीं हो...।

पर प्रश्न उठता—फिर हो क्या?

❑❑

द्रोणाचार्य ऐसे रहते कि उनकी उपस्थिति को स्वयं उस घर में भी लोग नहीं जान पाते। कृपाचार्य डरता था कि द्रोण किसी तरह से क्रुद्ध न हो जायें। वह सदैव बचता-सा रहता था। वह कैसा भी क्रुद्ध हो, जब द्रोण सामने आ जाते थे, तो एकदम उसके होंठों पर मुस्कराहट आ जाती थी।

भारुण्डी गर्भवती थी। उसका पहला बच्चा कृप ने बेच दिया था। भारुण्डी इस बार जब गर्भवती हुई तो उसने कृपी के चरणों पर सिर रखा।

'क्या है, भारुण्डी?' कृपी ने पूछा।

'आर्ये!' पुरानी दासी हूँ।'

'तो कह न!'

'देवी! डरती हूँ।'

'तो भी तो?'

'देवी, मैं गर्भवती हूँ।'

कृपी हँसी। कहा—‘ओह हो! तू तो कोई महारानी हो गयी! दासी और गाय, इन दोनों के गर्भवती होने में भी कोई आश्चर्य है?’

‘देवी! एक याचना करती हूँ।’

‘कह न!’ कृपी ने खीझकर कहा।

‘मेरा पहला बालक बिक गया।’

‘अच्छा,’ कृपी के स्वर में संवेदना थी।

‘इस बार बचा देना,’ उसने दाँत निकालकर कहा।

कृपी सोच में पड़ गयी। उसने कहा—‘देखूँ, भातृजाया से पूछूँगी।’

भारुण्डी डरकर चली गयी।

कृपी ने द्रोण से कहा—‘यों कहती है।’

‘तुम क्यों बोलती हो?’ द्रोण ने पूछा।

‘तो मैं बोलूँ भी नहीं?’ कृपी खीझ उठी।

‘हाँ, देवी!’

‘मेरा सम्बन्ध है। मेरा रक्त का सम्बन्ध है।’

द्रोण चुप रहे। कृपी ने लङ्वती से कहा।

लङ्वती ने कहा—‘आर्ये! बच्चे रहते हैं तो यह दासियाँ काम नहीं करतीं। उनके पीछे ही लगी रहती हैं। फिर बच्चे पास रहने से इनके जल्दी-जल्दी सन्तान भी नहीं होती।’

परन्तु जब कृप ने सुना तो कहा—‘ओह, भारुण्डी कृपी की तो पुरानी सेविका है। उसे छोड़ दो।’

भारुण्डी ने कृपी के चरण पकड़ लिए और रोने लगी।

परन्तु दास-दासियों में चर्चा चली। द्रोण भी भारुण्डी पर बड़ा स्नेह रखते हैं। कृपी ने सुना। बड़ी लाज आयी। क्या करती? चुप हो रही।

इसी प्रकार जीवन कटता रहा। समय तो दलदल में फँसे ऊँट की भाँति था। आकार-प्रकार से तो बहुत बड़ा लगता था, पर जैसे उसके पाँव फँस गये थे। चलता ही न था। कृपाचार्य ने अनेक यत्न किये, किन्तु द्रोण नहीं फिसले। अपने एकान्त रहना। और, जैसे जीवन में कोई काम ही नहीं। इस प्रकार अनेक वर्ष व्यतीत हो गये।

अश्वत्थामा अब तरुणाई की ओर आ गया। उसके अंग अब कुछ कठोर होने लगे। ब्राह्मण द्रोण का शरीर श्यामतर हो गया। मुख पर चिन्ता की रेखाएँ गहरी हो गयीं और समय से पहले ही उनके बाल सफेद हो गये। कृपाचार्य के सब बाल काले थे। कुछ ही कम आयु थी उनकी, परन्तु द्रोण उनसे कई वर्ष बड़े लगते।

रोचमान भी अब बड़ा हो गया था।

कृपी ने कहा—'आर्य! अब तो पुत्र भी बड़ा होने लगा।'

'क्यों नहीं?' द्रोण ने कहा, 'क्या रुका रहता?'

बाहर कोलाहल हो रहा था। देखा, पांचाल देश से कुछ विद्वान आये थे हस्तिनापुर देखने।

द्रोण का मुख विकृत हो गया। कृपी ने कहा—'क्या हुआ?'

'कुछ नहीं।'

'भूले नहीं हो?'

'कभी नहीं भूलूँगा।'

'कब तक?'

'जब तक बदला न ले लूँगा।'

'आग अभी बुझ नहीं?'

'जिस आग ने शमी वृक्ष की भाँति मुझे ही भीतर से जला दिया, उसे, और भूल जाऊँ?'

द्रोण की भृकुटि चढ़ गयी। कृपी काँप गयी। कहा—'शान्त रहें, आर्य! शान्त रहें। अभी समय नहीं आया है।'

'जानता हूँ,' द्रोण ने मुस्करा कर कहा, 'तो तुम भी नहीं भूली हो?'

'मैं?' कृपी ने कहा, 'भूल जाऊँ?' ऐसे सिर हिलाया जैसे असम्भव।

द्रोण के नेत्र भीग गये। कहा—'तुम देवी हो। तुम अदिती हो, तुम ऊषा हो! तुम सावित्री हो।'

'और आप!'

द्रोण हँसे। कहा—'मेरे लिए अभी कोई कवि पैदा ही नहीं हुआ।'

'मेरे लिए तो मुझसे पहले आप हो चुके थे न?' कृपी ने कहा।

दोनों हँसे। कृपी ने वह सरल हास आज अनेक वर्ष बाद सुना।

कहा—'देव!'

'कृपी!' द्रोण ने कहा।

आज बहुत दिन बाद कृपी ने अपना सिर द्रोण के वक्षस्थल पर रख दिया। उस प्रशस्त श्यामल वक्षस्थल पर काले बालों से घिरा वह गोरा मुख ऐसा लगा जैसे रात के अन्धकार की छाया में पड़ी जलराशि पर अचानक कोई फूल उग आया हो या पर्वत की कठोर शिला पर कोई सुन्दर श्वेत शंखाकार पाषाण पड़ा हो।

जीवन की एक विराट् शक्ति है परस्पर सांत्वना। वह जो गिरते बालक को माँ की उँगली की भाँति बढ़कर सँभाल लेती है। फिर कुछ भी हो, बालक चलना सीख ही जाता है।

द्रोण ने स्नेह से कृपी के सिर पर हाथ फेरा। फिर देखा। कृपी के उस स्पर्श

से उन्हें लगा, वे उतने सूखे वृक्ष के समान नहीं हैं। उनके भीतर रक्त है, क्योंकि उसमें अब स्पन्दन हो रहा है।

कहा—'कृपी!'

'स्वामी!'

'मैंने तुम्हें बहुत कष्ट दिया।'

'नहीं, स्वामी!'

'सच कहती हो?'

'सच कहती हूँ।'

'मैं विश्वास करता हूँ, कृपी! तभी काँप कर विचलित नहीं होता।'

तब स्त्री ने गर्व से सिर उठाया। पुरुष की सच्ची अर्द्धाङ्गिनी की गरिमा! गरिमा की ज्योति! माता का पावन गौरव! और गौरव पर निहित अहं। अहं की वीथियाँ उलझन भरीं, जिनमें से मन चाहे तो अपना पथ न खोज सके। और ऐसे ही आठ वर्ष बीत गये थे।

'कृपी!'

'देव!'

फिर वे कुछ न कह सके। लङ्क्ती का स्वर सुनायी दिया— 'आर्ये! हला आर्ये!

कृपी चौंक कर दूर हो गयी। द्वार में से जाते समय द्रोण को देखकर मुस्करायी। द्रोण को लगा, वे फिर तरुण थे।

साँझ हो गयी थी। कृपाचार्य के भवन में असंख्य दीपक जल रहे थे। उस समय पवन पर सुगन्ध झूल रही थी। दास-कक्ष में संगीत हो रहा था। कोई ब्राह्मण अलिंद में बैठा उच्च और गम्भीर स्वर से मन्त्र-पाठ कर रहा था। स्तम्भों से टकराते हुए शब्द कानों में आते थे और दूर-दूर तक महोत्सव का उल्लास-सा बिखेर कर बाहर के अन्धकार में धीरे-धीरे लय हो जाते थे।

❑❑

आकाश में दो-चार बादल इधर-उधर छिटक कर धूप की चमक को कम कर रहे थे। राजप्रासाद के सामने मैदान फैला हुआ था। हवा चल रही थी। उस समय वहाँ कोलाहल हो रहा था। पास ही कल-कल नाद करती हुई नदी की धारा बह रही थी।

राजकुल के अनेक बालक खेल रहे थे। उनके साथ अनेकों कुलीन बालक थे, जो प्रासाद में ही रहते थे। उनके अधोवस्त्र ऊँचे बँधे थे, कटि पर एक वस्त्र कसा था। कुछ ने अपने छोटे-छोटे उत्तरीय कन्धे के ऊपर से लेकर यज्ञोपवती की भाँति कस लिए थे। उनके वस्त्रस्तल पर मोतियों की माला थी। कानों में स्वर्ण-कुण्डल

थे और हाथों पर वलय थे।

युधिष्ठिर उन सब में बड़ा था। उसके मुख पर बड़ी सौम्यता थी। वह सबसे स्नेह से बात करता था। उसको सब बालक 'अग्रज' कहते थे। वह प्रत्येक को कुछ-न-कुछ आज्ञा देता था और वे उसके प्रति अत्यन्त अनुरक्त थे। उसके पीछे ही एक बलिष्ठ बालक था। 'भीम' के नाम से पुकारा गया वह बालक वास्तव में उन सब में बड़ा लगता था। वह स्वभाव का ही उद्धत और ऊधमी था। बात-बात में किसी से भी मारपीट कर देना उसके लिए सहज था।

अर्जुन के हाथ लम्बे थे। वह बड़ी-बड़ी आँखों से देखकर मुस्कराता था। उसके सिर पर झूलते हुए बाल माथे को ढँक लेते थे।

नकुल निःसन्देह उन सबमें सबसे अधिक सुन्दर था। उसको देखकर आँखें तृप्त नहीं होती थीं। उसके नीले-नेत्र और पिंगल केश अत्यन्त आकर्षक थे। उसके साथ रहने वाला सहदेव था, जो बोलता कम था, और उसकी आँखों से लगता था कि वह सदैव दूसरों की सुनकर समझने का प्रयत्न किया करता है। सहदेव और नकुल को देखकर लगता था जैसे वे सगे भाई हैं।

सुयोधन भीम की ही भाँति ऊधमी था, परन्तु भीम से जीत नहीं पाता था। उसकी बात-बात पर भीम से लड़ाई होती थी और युधिष्ठिर बीच-बचाव करता था। अत्यन्त चपल सुशासन सदैव सुयोधन का पक्ष लेता था। उनके चारों ओर बालकों का समूह था।

युधिष्ठिर एक पक्ष का नेता था, सुयोधन दूसरे का। दोनों पक्ष सदैव एक-दूसरे से आगे बढ़ने का यत्न करते थे।

और वह अनेक-अनेक बालक—सुसह सशल, जलसन्ध, उपनन्द, चित्रबाण, विशालाक्ष, दृढ़रथ, व्यूढोर, कुंडाशी, वैराट, श्रुतर्वा, सुजात, पाशी आदि कुरुप्रदेश के बालक सुयोधन को ही अपना अग्रज मानते थे। युधिष्ठिर, भीम, अर्जुन राजा पाण्डु के कुन्ती से उत्पन्न पुत्र थे, नकुल सहदेव माद्री के पुत्र थे। बाकी राजा धृतराष्ट्र की सन्तानें थीं। अनेक कुलीन कुरुवंश के बालक उनके साथ एक परिवार की ही भाँति रहते थे। कोई-कोई कह देता था, ये सब धृतराष्ट्र के पुत्र हैं। धृतराष्ट्र के एक पुत्र वेश्या के गर्भ से भी हुआ था। उसका नाम युयुत्सु था। उसकी माता धृतराष्ट्र की परिचर्या करने हेतु रखी गयी थी, जब गांधारी गर्भवती थी। फलस्वरूप वह भी गर्भवती हो गयी।

खेलते-खेलते बालकों ने देखा कि वे राजप्रासाद से कुछ अलग-से आ गये थे और एक कृष्णवर्ण दीर्घकाय ब्राह्मण वहीं निकट ही नित्यकर्म करके उठ रहा था। वह देखने से ही अग्निहोत्री लगता था। उसके मुख पर कठोर साधना के चिह्न थे। वह श्यामवर्ण था। उसके मुख पर एक शुष्कता थी। दुर्बल काया पर झुर्रियाँ पड़ी

हुई थीं। उसके पास धनुष-बाण भी थे।

बालकों ने उधर अधिक ध्यान नहीं दिया। भीम ने गुच्ची खोद ली। सुशासन गुल्ली छीलने लगा। अर्जुन ने झट से एक पेड़ के पास पड़ी एक लकड़ी को उठाकर डंडा बना लिया।

बालक गुल्ली-डंडा खेलने लगे। भीम ने जो गुल्ली के उठे कोने पर डंडा मारकर उसे उछालकर उसमें कसकर हाथ जमाया, तो बालक देखते रह गये एक तार बाँधकर और एकाएक गुल्ली कुएँ में जा गिरी।

हल्ला मच गया। पाण्डवकुमार उछल पड़े।

'वह मारा है!' अर्जुन चिल्लाया।

'क्या मारा है,' युधिष्ठिर ने रोककर कहा, 'खेल आगे कैसे होगा?'

तब उन्हें ध्यान आया। कुरु-पक्ष के बालकों का मुँह उतर गया था, अब गुल्ली खो जाने से वे प्रसन्न दिखायी दिये।

कुछ देर कुमार एक-दूसरे को दोष देते रहे।

'भीम को देखकर मारना चाहिए था,' सुयोधन ने कहा।

'हूँ,' भीम ने कहा, 'यहीं फेंक देता मैं गुच्ची के पास, जो तुम निशाना साधकर मार देते!'

'तू उल्टी बात करता है, भीम!' सुयोधन ने कहा।

'क्या उल्टी बात करता हूँ?' भीम ने चिढ़कर पूछा।

खेल हठात् बन्द होते देखकर ब्राह्मण का ध्यान टूटा, क्योंकि बालकों का मौन विशेष होता है। ब्राह्मण कौतूहल से निकट आ गया। उसने देखा, सब लड़के कुएँ के चारों तरफ खड़े थे और देख रहे थे। गुल्ली सूखे में पड़ी थी। कुएँ में पानी नहीं था। ज्यों-ज्यों वे उसे देखते उन्हें लगता, गुल्ली बहुत पास थी। आँखों से दिखती वस्तु को बालक पास ही समझता है। दूरी तो उसे तब लगती है जब उसे उसका अनुभव होता है।

भीम ने उठाकर गुल्ली में एक ढेला मारा।

'बस, यों ही निकलेगी!' सुयोधन ने ताना कसा।

'नहीं निकलेगी,' अर्जुन ने कहा, 'कोई उतरे तो निकले।'

'वाह! यह भी कोई बुद्धिमानी है?' सहदेव न कहा, 'एक दूसरी गुल्ली क्यों न छील लो? कहीं गुरुजनों को पता चल गया, तो डाँट और पड़ेगी।'

यह तर्क कठोर था। सब घबराये। सुयोधन ने कहा—'हम क्या जानें! हम तो दाँव लेंगे। भीम ने खोयी है। उसका फल हम क्यों भोगें? तुम सब तो खेल चुके हो।' सुयोधन की बात ठीक थी।

और फिर वे कुमार उदास-से एक-दूसरे का मुँह देखने लगे।

'तो दूसरी बना लो,' युधिष्ठिर ने कहा।

'तुम बना लाओ,' सुशासन ने कहा, 'हमने खोयी होती तो हम बनाते।'

भीम की भौं तन गयीं। कहा—'नहीं खिलाते, नहीं खिलाते।'

युधिष्ठिर ने रोका—'भीम! यह क्या? यह तो खेल नहीं है।'

बालक अब कुएँ के पास से हटकर गोल बनाकर खड़े हो गये थे। गुल्ली खो जाने की खिसियाहट घटने की जगह बढ़ रही थी।

ब्राह्मण कुछ देर तक देखता रहा, फिर उसने कहा—'नहीं निकलती?'

सब बालक एकदम चौंक उठे। उन्होंने देखा। ब्राह्मण उत्सुकता से देख रहा था।

'नहीं,' युधिष्ठिर ने कहा, 'समझ में नहीं आता, क्या करें?'

'दीख तो रही है,' भीम बोला।

ब्राह्मण हँसा। उसने कहा—'धिक्कार है तुम्हारे क्षत्रिय बल को! तुम इतना भी नहीं जानते कि आँखों से दिखायी देने वाली वस्तु को प्राप्त कर सको?'

ब्राह्मण का प्रभाव छा गया।

भीम ने कहा—'आप निकाल देंगे?' स्वर में व्यंग्य था।

'वह तो निकाल ही दूँगा, उसके साथ यह भी निकाल दूँगा,' ब्राह्मण ने कहा और अपनी अँगूठी को उसने अपनी अँगुली से उतार लिया। बालकों ने आश्चर्य से देखा कि आगे बढ़कर कन्धे पर से धनुष उतारते हुए उस श्यामकाय ब्राह्मण ने अपनी अँगूठी कुएँ में फेंक दी।

'अरे!' बालकों के मुँह से निकला।

'अच्छा मुझे भोजन देना, तुम्हारा कार्य करता हूँ,' ब्राह्मण ने कहा।

युधिष्ठिर सबसे बड़ा था। उसने कहा—'ब्राह्मण-श्रेष्ठ! भोजन तो कृपाचार्य की अनुमति से प्राप्त हो सकेगा। आप अपना नाम बता दें तो हम उनसे कहकर आपको अवश्य भोजन दिलायेंगे।'

ब्राह्मण मुस्कराया।

'अच्छा, अच्छा,' ब्राह्मण ने गम्भीरता से कहा, यद्यपि उसकी आँखें मुस्करा रही थीं। और वह आगे बढ़कर धरती पर से कुछ बीन लाया। फिर उसने धनुष को चढ़ाकर सींक को कुएँ में फेंका। सींक गुल्ली में गड़ गयी। तब बालकों ने आश्चर्य से देखा कि ब्राह्मण ने दूसरी सींक उठायी और पहली के दूसरे कोने को छेद दिया। और देखते-ही-देखते सींक ऊपर दीखने लगी। ब्राह्मण ने सींक का छोर पकड़कर खींचा। भीतर से एक-दूसरे से छिदी सींकें निकलने लगीं। उनके अन्त में गुल्ली निकल आयी।

बालक आवेग, हर्ष और आश्चर्य से चिल्ला उठे—'ब्राह्मण देवता की जय!'

ब्राह्मण मुस्कराया।

'अब अँगूठी भी निकालिए,' भीम ने कहा।

ब्राह्मण ने फिर सींकें बाण की भाँति चलायीं और उसने कहा—'लो! देखो!' कहकर सींकें खींची।

बालकों के मुख आश्चर्य से फटे-के-फटे रह गये।

ब्राह्मण ने अँगूठी भी निकाल दी। युधिष्ठिर ने ब्राह्मण के पाँवों पर सिर रखकर प्रणाम किया। सब बालकों ने दण्डवत की।

ब्राह्मण ने गद्गद होकर कहा—'कल्याण हो! दीर्घायु हो, वत्स! इन्द्र तुम्हारा मंगल करें। तुम्हें यशस्वी बनायें। अच्छी शिक्षा प्राप्त करो।'

युधिष्ठिर ने कहा—'आर्य! आप हमारे गुरु बन जाइये। हमें शस्त्र-विद्या सिखाइये।

'शस्त्र-विद्या का प्रबन्ध तुम्हारे गुरुजन करेंगे, वत्स!' ब्राह्मण ने कहा, 'तुम क्यों चिन्तित हो?'

युधिष्ठिर ने पूछा—'ब्राह्मण देवता! आप हमें अपना शुभ नाम तो बता दीजिये, जिससे हम जाकर पितामह से कह सकें।'

ब्राह्मण कुछ सोच में पड़ गया। उसके मुख पर गहरी वेदना लक्षित हुई। बालक चुपचाप देखते रहे। तब कुछ देर बाद धीरे-से सिर उठाकर ब्राह्मण ने कहा—'पितामह भीष्म से जाकर मेरा वर्णन करो। वे स्वयं समझ जायेंगे।'

'कैसे?' भीम ने कहा।

'मैं कहता हूँ, बालक,' ब्राह्मण ने निश्चय-भरे स्वर से कहा। उस स्वर में इतना विश्वास था कि बालकों का सन्देह मिट गया। वे समझे, आप ही भीष्म पितामह समझ जायेंगे, ब्राह्मण कह ही रहे हैं।

'अच्छा,' युधिष्ठिर न कहा।

ब्राह्मण चला गया।

'अरे!' भीम ने कहा, 'वे रहते कहाँ हैं?'

सुयोधन ने कहा—'पितामह क्या यह नहीं जानते होंगे?' चलो, उन्हीं से कहें।'

कुमार कुछ देर आपस में सोचते रहे, फिर वे चल पड़े।

'क्या कहोगे?' अर्जुन ने कहा।

'यही, जो हुआ,' युधिष्ठिर ने कहा।

'ब्राह्मण थे योग्य!' सुयोधन ने कहा।

अर्जुन ने कहा—'मैंने ऐसी धनुर्विद्या ही नहीं देखी। पितामह भी इतना नहीं जानते होंगे।'

किन्तु किसी ने इस विवादास्पद विषय पर राय नहीं दी, न अर्जुन की बात को

ही माना। जिस समय वे पितामह भीष्म के प्रासाद में गये, विदुर श्रेष्ठ वहीं उपस्थित थे। विदुर अभी-अभी कुछ कह चुके थे, जिसको पितामह ने ध्यान से सुना था। वे उठकर टहलने लगे और दोनों हाथ उन्होंने अपने वक्षस्थल पर बाँध लिए। फिर रुककर धीरे से भीष्म ने चिन्तित स्वर में कहा—'तो फिर? क्या होगा आखिर!'

'देव! अब समय आ गया है, कोई प्रबन्ध शीघ्र ही करना चाहिए। महाराजा भी चिन्तित हैं। माता गांधारी भी मुझसे पूछती थीं। इधर भीम ने आर्या कुन्ती को तंग किया तो वे कहने लगीं—भैया विदुर! जाकर इनके पितामह से कहते क्यों नहीं! वे क्यों नहीं ध्यान देते?'

'तो गुरु ढूँढना क्या सहज है, वत्स?' भीम ने कहा।

बालकगण इस समय भीतर आ गये थे। पितामह की अन्तिम बात उन्होंने सुन ली। विदुर ने आँख से इंगित किया। मुड़कर पितामह ने देखा। सबने प्रणाम किया। पितामह ने प्रश्नसूचक दृष्टि से देखा।

'गुरु हम खोज लायें,' भीम ने बढ़कर कहा।

'क्या मतलब?' पितामह ने कहा।

युधिष्ठिर ने सारी घटना सुनायी। दोनों चुपचाप सुनते रहे।

भीम का सिर चिन्ता से झुक गया। विदुर ने कहा—'अच्छा, राजपुत्रो! तुम सब जाओ। हम समझ गये।'

बालक बड़े आश्चर्य में पड़ गये। पर अब जाने के सिवाय चारा ही नहीं था। सब एक-एक करके चले गये। तब पितामह भीष्म ने कहा—'कह तो दिया, समझ गये। कौन थे वे ब्राह्मण?'

'मैं जान गया, देव,' विदुर ने कहा, 'हस्तिनापुर की क्या बात मुझसे छिपी है जो न समझ सकूँ?'

विदुर की ओर भीष्म पितामह ने गूढ़ दृष्टि से देखा।

'आर्य द्रोण भारद्वाज आङ्गिरस,' विदुर ने कहा।

'कृपी का पति?'

'हाँ, आर्य!'

'वह तो हरिद्वार का था न?'

'दारिद्र्य बड़ा भयानक होता है।'

'कृप सहायता नहीं करता?'

'अभिमानी द्रोण को कोई क्या कहे? वहाँ खा लेता है, बस।'

'तो ठीक रहेंगे द्रोण?' पितामह ने कहा, 'महारथी हैं। नाम तो मैंने बड़े-बड़े आश्रमों में सुना है।'

'प्रचण्ड धनुर्धर हैं,' विदुर ने उत्तरीय कन्धे पर डालकर कहा।

'तो तुम बुलाओ न उन्हें!' आर्य भीष्म ने कहा, 'ऐसा ही व्यक्ति मिल जाये तो कुरुवंश का कल्याण न हो जाये!'

'आपको स्वयं जाना होगा।' विदुर श्रेष्ठ ने उठते हुए कहा।

'क्यों?'

'देव! ब्राह्मण सेवावृत्ति स्वीकार नहीं करेगा।'

'और कृप क्या हैं?'

'वही, जो द्रोण नहीं हैं।'

'मुझे तो उनसे भय होने लगा, विदुर!' आर्य भीष्म ने उठते हुए कहा, 'मेरे साथ तो चलोगे?'

❐❐

सारथि ने वल्गा पीछे खेंची और ढीली कर दी। रथ रुक गया। घोड़ों ने पूँछ फरफराई और शान्त हो गये।

पितामह भीष्म रथ से उतरे। वे वृद्ध थे। उनके सिर के बाल अधिकांश श्वेत थे और उनके कन्धों पर पड़े झूल रहे थे। उनके मुख पर दाढ़ी और मूँछें भी श्वेतप्राय थीं। किन्तु उनको देखकर लगता था जैसे वह एक सचमुच का सिंह हैं। प्रशस्त ललाट और ऊँची और लम्बी नाक! लम्बी आँखें जिनमें एक पवित्रता थी। होंठों पर बालकों की-सी मुस्कान माथे पर खिंची आयु की रेखाओं को चुनौती दे रही थी। उनका प्रशस्त वक्ष दृढ़ था। उस पर शुभ यज्ञोपवीत पड़ा था। उनके भुजदण्डा और पतली कटि देखकर लगता था कि आयु तो क्या, मृत्यु भी इस व्यक्ति की पराक्रमी ओजस्विता को नहीं छीन सकेगी।

कृपाचार्य बाहर निकल गये। भीष्म और विदुर दोनों ने प्रणाम किया। कृपाचार्य ने कहा, 'जय! पितामह आप!'

'हाँ, वत्स! ऐसा ही कार्य था। प्राचीनकाल में महाराजा ययाति कह गये हैं कि जब आग से भी भयानक, शस्त्र से भी तीक्ष्ण वस्तु से सामना करना हो तो ऐसे ही झुकना चाहिए।'

'आर्य, द्रोण कहाँ हैं?' विदुर ने कहा। कृप अभी पितामह की पहली बात को ही नहीं समझा था। उसने कहा—'क्यों पितामह! क्या बात हुई?'

पितामह हँसे। कहा—'अग्नि स्वयं क्या जाने कि वह दूसरों को जलाता है। वह तो भस्म होनेवाला जाने।'

'भीतर हैं, पितामह!' कृप ने उत्तर दिया। वह जानते थे, पितामह पहले हास-परिहास कर लेंगे, तब कोई बात करेंगे। उनमें आदत थी कि जहाँ छोटों से

मिलेंगे वहीं झट से मनोविनोद करने लगेंगे। पितामह कहते थे—बूढ़ों में क्या है? कुछ नहीं। युवकों से थोड़ा-बहुत ज्ञान लेते रहने से मनुष्य चलते संसार में पीछे नहीं रह जाता। उन्होंने कहा—'कृपाचार्य, मेरा तात्पर्य ब्राह्मण से था।'

दासों ने भूमि पर ऊनी कम्बल बिछा दिये। जब सब लोग भीतर घुसे तब भी वे अपनी हँसी समाप्त नहीं कर पाये थे। आर्य भीष्म का अट्टहास समस्त भवन में गूँज उठा। आर्या लङ्गती ने भारुण्डी से चौंक कर पूछा—'हला! पितामह आये हैं क्या?'

'हाँ,' भारुण्डी ने मुस्कराकर कहा।

'पितामह भीष्म ने जाकर आर्य द्रोण को प्रणाम किया।

'कल्याण हो,' द्रोण ने कहा। विदुर झुका तो द्रोण ने कहा—'हो गया, मन्त्रिप्रवर! ठीक है।'

'नहीं श्रेष्ठ!' विदुर ने पहले पाँव छुए, तब पीछे हटकर खड़ा हो गया।

कृपाचार्य ने परिचय दिया।

'आसन ग्रहण करें,' आर्य द्रोण ने कहा।

पितामह भीष्म, कृपाचार्य और विदुर उन कम्बलों पर बैठ गये। आर्य द्रोण सामने की ओर बैठे!

कृपी ने द्वार की सन्धि से देखा, वे सब बहुमूल्य वस्त्रों और आभूषणों से सुसज्जित थे। भीष्म पितामह के सुवर्ण के मुकुट पर देदीप्यमान लाल और हीरक जटित थे। उनके ऊपर प्रकाश कौंध-सा रहा था। विदुर के गले में मोतियों की लड़ें पड़ी थीं, जो इतनी शुभ्र थीं कि आँखों को भ्रम होता था, कहीं दूध की धारा तो नहीं है! विदुर की आँखों में एक परिचय-भरा रहस्य खेल रहा था।

'आर्य!' द्रोण ने पूछा, 'आज असमय ही कैसे कष्ट किया?'

कृपी ने कानों को उँगली से साफ किया। फिर सुना। भीष्म पितामह कुछ झुक गये थे। उनके मुकुट से लटकते मोती उनके कानों पर झूल आये थे।

द्रोण की आँखों में उत्सुकता बढ़ गयी थी। कृप की ओर देखा। वह नीचे देख रहे थे। गम्भीर थे। फिर विदुर पर द्रोण की आँखें टिक गयीं।

'मैं क्या जानूँ?' विदुर ने कहा, 'पितामह स्वयं भिक्षा माँगने आये हैं...।'

भिक्षा! कैसी भिक्षा! द्रोण चौंक उठे। फिर ध्यान आया। कहीं राजकुमारों ने जाकर कुछ कहा तो नहीं? मस्तक कुछ उठ गया। गर्व ने करवट ली।

द्रोण के मुख पर कठोरता दिखायी देने लगी। सामने क्षत्रिय बैठे हैं। इन्हीं में से एक द्रुपद यज्ञसेन भी था। क्या यह सब भी वैसे ही मिथ्यावादी हैं? पर विश्वास नहीं हुआ। सब को देखा। इनके मुख पर और ही भाव था। विनय यदि साकार हो सकता है, तो वह उपस्थित था। द्रोण की भावमग्न मुद्रा देखकर पितामह गम्भीर

हो गये।

'आर्य!' कृप ने कहा, 'आर्य द्रोण!'

द्रोण ने कहा—'आर्य! आज्ञा दें।'

'आज्ञा!' पितामह भीष्म ने कहा, 'आज्ञा हम नहीं, आप देंगे, ब्राह्मण प्रवर!'

द्रोण ने आश्चर्य से सिर उठाकर देखा। द्वार पर अब आर्या लङ्गती खड़ी थीं।

'आचार्य द्रोण,' भीष्म ने कहा, 'आप स्वयं धनुर्वेद हैं। आपसे हम एक भिक्षा माँगने आये हैं। किन्तु कहने से पहले प्रार्थना है। हम यह जानने के इच्छुक हैं कि देव हस्तिनापुर किस उद्देश्य से आये हैं? और यहाँ आकर कोई कष्ट तो नहीं हुआ।'

'नहीं,' द्रोण ने कहा, 'राजन्! ब्राह्मण को क्या सुख, क्या दुःख! जो धरती पर सोता है, वह क्या किसी का दासत्व करता है? किन्तु आपका सौहार्द्र देखकर मुझे प्रसन्नता हो रही है। सचमुच कुरु-प्रदेश धन्य है, यहाँ मुझे कोई कष्ट नहीं हुआ।'

'जीवन सफल हुआ,' पितामह ने कहा, 'आज सुनकर लगा कि हमने व्यर्थ ही जीवन नष्ट नहीं किया। कुरु-प्रदेश धन्य है, क्योंकि आप जैसे अतिथि यहाँ आकर हमें पवित्र करते हैं। देव! यह कुरु-वैभव सब ब्राह्मणों के चरणों का प्रताप है।'

'मैं भारद्वाज आङ्गिरस द्रोण,' द्रोण ने कहना प्रारम्भ किया, 'कुरुवंश की राजधानी में आश्रम प्राप्त करने आया हूँ। ब्राह्मण हूँ और ब्राह्मण की ही भाँति अभी तक रहा हूँ। वीर परशुराम के कुलजातों से मैंने शस्त्र-विद्या के चरम रहस्यों को सीखा है। महर्षि अग्निवेश्य के यहाँ मैंने शिक्षा पायी है। उनके चरणों के प्रताप से मैं लक्ष्य और शब्द-भेद दोनों में पारंगत हूँ। मैं सदा से ही प्रतिज्ञा का पक्का हूँ। व्यर्थ ही में समय नष्ट नहीं करता...।'

पितामह भीष्म ने विनय से कहा—'आर्य! आप मुझे अपना आज्ञाकारी विनम्र दास समझें। आप पृथ्वी के देवता हैं। कुरु-देश में यह समृद्धि इसलिए है कि यहाँ ब्राह्मण का कभी निरादर नहीं होता।'

द्रोण कुछ नम्र हुआ। कहा—'आर्य! क्षत्रिय की बात का विश्वास करने में संकोच होता है। पांचाल-राजा द्रुपद मेरे पुराने मित्र थे। उन्होंने मुझसे कहा था... जाने दीजिये, वे अपने वचन को पूर्ण नहीं कर सके, किन्तु मैं तो नहीं भूला हूँ। आप प्रबल पराक्रमी हैं। दिगन्तों में आपका यश व्याप्त है। स्वयं भार्गव ब्राह्मण भी आपको काशिराज कन्या अम्बा की ओर से लड़ते समय नहीं हरा सके। आपकी बात पर विश्वास न करने का मुझे कोई कारण नहीं दिखायी देता। आपने देवताओं के समान अपनी प्रतिज्ञा को निबाहा है।'

विदुर ने धीरे-से कहा—'आर्य द्रोण! आप नहीं जानते कि पितामह भीष्म यदि पानी पर रेखा खींच देते हैं तो वह भी पत्थर की-सी कठोर होकर खिंची रह जाती है।'

द्रोण ने देखा। मुस्कराये। परन्तु वे अपनी दीनता को प्रगट नहीं करना चाहते थे।

उन्हें क्षत्रियों के प्रति एक मानसिक स्पर्धा थी। बहुत-कुछ तो समय ने ब्राह्मणत्व के गर्व के लोहे को रेत दिया था, किन्तु अभी वह मरा तो न था। उन्होंने भीष्म पितामह की ओर अत्यन्त नम्रता से देखा। फिर धीरे से उनके होंठ हिले—'आप क्या चाहते हैं, निवेदन करें।' द्रोण कहकर चुप हो गये। भीतर कृपी द्वार पर कान लगाये उत्कंठा से सुन रही थी। विदुर ने भीष्म की ओर देखा।

भीष्म ने कहा—'मैं ब्राह्मण से उसके आशीर्वाद, उसकी कृपा, उसकी विद्या के अतिरिक्त और माँग भी क्या सकता हूँ? आशीर्वाद इसलिए कि उसके बिना देवता प्रसन्न नहीं होते, कृपा के बिना जीवन व्यर्थ है, विद्या के बिना सब-कुछ मृत्यु के समान है। आर्य! यह राज-कुल के बालक गुरुहीन हैं। इनके लिए आपको अपना त्यागी जीवन छोड़कर, हमारे लिए, कुरु-देश के लिए कष्ट उठाना ही पड़ेगा।'

द्रोण ने सुना। गाम्भीर्य लौट आया। त्यागी जीवन! फिर भी प्रशंसा! दुःख की कैसी गरिमा गाते हैं यह लोग, जो स्वयं कभी उसे भोगते नहीं। परन्तु द्रोण ने केवल कहा—आर्य! आपका स्नेह मुझे पराजित कर रहा है।'

उसके उपरान्त पितामह भीष्म ने द्रोण की पूजा की। अर्घ्य दिया। द्रोण खड़े रहे। एक क्षण को लगा कि वह कोई मनुष्य नहीं था, पाषणा की एक मूर्ति थी, जिसके चरणों पर पितामह भीष्म व्यर्थ ही देवता समझकर जल चढ़ा रहे हैं। उस स्थिरता में भी कितनी निहित अहंमन्यता थी, यह कोई न जान सका।

'आचार्य-पत्नी कृपी कहाँ है?' विदुर ने पूछा। उसके पूछने के ढंग में एक स्नेह था।

'भीतर हैं,' कृप ने कहा।

'इस समय तो आर्यपति के साथ पत्नी का रहना नितान्त आवश्यक है,' विदुर ने हँसकर फिर कहा।

कृपी आयी तो आनन्द के कारण उसका मुख कुछ लालिम था। पलकें झपक रही थीं। होंठों पर हँसी नहीं थी, पर सुख था जिसने एक चमक पैदा कर दी थी। पुतलियों में एक आभा काँप रही थी। एक बार तो देखते ही लगता था कि पानी-सा तो नहीं छलक आया।

'आचार्य-पत्नी', विदुर ने कहा, 'प्रणाम!'

'कल्याण हो,' कृपी ने ब्राह्मणी के सहज गर्व से कहा।

वह नये जीवन की कल्पना करके प्रसन्न थी। उसका हृदय जानता था कि वैभव क्या होता है, बाह्य सुख मनुष्य को कितना सुख देते हैं, उनके बिना जीवन कितना दुःखी होता है!

❑❑

संध्या-समय जब द्रोण, कृपी और अश्वत्थामा ने अपने नये भवन में प्रवेश किया, उस समय द्वार के दोनों ओर अनेक दास-दासियाँ खड़े थे। बाहर ही सैनिक थे, जो अब आचार्य के व्यक्तिगत सैनिक होंगे।

प्रत्येक प्रकोष्ठ में सुगन्धित दीप जल रहे थे। वहाँ चलते- चलते अश्वत्थामा ने कहा—'अम्ब! यह किसका घर है?'

'हमारा है, पुत्र!' कृपी ने कहा तो, पर जाने क्यों एक अजीब- सा संकोच अभी रोक रहा था।

'हमारा!' अश्वत्थामा का आश्चर्य उस भवन से भी बड़ा निकला।

दूर-दूर तक संवाद फैल गया। आश्चर्य! द्रोण कुरु-देश के राजकुल में आचार्य-पद पर नियत हुए हैं। स्वयं सम्राट् धृतराष्ट्र ने अपने पितृव्य भीष्म देवव्रत को भेजकर उन्हें अपने यहाँ गुरु नियत किया। इतना बड़ा सम्मान!

हरिद्वार के आश्रमवासियों ने जब सुना तो परम आश्चर्य हुआ। और वृद्धा रोहीतकी ने हाथ उठाकर कहा—'मरुद्गण! क्या यह सत्य है?'

उस समय ऋषि गय को अच्छा नहीं मालूम हुआ। वे अधिक चतुर थे। बलवान की प्रशंसा करना उनका अपना सिद्धान्त था। इस समय वे कैसे द्रोण के विरुद्ध कुछ कहते? उन्होंने जीवन-भर ब्रह्मा का लेख जैसे-का-तैसा स्वीकार किया था। इस समय भी उन्होंने वही देखा। कहा—'आर्ये! जीवन परम विचित्र है।'

पांचाल के राजा द्रुपद ने सुना और वह मद्र-देश की नर्तकियों की उपस्थिति भूलकर सुनते ही रह गये। उनके फड़कते हुए होंठ खुले-के-खुले रह गये। क्या यह सत्य था? उनके हृदय में एक अज्ञात भय का सृजन हुआ। फिर पौरुष ने कहा—तो क्या हुआ? वह मेरा क्या कर सकता है? फिर विचार आया—नहीं, द्रोण वचन का पक्का ही नहीं, उसकी प्रतिहिंसा भी भयानक है। फिर मन ने कहा—उहुँ! तो क्या हुआ? इसी घात-प्रतिघात में वे भूले-से रह गये।

उस समय तक द्रोण और आगे बढ़ चुके थे। उनका गौरव उठा। उनके कठोर मुख पर अब अहंकार दिखायी देने लगा, जैसे वे अभय थे और अस्त्रशाला में विभिन्न अस्त्र भर गये। उन अस्त्रों की झंकार सुनकर द्रोण के मन में एक विभीषिक-सी जागने लगी। उन्हें लगा जैसे उनका कोई भयानक स्वप्न अब समाप्त होनेवाला है। अब जागरण से वे उस कलुषित सुषुप्ति का मोल चुकायेंगे। उनकी भौं कुटिल होकर तन गयीं।

द्रोणाचार्य का नाम उत्तरापथ में फैलने लगा। अब वही भिखारी द्रोण उत्तरापथ की एक प्रबल शक्ति के साथ मिलकर स्वयं प्रचण्ड कहलाने लगा। अब जब द्रोण चलता तो लोगों को उस आकृति में साक्षात युद्ध दिखायी देता। वह श्यामवर्ण उस वीर रूप को कुछ भयंकर-सा कर देता। फिर द्रोण के अधर पर जब ब्राह्मणत्व अपनी

सौम्यता प्रकट करता तो उनका मुख एक ऐसे ज्वार-भाटे को प्रदर्शित करता, जिसे स्वयं कृपी ने भी पहले नहीं देखा था। वह देखती, पर समझ नहीं पाती। द्रोण हँसते तो मन-ही-मन सोचती, क्या यह सचमुच वही हँसी है, जिसे मैं सुना करती थीं?

❑❑

अस्त्रशाला में दिन-रात कोलाहल छाया रहता। भीतों पर तथा पीठिकाओं पर अस्त्र-शस्त्र सजे रखे रहते। राजकुल के कुमारों की भीड़ से पाठशाला भरी रहती। कृपाचार्य की पाठशाला सूनी नहीं हुई, हस्तिनापुर दिन-रात प्रसिद्धि का केन्द्र बनता चला गया। द्रोण के पास अनेक शिष्य तो महानगर से ही आ गये।

द्रोणाचार्य प्रातः कुशासन पर बैठ जाते। उनके मुख पर गाम्भीर्य होता। शुभ्र यज्ञोपवीत वक्ष पर चमकता। जब वे मन्त्र बोलते तो विद्यार्थी भी साथ-साथ बोलते। वे प्रायः सब ही मन्त्र कहने के अधिकारी थे।

सुयोधन और भीम पास-पास बैठते थे। वे दोनों एक-दूसरे से स्पर्धा रखते। और सब लोगों में अर्जुन बहुत ध्यान से सुनता। आचार्य ने शास्त्र पर बताया। सब उत्सुक हो उठे।

आचार्य ने प्रारम्भ किया—'धनुर्वेद के चार पाद हैं—दीक्षा, संग्रह, सिद्ध तथा प्रयोग। पहले यह देखना चाहिए कि पात्र शिक्षा के योग्य है या नहीं? अधिकारी है या नहीं? मुख्य वस्तु प्रयोग है। प्रयोग से ही आयुर्वेद है। अन्यथा यह जीवनोपयोगी ज्ञान भी व्यर्थ है। जिस प्रकार पुरोहित यज्ञ करता है, वैसे ही शस्त्रधारी युद्ध।'

इसको समझाने के अनन्तर आचार्य ने कहा—'आयुध चार प्रकार के होते हैं—मुक्त, अमुक्त, मुक्तामुक्त, यन्त्रमुक्त।'

युधिष्ठिर ने सिर हिलाया जैसे समझ गया। सुयोधन बड़े ध्यान से सुन रहा था। उसकी भ्रू खिंच गयी थीं और वह कुछ झुक गया था। पीछे से धीरे-धीरे करके अर्जुन आगे खिसक आया। उसके मुख पर अगाध तृष्णा थी—सब-कुछ सुन लेने की। वह किसी के मुख पर नहीं थी।

आचार्य की दृष्टि उस पर गयी। उनकी तीक्ष्ण आँखों से कुछ भी छिपा नहीं रहा। उन्हें लगा, वही उनका सबसे योग्य पात्र था। पात्र वही श्रेष्ठ है जो अधिक-से-अधिक ग्रहण कर सके।

भीम ऊँघ रहा था। आचार्य ने टोका।

'भीम!'

'गुरुदेव!' भीम ने चौंककर कहा।

आचार्य समझाने लगे—'मुक्त आयुध चक्र इत्यादि हैं। अमुक्त खड्ग इत्यादि

हैं। मुक्तामुक्त शल्य, परिघ आदि हैं, यन्त्रमुत शर आदिक हैं।'

विद्यार्थियों के सामने स्पष्ट हो गया। वे पहले शस्त्रों की भीड़ देख कर घबरा जाया करते थे।

भीम ने परिघ सुनकर ध्यान लगाया। उसे विशेष रुचि गदा में थी। भारी वस्तु उठाना सबका काम नहीं था।

'गदा किसमें है?' भीम ने पूछा।

आचार्य ने घूर कर देखा और कहा—'जहाँ परिघ है वहीं गदा है।'

वे मुस्कराये। कहा—'तुझे गदा बहुत प्रिय है, मल्ल?'

'मुझे भी, गुरुदेव,' सुयोधन ने कहा।

'मुक्त को अस्त्र कहते हैं, अमुक्त को शस्त्र,' आचार्य ने फिर कहना प्रारम्भ किया।

अर्जुन ने कहा—'देव! चक्र तो इधर चलता नहीं।'

द्रोणाचार्य ने बताया—'पुत्र, यह कठिन कला है। यादवों में प्रचलित है।'

युधिष्ठिर ने कहा—'यहाँ क्या है, गुरुदेव?'

'धनुष,' आचार्य ने कहा और चारों ओर देखकर फिर बताया, 'आग्नेय, ब्राह्म, वैष्णव, पाशुपत और प्राजापत्य आदि में अनेक प्रकार के आयुध हैं।'

फिर लम्बा सिलसिला छिड़ गया। लड़के सुनते रहे। अर्जुन ने कहा—'गुरुदेव! क्या अस्त्र-शस्त्र के अनुरूप वर्ण के भी कोई विशेष अधिकार हैं?' गुरु ने प्रश्न की गूढ़ता को समझा। वे मुस्कुराये। कोई नहीं समझ सका। फिर आचार्य ने कहा—'साधिदैवत और समन्न चतुर्विध आयुधों पर क्षत्रिय का अधिकार है। उनके चार प्रकार के अनुवर्ती हैं—पदाति, रथी, गजारोही, अश्वारोही। सारथी सूतपुत्र होता है। जो सब जानता है वह महारथी कहलाता है।'

महारथी! एक शब्द जिसने लड़कों के भीतर एक सुखद कम्प पैदा कर दिया। स्वयं एक महारथी सामने बैठे हैं। दूसरे पितामह भीष्म हैं।

आचार्य इस समय घुटने पर हाथ धरे बैठ गये थे। वे कह रहे थे—'एक मतानुसार पहले खड्ग युद्ध होता था। राजा पृथु के समय धनुष का प्रयोग प्रारम्भ हुआ।

अर्जुन ने पहले चुपचाप अस्वीकृति से सिर हिलाया और चुप रहने का प्रयत्न किया। फिर जैसे वह रह नहीं सका। भावों ने उसे व्याकुल किया। 'गुरुदेव!' अर्जुन ने कहा, 'फिर देवासुर संग्राम में धनुष का उल्लेख क्यों है?'

गुरु ने बालक की तीक्ष्ण जिज्ञासा को देखा। चुपचाप घड़े में शर्करा नहीं भर रही है। घड़ा हिल-हिलकर स्वयं भी अपने भीतर अधिक जगह पैदा करता जा रहा है।

आचार्य प्रसन्न हुए। कहा—'यह एक मत है, वत्स! यहाँ धनुष के उस रूप का उल्लेख है जो आजकल प्रचलित है। इन्द्र का सर्वश्रेष्ठ आयुध अयस और अस्थि का वज्र था। तब धनुष इतना प्रचलित न था। अब धनुष को सर्वश्रेष्ठ माना जाता है।' वे रुके।

'प्रयोग के बिना धनुर्वेद व्यर्थ है, वृद्ध शारंगधर ने कहा है,' आचार्य ने उपमाएँ देना प्रारम्भ किया।

सब ध्यान से सुनते रहे। आचार्य ने बताया कि गांधर्ववेद अभ्यास के बिना व्यर्थ है। उसी प्रकार धनुर्वेद भी। शारंगधर का मत तो नया है, पर वृद्ध शारंगधर की बात मानी जाती है। 'वत्स,' आचार्य ने आँखें उठाकर कहा, 'जब मनुष्य एक विद्या को समझ लेता है तो उस पर उसे कुछ करने का अधिकार हो जाता है। धनुर्वेद भी केवल आयुध चलाना नहीं है। सृष्टि के क्रम में आयुध का स्थान क्या है? मनुष्य की समस्त स्थिति में आयुध की सापेक्षता जानना आवश्यक है। केवल बर्बर लोग ही इस विषय को छोड़ देते हैं। व्यवहार के पीछे चिन्तन और चिन्तन के पीछे व्यवहार। जो इन दो चरणों को धरता है, वह ही धीर गति से चलता है। बुद्धिमान कभी एक पाँव से नहीं चलता।'

विद्यार्थी उत्सुकतम हो उठे थे। उनके मुख पर एक नयी स्थिरता थी। यह स्थिरता बालक में तब आती है जब उस पर मोहन छाता है।

आचार्य ने फिर कहा—'चारों तत्व की सम्पत्ति क्या है? पृथ्वी, तेज, जल और वायु। इनमें आकाश प्रमुख है। उसी में परमाणु दृष्टि को नहीं दिखते, परन्तु व्याप्त रहते हैं। परमाणु से ही सृष्टि चलती है। उसकी उत्पत्ति के अनेक प्रकार बताये गये हैं। जब वे एक-दूसरे से मिलते हैं तो उत्पत्ति होती है। सम्मिश्रण अत्यन्त आवश्यक है। सम्मिश्रण अनेक प्रकार से होता है। वस्तु का विकास और क्षय उसी सम्मिश्रण पर निर्भर है।'

आचार्य ने श्वास लिया। वे बोलते चले गये थे। चारों ओर देखा। उस मौन से विद्यार्थी कुछ घबराये। गुरु की खोजती हुई आँख बिल्ली की-सी आँख बनकर भीरु विद्यार्थी को दिखायी देती है। उस समय वह चूहे की भाँति कनखियों से देखने लगता है, मुँह पर झूठा भाव बनाकर कि मैं तो जानता हूँ, निर्भय हूँ। अस्त्र-शस्त्र की आवश्यकता क्यों हुई? आत्मरक्षार्थ।

'अर्जुन!' आचार्य ने हठात् ही आवाज दी, जिससे सबका ध्यान एकदम भंग हो गया। गम्भीर स्वर पुलक उठा।

अपने स्थान से उठकर अर्जुन ने विनीत भाव से कहा—'गुरुदेव!'

'परमाणु और शस्त्रादि का सम्बन्ध क्या है?'

अर्जुन ने झुककर कहा—'देव! वियोजन और संयोजन के प्रकारों को

शक्तिसिद्ध करने का माध्यम शस्त्रादि हैं।'

उत्तर ठीक था। आचार्य ने एक बार उसे देखा, फिर देखा अश्वत्थामा की ओर। उन्हें लगा, अर्जुन अधिक कुशाग्र था।

'साधु,' आचार्य ने कहा। आनन्द की नौका अब मन-ही-मन लहरों में काँप रही थी। आचार्य ने अपने को सुस्थिर किया। वह स्वर फिर गम्भीर हो गया। अश्वत्थामा की भौं झुककर नाक के ऊपर मिल गयी थीं। नाक की नोक और भी पैनी दिखायी दे रही थी।

'शस्त्र मन्त्र होते हैं, अस्त्र यन्त्र होते हैं।'

अर्जुन ने पूछा—'देव! यह अस्त्र-शस्त्र बनते कैसे हैं?'

गुरु ने देखी जिज्ञासा! बलवती ज्ञान की भूख!

'शस्त्र-अस्त्र बनाने का प्रकार फिर बताऊँगा,' आचार्य ने कहा, 'वह सहज नहीं है। उसके लिए काफ़ी अभ्यास की आवश्यकता है। पहले तुम सुनो कि शस्त्रादि सम्बन्ध क्या है...।'

आचार्य ने दूसरा ही अध्याय प्रारम्भ कर दिया। वे घुटनों पर हाथ धरकर कहने लगे—'परम्परा कहती है कि पहले राज्य न था। राज्य बना तो मनुष्यों ने अपने लिए ही बनाया। युधिष्ठिर, राज्य क्यों बना?'

युधिष्ठिर ने उठकर—'देव! पहले मनुष्य परस्पर अपनी शक्ति खोकर संगठन को जान सका।'

आचार्य ने देखा। कृपाचार्य ने बहुत कुछ रास्ता पहले से ही बना दिया है। युधिष्ठिर का उत्तर सुनकर वे चकित हुए।

'देव! फिर संगठन की शक्ति परस्पर या पड़ोसी के भय से अपना विस्तार करती गयी। फिर उच्च वर्णों ने शक्ति को अपने हाथ में रखने के लिए निम्न वर्णों को साथ लेकर पड़ोसी शत्रुओं से युद्ध किया। उस युद्ध में अपनी शक्ति को और बढ़ाया। इस प्रकार राज्य बना। राज्य ने नियमन किया, व्यवस्था को सुचारु रूप से चलाया।'

'ठीक है, वत्स,' गुरु ने कहा, 'राज्य आवश्यक है। राज्य जहाँ नहीं होता वहाँ मर्यादा का अतिक्रमण होता है।'

'मर्यादा! गुरुदेव! मुझे बोलने की अनुमति दें। मर्यादा तो बदलती रहती है,' यादव-कुमार बृहन्त ने कहा, 'आचार्य! राज्य कैसा? इस समय मद्र, यादव, बाल्हीक, सिन्धु इत्यादि में गण हैं। कुरु पांचाल में राजतन्त्र है। राजा का अर्थ यहाँ प्रायः निरंकुश शासन है। पहले जो मन्त्रियों की शक्ति थी, वह अब राजा की स्वेच्छा के नीचे है। उधर गणों में राजा का अर्थ है, चुना हुआ नेता जिसे गण कुछ विशेष अधिकार, उसकी सेवा देखकर उस पर समर्पित करता है। कुछ गण तो सुसंगठित

कुल हैं। कुछ अभी एक ही गोत्र के हैं। जिन गणों में दास-प्रथा नहीं है, वहाँ अभी धनी-दरिद्र का भी भेद नहीं। राज-शक्ति का रूप तो विभिन्न है।'

'कौशल वत्स, कौशल,' आचार्य ने कहा, 'पहले कुरु पांचाल में भी गण थे। गण जब गोत्रों की विभिन्नता के कारण अपना पुराना तारतम्य नहीं रख सके तो उन्हें राज्य की आवश्यकता हुई।'

'किन्तु गुरुदेव,' भीम ने पूछा, 'गोत्र-भेद क्या अब कम हो गया है?'

आचार्य ने कहा—'वह तो अभी है। उसे छोड़ो। वह फिर सब अर्थनीति है। कहो, शत्रु-उत्पत्ति का हेतु क्या है?' उन्होंने सब ओर देखा।

'ईर्ष्या!' युधिष्ठिर ने कहा।

'लोभ!' सुयोधन ने कहा।

अर्जुन ने सोचकर कहा—'आचार्य, अधिकार!' एक बार अर्जुन ने इधर-उधर देखा और फिर कहा—'सम्पत्ति! धन! राज्य!'

आचार्य के कान खड़े हो गये। इतनी-सी आयु में यह लड़का कहाँ पहुँच गया!

द्रोण ने कहा—'ठीक है, वत्स! पुराण यही कहते हैं। उत्तर कुरु में अब भी कभी युद्ध नहीं होते। वहाँ सब स्वतन्त्र हैं। वही सनातन नियम है। ऋषि कहते हैं, वह सर्वश्रेष्ठ है। पर अब अपनी रक्षा के लिए सेना बनायी जाती है। सेना क्या है? कथा है कि पहले सेना नहीं थी। मनु के समय में प्रारम्भ हुई। जब प्रजा उच्छृंखल हो गयी और उसने वर्णों और आश्रमों का अतिक्रमण कर दिया तब संसार के श्रेष्ठ पुरुषों ने ब्रह्मा से पूछा। ब्रह्मा ने सेना देखकर कहा—मनु को इसको संचालित करने को कहकर विद्रोह कर दमन करके शान्ति स्थापित करने दो और चातुर्वर्ण्य को फलने-फूलने दो।'

'देव!' यादव-कुमार बृहन्त ने फिर पूछा, 'जब क्षत्रिय ही प्रजा और भूपालक हैं तो ब्राह्मण उससे श्रेष्ठ क्यों हैं?'

आचार्य चौंके। पर सुस्थिर होकर कहा—'पुत्र! यही व्यवस्था है।'

'देव!' बृहन्त ने फिर कहा, 'मद्र में ब्राह्मण अलग नहीं होते। वे ही योद्धा भी होते हैं। यादवों में भी ब्राह्मणों का प्रभाव अधिक नहीं है। वृष्णि अवश्य ब्राह्मणों का बहुत मान करते हैं। हम अंधकों में उतनी ब्राह्मण-गरिमा नहीं मानी जाती।'

'देश-भेद से ऐसा होता है, वत्स! उत्तर पश्चिम के बर्बर और म्लेच्छ देशों में ऐसा भी होता है,' और आचार्य का स्वर उठा—'क्यों होती है विकृति? क्योंकि वह दण्ड जो प्रधान वस्तु है, वह जब ऐसे हाथों में पहुँचता है जो अयोग्य होते हैं तो फल ठीक नहीं होता। दण्ड! अत्यन्त आवश्यक वस्तु है दण्ड। दण्ड से भय होता है। भय से कोई दूसरे के अधिकार नहीं छीनता, सम्पत्ति नहीं छीनता। यदि दण्ड नहीं है, तो ब्राह्मण, क्षत्रिय, इन्द्र, यज्ञ कुछ भी नहीं है।'

आचार्य ने दण्ड कर भाषण दिया। फिर वे युद्ध पर आये।

'युद्ध में क्या त्यागना चाहिए, क्या नहीं, यह एक सम्पूर्ण अध्ययन का विषय है। युद्ध में नाश या कल्याण? युद्ध किस लिए?' और आचार्य ने बताया कि युद्ध अनेक प्रकार के होते हैं।

युधिष्ठिर ने कहा—'तो उचित-अनुचित का पूरा भेद रखा जाता है? अन्धाधुन्ध नहीं है?'

'क्यों नहीं,' आचार्य ने स्वीकार किया, 'युद्ध में नियम होते हैं। इन नियमों का जो अतिक्रमण करता है, वह अनीति के कारण डूबता है। आखिर तो धर्म-अधर्म की मूल कसौटी प्रजा-पालन है।'

'पुत्र,' आचार्य ने कहा, 'प्रजापालन मुख्य नियम है। उसके लिए प्रजा का स्वार्थ भी देखना चाहिए। प्रजा आधार है सेवा का, राजा आधार है शक्ति का। प्रजा सुखी रहे। धन-धान्यादि से फले-फूले। ईति-भीति ने हो। युद्ध कम हों। पर राज्य संवरण करना राजा का धर्म है।'

'राजा का धर्म यदि युद्ध है तो क्या वह एक व्यक्ति की निरंकुशता नहीं हो सकती, गुरुदेव? युद्ध क्या अच्छी बात है? आत्मरक्षा! आपने अभी कहा था,' यादव-कुमार बृहन्त ने फिर कहा, 'उसी के लिए मनुष्य खड़ा रहे, तब तो ठीक है। हमारे गण में अभी विदेशी शक्ति से ही युद्ध होता रहा है। जब कुलीनों में परस्पर मनमुटाव होता है तो बात गण का परिषद् तय कर देता है। इधर तो ऐसा नहीं होता। कुरु पांचाल में तो बात ही और है।'

आचार्य ने कहा—'वत्स! तुम्हारे देश में गण-व्यवस्था है। तुम्हें उस पर बड़ा गर्व है। मुझे बताओ, वहाँ प्रजा पर क्या अलग प्रभाव है? तुम्हारे यहाँ केवल ब्राह्मण का प्रभुत्व नहीं है, क्षत्रिय का है। जो प्रथा सामाजिक यहाँ है, वही वहाँ है। क्या तुम्हारे यहाँ दास-प्रथा नहीं है?'

'देव! है।'

'क्षत्रिय और शूद्र बराबर हैं?'

'नहीं देव, सो कैसे हो सकता है?'

'धनी-दरिद्र नहीं हैं? परस्पर भेद नहीं है?'

'बहुत है, देव!'

उस समय मध्याह्न हो चला था। आचार्य ने कहा—'अब जाओ, छुट्टी।'

सब पर से एक गाम्भीर्य हट गया। छुट्टी होते समय गुरु शिष्यों के बहुत समीप आ जाता है। उस समय वह बहुत स्नेह से बातें करता है। शिष्यों से बातें करते समय व्यक्तिगत कुशल-सूचना ग्रहण करता है। शिष्य उस समय गुरु से बातें करके अपने को धन्य समझता है।

सब उठने लगे। अर्जुन ने पूछा—'आर्य! अभी कितना और बाक़ी है?'

'क्या?' गुरु ने पूछा।

'देव!' धनुर्वेद!'

गुरु हँसे। कहा—'क्यों?'

'पूछता था। ऐसे ही।'

'पुत्र, अभी बहुत है। अभी तो प्रारम्भ भी नहीं हुआ। प्राचीनकाल के परशुराम-रचित धनुष-चन्द्रोदय को कण्ठ कराऊँगा।' द्रोण ने उसकी आकुल उत्कंठा, सब-कुछ को आत्मसात करने की तृष्णा को पहचाना।

'सब धीरे-धीरे पढ़ लोगे, वत्स! आतुर न हो। धैर्य बहुत बड़ा गुण है। पर उससे क्या होता है? अभ्यास,' आचार्य ने जोर दिया—'मुख्य वस्तु है अभ्यास!'

'देव, अभ्यास।'

'हाँ, वत्स!'

'वह कब प्रारम्भ करेंगे?'

'अभी तो कवच-प्रकार, शब्दभेद, अग्निबेध, पाश, शक्ति, स्तम्भन, कुलिश, व्यामोह—अरे बहुत है, बहुत है...।'

आचार्य ने हाथ हवा में घुमाया जैसे कोई अन्त नहीं। पता ही नहीं। ऐसा भाव था कि एक दिन में कैसे सबको गिना दूँ!

'पुत्र!' द्रोण ने कहा, 'तुम्हें सर्वप्रिय कौन-सा आयुध है!'

'देव! धनुष और बाण।'

सब चले गये, पर जाते समय अर्जुन ने गुरु के पाँव छुए। तब गया। इस बात ने गुरु के हृदय में प्रभाव उत्पन्न किया। यह है वास्तविक शिष्य। जिससे ज्ञान प्राप्त करना है, उसके सामने अपने अहं को मिटा देना नितान्त आवश्यक है। सत्गुरु के सामने अपने दम्भ का त्याग पहला नियम है।

अर्जुन चला गया। जब तक बालकों की भीड़ में वह दिखता रहा, द्रोण ने उसकी प्रत्येक बात याद की। वह चतुर बालक उन्हें कुछ पसन्द आ गया और आचार्य स्नेह से उसे देखते रहे।

एक-एक करके सारे बालक चले गये। पाठशाला खाली हो गयी। जम्भक नामक दास इस समय जर्तिका दासी के साथ कम्बलासनों को उठा कर रख रहा था। वराहकर्ण नामक कर्मसचिव इस समय भीतर बैठा अन्य दासों को कुछ समझा-बुझा रहा था। आचार्य उठ खड़े हुए।

इसी प्रकार कुछ दिन बीत गये।

बालकों का उत्साह दिन-पर-दिन बढ़ता जा रहा था। योग्य गुरु यदि अपने विषय में पारंगत हो तो वह अपने से भी श्रेष्ठ विद्यार्थी तैयार करता है। गुरु जितना

महान होगा, उसका विद्यार्थी उससे बढ़कर होना आवश्यक है। जिसका विद्यार्थी अच्छा नहीं, वह गुरु अच्छा नहीं। गुरु ही ज्ञान की परम्परा को निरन्तर आगे बढ़ाता चला जाता है। मनुष्य का विकास इसी प्रकार होता है। जो गुरु अपनी विद्या को भय के कारण नहीं देता, वह मनुष्यता का कल्याण नहीं करता।

द्रोण के पास इस समय अपार धन था। प्रकोष्ठों में कम्बलों और रेशम की भीड़ थी। बाहर अनेकों गाएँ थीं। उनके उपरान्त कर्मान्त थे। सहस्रों दास-दासियाँ थीं। सैनिक थे। पाठशाला में अनेक व्यक्ति दिन-रात लगे ही रहते थे।

कृपी ने कहा—'आर्य! अब तो आपके चिबुक के नीचे मांस एकत्र हो रहा है।'

यह व्यंग्य सुनकर द्रोण मुस्कराये।

कृपी ने फिर कहा—'अच्छा लगता है।'

द्रोण कुछ लज्जित हुए। कहा—'अब मेरा क्या अच्छा, क्या बुरा!'

'क्यों?' कृपी ने कहा, 'मुझे और किसे देखना है?'

परिहास से द्रोण फिर लजाये। कहा—'तुम बूढ़ी हो गयीं, तुम्हारी आदत नहीं बदली।'

'तो मैंने क्या पाप कर दिया?' कृपी ने कहा, 'चिन्ता नहीं होगी मुझे कि मैं बूढ़ी हो रही हूँ, तुम तरुण हुए जा रहे हो।'

उसी समय अश्वत्थामा ने कहा—'पिता?'

'क्या है, वत्स?'

'सुयोधन आये हैं।'

कृपी ने कहा—'क्या बात है?'

'कोई विशेष काम है,' अश्वत्थामा ने कहा।

कृपी ने सन्देह से देखा। द्रोण भी सोच रहे थे। अश्वत्थामा उत्सुकता से देख रहा था। 'सुयोधन!' आचार्य ने कहा, 'ले आओ।'

अश्वत्थामा चला गया। कृपी कुछ हटकर बैठ गयी। कुछ ही देर में अश्वत्थामा लौट आया। उसके साथ ही सुयोधन था। द्रोण ने उसे देखा और होंठों पर मुस्कराहट फैल गयी।

सुयोधन ने विनीत प्रणाम किया, फिर गुरु-पत्नी को नमस्कार किया। दोनों ने सिर हिला दिया। सुयोधन ने उत्सुक होकर देखा। गुरु ने कहा—'वत्स! स्वस्थ हो? सकुशल है न?'

'गुरु-चरणों का प्रताप है,' सुयोधन ने कहा। पर उसके नेत्र बग़ल की ओर घूम गये। आचार्य ने देखा, उसके साथ एक तरुण था। वह मुख से अत्यन्त तेजस्वी और सुन्दर था। उसे देखकर लगता था कि यह लपट भी बड़ी ऊँची उठेगी। बड़े

सुडौल अंग थे उसके। कानों में कुण्डल थे। वक्ष पर हल्का कवच था। बड़े-बड़े नेत्र थे।

उसने अब गुरु और गुरु-पत्नी दोनों को प्रणाम किया।

दोनों ने केवल सिर हिलाया। कृपी ने आचार्य की ओर उत्कंठा से देखा और भौं प्रश्न करने की मुद्रा में कुछ खिंच गयीं। आचार्य स्वयं उस तरुण का सौन्दर्य और फूटता पौरुष देखकर प्रभावित हुए थे। अभी इसकी मसें भी नहीं भीगी थीं, पर मुख चमक रहा था।

सुयोधन घबराया-सा दिखा, फिर शान्त हो गया।

'बैठो, वत्स,' आचार्य ने कहा, 'अश्वत्थामा, कम्बल दे।'

अश्वत्थामा के कम्बल डालने के पहले ही सुयोधन धरती पर बैठकर बोला—'गुरुदेव! लज्जित न करें।'

'यह कौन हैं, वत्स?' गुरु ने पूछा।

'इन्हीं के लिए तो आया हूँ, देव!'

'परिचय नहीं दिया।'

'इनका नाम कर्ण है।'

'माता-पिता कौन हैं?'

'मुझे सारथि अधिरथ ने पाला है,' कर्ण ने निःसंकोच कहा।

'शिक्षा प्राप्त करना चाहते हैं', सुयोधन ने कहा, 'मेरे मित्र हैं। आप इनकी प्रतिभा देखें।'

सूतपुत्र! आचार्य ने क्षण-भर सोचा। यह क्या हो रहा है? प्रतिभा! प्रतिभा तो इसकी आँखों में उल्का की भाँति जल रही है। परन्तु यह ब्रह्मा को क्या हो गया है? वहाँ रत्न क्यों डालता है, जहाँ पंक जमी रहती है!

'यह तो अनुवर्ती विद्या सीखेगा न?' गुरु ने धीरे से कहा। फिर उन्होंने सुयोधन की ओर न देखकर कहा—'यही ठीक रहेगा, पात्रानुसार ही शिक्षा देनी चाहिए। ठीक रहेगा न?'

इन्होंने कर्ण के मुख की ओर देखा। और उन्होंने अब देखा कि उनके एक वाक्य से कर्ण का मुख लज्जा से लाल हो उठा। सूतपुत्र था न! इसीलिए उसका इतना अपमान! जैसे वह मनुष्य ही नहीं था! परन्तु उसने कुछ भी नहीं कहा, चुप बैठा रहा। आचार्य-पत्नी कृपी के हृदय में स्नेह-सा उत्पन्न हुआ। कितना सुन्दर बालक है!

'नहीं, गुरुदेव! धनुष चलाना सीखेंगे,' सुयोधन ने कहा। वह अपनी बात बड़ी चतुरता से रख रहा था। विवाद छोड़कर तथ्य की बात। न गुरु को उकसाओ, न उनसे सुनो।

पर क्या यह ठीक रहेगा? उन्होंने कृपी की ओर देखा। उन नेत्रों में कुछ न था। आचार्य सोचने लगे।

'तो गुरुदेव,' सुयोधन ने कहा, 'एक बार परीक्षा तो कर लें। मैं कभी आपके पास अयोग्य व्यक्ति को नहीं ला सकता। इतने दुस्तर साम्राज्य में मैंने और किसी का भी अनुमोदन नहीं किया।'

द्रोण जानते थे, सुयोधन धृतराष्ट्र का प्यारा बेटा है, इसे मना करना भी ठीक नहीं है। सोचा। फिर कहा—'अच्छा, इसे ले आना।'

'कल प्रातःकाल से?' सुयोधन ने पूछा।

'हाँ, वस!'

तब कर्ण उठा और गुरु के चरण छुए, गुरु-पत्नी के चरणों का स्पर्श किया।

'कल्याण हो,' गुरु ने कहा। 'जय' नहीं कहा, जो क्षत्रिय-कुमार के लिए था।

परन्तु गुरु-पत्नी ने कहा—'दीर्घायु हो। शुभ विवाह हो। कीर्त्ति फैले।'

जब वे चले गये, उन्होंने कहा—'पुत्र!'

अश्वत्थामा पास आ गया।

'देव!' उनसे पूछा।

'अब कहाँ पहुँचे?'

'देव! जो बताया, वह सब तो याद कर लिया।'

द्रोण ने कहा—'ठीक है। पर अब मुझे कुछ भय होता है। तुम उतना परिश्रम नहीं कर रहे, जितना अन्य लोग करते हैं।'

कृपी ने पूछा—'कौन?'

'अर्जुन को ही लो।'

अश्वत्थामा सुनता रहा। कृपी ने कहा—'बड़ा अच्छा लड़का है।' कहकर वह भीतर चली गयी।

'प्रयत्न करता हूँ,' अश्वत्थामा ने कहा।

'केवल उतना काफ़ी है?' पिता ने कहा।

कृपी आ गयी। कहा—'अब रहने दो! जा रे, जा।' उसने पुत्र से कहा—'ठीक से कर सब काम। तेरे भले के लिए कहते हैं। समझा न? ऐसा न हो, गुरु का बेटा ही पीछे रह जाये। यह भी कोई बात है कि बाहर के लोग धन लूट ले जायें, घर के भूखे ही रह जायें।'

अश्वत्थामा चला गया। वह हँसी। कहा—'अच्छे हो तुम! मेरे भाई की पदवी ही छीन ली।'

'क्यों? द्रोण ने कहा।

'अब और क्या है, बताओ न?'

दोनों ठठाकर हँसे। 'अरे तो क्या मैं मना करता हूँ? सारा संसार एक ओर, तेरा भाई एक ओर।'

दोनों फिर हँसे।

दासी वृषका ने लाकर जल का घड़ा रखा। आचार्य चौंक गये। उसने देख लिया। मुस्कराकर चली गयी। तब कृपी ने कहा–'यह बात है? अब वृद्धावस्था में यह लहर आयी है? इस षोडशी को देखते हुए तुम्हें लज्जा नहीं आयी? पुरुष भी बड़ा अद्भुत प्राणी है।' कृपी के स्वर में सचमुच खीझ थी। द्रोण झेंपे।

'नहीं, आर्ये!' कुछ सोचकर कहा, 'उसे बुलाओ तो।'

'क्यों?'

'मैंने इस शक्ल की एक दासी देखी है।'

'कहाँ?'

'याद नहीं। उसे बुलाओ।'

दासी आयी। प्रणाम किया। द्रोण घूरते रहे। कृपी नहीं समझी। द्रोण जैसे कुछ याद करने का प्रयत्न कर रहे हैं, पर याद नहीं आता। उन्होंने उलझन छोड़ दी। फिर वृषका को घूरा। दासी डर-सी गयी।

'तेरी माता का नाम क्या है?' द्रोण ने पूछा।

दासी चुप रही। डर गयी थी। सोचने लगी, जाने क्यों पूछते हैं?'

कृपी ने ऊबकर कहा–'बताती क्यों नहीं?'

'देवी! मेध्या।' दासी ने कहा। फिर वह काँप गयी।

आचार्य ने गर्व से कृपी को देखा। पूछा–'है अब भी?' उस स्वर में बड़ा स्नेह था।

'नहीं देव! मर गयी।'

'दारुण, दारुण!' उन्होंने वेदना से कहा, 'कैसे मर गयी?'

'देव! माँ जहाँ पहले थी, वहाँ बहुत स्नेह से पाली गयी थी। परन्तु आचार्य अग्निवेश्य के स्वर्गवास से आचार्य-पत्नी बलंधरा इतनी व्याकुल हो गयीं कि वे शीघ्र ही उनके पीछे चली गयीं। तब माँ असहाय हो गयी। आचार्य अग्निवेश्य के सम्बन्धियों ने सम्पत्ति पर अधिकार कर लिया। माँ अनेक पुरुषों के पास रही। फिर गर्भवती होने पर बेच दी गयी। उस समय वह नया स्वामी उस पर बड़ा अत्याचार करता था। मर गयी एक दिन।'

'कौन थी तुम्हारी?' कृपी ने पूछा।

'बड़ा स्नेह रखती थी मुझ पर,' द्रोण ने कहा।

'गुरु के आश्रम में?'

'हाँ, देवी!' द्रोण ने कहा, 'मैं उसे भूला नहीं हूँ।' कृपी चुप रही।

'किसी का स्नेह भुला देना तो पशुता की हिंस्र प्रवृत्ति है,' आचार्य ने कहा।

'तू जा, वृषका!' कृपी ने कहा।

वृषका चली गयी।

'देवी! मेध्या सुशीला थी,' आचार्य ने कहा।

'दासी ही तो थी।' स्त्री की उपेक्षा जगी।

'परन्तु थी सुन्दर।'

कृपी ने सुना और कहा—'तभी तो अभी तक कसक रही है।'

'नहीं देवी, यह बात नहीं। मनुष्य का स्नेह उसके अन्तस्तल के पत्थर पर उगा फूल होता है।'

'जानती हूँ, 'तुम बड़े पारखी हो।'

द्रोण ने देखा, स्त्री का अविश्वास सहज नहीं टूटता। कृपी को रोष था कि द्रोण के हृदय में किसी भी स्त्री के प्रति ममता क्यों है!

तभी मलक नामक दास ने आकर कहा—'महर्षि प्रवर इन्द्रद्युम्न आये हैं। द्वार पर उपस्थित हैं।'

इन्द्रद्युम्न प्रसिद्ध व्यक्ति थे। द्रोणाचार्य एकदम चौंक उठे।

'अरे!' कृपी के मुख से निकला, 'स्वागत किया?'

'हाँ, देवी!'

आचार्य उठे।

'अश्वत्थामा!' कृपी ने पुकारा।

'कहाँ गया?' आचार्य ने पूछा।

उत्तर नहीं मिला।

'दासी!' कृपी पुकार उठी।

वृषका ने आकर कहा—'वे तो कुमार सुयोधन के साथ चले गये।'

'कहाँ?'

'नहीं जानती, स्वामिनी!'

'अब तू ध्यान नहीं देती,' कृपी ने कहा।

आचार्य ने कहा—'पुत्री!'

वृषका चुप रही। द्रोण ने फिर कहा—'तू आज से दासी नहीं है। मैं तुझे मुक्त करता हूँ। जो मेध्या को न दे सका, वह तुझे दूँगा। किसी कुलीन से तेरा विवाह करा दूँगा, कोई सुन्दर तरुण ढूँढकर।'

वृषका ने चरणों पर सिर रखा। आचार्य-पत्नी ने आशीर्वाद दिया। उनका क्रोध मिट गया।

जब वृषका चली गयी तो कृपी ने कहा—'मैं तो डर गयी थी। कहीं तुम ही

न उस पर कृपा कर बैठो! मैं तो बूढ़ी हो गयी हूँ।'

द्रोणाचार्य हँस दिये। कहा–'अभी से?'

❑❑

द्रोणाचार्य बैठ गये। उन्होंने कुशासन पर स्थित ऋषि इन्द्रद्युम्न से पूछा–'क्या यह सत्य है?'

'आचार्य! मैं स्वयं मथुरा गया था। कंस का वध हो गया।'

तरुण युधिष्ठिर ने पूछा–'आर्य! वासुदेव कृष्ण कौन हैं?'

ऋषि इन्द्रद्युम्न ने कहा–'बृहद्रथ के पुत्र मगधराज जरासंध की पुत्री कंस को ब्याही थी। वैसे तो यादवों के गण में राजकुलों का प्रभुत्व है, किन्तु इधर कंस ने अपना इतना आधिपत्य स्थापित कर दिया था कि वह अन्य राजकुलों की मर्यादा को दबा बैठा था। अंधक उसके साथ हो गये। किन्तु वृष्णि, सात्वत्, भोज और कुकुर इसके विरुद्ध थे। कंस ने अपने विरोधियों को कारागार में डाल दिया। वहीं वासुदेव के एक पुत्र हुआ। न जाने किस कौशल से वृष्णियों ने उस बालक को बचा लिया और आभीरों और गोपों में छिपाकर उसे पाला। क्षत्रिय-पुत्र कृष्ण आभीरों और गोपों में ऐसा मिल गया कि बहुत शीघ्र ही उनमें अटूट स्नेह हो गया। आभीरों में स्त्रियाँ बहुत स्वतन्त्र हैं,' ऋषि ने बात तोड़ी–'वृन्दावन और अन्य निकट के वनों में बालकों ने क्रीड़ाओं से कोलाहल कर दिया। कंस को सन्देह तो था। उसने कई बार अपने अधीन रहने वाले राक्षसों को भेजा। परन्तु उन्हें गोपों ने मार डाला।'

'फिर?' युधिष्ठिर ने प्रभावित होकर पूछा।

'फिर क्या?' ऋषि कहने लगे, 'यादव तो ब्राह्मणों का अनुशासन मानते ही कम थे। उधर एक बार घोर वर्षा हुई तो कृष्ण ने उन सबको ले जाकर गोवर्द्धन-पर्वत में छिपा दिया। इन्द्र की पूजा ही बन्द हो गयी।'

'तो कृष्ण ब्राह्मण-विरोधी है?' अर्जुन ने कहा।

'नहीं, कहा जाता है वह स्वयं तो ऐसा नहीं है। किन्तु वह आर्येतर शूद्रें का बड़ा पक्षपाती सुना जाता है।'

'शूद्र को सिर पर चढ़ा लेगा?' सुयोधन ने पूछा।

'शूद्र के लिए वह कहता है, वह भी तो भगवान का चरण है, फिर उसे क्यों न कुछ अधिकार प्राप्त हो?'

सब चुप हो रहे। युधिष्ठिर ने धीरे से कहा–'ठीक कहता है।'

'क्या ठीक कहता है!' सुयोधन ने काटा, 'परम्परा को वह गोप यों ही नष्ट कर देगा?' कंस का दास था। उसने स्वामी का विरोध किया, विश्वासघाती था।'

'विश्वासघाती क्यों?' युधिष्ठिर ने उत्तर दिया, 'कंस गण तोड़कर राजा क्यों बन बैठा?'

'राजा होना क्या अनुचित है?' सुयोधन ने कहा, 'हमारे यहाँ क्या राज-प्रथा नहीं है? दासों को सिर पर चढ़ाना नितान्त अनुचित है।'

'वह ठीक है,' आचार्य द्रोण ने कहा, 'ऋषिराज! तो उसने कंस को मार डाला?'

'आचार्य!' ऋषि इन्द्रद्युम्न ने हाथ उठाकर कहा, 'समस्त प्रजा उठ खड़ी हुई। उन्होंने कहा–जब सीमा का उल्लंघन हो जाये, प्रार्थना से काम नहीं चले तब शस्त्र लेकर विद्रोह करना चाहिए। किन्तु इसका परिणाम अच्छा नहीं हुआ।'

'क्यों?' सुशासन ने पूछा।

'जरासंध क्रुद्ध हुआ। उसने मथुरा पर आक्रमण किया और सत्रहवीं बार आक्रमण करके यादवों को भगा दिया।'

'अब वे कहाँ गये?' सुयोधन ने हर्ष से पूछा।

'द्वारका की ओर चले गये।'

किन्तु युधिष्ठिर ने आश्चर्य से कहा–'तो मगधराज की वाहिनी को सोलह बार हारकर लौटना पड़ा। बड़ी शक्ति थी यादवों की!'

ऋषि इन्द्रद्युम्न ने फिर कहा–'यादवों की शक्ति तो तब दुर्जेय होती है, जब वे सब मिल जाते हैं। अन्त में अंधक वृष्णियों से जरासंध के विरुद्ध मिल ही गये। हृदिक...।'

'हृदिक!' आचार्य द्रोण ने टोककर कहा, 'नाम तो सुना हुआ है,' फिर सोचकर कहा–'मेरा सहपाठी था। क्या हुआ उसका?'

'उसका पुत्र कृतवर्मा अत्यन्त वीर है,' ऋषि ने कहा, 'वह इस युद्ध में खूब लड़ा। उसी ने कहा, 'आपस में हम चाहे गण रहें या राजकुल स्थापित करें, किन्तु जो कुछ हो यादवों में हो। बाहर का कोई स्वीकार नहीं किया जा सकता।'

'यह तो उचित ही कहा,' सुयोधन ने हाँ में हाँ मिलायी।

आर्य द्रोण उठ खड़े हुए। उनके साथ ही उनके शिष्य भी उठ खड़े हुए। उन्होंने देखा, आचार्य चिन्तित थे। आचार्य ने कहा–'महर्षि!'

'आचार्य!'

'आप क्या सोचते हैं, जो कुछ उत्तरापथ के गण, गोत्रों और कुलों में हो रहा है, वह उचित है?'

ऋषि इसका शीघ्र उत्तर नहीं दे सके। वे सोच में पड़ गये। आचार्य ने ही फिर कहा–'शक्ति विभाजित होती जा रही है। नाग सिर उठा ही रहे हैं।'

'नाग?' जैसे ऋषि को याद आ गया और उन्होंने कहा, 'नाग जाति का कालिया वंश यमुना-तीर पर था न। कृष्ण ने गोपों की सहायता से उसे भगा दिया। दूर दक्षिण

गया वह तो। बहुत दिन से सुपर्णों से उसका युद्ध चल रहा था। कृष्ण इस सम्बन्ध में चतुर है।'

द्रोणाचार्य फिर भी चिन्तित ही रहे।

'यह बालक कब तक शिक्षा समाप्त कर चुकेंगे?' ऋषि ने पूछा।

'देखें। अब मैं इनके पितामह भीष्म से मिलकर इनकी शिक्षा-दीक्षा का पूरा प्रबन्ध करवाऊँगा।'

'कैसे, गुरुदेव?' भीम ने पूछा।

'आतुर न हो, भीम!' आचार्य ने मुस्कराकर कहा, 'वह सब तेरे सम्मुख आ जायेगा।' फिर मुड़कर आचार्य ने ऋषि से कहा—'नहीं, यह धनुर्विद्या नहीं सीखा।' उन्होंने हँसकर ऋषि का विस्मय दूर किया—'यह तो मल्ल है, मल्ल। गदा-युद्ध ख़ूब करता है।'

भीम ने अपनी भुजाएँ फुलाकर प्रणाम किया।

'आयुष्मान्! आयुष्मान्!' ऋषि ने कहा और उसका ठोस शरीर देखते रहे।

'अब तुम लोग जाओ।' आचार्य ने कहा।

वे सब बाहर चले गये। चलते-चलते फिर बात चली।

अर्जुन ने कहा—'कृष्ण है तो हमारा समवयस्क।'

सुयोधन ने उपेक्षा से कहा—'हमसे तो छोटा है।'

भीम बोल उठा—'छोटा है तो क्या, बुद्धि में तो बड़ा है!'

सुयोधन को बुरा लगा। उसने कहा—'तूने उसे देखा है, भीम? तू चाटुकार है। बिना जाने-बूझे प्रशंसा करना मूर्खता नहीं तो क्या है?'

भीम में इतना सुनने का धैर्य कहाँ था? युधिष्ठिर ने देखा, दोनों जूझ गये थे। युधिष्ठिर और सुशासन ने कठिनता से दोनों को अलग किया।

'भीम!' युधिष्ठिर ने डाँटा, 'तू अत्यन्त ढीठ हो गया है।'

भीम ने हाथ उठाकर कहा—'उसने मुझसे तर्क में हारकर अपशब्द कहे थे।' भीम की बात सुनकर सब हँस पड़े। स्वयं भीम भी अपनी बात की निर्बलता को समझकर हँस दिया। तर्क की दुहाई भीम के मुख से सुनकर सब हँस दिये। भीम कुछ लज्जित हो गया।

सुयोधन ने कहा—'भैया! मैं इसके उपद्रव बहुत दिन से सह रहा हूँ।'

युधिष्ठिर ने कहा—'तू अकेला सह रहा है कि हम सब सह रहे हैं?'

सब फिर हँस दिये। युधिष्ठिर ने अपने बड़प्पन का लाभ उठाकर भीम से कहा—'अब फिर ऐसे न करना।'

'नहीं करूँगा,' भीम ने कान पकड़कर कहा।

'युधिष्ठिर!' आचार्य ने पुकारा।

'आया, गुरुदेव!' कहकर युधिष्ठिर भीतर चला गया। उसके जाते ही सुशासन ने कहा—'भैया तो सदा ही भीम का पक्ष लेते हैं। एक माता के पुत्र हैं न! हम लोग तो पराये हैं।'

अर्जुन ने कहा—'यह तो वह नहीं सोचता, सुशासन!'

'यह नहीं सोचता?' सुयोधन ने कहा, 'सोचता तो वह कुछ भी नहीं, उसके बुद्धि ही कहाँ है?

'देख अर्जुन, मेरी भुजा में पीड़ा हो रही है,' भीम ने कहा, 'फिर यह धूर्त्त मुझे गाली देने लगा।'

'धूर्त्त कह रहा है?' सुशासन ने कहा, 'अपने बड़े से?'

जिस समय युधिष्ठिर लौटकर आया उसने देखा, धूलि में भीम और सुयोधन एक-दूसरे को धर-पटक रहे हैं। अर्जुन, नकुल, सहदेव भीम को बढ़ावा दे रहे हैं और उधर बढ़ावा देने वाले सौ लड़के और सुशला थी।

युधिष्ठिर ने देखा और वह दोनों के बीच कूद पड़ा। दोनों वेग से टकराए और युधिष्ठिर झटके में नीचे गिरा। किन्तु युद्ध बन्द हो गया।

❑❑

आचार्य गम्भीर बैठे थे। अर्जुन कुछ देर एकटक देखता रहा। फिर वह आगे बढ़ आया। उसके मन में उत्सुकता थी। कुछ देर तो उसका साहस ही नहीं हुआ। फिर उसने धीरे-से कहा—'देव!'

'ओह!' आचार्य चौंक उठे।

सारी कक्षा सचेत हो गयी।

अर्जुन ने कहा—'देव! आज आपका स्वास्थ्य तो ठीक है?'

'ठीक है, वत्स! अपना काम करो।'

परन्तु अर्जुन वहीं खड़ा रहा।

'क्या है?' द्रोण ने पूछा।

'देव! मेरा मन व्याकुल है। आज आप कुछ सोच रहे हैं।'

द्रोण सोचते रहे। फिर कहा—'बैठ जाओ। कहता हूँ।'

अर्जुन जाकर बैठ गया।

द्रोणाचार्य ने कहा—'पाण्डव और कौरव-कुमारो!'

सबके कान खड़े हो गये। सबने आँखें उठाकर गुरु के मुख की ओर देखा। द्रोण बड़े गम्भीर दिख रहे थे। आज उनके कन्धों पर सफ़ेद उत्तरीय और भी भव्य दिखायी दे रहा था! रजक ने उसके किनारे पर चुन्नट डाल दी थी। उनके केश कन्धों

पर पड़े थे। एकाएक द्रोण का मुख किसी कठोरता से भर गया। उन्होंने कहा—'यहाँ कौन हैं?'

'देव! हम, केवल हम ही हैं।'

'कोई बाहर का यादव इत्यादि तो नहीं है?'

'नहीं, देव!' सुयोधन ने कहा।

'केवल राजकुल के ही कुमार हैं न?'

'हाँ, देव! युधिष्ठिर ने उत्तर दिया।

'तो कहता हूँ। सुनो।' द्रोण कुछ झुक गये और उनकी आँखें ऐसी फैल गयीं जैसे सबको एक साथ देख लेना चाहती थीं। फिर कहा—'मेरे मन में एक इच्छा है। तुम प्रतिज्ञा करो कि जब तुम्हारी अस्त्र-शिक्षा पूर्ण हो जाये, तब तुम उसे पूरा करोगे।'

द्रोण का गम्भीर स्वर गूँजकर थम गया। जिज्ञासा कुमारों के हृदय में मत्त वृषभ की भाँति सींग मारने लगी। तरुण हृदय बहुत जल्दी चंचल हो जाता है। परन्तु किसी में भी गुरु से उस मन की बात को पूछने का साहस न हुआ।

द्रोणाचार्य ने फिर कहा—'तुमने सुना?'

'हाँ, देव!' सबने उत्तर दिया।

'उत्तर नहीं दिया?'

उस समय कुरु-वंश के बालकों के सिर झुकने लगे। समस्त कुमार सोचने लगे—गुरु क्या चाहते हैं? कक्षा में गहरा गाम्भीर्य छा गया। सब पर निस्तब्धता साँस रोककर आ गयी। सबके कन्धे ऐसे झुक गये जैसे किसी ने उन पर बोझा रख दिया था।

द्रोण ने देखा। उनकी आँखें कुछ तीक्ष्ण हो गयीं और पलक अधमिंचे हो गये। उस समय हठात् अर्जुन ने उठकर कहा—'देव! छोटे मुँह बड़ी बात नहीं करता। पर मैं प्राण रहते आपके मन की साध को पूरा करने का वचन देता हूँ। और मुझे विश्वास है कि मैं पूरा कर सकूँगा; इसलिए कि अस्त्र-विद्या सिखा देंगे तो मैं इतना योग्य हो जाऊँगा कि कोई मुझे त्रिभुवन में भी नहीं हरा सकेगा।''

सबने आश्चर्य से देखा। गुरु द्रोणाचार्य अत्यन्त विचलित-से अपने आसन से खड़े होकर पुकार उठे—'अर्जुन!'

अर्जुन निकट आ गया। गुरु ने स्नेह से उसे अंक में भर लिया और बार-बार गीली आँखों से देखते, उसके मस्तक को सूँघने लगे। उन्होंने कहा—'पुत्र! तू मेरे इन शिष्यों में सबसे अधिक योग्य है।'

वे अधिक नहीं कह सके। शिष्यों ने देखा। गुरु की आँखें स्नेह से विह्वल हो गयीं। उस समय द्रोणाचार्य को लगा कि उनकी इच्छा सचमुच पूर्ण हो गयी थी। उन्हें जल्दी थी कि वे जाकर कृपी से कहें कि जो प्रतिज्ञा कभी तुम्हारे पुत्र ने नहीं

की, वह कुन्ती-पुत्र ने की है।

अर्जुन के माथे पर आँसू की एक बूँद गिरी। अर्जुन ने द्रोणाचार्य के पाँव पकड़कर कहा—'गुरुदेव! आप रो रहे हैं? जिनका नाम दिशाओं में गूँजता है, जिनके धनुष की ज्या से रगड़े हुए कठोर हाथों को देखकर शत्रु काँपते हैं, वे आज रो रहे हैं। गुरुदेव! कौन नहीं जानता कि आज कुरु-भूमि का नाम सुनकर दूर-दूर तक लोग थर्रा उठते हैं! पहले लोग केवल महारथी भीष्म का नाम लेते थे, किन्तु अब जब महारथी द्रोण का नाम आता है, तब..।'

अर्जुन गद्गद हो गया। उसने गुरु के प्रशस्त वक्षस्थल पर दोनों तरुण हाथ रख दिये और झूल गया। द्रोणाचार्य ने स्नेह से उसके सिर पर हाथ फेरा। कहा—'पुत्र! तू मुझे इन सबसे अधिक प्रिय है।'

अर्जुन ने झुककर गुरु के चरणों की धूलि माथे पर लगा ली। सुयोधन बैठा-बैठा जल रहा था। उसने सोचा—प्रतिज्ञा जब पूरी होगी, तब तो होगी ही, पर इस चतुर ने तो अभी से रंग जमा दिया। ऐसा क्या सीख गया है यह, जो इतनी बढ़-बढ़कर बातें कर रहा है?

❒❒

सायंकाल के धुँधलके में द्रोणाचार्य ने कृपी से घर पर कहा—'आर्ये! तुमने सुना?'

'क्या आर्य?' कृपी ने पूछा।

'आज मैंने एक सहायक पा लिया है।'

'कौन है, सुनूँ तो?' कृपी चौंकी।

'अर्जुन।' गर्व से गुरु ने कहा।

'अर्जुन!' वे और चौंकी, 'कैसा सहायक?'

'द्रुपद के विरुद्ध।'

कृपी हँस दी।

'नहीं, आर्ये! ठीक कहता हूँ।'

'इतना विश्वास है आपको?'

'मैंने भी संसार देखा है, आर्ये!'

'आपने कहा था?'

'नहीं। केवल कहा था, मेरे मन में एक इच्छा है, कौन पूर्ण करेगा?'

'तो अर्जुन ने कहा—मैं,' कृपी के स्वर में व्यंग्य था।

'हाँ, देवी!'

'फिर आपने मान लिया?'

द्रोण ने उत्तर नहीं दिया, चौंककर देखा।

कृपी ने मुस्कराकर कहा—'बालक है वह अभी।'

'एक वही बालक तो वहाँ नहीं था।'

'तो क्या हुआ?'

'तुम्हारा पुत्र भी तो था।'

'अश्वत्थामा?'

'हाँ, देवी! वह क्यों नहीं बोला?'

कृपी ने कहा—'वह कहेगा, क्यों? तुम्हारा काम तो उसका अपना काम है।'

द्रोण ने देखा। माँ पक्ष ले रही है। कहा—'ठीक है, आर्ये! पर मुझे अर्जुन सबसे होनहार लगता है।'

'पुत्र से भी अधिक?'

'हाँ, देवी!'

कृपी चौंकी—'ऐसा क्या है उसमें?'

'गुरुभक्ति!' द्रोण मुस्कराए।

'पुत्र में नहीं है?'

'वह बात नहीं है,' द्रोण ने कहा।

'तो वह हमारे अश्वत्थामा से बढ़ जायेगा?'

'क्यों नहीं?'

कृपी बौखला गयी। कहा—'आप क्या कह रहे हैं?'

द्रोण ने कहा—'देवी! गुरु अपने सच्चे भक्त को जो दे सकता है, वह किसी को नहीं दे सकता, चाहे पुत्र ही क्यों न हो।'

'तो हो गया काम?' कृपी ने कहा।

'क्या हो गया?' द्रोण ने आतुरता से पूछा।

'आपका माथा फिर गया।' कृपी ने रुककर कहा।

द्रोण को लगा, वे कुछ अनुचित कह गये हैं। पूछा—'क्यों?'

'अपना पुत्र जो हमें होगा, वह दूसरे का हो सकेगा?'

'नहीं, आर्ये!'

'फिर?'

'परन्तु देवी! विद्या देते समय गुरु को योग्य पात्र देखना चाहिए। अपना-पराया पुत्र नहीं।'

कृपी ने ऊपर हाथ रखकर कहा—'ब्रह्मा! यह क्या हुआ? पिता का हृदय दिया है इन्हें! अपने पुत्र के बारे में क्या सोच रहे हैं!' फिर मुड़कर कहा—'तो अश्वत्थामा का जीवन क्यों नष्ट कर रहे हैं? पुरोहित ही बना दें, अर्ध्वयु ही बना दें। ब्राह्मण

तो है ही।'

द्रोण को चोट लगी। कहा—'देवी! वह महारथी बनेगा।'

'हाँ,' कृपी की आँखों में आँसू आ गये। वह द्रोण के चरण पकड़कर रोने लगी, 'अपने पुत्र के लिए तो संसार में सब-कुछ किया जाता है। एक तुम पिता हो! इतने दिन दरिद्रता में रहे तो कुछ सुख न दे सके उसे। अब सामर्थ्य आयी है, तो यों उसे रिक्त कर दिया।'

'नहीं आर्ये,' द्रोण ने कहा, 'यह बात नहीं है। तुम ठीक नहीं समझीं।'

कृपी ने पूछा—'क्यों?'

द्रोण ने कहा—'सीखेगा। मैं तो उसे ही सब सिखाऊँगा। परन्तु मेरा संसार का अनुभव कहता है, वह अर्जुन से नहीं बढ़ सकेगा। तुम कहती हो, मैं अर्जुन को न सिखाऊँ।'

'देव, यह मैंने कब कहा?' कृपी ने काटा।

'तब तो कोई चिन्ता नहीं,' द्रोण ने कहा और कृपी को उठाकर आसन पर अपने पास बिठा लिया। कृपी की आँखों से आँसू डबडबाकर उसके गालों पर बह आये। द्रोण ने उन्हें उत्तरीय से पोंछ दिया।

□□

पाठशाला के सभी विद्यार्थी गुरु द्रोण की दृष्टि के नीचे रहते। गुरु द्रोण की दृष्टि गृद्ध की-सी थी। वे प्रत्येक के ऊपर अपना व्यक्तिगत नियन्त्रण रखते थे। विकास की पहली अवस्था में गुरु अपने शिष्य को भटकने नहीं देता, यदि वह चतुर होता है।

सूतपुत्र कर्ण तेजस्वी था। गुरु द्रोण की दृष्टि से यह छिपा नहीं रह सका। वे समझ गये कि यद्यपि सामाजिक परिस्थिति उसके प्रतिकूल है, पर वह बाँध को तोड़कर धारा के विपरीत भी तैर जाने में समर्थ है।

अर्जुन ने कहा—'गुरुदेव! अब कितने दिन और लगेंगे?'

कर्ण सुन कर चला गया। जब अर्जुन गुरु के पास से लौट रहा था, उसे देखकर उस समय सूतपुत्र हँसा। अर्जुन को लगा, वह उसी पर हँस रहा था।

कहा—'सूतपुत्र, क्यों हँसता है?'

कर्ण आकर्ण लाल हो गया। उसके मन में क्रोध भर गया। उसने इधर-उधर देखा। वहाँ सुयोधन तो साथ ही था। उसने कहा—'अर्जुन, तुम्हें आदर से बात करना नहीं आता।'

अर्जुन ने देखा। दो थे। फिर भी नहीं डरा। कहा—'योग्य पात्र देखकर बात

करने की शिक्षा मुझे गुरुदेव ने दे रखी है।'

उस दिन भीम के कारण बात रुक गयी। वह आगे बढ़ आया। वह अपने ध्यान में था। उसने कहा—अर्जुन! तुझे चुपचाप इधर-उधर घूमने से ही अवकाश नहीं मिलता। माता बुला रही हैं।'

अर्जुन चला गया। भीम ने सोचा, अब बातें करेंगे। मुँह फेरा तो देखा, कर्ण और सुयोधन चले गये थे। भीम भी चला गया। जब सुयोधन और कर्ण अलिंद में पहुँचे तो बातें करने लगे। उधर से धीर पग धरती, सिर पर जल के कलश धरे हुए मुस्कराती हुई वृषका आयी। उस समय उसका वक्षस्थल एक वस्त्र से ढँका था और हाथ ऊपर हो जाने के कारण कुछ और उठ गया था। तरुण जब यौवन प्राप्त करता है तो अल्हड़ तो होती ही है; फिर यदि वह राजा का पुत्र हो—दुलारा, बिगड़ा हुआ।

सुयोधन ने कर्ण से कहा—'मित्र! कलश कितने सुन्दर हैं!'

वृषका ने सुन लिया। कनखियों से देखा। सुयोधन चुप हो गया। उसी समय अश्वत्थामा आ गया। वह कुछ नहीं सुन सका था। वृषका चली गयी। कर्ण हँसा।

अश्वत्थामा ने कहा—'क्या हुआ?'

'राजकुमार कहते थे,' कर्ण ने कहा, 'तुम्हारी दासी बहुत सुन्दर है।'

'वह दासी नहीं है,' अश्वत्थामा ने कहा, 'पिता ने उसे स्वतन्त्र कर दिया है। पालिता है।'

सुयोधन के पाँवों के नीचे से धरती खिसक गयी।

आचार्य द्रोण तक बात पहुँची।

'किसने कहा था?' पूछा।

'देव! सुयोधन ने।' वृषका चुप हो गयी। वह परिणाम जानना चाहती थी। आचार्य कुछ देर सोचते रहे। फिर कहा—'उसे बुलाकर ला।'

'आचार्य ने बुलाया है,' वृषका ने जाकर अलिंद में सुयोधन से कहा।

'क्यों?' वह घबरा गया।

'मैं नहीं जानती।'

'मैंने तुझसे क्या कहा था?'

'मैं क्या जानूँ?'

अश्वत्थामा ने कहा—'तुझसे कुछ कहा था कुमार ने?'

जो बात वृषका द्रोणाचार्य के सामने कह गयी थी, समवयस्कों के सामने लज्जा के कारण नहीं कह सकी। बोली—'कुछ नहीं, कहा तो था।'

'तो क्षमा कर दे न?' अश्वत्थामा ने कहा, 'वे तुझे दासी समझ रहे थे।'

वृषका इस बात से सन्तुष्ट हो गयी है। यही जाकर उसने द्रोण से कह दिया।

द्रोण टाल गये। बात समाप्त हो गयी।

कुछ दिन बाद की बात है।

आचार्य द्रोण बैठे कोई हस्तलिखित भूर्जपत्र देख रहे थे। इधर महर्षि द्वैपायन व्यास ने वेद के मन्त्रों का विभाजन कर दिया था। वे तल्लीन थे। ब्राह्मणों में इस पर काफ़ी बात चल रही थी।

सुयोधन गदा सम्भाले आ रहा था। वह मत्त गति से चलता हुआ आकर चम्पा के नीले गंध में खड़ा हो गया। दूर से उसे कन्धे पर गदा रखे भीम आता दिखायी दिया।

सुयोधन के मन में आया, लड़ लिया जाये। जब भीम कुछ पास आ गया, उसने पुकारा—'भीम!'

भीम ने कहा—'क्या है, सुयोधन?'

'आओ! बहुत दिन हो गये।'

'प्रस्तुत हूँ।'

दो-दो हाथ हो गये। दोनों ने खूब पैंतरे बदले। जब थककर पसीने-पसीने हो गये तो दोनों हट गये। कोई भी एक-दूसरे को पराजित्त नहीं कर सका।

आचार्यपत्नी दूर से देख रही थीं। बोलीं—'साधु, सुयोधन! साधु, भीम!'

दोनों ने चरणों पर सिर झुकाया।

भूर्जपत्र देखते-देखते काफ़ी समय हो गया था। कृपी ने आकर ध्यान तोड़ दिया। सिर उठाकर आर्य द्रोण ने कहा—'अरे! बहुत समय हो गया?'

'नहीं, मध्याह्न बीता है।'

'मैं तब से बैठा हूँ!'

कृपी प्रसन्न हुई। वह प्रसन्नता जो योग्य पति पाकर स्त्री को होती है।

उस समय वृषका ने आकर कहा—'देव! विदुर श्रेष्ठ उपस्थित हैं।'

'ले आ न!' आचार्य ने कहा।

'जाती हूँ।' वह चली गयी। आचार्य द्रोण भूर्जपत्रों को सहेज-सहेज कर समेटने लगे।

विदुर श्रेष्ठ ने प्रवेश किया।

'स्वागत, मन्त्रिश्रेष्ठ!' द्रोण ने कहा और बैठने को आसन की ओर इंगित किया। विदुर बैठ गया। इधर-उधर की बातें चल पड़ीं। विदुर ने बताया कि कुमारों में आपस में फूट पड़ गयी है।

आर्य द्रोण ने कहा—'पाठशाला में भी ऐसा ही लगता है।'

'क्यों, आचार्य?'

'परन्तु यहाँ तो सब दबा हुआ है।'

'आचार्य, यह क्यों है?'

'अधिकार की तृष्णा।'

विदुर हँसे।

'नहीं, मन्त्रिश्रेष्ठ! हँसने की बात नहीं है। छोटा-सा बीज होता है न! उसे जब आकाश छूने की तृष्णा होती है, तब पृथ्वी के गर्भ को फोड़कर उठता है, पर इससे पहले अपने को दो टूक कर देता है।'

विदुर ने सुना और सिर हिलाया। आचार्य की बात में सार था। कहा—'आचार्य! पर इसी आयु में?'

'अधिकार तो बालक आँख खोलते ही माँगता है।'

अश्वत्थामा ने आकर कहा—'आर्य, महामन्त्री बाल्हीक आये हैं।'

'बाल्हीक!' आचार्य ने कहा, 'ले आओ, पुत्र! शीघ्र सादर ले आओ।'

अश्वत्थामा गया और ले आया।

बाल्हीक ने द्रोण का सिर सूँघा। परमवृद्ध के सिर का एक-एक बाल सफ़ेद हो गया था। मुख पर झुर्रियाँ पड़ गयी थीं। गोरा रंग था। बड़ी लम्बी नाक थी। बड़े चौड़े कन्धे थे। रेशम का उत्तरीय कन्धों पर पड़ा था, शरीर पर कूर्पासक था। वक्षस्थल पर चौड़े पट्ट जैसा स्वर्ण का वलय था। हाथों में स्वर्ण कंकण थे। वृद्ध को देखकर लगता था, पुराने युग का कोई भग्नावशेष था।

वृद्ध ने कल्याण-कुशल पूछा। उनकी वाणी सरस थी।

जब वे चले गये, द्रोण ने कहा—'तो मन्त्रिश्रेष्ठ! अब आप प्रासाद की ओर जायेंगे?'

'हाँ, आचार्य! मुझे विलम्ब हो रहा है।'

विदुरश्रेष्ठ चले गये। द्रोणाचार्य उठे।

विद्यार्थी मैदान में आ गये। वे अपने अभ्यास प्रारम्भ कर रहे थे। किसी के हाथ में परिघ, किसी के तोमर, किसी के पट्टिश— जिसको जिसकी रुचि थी। आयुधों को विभिन्न प्रकार की ध्वनि गूँज रही थी।

द्रोणाचार्य ने देखा, कुमार व्यस्त थे। इस समय उन्हें और कोई सुधि नहीं रही है। वे प्रसन्न हुए। ऐसा ही होना चाहिए। जो जीवन के प्रारम्भ में सीखता नहीं, उसका सीखना दुर्लभ है। तभी अर्जुन ने कहा—'देव!'

'कौन? अर्जुन! तुम अभ्यास नहीं कर रहे?'

'देव! कर आया हूँ।'

द्रोण सोचने लगे। यह कुमार अन्यों की अपेक्षा अधिक स्फूर्तिवाला है। उन्होंने देखा, अश्वत्थामा का तूणीर अभी खाली नहीं हुआ था। और यह अर्जुन न केवल उन सब बाणों को लक्ष्य कर मार चुका है, वरन् इसे यहाँ आने का भी अवकाश

मिल गया है।

इसी समय खाने की घंटी बजी। अर्जुन भोजन करने चला गया।

कृपा की कोर तो बड़ी लचकीली है। गुरु द्रोण इसे क्या जान पाते! कृपा होंठों पर खिंचती है, होंठों पर लय हो जाती है। आँखें उसे काटती हैं, या बढ़ाती हैं।

द्रोण गम्भीर भाव से कृपी के पास गये। कहा—'देवी!'

'आर्य!'

'अर्जुन बड़ा चतुर है।'

कृपी ने सुनकर सिर हिलाया। जैसे क्यों?

'अभी वे लोग व्यस्त ही थे, वह अपना अभ्यास समाप्त भी करके आ गया है।'

प्रातःकाल गुरु द्रोण नें सब कुमारों को बुलाकर कहा—'आज से तुम लोग अपने लिए स्वयं जल लाया करो।'

शिष्यों ने एक-दूसरे की ओर देखा। समझे नहीं।

'प्राचीन काल में तपोवनों में और आश्रमों में विद्यार्थी अपना सब काम,' आचार्य ने कहा, 'स्वयं किया करते थे। अब यहाँ वैसी ही कुछ व्यवस्था होना तो कठिन है। परन्तु मैं चाहता हूँ, तुम एकदम ही उसे भूल न जाओ।'

आचार्य चुप हो गये। कुमार पंक्ति में खड़े हो गये।

एक-एक कमण्डलु उनके हाथ में देते हुए वृषका मुस्करायी। युधिष्ठिर ने कमण्डलु चुपचाप ले लिया।

भीम ने कहा—'नदी पर जाना पड़ेगा न?'

सुयोधन ने कहा—'नहीं, नगर में जाना होगा।'

वृषका ने सुन लिया। मुस्करायी। सुयोधन समझा, उसका उपहास वृषका को पसन्द आया है। वृषका सबको कमण्डलु देती आयी।

'जाओ, भिक्षा ले आओ,' उसने सुयोधन से कहा।

सुयोधन चिढ़ा।

वृषका ने कहा—'तुम ही कहते थे कि नगर की ओर जाओगे?'

'भिखारी?' भीम ने कहा। कहा किसी से, देखा अचानक ही कर्ण की ओर। कर्ण समझा, मुझ पर व्यंग्य कस रहा है। कहने का कुछ मौक़ा नहीं था। भीम के स्वर में विनोद अधिक था। वह चुपचाप अपमान पी गया। सुयोधन ने होंठ काटा। कर्ण के नथुने क्रोध से फूल गये।

जब वृषका चली गयी, गुरु ने कहा—'तुम सब नदी-तीर पर जाओ और अपने-अपने कमण्डलु भरकर लाओ और वृषका भीतरी द्वार पर बैठी है। उसके सामने जाकर उपस्थित करो। कौन लाया, कौन नहीं लाया, वही बता देगी।'

वे सब नदी-तीर पर चले गये। द्रोणाचार्य मुस्कराये। एक लम्बी साँस ली। यह आठों पहर का चक्कर! दिन में अपनी इच्छा को पूरा करने का कुछ अवसर तो प्राप्त होगा।

नदी के किनारे सब कुमार पहुँच गये।

उस समय अर्जुन ने देखा, अश्वत्थामा के हाथ में एक घड़ा था। अश्वत्थामा ने घड़ा जल में डुबा दिया। अन्य कुमारों के कमण्डलु छोटे मुँह वाले थे। उनमें पानी धीरे-धीरे भरता था। पर किसी को इसमें कोई बात दिखायी नहीं दी। वे अपने हँसते, बोलते और देर से लौटने की ही इच्छा रखते थे। अर्जुन की और बात थी।

कलश! उसने सोचा।

आचार्य ने अश्वत्थामा को कलश क्यों दिया? जब सबको कमण्डलु हैं, तो उसे भी वही देना चाहिए था। अभी वह सोच ही रहा था कि उसने देखा, कमण्डलु आधा भी नहीं भरा था। अर्जुन ने उसे फिर डुबा दिया। अर्जुन देखा कि सब अभी बातें करने में ही व्यस्त दिखते थे, तब तक अश्वत्थामा लौट चुका था।

अर्जुन के दिमाग़ में आया। यह कोई विशेष बात अवश्य है। पर फिर बात निकल गयी।

जिस समय लौटे, गुरु द्रोण शान्त बैठे कुछ सोच रहे थे और अश्वत्थामा भी चुपचाप बैठा था। दोनों के मुख पर एक तृप्ति थी, जैसे आज बहुत दिन बाद! बस इतना ही। अधिक और कुछ नहीं। पिता गम्भीर, पुत्र शान्त।

कुमार कमण्डलु भीतर दे आये। पिता और पुत्र की इस मुद्राविशेष को अर्जुन ने देखा और उसे लगा कि आचार्य ने कुछ विशेष कारण से अश्वत्थामा को अपने पास जल्दी बुला लेने का प्रयत्न किया है। पर वह चुप ही रहा।

आचार्य के नेत्र घूमते हुए अर्जुन को भी देख गये जैसे चील झपट्टा मारते समय बहुत कुछ उठा ले गयी हो। बोले वे कुछ भी नहीं। मन का कौतूहल जाग उठा।

द्रोण ने जब कृपी से कहा—'देवी! अर्जुन का कौशल श्लाघ्य है।' तो कृपी चौंक उठी।

'क्यों?'

'आज भी उसमें कौतूहल था।'

द्रोणाचार्य तो कहकर चुप हो गये, पर बात तो काँटा होती है, चुभ गयी तो चुभ गयी। कृपी ने अश्वत्थामा को एकान्त में बुलाकर कहा—'वत्स!'

'अम्ब!'

'ध्यान से शिक्षा पा रहा है?'

'क्यों नहीं? मेरे अतिरिक्त वहाँ है कौन जो इतना समझदार हो?' सिर उठाकर अश्वत्थामा ने कहा, 'और फिर पिता ने मुझे चुपचाप बहुत-सी बातें बताना प्रारम्भ

कर दिया है।'

'तू बात बहुत करता है।'

'तुम पूछती हो तो कहता हूँ।'

कृपी ने डाँटा—'मूर्ख, कुछ तुझे ज्ञात भी है कि अर्जुन कितना कुशल है!'

अर्जुन!! अश्वत्थामा को चोट लगी। अर्जुन!

'वह बहुत तीक्ष्ण-दृष्टि है?'

'है।'

अश्वत्थामा ने धीरे-से कहा—'तो मैं सुयोधन की मित्रता ढूँढूँगा और अर्जुन को मिटा दूगाँ। फिर मेरे अतिरिक्त और कौन होगा? और फिर पिता? उन्हें क्या मैं अर्जुन को विद्या सिखाने दूँगा?'

'उद्धत!' कृपी के नेत्र फैल गये। 'तू मूर्ख है।'

'कौन, मैं?' अश्वत्थामा ने कहा, 'तुम क्या जानो! तुम्हारा हृदय निर्बल है, माता!'

कृपी ने माथा ठोक लिया। अश्वत्थामा ने कहा—'तुम नहीं समझोगी, अम्ब! कठिन विषय है।'

वह द्रोण के पास गयी। कहा—'जो पति ने कठिन नहीं कहा, सो माता को पुत्र समझा रहा है। मेरी ही कोख से जन्मा, मैंने ही घुटनों से पाँवों पर चलना सिखाया, मैंने ही बोलना सिखाया, तुम्हारा उत्तराधिकारी कहता है—अम्ब, तू कुछ नहीं जानती।'

द्रोण ने सुना और कुछ न कहा।

दूसरे दिन कमण्डलु फिर बाँटे गये। वृषका ने सुयोधन को सुनाकर अर्जुन से कहा—'भ्रातर!'

'क्या है, भगिनी?'

'एक बात पूछूँ? बुरा तो न मानोगे?'

'क्यों? क्या बात है?' पूछने पर वह मुस्करायी। अजीब ही ढंग था। सुयोधन ने देखा कि अर्जुन हँस दिया।

वृषका ने कहा—'कल कितनी भिक्षा लाये?'

भीम समझ गया। ज़ोर से हँसा। वृषका ने सुयोधन से कहा—'कुमार! कुशल से तो हैं?'

नदी की धारा बह रही थी। नौकाओं को देखकर सहदेव ने कहा—'आर्य! यह नौकाएँ बड़ी दूर से आती हैं।'

'कहाँ से भला?'

'मैंने निषाद से पूछा था।'

'हाँ!' नकुल ने कहा।

'दक्षिण सागर है। वहाँ दमिल रहते हैं। उनके पोत पूर्व और पश्चिम में जाते हैं। वहाँ का पण्य लाकर यह नौकाएँ यहाँ ढोती हैं।'

'परमाश्चर्य!' एक कुमार ने कहा।

'उत्तरस्थ तङ्गण से भी व्यापार होता है,' युधिष्ठिर न कहा।

सब ही बातों में लगे थे।

किन्तु अर्जुन का ध्यान कहीं और था। अश्वत्थामा फिर कलश लेकर आया था। अर्जुन को ध्यान आया, वह शीघ्र ही चला जायेगा। अश्वत्थामा ने कलश भरकर उठाया। अर्जुन पर आवेश-सा छा गया। उसे भी आतुरता हुई। उसने वारुण अस्त्र से कमण्डलु के मुख पर प्रहार किया। कमण्डलु का मुख कुछ बड़ा हो गया।

अर्जुन ने देखा, सामने के पेड़ों के झुरमुटों में से अश्वत्थामा निकलकर तेज़ी से जा रहा था। अर्जुन के मुँह पर मुस्कराहट छा गयी।

कमण्डलु चटपट भर गया। वह भी आज उस गहन रहस्य को जान लेगा। अर्जुन ने कमण्डलु जल से बाहर खींच लिया। उस समय तक अन्य विद्यार्थी अभी नौकाओं की बहस को ही समाप्त नहीं कर सके थे। नकुल कह रहा था—'महासमुद्र में नौकाएँ एक-एक नहीं जातीं, बेड़ा-का-बेड़ा जाता है, आपस में पोत बँध जाते हैं...।'

जब अर्जुन तीव्र गति से पहुँचा उस समय द्रोण वीरासन से बैठे थे और अश्वत्थामा झुककर सुन रहा था।

अर्जुन ठिठक गया। उसके मुख पर मुस्कराहट फैल गयी।

'गुप्त विद्या!' हठात् उसके मुख से निकला।

'समझ गया?' आचार्य का स्वर सुनायी दिया।

'हाँ, देव!' अश्वत्थामा ने कहा।

'फिर कर सकता है?'

'अवश्य।'

'गुरुदेव!' अर्जुन ने कहा।

द्रोणाचार्य को जैसे बिजली छू गयी।

'मैं आ गया हूँ, गुरुदेव!' अर्जुन ने हाथ फैलाकर कहा, 'मैं आ गया हूँ, गुरुदेव!'

द्रोण ने उसे छाती से लगा लिया। अश्वत्थामा ने देखा, पिता स्नेह से आकुल हो गये।

'आ वत्स,' द्रोण ने कहा, 'मेरे सरल-हृदय मित्र! तुझसे मैं छल कर सकूँगा? करूँगा तो तू क्यों छोड़ेगा मुझे? धन्य हो तेरी जिज्ञासा। अर्जुन, तू महान धनुर्धर बनेगा।' अर्जुन ने चरण छुए।

अर्जुन के अभ्यास की गति देखकर द्रोण ने वृषका से कहा—'प्रमुख सूपकार

विमलपिण्ड को तो बुलाकर ला।' वृषका चली गयी। सूपकार को ले आयी। विमलपिण्ड ने आकर प्रणाम किया। वह निस्सन्देह विमल था और पूरा पिण्ड था, गोलमटोल। बड़ा पेट। हाथों में वलय, सिर पर उष्णीश। अधोवस्त्र। पेट और वक्ष पर असंख्य बाल। उसे क्या दुःख था? दोनों समय राजभोग खाता था। कहने को यह था कि चखकर देखता हूँ।

सूपकार ने कहा—'आज्ञा, प्रभु!'

'देखो, सूपकार!' आचार्य ने कहा, 'अर्जुन को कभी भी अँधेरे में भोजन न देना। समझे?' उसने सिर हिलाया। 'और,' आचार्य ने कहा, 'यह बात उससे कहना नहीं कि गुरु ने ऐसा आदेश दिया है। समझे? अपने तक रखना।'

सूपकार चला गया।

वृषका ने कहा—'देव, क्यों?'

'अरे! तू यहीं है?' आचार्य ने कहा, 'उसी का मंगल है इसमें। कहना नहीं। समझी?'

पाठशाला में जब अर्जुन पहुँचा, दीपक की प्रभा फैल रही थी। वह खाना खाने बैठ गया।

विमलपिण्ड तो हर कुमार का मित्र था।

'घृत और लो, कुमार!' वह कहता, 'स्नेह और घृत। स्नेह मर्दन को, घृत भक्षण को। शारीरिक व्यायाम से जाने क्या हो जाता है? रुक्षता आती है। वात कुपित होता है। उसे चिकनाई देनी चाहिए।'

कुमार उस पर हँसते और जो माँगता उसे देते। विमलपिण्ड की मित्रता अगाध थी। इसी प्रकार कुछ दिन बीत गये।

एक दिन अर्जुन जब आया तो अकेला था। 'आओ कुमार, देर लगा दी,' कहकर विमलपिण्ड ने खाना परोस दिया और बाहर चला गया। दीप जल रहा था। उस दिन हवा का झोंका लगा। और दिन होता तो तुरन्त विमलपिण्ड दूसरा दीपक ले आता। उस दिन उधर तो विमलपिण्ड निकला कि दूसरे परिचारक शाकम्भर ने मौक़ा पाकर स्तम्भों की आड़ में झट से दासी दण्डगौरी को पकड़ लिया और उससे प्रणय-याचना करने लगा।

दीपक बुझ गया, इसका उसे कोई ज्ञान ही नहीं हुआ, बल्कि उसने तो इसमें अपना कल्याण ही समझा कि अब कोई भी देख नहीं पायेगा। दण्डगौरी चक्कर में पड़ गयी। वह विमलपिण्ड की अपनी रक्षा में थी। उसने कहा—'दीप तो जला दो।'

'अरे, रहने भी दो,' शाकम्भर ने कहकर उसे अंक में भर लिया।

अर्जुन अन्धकार में ही खाता रहा। एक भी बार उसका हाथ डगमगाया नहीं। कौर लेकर हाथ सीधे मुँह में जाता। प्रकाश और अन्धकार का कोई सवाल ही नहीं

उठा। तो यह क्यों है?

अभ्यास के कारण।

बिजली का-सा स्फुरण हुआ। अभ्यास के कारण! अर्जुन जल्दी-जल्दी खाने लगा। दण्डगौरी शाकम्भर से छूटने का यत्न कर रही थी।

जिस समय अर्जुन निकला उसके मुख पर मुस्कराहट थी। अगले दीप के प्रकाश में उसकी आकृति दिखी। दण्डगौरी काँप गयी। उसने कहा—'मूर्ख! कुमार देख गये हैं।'

शाकम्भर ने कहा—'क्यों?'

'देख, हँसते जा रहे हैं।'

शाकम्भर को ज्वर-सा आ गया।

रात गहरी हो गयी थी। आकाश में अनेक नक्षत्र बिखर रहे थे, परन्तु चारों ओर के गहरे अन्धकार को भेदने की उनमें शक्ति नहीं थी। अन्धकार गीला हो रहा था।

द्रोण की नींद हठात् टूट गयी।

ठन् ठन्!

ठन् ठन्!

वे चौंक उठे। यह क्या है? उन्होंने अपने-आप से पूछा।

ठन् ठन्!

उत्तरीय सम्भाला। पादुका में पाँव नहीं डाले। नगे ही पाँव वे निःशब्द होकर उठकर बाहर गये।

फिर आवाज आयी—'ठन् ठन्!'

जैसे-जैसे वे बढ़ते गये, स्वर पास आता जा रहा था। और भी कठोर होता जा रहा था।

उन्हें लगा, आकाश धरती पर उतर रहा था। उस समय उनकी आँखें फट गयीं।

ठन् ठन्!

वे निकट पहुँच गये। देखा, अर्जुन अन्धकार में लक्ष्य-भेद का अभ्यास कर रहा था।

'अर्जुन,' उन्होंने पुकारा, 'अर्जुन!' उनका स्वर रुँध गया।

धनुष की ज्या ने फिर टंकार की। ध्वनि उठी—'ठन् ठन्!'

और आचार्य ने विह्वल होकर पुकारा—'धन्य है वत्स, तू धन्य है! तू निस्सन्देह सफल है।'

अर्जुन चरणों पर आ गिरा।

'गुरुदेव!'

'पुत्र! मेरे पुत्र!' कहकर उन्होंने उसे उठाकर वक्ष से लगा लिया और लम्बी साँस लेने लगे। अर्जुन ने विभोर होकर देखा।

द्रोण के नेत्र भीग गये। अर्जुन के माथे पर वह स्नेह के अश्रु की बूँद गिरी। वह मुस्करा दिया।

❐❐

इस समय तक पाठशाला के विद्यार्थियों को हाथी, घोड़े, रथ और पृथ्वी पर का युद्ध, गदायुद्ध, तलवार चलाना, तोमर-प्रयास, शक्ति आदि शस्त्र चलाना ही नहीं, द्रोणाचार्य संकीर्ण-युद्ध भी सिखा चुके थे। किन्तु यदि वे एक ओर अश्वत्थामा को एकान्त में मन लगाकर बहुत-सी बातें बताते थे, तो उससे भी अधिक मन लगाकर वे अर्जुन को शिक्षा दीया करते थे। उनका विचार उसे संसार में सर्वश्रेष्ठ धनुर्धर बना देने का हो गया था।

कृपी ने द्रोण की प्रतिज्ञा सुन ली थी। वे क्रुद्ध हुईं।

'तो पुत्र का कल्याण तो हो गया?'

'पात्र छोटा हो तो उसमें कितना जल समा सकेगा?'

'पात्र तो छोटा नहीं। उसका मुख छोटा है। देर से ग्रहण करता है।'

'तुम नहीं जानतीं, देवी!'

कृपी रूठ गयी। परन्तु जब अर्जुन को देखा, ममता पिघल उठी। अर्जुन ने पाँव छुए।

'अब क्या सीख गये, वत्स?' आचार्यपत्नी ने पूछा।

'आर्ये! जब तक गुरुदेव नहीं कह देते कि कुछ सीख गया हूँ, तब तक तो कुछ नहीं सीखा।' उसकी बात में भी विनम्रता थी, कृपी उसे सुनकर मन-ही-मन प्रसन्न हुई। स्नेह से कहा—'धीरे-धीरे सब आ जायेगा।'

अर्जुन बैठ गया। बोला—'अम्ब! जितना सीखता हूँ, उतना ही लगता है अभी बहुत बाक़ी है। पहले जब कुछ जाना था, तब लगा था सब-कुछ थोड़ा है। सहज ही आ जायेगा।'

'अब?'

'अब बात और ही-सी लगती है।'

'कैसे?'

'अब लगता है, जितना सीखा है उससे कई गुना बाक़ी है।'

कृपी मुस्करायी। कहा—'तू जानेगा कैसे, वत्स? पेट भरता जाता है, भूख कम

होती जाती है। पर ज्ञान की भूख इससे उलटी है। नहीं खाया तो खाने की इच्छा भी नहीं होती। पर एक बार खाया तो भूख बढ़ती ही चली जाती है। ब्रह्मा तेरा मंगल करें! शीघ्र ही सब सीख जा। चन्दा-सी बहू आये।'

अर्जुन ने लाज से सिर नीचा कर लिया। धनुर्वेद में बहू पर कोई अध्याय ही नहीं था। वयस्क स्त्री नये लड़कों का विवाह देखने की बड़ी इच्छुक होती हैं। यह मातृ-ममता की परम्परा जो ठहरी। फिर, कितनी विनय है इसमें!

वृषका ने दूध का पात्र भरकर सामने रखा। चली गयी।

'पिओ, वत्स! अभी नये दासों को बेचकर गौएँ ली हैं।'

'दास तो बड़ा दुःख देते हैं अब। बड़ा सिर उठा लिया है।'

'पुत्र, कुछ न पूछ। अब तो कहते हैं—सो रहा था। और दासी! उनकी मुझे मालूम है? अपने बच्चों को बेचे जाते देखकर झगड़ा करती हैं। पहले की-सी मर्यादा कहाँ रही? न जाने क्या होने वाला है?'

कृपी का स्वर भर्रा गया। अर्जुन दूध पीकर चला गया। आचार्यपत्नी स्नान करने चली गयीं।

जब सब भोजन आदि करके कुछ विश्राम कर चुके, कुमार आकर द्रोणाचार्य के चरणों के पास बैठ गये।

मध्याह्न का समय था। अश्वत्थ वृक्ष की छाया में बैठी गाएँ रोमन्थन कर रही थीं। हल्की-हल्की धूप निकल रही थी। शीतकाल था। ठण्डी हवा चल रही थी। सूर्य का ताप घट गया था।

वृषका ने आकर कहा—'आर्य! एक नया विद्यार्थी आया है।'

द्रोणाचार्य ने सोचा, शायद और कोई आ गया है। बिना सिर उठाये ही कहा—'कौन है?'

वृषका मुस्करायी। कहा—'कोई आर्य नहीं है।'

'आर्य नहीं है?' सुयोधन ने कहा।

'नहीं, कुमार!' वृषका ने उत्तर दिया।

'बुलाकर ला,' द्रोण ने आज्ञा दी।

वृषका बाहर जाकर उस नये विद्यार्थी को अपने साथ ले आयी। वह धीर मन्थर गति से आया और सबने देखा—उसका मुख शान्त और गम्भीर था। वृषका एक ओर खड़ी हो गयी। उस समय सबने देखा कि आगन्तुक बढ़ा। वह एक तरुण था। उसने झुककर प्रणाम किया।

उसके सिर पर पँख बँधे थे। कटि पर मृग चर्म लटक रहा था। बायें कन्धे के नीचे से वक्षस्थल को व्याघ्र चर्म ने ढँक रखा था। उसके पाँवों में तनियों से बँधे जूते थे। वह श्याम वर्ण था। बायें हाथ में चाँदी का कड़ा था। गले में कौड़ियों की माला

पड़ी थी। उसकी नाक कुछ चपटी और होंठ मोटे थे। शरीर अत्यन्त सुगठित और उसे देखकर ही लगता था कि वह अत्यन्त फुर्तीला था।

द्रोण ने कहा—'वत्स! तुम कौन हो?'

उनके नेत्र उसे एकटक देख रहे थे। आगन्तुक ने इधर-उधर नहीं देखा। उसकी सारी तन्मयता द्रोण पर ही थी।

'मैं निषादराज हिरण्यधनु का पुत्र एकलव्य हूँ,' उसने कहा, 'दिशाओं में फैलती हुई कीर्ति के धवल प्रकाश में ढूँढ़ता हुआ महारथी द्रोणाचार्य के समीप उनके दर्शन करके अपने जीवन को कृतार्थ करने आया हूँ। बहुत दिनों से एक ही साध थी, आपके चरणों में बैठकर कुछ सीख सकूँ। देव! मुझे धनुष प्रिय है, बाण प्रिय है, किन्तु अभ्यास भी करके यह अनुभव किया है कि योग्य गुरु के बिना, संसार में कहीं भी सच्चा आलोक नहीं है। गुरुदेव! मैं आपकी शरण में आया हूँ। मुझे दीक्षा दें। अपना शिष्य स्वीकार करें।'

उसकी बात एकदम समाप्त हो गयी।

सब चौंक उठे। यह क्या कह रहा है? क्या आचार्य इसे स्वीकार कर लेंगे? सबने मुड़कर देखा। आचार्य द्रोण कुछ गम्भीरता से सोच रहे थे।

द्रोण ने कहा—'तुमने यह विचार किस आधार पर बना लिया कि मैं तुम्हें अपना शिष्य बना लूँगा?'

द्रोण का मुख कुछ कठोर हो गया। जैसे वे कुछ सोच रहे थे। अचानक ही उन्होंने अर्जुन की ओर देखा।

'आर्य,' एकलव्य ने कहा, 'आपके पास विद्या है, आचार्य! जिसके पास है उसी से संसार भिक्षा माँगता है, गुरुदेव! फिर मैंने यदि यह कल्पना की तो कोई हानि हुई? प्रभु! आप महान् हैं। महान् सदैव दयालु होते हैं। मैं बड़ी आशा से आया हूँ।'

द्रोण हँसे। उत्तर दिया—'नहीं, एकलव्य! ऐसा नहीं हो सकता। मैं कुरुदेश में राजन्यवर्ग के कुमारों को दीक्षा देने के लिए यहाँ हूँ। फिर, तुम तो क्षत्रिय नहीं हो। यह कैसे हो सकता है कि मैं तुम्हें शिक्षा दे सकूँ?'

अर्जुन ने कर्ण की ओर देखा और मुस्कराया।

कर्ण उस समय एकलव्य की ओर देख रहा था। सुयोधन आचार्य को देख रहा था।

एकलव्य निःशब्द झुका रहा। वह जैसे कितनी बड़ी साध लेकर आया था और आज वह हठात् चूर-चूर हो गयी थी!

फिर सिर उठाकर बोला—'गुरुदेव! आप भले ही न मानें, किन्तु मैं आपको हृदय से अपना गुरु मान चुका हूँ। मैंने सुना था कि आर्यश्रेष्ठ जिज्ञासु को सदैव ही स्वीकार करते हैं और अन्धकार में पड़े हुए को पथ दिखाते हैं। आप उद्धारक

के रूप में प्रसिद्ध हैं, गुरुदेव! मैं सबसे कहकर आया हूँ। मेरे लिए लौटने का पथ बन्द है, प्रभु! आपके अतिरिक्त मेरा कोई नहीं...।' आगन्तुक ने द्रोण के चरण पकड़ लिए।

परन्तु द्रोण ने अस्वीकार कर दिया। उन्होंने कहा—'नहीं, एकलव्य! मैं आर्य को ही यह गूढ़ विद्या सिखाता हूँ।'

'देव, यह पक्षपात क्यों?'

'वे ही इसके अधिकारी हैं।'

'परन्तु प्रभु, क्या आप मेरे हृदय से निकल जायेंगे? यदि मैंने सच्ची भक्ति से आपको गुरु स्वीकार किया है तो महादेव मेरी रक्षा करेंगे।'

एकलव्य चला गया।

फिर वृषका से द्रोण ने कहा—'अब देखकर बताया कर।'

वृषका चुप रही।

अर्जुन ने कहा—'देव! होनहार लगता है।'

'तुम यह जान लेते हो?' द्रोणाचार्य ने पूछा।

अर्जुन ने सिर झुका लिया। कर्ण ने सिर उठाया और देखा, द्रोण प्रशान्त भावमग्न थे।

❒❒

चन्द्रमा निकल आया। तारे भी छिटके हुए थे, हल्का-सा प्रकाश था जो रजनीगंधा की छाया को और बढ़ा ही रहा था

रात्रि के गहरे अंचल में द्रोण कहा—'कृपी!'

कृपी शैया पर बैठी थी। द्रोण लेटे थे। अपनी शैया से द्रोण के समीप आकर कृपी बैठ गयी। उसने केश खोल रखे थे। धीरे-धीरे बोली—'देव!'

द्रोण जैसे अपनी ही बात सोच रहे थे। कहा—'सुना?'

'क्या, देव?'

'मध्याह्न में। आज ही तो।' द्रोण चुप रहे फिर कहा—'वृषका ले आयी थी। आज एक लड़का आया था।'

'कौन था?'

'एक निषाद था।'

'अच्छा,' कृपी अपनी शैया पर लेट गयी।

'मुझसे विद्या सीखने आया था। मैंने मना कर दिया।'

'ठीक ही तो किया।'

कृपी ऊँघने लगी। किन्तु द्रोण सोचते रहे, क्या यह ठीक हुआ? क्षत्रिय सीख रहे हैं। निषाद नहीं सीख सकता। फिर मन ने कहा–ठीक ही तो है। निषाद जो है।

अनेक दिन व्यतीत हो गये। निषादराज हिरण्यधनु के पुत्र एकलव्य को वे सब भूल गये। फूलों की सुगन्ध ने मन को भुला दिया। और दैनिक कार्य। परिश्रम। प्रतिस्पर्द्धा। द्रोण को फिर भी याद बनी रही।

❑❑

एक दिन धृतराष्ट्र के पुत्रों ने सलाह की।

'क्यों भ्रातर, बहुत दिन हो गये,' सुशासन ने कहा।

'किसमें?' सुयोधन ने पूछा।'

'आखेट नहीं किया।'

'आखेट,' सब पुकार उठे, 'चलेंगे।'

'पर कहाँ?'

किसी ने उत्तर नहीं दिया। कहा–'चलेंगे।'

युधिष्ठिर ने कहा–'अवश्य!'

सुयोधन ने पुकार कर कहा–'तो चलेंगे।'

'कब?'

'गुरुदेव से पूछ लें।'

'चलो, आज्ञा प्राप्त करें,' युधिष्ठिर ने हाथ उठाकर इंगित किया।

भीड़ आगे बढ़ी।

'सब नहीं, मैं पूछ लेता हूँ,' सुयोधन ने कहा, 'भ्रातर! आप चलें।' वह युधिष्ठिर को लेकर चला गया।

द्रोण के चरणों पर सिर झुकाकर सुयोधन ने कहा–'देव!'

'क्या है, वत्स?'

'एक प्रार्थना है।'

'क्या है, कहो न?'

'आखेट की इच्छा हुई है।'

'आखेट!' आचार्य हँसे, 'क्यों, युधिष्ठिर?'

'देव! इच्छा तो है। आज्ञा मिले तो।'

'तो जाओ, वत्स,' द्रोण ने कहा।

दूसरे दिन सब कुमार तैयार हो गये। द्रोणाचार्य के चरणों का स्पर्श किया।

'शुभ समय है, प्रयाण करो,' आचार्य ने कहा।

सबने प्रणाम किया। एक-एक करके सब रथों में चढ़ गये। सुयोधन और युधिष्ठिर एक रथ पर खड़े हो गये। अर्जुन और भीम दूसरे पर। नकुल और सहदेव सुशासन के रथ पर थे। रेशमी वस्त्र पहने वे कुमार उद्धत थे। एक भी अपने को किसी से कम नहीं समझता था। इंगित हुआ। अनेक कुत्ते लेकर दास पहले चले गये थे। अब उसी पथ पर रथ भागने लगे।

अनुचर कपिध्वज समस्त सामग्री लेकर दासी सुसामा को संग बिठाकर एक रथ पर पहले ही चला गया था, भोजन इत्यादि का प्रबन्ध करने के लिए।

अनुचर कपिध्वज का बड़ा कुत्ता अब रथों के साथ भागने लगा। वह किसी प्रकार भी घोड़ों से कम तेज नहीं दौड़ता था। शिकारी कुत्ता था। लम्बा, पतला, पर अत्यन्त डरावना। उसके गले में कपिध्वज ने अपना पट्टा बाँध दिया था। कपिध्वज उस पर बड़ा विश्वास रखता था और सदैव ऐसे समय पर साथ ले जाता था।

वन की सुरम्य भूमि देखकर आँखें तृप्त हो गयीं। विशाल वृक्षों की दूर-दूर तक व्याप्त छाया में घास कहीं-कहीं मखमली दिखायी दे रही थी। शीतकाल ने एक पीलापन दे दिया था। और कहीं-कहीं चरवाहे दूर पहाड़ियों पर बाँसुरी बजाते हुए दिखायी देते थे। दूर-दूर तक फैली हुई धरती, अपने उतार-चढ़ाव लिए अनेक रंगों का सृजन करती अन्त में पहाड़ियों में अपना लय कर देती थी। कभी-कभी पक्षी उड़ते हुए दिखायी देते।

कुमार रथों से उतर गये और कुछ विश्राम करके अपने रथों पर खड़े होकर फिर इधर-उधर बँट गये और आखेट में अपने-आपको भूल गये। वन-प्रान्तर विक्षुब्ध हो उठा। भागते रथों की घबराहट और कुत्तों का भूँकना चारों ओर से गूँजने लगा। धनुषों की ज्या की टंकार पशु और जन्तुओं को डराने लगी।

इधर तो एकान्त हो गया।

अनुचर कपिध्वज दासी सुसामा से उपहास कर रहा था। वह कह रहा था—'क्यों री, तू अभी तक माँ नहीं हुई?' उसने उसका हाथ खींचा।

पैंतीस बरस की काली सुसामा ने इठलाकर कहा—'अभी मैं कुमारी हूँ।' और हाथ छुड़ा लिया।

कपिध्वज हँसा। कहा—'सूपकार लाघव तो तेरी बड़ी प्रशंसा कर रहा था।' और अबकी उसका वस्त्र खींचा।

'वह दुष्ट है,' सुसामा ने झेंपकर कहा। वस्त्र ढीला हो गया।

कपिध्वज ने सरककर कहा—'तो तू कब तक ऐसी ही कुमारी बनी रहेगी? कंचुक महीलास का पुत्रक वेणीनाद कहता था कि सुसामा तो कोई कुलवधू है।' वह हँसी-हँसी में फिर आगे बढ़ा।

सुसामा की आँखें झुक गयीं। दूसरा वाक्य भी कपिध्वज ने ठीक ही बताया था, पर वस्त्र उसने हाथ से पकड़ लिया।

इसी समय कुत्ता भूँक उठा। उसकी भूँक में एक भय की भावना थी। जैसे भूँक नहीं रहा है, उसका मुँह बन्द है, केवल स्वर घुट रहा है। कपिध्वज ने सुसामा के गले में हाथ डाला। उसकी चोटी खुल गयी। कपिध्वज एकदम मोहित-सा बढ़ा। कुत्ता फिर गुरगुराया।

सुसामा ने कहा—'देखो न, कुत्ता क्यों भूँकता है?'

कपिध्वज जब कुत्ता ढूँढने लगा, तब सुसामा ने उठकर केश बाँधे। और अपने वस्त्रों को ठीक किया। उठकर चली गयी। कपिध्वज बड़ी वीरता से आगे बढ़ा।

सुसामा ने कहा—'किधर जा रहे हो? आवाज़ इधर से आ रही है कि उधर से?'

उसी समय कुत्ता वहीं आ गया।

'लो, यहीं आ गया तुम्हारा बेटा,' सुसामा ने छेड़ा।

कपिध्वज ने बिना मुड़े कहा—'बेचारी! क्या ढूँढकर बेटा चुना है।'

'अरे!' सुसामा पुकार उठी।

'क्या हुआ?' कपिध्वज ने मुड़कर देखा। सुसामा पीछे हटकर उससे चिपट गयी। कपिध्वज भय से चिल्लाया।

अर्जुन उसी समय रथ ले लौटा था। अनेक राजकुमार आ गये थे। इस कोलाहल की गूँज वहाँ भी पहुँची। भीम ने कान पर हाथ टेककर सुना। चिल्लाहट स्पष्ट थी।

अर्जुन ने सुना। कहा—'भीम! क्या बात है?'

भीम ने उत्तर दिया—'पता नहीं।'

सुयोधन बोल उठा—'कपिध्वज लगता है।'

'कोई स्त्री भी है।'

'वही सुसामा होगी।'

'तो चिल्लाते क्यों हैं?

सब कुमार एकत्र हो गये। उन्होंने जाकर देखा। कुत्ता खड़ा था। उसके मुँह के चारों ओर बाण ऐसे बिंध गये थे कि कुत्ते को ज़रा भी चोट नहीं आयी थी। पर मुँह बिलकुल बन्द हो गया था, जैसे किसी ने तीरों का मुछीका बाँध दिया था। कुत्ते की यह हालत देखकर वे चौंक गये।

कपिध्वज थर-थर काँप रहा था।

'क्यों रे, यह किसने किया?' अर्जुन ने पूछा।

'देव! यहाँ यक्ष है,' कपिध्वज ने सुसामा को और ज़ोर से पकड़ते हुए कहा।

अर्जुन हँसा। 'चुप मूर्ख! कुत्ता कहाँ गया था?' उसने डाँटकर कहा।

'यक्ष है?' युधिष्ठिर ने पूछा। उनकी आँखों में कुछ विस्मय था।

'नहीं कुमार, वन में चैत्यों में यक्ष रहा करते हैं। वे जब क्रुद्ध होते हैं तो ऐसे ही भय उत्पन्न करते हैं।'

'मूर्ख है,' सुयोधन ने कहा।

'कोई धनुर्धर पास ही है, नकुल कह उठा।

युधिष्ठिर ने कहा—'धन्य हो! क्या कौशल है! अद्भुत! अर्जुन, कर्ण, तुम सब उसके सामने कुछ भी नहीं हो। क्यों, सुयोधन! देखा?'

सुयोधन ने सिर हिलाया।

अर्जुन चिढ़ा। कहा—'तो ढूँढ ही क्यों न लें उसे?'

'पास ही होगा,' कर्ण ने राय दी।

सुयोधन ने कहा—'चलो, देखें तो।'

वे सब ढूँढने निकले। कपिध्वज अब भी डर रहा था। एकान्त देखकर उसने सुसामा का आलिंगन और गाढ़ा कर दिया।

'अब तू ही यक्ष हुआ जा रहा है?' सुसामा ने झटका दिया। कपिध्वज नीचे गिर गया। राजकुमार तब तक वृक्षों की ओट में हो गये थे। एक स्थान पर घूमते-घूमते हठात् वे ठिठक गये।

धनुष की ज्या टंकार उठी। देखा। टंकार पर टंकार सुनायी दे रही थी।

'यहीं है,' कर्ण ने कहा।

'वह देखो,' अर्जुन ने उँगली उठायी।

सामने एकलव्य धनुष-बाण लिए अभ्यास कर रहा था। वह एक बाण छोड़ता। दूसरा इतना शीघ्र छोड़ता कि पहले के पुच्छ से दूसरा बिंध जाता और उसने एक ताँता बाँधकर पचास शर छोड़े कि जब पहला बाण सामने के वृक्ष में अटका, पचासों बाण कुछ देर एक बहुत लम्बे भाले की भाँति सीधे गड़ गये। जब दूसरी नोंक पर वे भार के कारण झुके तो उसने फिर तीर मारा और अबकी पंक्ति ने उसे साध लिया। फिर उसने बाण मारकर उस सबको खंड-खंड कर दिया।

कर्ण को पसीना आ गया। अर्जुन ने माथा पोंछा।

सबने देखा और अवाक् रह गये।

वे उसे पहचान नहीं पाये, क्योंकि एकलव्य बहुत ही गन्दा हो रहा था। उस पर धूल जम रही थी। उसका रंग मटमैला हो गया था, जैसे इस व्यक्ति को नहाने की भी चिन्ता नहीं है, या अवकाश प्राप्त नहीं होता।

अर्जुन ने बढ़कर कहा—'तुम कौन हो?'

एकलव्य ने मुड़कर देखा। हठात् उसकी मुख-मुद्रा पर एकदम प्रसन्नता का भाव छा गया। अर्जुन स्तब्ध खड़ा था।

एकलव्य ने बढ़कर अर्जुन को गले से लगा लिया। अर्जुन सकते की-सी हालत में पड़ गया। फिर उसने उसे अपने से अलग कर दिया। उसकी रुखाई से एकलव्य का मुख कुछ मलिन हुआ। पर उसने कहा—'अर्जुन! इतना रोष क्यों? तुम मेरे गुरु-भाई हो।'

अर्जुन पर पानी पड़ गया।

गुरु-भाई!

कर्ण ने कहा—'कौन, एकलव्य?'

अर्जुन के नेत्र फैल गये। वह अब पहचान गया। यह इतना कैसे सीख गया? क्या गुरुदेव ने इसे सिखाया है?

'तुम एक निषाद हो,' कर्ण ने कहा, 'यह असम्भव है।'

'निषाद और आर्य का भाई?' भीम ने कहा, 'यह कैसे हो सकता है?'

निषाद-कुमार केवल मुस्कराया। उसने ऐसे देखा जैसे कोई किसी गिरे हुए आदमी को देखकर मुस्कराता है।

'पर मेरे गुरु वे हैं।'

एकलव्य ने उँगली उठाकर कहा—'देखते हो न?' वह हैं मेरे गुरु!'

वह हँस दिया। सबने देखा।

द्रोणाचार्य। उनकी मिट्टी की मूर्ति।

'यह तो मूर्ति है?' कर्ण ने कहा।

'नहीं, चपल युवक,' एकलव्य ने कुछ खिन्न होकर कहा, 'वह मेरे गुरु की मूर्ति है। वे मुझे सब शिक्षा देते हैं।' उसने गर्व से अपना सिर उठा दिया। सबने उसकी तृप्ति देखी।

एकलव्य फिर अपने काम में लग गया। और फिर वह बाण बटोर लाया और अबकी उसने जो दस-दस बाण एक साथ चलाये तो ऐसे गिरे जैसे चक्रव्यूह रच दिया हो।

अर्जुन ने देखा और उसे लगा, वह पागल हो जायेगा।

'चलो, कुमार!' सुशासन ने कहा।

कुमार लौट आये।

'भोजन कर लें,' कपिध्वज ने बताया।

सुसामा ने परोस दिया। दूर होती हुई टंकार अब भी कानों में गूँजती हुई लग रही थी, जैसे पास हो, हालाँकि वह सुनायी भी नहीं देती थी! मन-ही-मन अर्जुन व्याकुल था। उसे चारों ओर अँधेरा-ही-अँधेरा दिखायी दे रहा था। वह किसी विराट् पर्वत के शृङ्ग पर चढ़ गया था। हवा के एक हल्के झोंके ने उसे उठाकर वहाँ से नीचे फेंक दिया था। अर्जुन का हृदय लहूलुहान हो गया था।

वह उठ खड़ा हुआ। कपिध्वज का कुत्ता पास आ गया। उसका मुख अब भी बन्द था। अर्जुन ने उसके गले में शृङ्खला डालकर उसे रथ पर चढ़ा लिया।

कुमार लौट चले।

सब कुमार द्रोण के सामने बैठ गये। अर्जुन न कहा—'देव! मैं आपके लिए एक वस्तु लाया हूँ।'

'क्या है, वत्स!'

'एक उपहार है। ले आऊँ?'

द्रोण सुनते रहे। कहा, 'ले आ!'

अर्जुन गया, कुत्ता ले आया। द्रोण ने आश्चर्य से देखा और कहा—'पाशबन्ध! किसने किया? इसके लिए तो इन्द्र का-सा धैर्य चाहिए।'

'एकलव्य ने,' अर्जुन ने रुँधे गले से कहा। वह सब कुछ सुना देना चाहता था।

अचानक द्रोण के नेत्र छलछला आये। वे बोल उठे—'धन्य है एकलव्य! तू धन्य है। तुझमें इतनी शक्ति थी, यह तो मैं उस समय सचमुच नहीं जान सका था।'

'देव प्रसन्न हो रहे हैं?' अर्जुन ने कहा।

'पुत्र!' महानद को गरजते देखकर समुद्र कितना उन्मत्त हो जाता है, यही शिष्य-गुरु सम्बन्ध है।' फिर विभोर होकर द्रोण खड़े हो गये। 'उसे किसने दीक्षा दी?'

'किसी ने नहीं।'

'ऐं!' द्रोण आकाश से गिरे।

'देव! उसने आपकी एक मिट्टी की मूर्ति बनाकर सामने रख ली है।'

'तुम सब जाओ,' द्रोण ने पागल की तरह कहा।

सब चले गये। केवल अर्जुन रह गया।

द्रोण ने दोनों हाथों से सिर पकड़ लिया। वे बड़बड़ाए—'ब्रह्मा! क्या यह सत्य है? चतुरानन! क्या यह सत्य है? अजारूढ़! क्या यह वास्तव में सत्य है?'

अर्जुन ने कहा—'कठोर सत्य है।'

'तुमने देखा?'

'देव!' अर्जुन ने गम्भीरता से कहा। उसका स्वर फिर भी अन्त में थर्रा उठा।

'तो तू ऐसा धनुर्धर होना चाहता है?' द्रोण ने कहा।

'मैं नहीं जानता। आर्य ने वचन दिया था कि वे मुझे संसार में सर्वश्रेष्ठ धनुर्धर बनायेंगे।'

'पर यह कौन जानता था?'

'ब्रह्मा की शक्ति कोई नहीं जानता, गुरुदेव! परन्तु वह निषाद है। पहले यज्ञ

में निषादों को प्रसन्न करना पड़ता था, क्योंकि वे प्रचण्ड योद्धा थे। बड़ी कठिनता से आर्यों ने उन्हें दबाया है।'

'तो तू उससे बढ़कर धनुर्धर होना चाहता है?' द्रोण ने फिर कहा।

'देव!' अर्जुन ने उत्तर दिया।

'यह असम्भव है, अर्जुन! तुझमें वह साधन कहाँ?'

'देव! मैं प्राण दे दूँगा। उससे पीछे नहीं रहूँगा। या तो आपका वचन रहे, या मेरा प्रण रहे।'

द्रोण सोच में पड़ गये। कहा—'तैयारी करो। हम एकलव्य को देखने चलेंगे।'

'आप, देव!'

'हाँ, अर्जुन! वह विद्या तो नहीं दी जा सकती। कुछ और ही करना होगा। तुम जाओ।'

पणव बजने लगा। द्रोणाचार्य स्वर्ण के रथ पर चढ़ गये। भव्य दीप्तिमय स्वर्ण रथ में वह नितान्त श्वेत थे। कुमार फिर अपने-अपने रथों पर चढ़े।

'सारथि,' द्रोण ने कहा, 'वन की ओर।'

अभीषु खिंची। द्रोण ने रथ की पृष्ठिका पर पीठ टेक दी!

रथ फिर दौड़ चले।

राह में उनकी दृष्टि न जाने कहाँ थी! हृदय उद्वेलित हो रहा था। समझ में नहीं आ रहा था, क्या करें? राह में क्या हुआ, कितना पथ कटा, उन्हें कुछ भी ज्ञात नहीं हो सका।

हठात् अर्जुन ने कहा—'गुरुदेव!'

द्रोण ने कहा—'सारथि, रोक ले।'

रथ रुक गया। सब उतरे। उनका सारथि भी नीचे उतर आया। कुछ दूर पर एकलव्य अब भी उसी विद्युत वेग से अभ्यास कर रहा था। द्रोण रथ पर से देखते रहे।

धनुष की टांकार सुनकर वे देखते रह गये।

'जय गुरुदेव!' कहकर एकलव्य ने जो आकाश की ओर बाण छोड़ना प्रारम्भ किया, तो उसने इतनी शीघ्रता से एक से दूसरे को बेधा कि जैसे वह बाणों का विमान बना रहा है।

वे धीरे-धीरे रथ से उतरे। आज उनके चरणों की शक्ति को जैसे किसी ने छीन लिया था।

द्रोण ने देखा, एकलव्य ने बाणों को छिन्न-भिन्न करके गिराया, वे सामने आकर गिरे। तब एकलव्य ने उन्हें बटोर लिया और सबको मूर्ति के चरणों पर लाकर पटक दिया!

एकलव्य ने मूर्ति को साष्टांग प्रणाम किया। कहा—'देव! गुरुदेव! आपकी कल्याण कामना से मैंने इतना पथ तो पार कर लिया है। प्रभु! मुझे बल दें। कल तक मैं...।'

एकलव्य ने कुछ धीरे से कहा।

द्रोण को लगा, वे रो देंगे। आज वे क्या देख रहे हैं! क्या गुरु-भक्ति की यह सीमा हो सकती है? ज्ञान की भूख! विद्यार्थी को गुरु तो एक बहाना है। जो लगन का है, वह तो अपने लिए रास्ता स्वयं बनाता है। व्यर्थ है सब। सब ढोंग है।

कैसी प्रचण्ड प्रतिभा है!

द्रोण ने देखा, एकलव्य उठ बैठा। अभी तक उसे इतने लोगों की उपस्थिति के विषय में कुछ भी नहीं मालूम था। उसकी तन्मयता अखण्ड थी।

अर्जुन चुप था। वह गुरु को देख रहा था। गुरु अब फिर कठोर दिखायी दे रहे थे। वे दो पग चले। समस्त समुदाय उनके पीछे चला। द्रोण ने किसी को नहीं देखा।

द्रोण ने बढ़कर कहा—'एकलव्य!'

स्वर कितना भी कठोर हो, किन्तु वह काँप रहा था। वह स्वर वन-प्रांतर में गूँज उठा और भर्राता हुआ एकलव्य के कानों तक पहुँचा।

एकलव्य ने मुड़कर देखा। सामने गुरुदेव खड़े थे। साक्षात्, सशरीर द्रोणाचार्य!

एकलव्य बिजली की तरह पाँवों पर आ गिरा...वह ऐसा लगा जैसे आकाश में चमकता हुआ तारा आकर पर्वत के भीतर समा गया।

द्रोण वृक्ष की भाँति खड़े रहे। एकलव्य ने उनके चरण पकड़ लिए। द्रोण ने उसकी ओर देखा।

'गुरुदेव!' एकलव्य कह उठा, 'मैं जानता था, आप आयेंगे, देव! मेरे पिता क्षत्रियों पर, ब्राह्मणों पर विश्वास नहीं करते। पर मैं? देव! मैं प्रतिभा की आराधना करता हूँ। आप महान् हैं। आप गुरु हैं। गुरुदेव! प्रतिभा को मैं वर्ण और जाति से भी ऊपर मानता हूँ। साधना! साधना ही तो आपको यहाँ खींच लायी है। उस दिन आपने निकाल दिया था, आज आप स्वयं आ गये हैं।'

द्रोण चुप रहे। सब कुमार मूक खड़े रहे। द्रोण का मुख एकदम सफ़ेद-सा दिख रहा था। रक्तहीन! एकलव्य ने चरण पकड़े हुए ही फिर कहा—'आत्मा कहती थी, गुरुदेव क्रुद्ध नहीं हैं। परीक्षा ले रहे हैं। मन कहता था, एकलव्य विचलित न हो। गुरुदेव, आज मेरा जीवन धन्य हो गया। युगों से जो आकांक्षा का दीप स्नेह संचित कर रहा था, आज उसमें गौरव की शिखा जल उठी है, और उसने मेरे रोम-रोम को आलोकित कर दिया है। कौन है वह शिष्य, जिसके द्वार पर स्वयं गुरु आया हो!' एकलव्य! एकलव्य! आज संसार के महान् धनुर्धर द्रोणाचार्य तेरे द्वार पर आये

हैं, वह रोया, फिर हँसा, वह विभोर हो उठा था। उसने फिर कहा—'गुरुदेव!'

वह अन्तस्तल से निकली पुकार द्रोणाचार्य के हृदय को छूने लगी।

एकलव्य ने फिर कहा—'पुकार रहा है मन, पुकार रही है साधना। आज युगों का स्तब्ध वारि पाषाणत्व छोड़कर हिला है। गुरु के चरणों का स्पर्श वसंत के मादक मलय से भी अधिक सप्राण है।'

द्रोण दहल उठे।

'गुरुदेव! आशीर्वाद दीजिए,' एकलव्य ने कहा।

'सुखी रहो,' द्रोण ने कहा।

कर्तव्य! द्रोण को याद आया। फिर एकलव्य ने कहा—'आज मैं क्या करूँ, आचार्य! मेरा मन पागल हो रहा है। मैं आपका शिष्य हूँ, गुरुदेव! मैं आपका शिष्य हूँ।'

एक बार अर्जुन का मुख देखा। फिर द्रोण ने कहा—'वत्स! क्या यह सत्य है?'

'देव! आपका शिष्य आपसे झूठ बोल सकता है?'

उस समय द्रोण के दोनों हाथ काँपने लगे। वे जैसे सहारा ढूँढ रहे थे। केवल अर्जुन ही इसे देख पाया कि वे एकदम फिर स्थिर हो गये हैं। रुककर तब द्रोण ने कहा—'यदि तू सचमुच मेरा शिष्य है तो क्या तू मुझे गुरु-दक्षिणा दे सकेगा?'

'यह भी पूछने की बात है?' एकलव्य ने सहर्ष कहा, 'आप कहें तो मैं अपने प्राण दे दूँ।'

'नहीं, वत्स! तू नहीं दे सकेगा!'

'गुरुदेव!' एकलव्य पुकार उठा।

'तो दे!' द्रोण ने कर्कश स्वर से कहा, 'दे। मुझे अपने दाहिने हाथ का अँगूठा दे दे।'

और तब द्रोण ने देखा, एकलव्य ने पास पड़ा खड्ग उठा लिया और हँसते-हँसते अपने बायें हाथ में खड्ग पकड़कर एक वार किया। दाहिने हाथ का अँगूठा कटकर नीचे गिर गया। रक्त बहने लग। एकलव्य ने अविचलित भाव से वह अँगूठा हाथ में उठा लिया। वह आगे बढ़ा। उस समय उसके मुख पर एक दिव्य मुस्कान थी।

अँगूठा हाथ में लेकर उसने कहा—'गुरुदेव!'

द्रोण ने नहीं सुना।

'गुरुदेव!' एकलव्य ने फिर पुकारा, 'लें, लें!'

द्रोण फिर भी जड़ की भाँति खड़े रहे।

तब एकलव्य ने रो कर कहा—'दया करें, प्रभु!'

अर्जुन ने आँखें छिपा लीं।

एकलव्य कह रहा था—'आज मेरी साध पूरी हो गयी, गुरुदेव! आज मेरी

दक्षिणा स्वीकार करें, प्रभु! यदि आप इसे माँगकर भी अस्वीकार कर देंगे तो मैं पागल हो जाऊँगा।'

द्रोण का मन फटने लगा।

'इसे ले लें, गुरुदेव!'

द्रोण का हाथ बढ़ा। उन्होंने काँपते हाथों से वह कटा अँगूठा उठा लिया, पर उनका हाथ बुरी तरह काँप रहा था। वे उसे रोक नहीं पाये। अँगूठा धरती पर गिर गया।

एकलव्य ने चरण पकड़कर कहा—'जन्म-जन्मांतर की साध पूरी हो गयी।'

सारी कुमार-मण्डली भौंचक खड़ी रही। द्रोण के नेत्र ऐसे लग रहे थे जैसे वे काँच के नेत्र थे।

तब एकलव्य मुड़ा और उसने अपने हाथ से टपकता लोहू देखा और हठात् द्रोण की मूर्ति को सिक्त कर दिया। मिट्टी की मूर्ति पर बड़ी-बड़ी बूँदें गिरीं। द्रोण ने देखा, उनका शरीर एकलव्य के रक्त से भीग गया था। मिट्टी रक्त को पीने लगी। और देखते-देखते ही मूर्ति लाल हो गयी।

और एकलव्य चिल्लाया—'गुरुदेव!'

उस समय सबने देखा कि एकलव्य हँसा और फिर विभोर-सा होकर वह मिट्टी की मूर्ति के सामने लोट गया।

उस दारुण दृश्य को देखकर सबका हृदय पसीज उठा। वे सोच नहीं सके कि यह सब क्या हो गया! केवल एक व्यक्ति की आँखों से आँसू बह निकले। गला रुँध गया, वह जैसे इस अन्याय को सह ही नहीं सका। वह युधिष्ठिर था।

'गुरुदेव!' युधिष्ठिर ने रुँधे गले से कहा।

द्रोण वेग से चले और रथ पर चढ़ गये। सारथि ने चौंककर देखा। वह आगे बढ़ा। परन्तु ठिठक गया। द्रोण का मुख बिलकुल पाषाण का-सा दिखायी दे रहा था, कठोर। निष्प्रभ। प्रायः जैसे वह एक शव था।

सारथि ने देखा, द्रोण ने वल्गा पकड़ ली। और फिर उन्होंने वेग से प्रचण्ड स्फूर्ति से कशाघात किया। घोड़े बड़ी ज़ोर से हिनहिना उठे। और भीम वेग से भागने लगे। उनके पाँवों से रुँदकर धूलि का अम्बर उठा। रथ भाग चला। सारथि ने देखा, बीच में द्रोण कठोर बने खड़े थे।

धूलि शान्त हो गयी थी। सब लौट रहे थे। युधिष्ठिर ने एकलव्य के कन्धे पर हाथ धरकर रोते हुए कहा—'एकलव्य!'

'रोओ नहीं, कुमार,' एकलव्य ने कहा, 'मुझे सिद्धि मिल गयी है। आज मुझे गुरु की आराधना करने दो।'

युधिष्ठिर ने देखा और देखा। मन घुमड़कर रह गया। उस समय कुछ कुमार

चले गये थे।

युधिष्ठिर ने बढ़कर अर्जुन से कहा—'अर्जुन!'

अर्जुन उत्तर न दे सका।

'बोलते नहीं?'

अर्जुन का मुँह सफ़ेद हो रहा था।

भीम ने कहा—'चलो, अर्जुन!'

युधिष्ठिर ने झुककर जैसे अन्तिम बार एकलव्य को मन-ही- मन प्रणाम किया।

अर्जुन जागा—'चलो।'

'रथ गये?' भीम ने पूछा।

युधिष्ठिर काँप रहा था। कहा—'अभी होंगे।'

एक बाक़ी था। तीनों उस पर चढ़ गये। सारथि ने रथ मोड़ा। भीम खड़ा था। युधिष्ठिर ने अन्तिम बार एकलव्य को देखा। वह अब भी रक्त से भीगी मूर्ति के चरणों पर पड़ा था।

भीम ने कहा—'भ्रातर!'

दोनों ने देखा। अर्जुन रथ में हारा हुआ-सा बैठ गया था। उसने दोनों घुटनों में अपना मुँह छिपा लिया था।

रथ लौट चला।

❐❐

द्रोण रथ से उतरकर तेज़ी से भीतर चले गये। उनका मुख विवर्ण हो रहा था। आँखों में एक पागलपन-सा था। जैसे वे एक विस्मृति में पड़ गये थे।

वृषका ने कृपी से कहा।

कृपी ने पूछा—'क्या हुआ?'

'मैं क्या जानूँ, देवी!'

तब कृपी स्वयं गयी। द्रोण खड़े थे।

कृपी ने कहा—'आर्य!'

द्रोण उसे देखकर बोले—'आर्य!'

'देव!'

द्रोण ने फिर चुप रहकर कहा—'जानती हो न? कितने दिन हो गये हैं, मैं अभी तक कुछ न कर सका। अश्वत्थामा भूखा है, देवी!'

'आर्य!' कृपी चिल्ला उठी।

'सच कहता हूँ,' द्रोण ने कहा।

कृपी चौंक उठी।

द्रोण कहते रहे–'परवशता पाप है, देवी! मुझे ऐसा लग रहा है अश्वत्थामा दारुण वेदना से चिल्ला रहा है–पिता! पिता! अश्वत्थामा कहाँ है, देवी?'

कृपी रोने लगी। कहा–'आपके साथ था न?'

'हाँ-हाँ, ठीक है, मेरे ही साथ था,' द्रोण ने कहा, 'पर कितना भयानक था वह सब, कितना भयानक था!'

'क्या भयानक था?' कृपी ने पूछा।

द्रोण ने कहा–'रक्त!'

'रक्त!' कृपी के शरीर में सनसनी दौड़ गयी।

'हाँ, रक्त! मैं भीग गया। उस निर्दोष के रक्त से मैं भीग गया, आर्ये! क्या यह दाग़ मुझ पर से मिट सकेगा? कभी नहीं, कभी नहीं!' वे पगाल-से प्रकोष्ठ में घूमने लगे, 'दम्भ! दम्भ! और कुछ नहीं!' फिर मुट्ठी बाँधकर कहा–'यह भी कोई मनुष्यता थी? यह पाप था। पाप था।' उनका स्वर काँप रहा था। वे कह रहे थे–'भाग्य इतना कुटिल भी हो सकता है! इतना भयानक भी हो सकता है! उसने स्नेह दिया था, कृपी! मैंने महानद को पीकर समुद्र की भाँति आकाश को देखा है, पर मुझमें केवल खार है, केवल हाहाकार है। हाहाकार! कृपी, मेरा मन रो रहा है...।'

'आर्य!' कृपी चीख उठी। वह डर गयी थी।

द्रोण चौंके।

'आर्य, आपको क्या हुआ?' उसने पूछा, 'आपका स्वास्थ्य तो ठीक है न?'

'कृपी! मेरी कृपी! मुझे प्राणान्तक वेदना का ज्वर है।'

'क्यों, देवी!'

'कैसे कहूँ?'

'मुझसे भी कहने में संकोच है?'

'तुम मुझसे घृणा तो न करोगी?'

'आर्य!' कृपी ने बढ़कर कहा। द्रोण ने सब सुनाया। कृपी सुनती रही। वे कहते रहे। कृपी स्तब्ध खड़ी रही। द्रोण कह चुके तो चुप हो गये।

कृपी मुस्करायी। भयानक व्यंग्य से मुस्करायी। स्त्री का हृदय ममता का भंडार होता है। वही तो पुरुष की क्रूरता को रोकती है। उसने कहा–'आर्य! हो गया? यह तो प्रारम्भ था।' फिर उसने आँखों में आँसू भरकर धीरे-से कहा–'वह भी किसी माँ का पुत्र था। वह भी किसी के भविष्य का सहारा था। स्वामी! आप इतने कठोर कैसे बन सके?'

द्रोण नहीं बोले।

कृपी ने फिर कहा–'उस लहू ने द्रोण का नाम अपने बलिदान से लिखा है।

आपने तो उसे सदैव के लिए नष्ट कर दिया। आपने विद्या के साथ पाप किया है। आपने प्रतिभा को रोका है। आपने ज्ञान की हत्या की है। आपने अपने वचन के लिए मनुष्यता का नाश किया है।'

हठात् द्रोण का स्वर उठा–'निषाद! निषाद आर्य की समता करेगा?'

कृपी चौंकी।

'वह निषाद था, जानती हो?' द्रोण ने पूछा।

'तो? मनुष्य नहीं था?'

'तुम नहीं समझोगी, कृपी! स्त्री हो, स्त्री! तुम नहीं जान सकतीं। यह मर्यादा पुरुषों की है। कर्तव्य के लिए कठोर हृदय चाहिए।

कृपी स्तम्भित हो गयी।

द्रोण ने कहा–'निषाद! म्लेच्छ! अनार्य! शबर! किरात! नाग! कल यह सिर पर चढ़ेंगे। इनके नाश के लिए ही ब्राह्मण और क्षत्रिय ने जन्म लिया है।'

कृपी ने देखा, मनुष्य को कोई छीन ले गया। वहाँ केवल एक कठोर ब्राह्मण खड़ा था।

उसी समय अर्जुन आकर द्रोणाचार्य के चरणों पर लोट गया।

'गुरुदेव! मैं पानी-पानी हुआ जा रहा हूँ,' उसने कहा।

'क्यों?' द्रोण ने कठोरता से पूछा।

'देव! यह क्या हो गया?'

'मूर्ख!' द्रोण ने कहा, 'जो उचित था, वही हुआ।'

अर्जुन तरुण था। काँप गया। चुपचाप बैठ गया।

कृपी ने कहा–'तू भी वहीं था?'

'हाँ, अम्ब!' अर्जुन ने काँपते स्वर में कहा।

'उठो, वत्स!' द्रोण ने कहा, 'उठो।'

अर्जुन उठा। द्रोण हठात् हँसे। उस हँसी में एक कठोरता थी। कृपी सुनकर थर्रा गयी। द्रोण ने कहा–'बालक! विराट् की भुजाओं से जन्म लेकर तू इनके लिए रोता है, जो मनुष्य के रूप में पाप को ढोते हैं, पशु बनकर रहते हैं। मंगल कर, तेरा शत्रु मिट गया। द्रोण की बात रह गयी।'

❐❐

युधिष्ठिर जब कुन्ती माता के पास गया, बोला–'माता!'

'क्या, पुत्र?' कुन्ती ने कहा।

'आज बड़ा ही अर्थ का अनर्थ हुआ।' युधिष्ठिर ने सारी कहानी सुना दी।

माता कुन्ती ने सुना। कहा—'तो अर्जुन के लिए ही तो आचार्य ने यह सब किया?'

'परन्तु, माता?'

'तू नहीं जानता, वत्स,' कुन्ती ने काटकर कहा, 'राजाओं का जीवन इसी कठोरता में पलता है। राजा में अपने स्वार्थ के लिए यदि दया आये तो फिर तो काम चल चुका। रहने दे। चल, खाना खा ले।'

बात फैली।

सुकम्पा दासी ने अपनी सखी रोमहीना से ओखली में मूसल चलाते समय कहा।

रोमहीना ने घृणा से कहा—'ब्राह्मण!' वह नाग थी। दासी थी। आजकल पाँचवें स्वामी के घर पर थी। उसके दस बच्चे हो चुके थे, पर सुन्दरता साथ नहीं छोड़ती थी। उससे बात गयी वेश्या निष्कुटा के पास।

राजा धृतराष्ट्र ने कहा—'क्या हुआ, निष्कुटा?'

'देव, मैंने तो ऐसा ही सुना है।'

'विदुर कहाँ हैं? बुला तो।' विदुर आये।

विदुर ने बताया।

'ठीक हुआ, विदुर श्रेष्ठ?' धृतराष्ट्र ने पूछा।

'अति उत्तम!' विदुर ने कहा, 'क्षत्रिय-शक्ति घटी नहीं। आचार्य ने परम्परा को निभाया कि ब्राह्मण-क्षत्रिय एक हैं। वे ही मिलकर सब पर शासन करेंगे।'

विदुर के जाने पर राजा धृतराष्ट्र ने कहा—'मन्त्रिप्रवर कणिक?'

'देव!'

'सुना तुमने?'

'हाँ, महाराज!'

'तुम्हारी क्या राय है?' धृतराष्ट्र ने कणिक से धीरे से पूछा। तथ्य की बात तो वे यहाँ से चाहते थे।

'देव। शत्रु घर में हैं।' कणिक ने कहा।

'कौन?' धृतराष्ट्र चौंके।

'पाण्डव।'

'क्यों?'

कणिक ने कहा—'अब अर्जुन सर्वश्रेष्ठ धनुर्धर जो हो गया।'

परन्तु विदुर ने गांधारी से कहा—'देवी! कुशल से तो हैं?'

'क्यों, मन्त्रिश्रेष्ठ! यह आचार्य ने किया सो ठीक है क्या?'

'हाँ, देवी! आचार्य राजकुल के हितचिंतक हैं।'

महासाम्राज्ञी गांधारी ने कहा—'विदुर श्रेष्ठ! मुझे उनसे यही आशा थी। वे ब्राह्मण हैं। पूज्य हैं।'

विदुर ने कहा—'मान देंगे तो हम मान लेंगे, देवी! अन्योन्याश्रित है।'

बात आयी-गयी हो गयी। धीरे-धीरे सब पर द्रोण का राजकुल का हितचिंतक होना प्रकट हो गया। उनका सम्मान बढ़ गया। उनके कोष में अनेक उपहार भी आ गये।

परन्तु जब रात को खड़े होते तो उन्हें लगता, कभी एकलव्य का अँगूठा उनके पीछे-पीछे उड़ रहा है। वे पीछे हटते जा रहे हैं, वह पीछे ही आता जा रहा है। कभी उन्हें लगता, एकलव्य का रक्त बहते-बहते एक समुद्र हो गया है। उस समुद्र में वे डूबने लगे हैं। तब एक बड़ा जहाज आता है। वह जहाज और कुछ नहीं, एकलव्य का वही कटा हुआ अँगूठा है, जिसे वे पकड़े हुए हैं।

वे काँप उठते। हृदय फिर सुस्थिर होने लगा। समय ने बाजीगर की भाँति हृदय को काटा और फिर खेल-खेल में ही जोड़कर भी दिखा दिया। व्यथा-भार इधर-उधर के कामों में लगाकर बहुत करके खो ही गया।

❑❑

दिन बीतने लगे। जैसे ईंट पर ईंट रखकर कारीगर एक विशाल प्रासाद बना देते हैं, वैसे ही समय भी शून्य का विस्तार बढ़ाता है। विस्मृति के चूने से वह दिन और रात की ईंटों को जोड़ा करता है।

उस दिन द्रोण ने कहा—'कृपी!'

'देव!'

'अब तो शिक्षा समाप्तप्राय ही समझो।'

'परीक्षा नहीं लेंगे?' कृपी ने याद दिलाया।

अश्वत्थामा अस्त्रविद्या की गुप्त बातों में अत्यन्त पारंगत हो गया था। सुयोधन और भीम में बराबर प्रतिस्पर्धा बनी रहती। दोनों ही गदायुद्ध की शिक्षा में कुशल हो गये। नकुल, सहदेव ने तलवार चलाने में दक्षता प्राप्त की। युधिष्ठिर रथ के युद्ध में सर्वश्रेष्ठ हो गये। परन्तु अर्जुन सभी में चतुर रहा। उसे लोग उसी समय 'अतिरथी' कहने लगे। सबसे पहले आचार्य ने ही कहा—'सबको समान भाव से शिक्षा दी, पर इसने बलपूर्वक मुझसे शिक्षा प्राप्त की। वह अतिरथी है।'

वृषका ने सुन लिया। दूसरे दिन कहा—'आर्य!'

अर्जुन ठिठका।

वृषका ने कनखी से देखकर कहा—'बधाई है।'

'क्यों, वृषका?'

वृषका ने बताया तो अर्जुन गद्गद हो गया।

जब सब शिष्य आ गये, द्रोण ने कहा—'बैठो।' सबके बैठने पर वे उठे। 'शिष्यो! अब शिक्षा समाप्त हो गयी,' द्रोण ने कहा, 'अब परीक्षा देने की बेला आ गयी है।'

राजकुमारों के भुजदंड फड़के जैसे क्या चिन्ता है, तैयार हैं।

आचार्य ने पुकारा—'विशुण्डि!'

दास आया। द्रोण ने कहा—'कुमारों को वन में ले चल, मैं आता हूँ।'

कुमार जंगल पहुँचे। द्रोण भी आ गये।

जंगल में पहुँचकर देखा वृक्षों की पंक्ति खड़ी थी। द्रोण ने कहा—'इधर देखो। सब बाण चढ़ा लो। मैं कहूँ तब मारना।' सामने एक गिद्ध एक डाली पर छिपा हुआ बैठा था। शान्त। सबने यथाज्ञा काम किया।

द्रोण ने कहा—'युधिष्ठिर!'

वह बढ़ आया। 'देव!'

'बाण चढ़ाया?'

'देव, प्रस्तुत हूँ।'

'कुमार, इस वृक्ष की शाखा पर क्या है?'

'देव, एक गिद्ध है।'

'तुम्हें क्या दिख रहा है?' गुरु ने पूछा, 'इसकी आँख पर लक्ष्य मार सकोगे?'

'हाँ, देव! वृक्ष, गिद्ध, हरे पत्ते, डाली सब ही दिख रहा है।'

आचार्य ने कहा—'तो तुम नहीं मार सकोगे, युधिष्ठिर! तुम हट जाओ।'

युधिष्ठिर समझा नहीं। पर गुरु के मुख पर ऐसी उदासीनता आ गयी थी कि उसकी हिम्मत नहीं हुई। वे इस आतुरता में थे कि किसी और को बुलायें। तब युधिष्ठिर हट गया।

'सुयोधन!' द्रोण ने पुकारा। वह आगे आया।

'तुम्हें क्या दिखता है?' गुरु ने पूछा।

सुयोधन समझा कि युधिष्ठिर कम बता पाया है, कहा—'देव! मुझे आकाश और पृथ्वी तक सब कुछ दिख रहा है।'

'गिद्ध नहीं दिखता?'

'वह भी दिखता है!'

'वृक्ष, पत्ते, घास?'

'हाँ, देव!'

द्रोणाचार्य हँस दिये। कहा—'साधु वत्स, साधु!'

'मारूँ?' सुयोधन ने कहा।

गुरु ने कहा—'तुम भी जाओ, वत्स! नहीं मार सकोगे।'

एक-एक करके सारे कुमार आये। सबसे आचार्य ने वही प्रश्न किया। परन्तु किसी ने भी उन्हें संतोषजनक उत्तर नहीं दिया। सबको उन्होंने लौटा दिया।

अन्त में गुरु ने कहा—'अर्जुन!'

'देव!'

'देखता है?'

'क्या, गुरुदेव?'

'तू क्या देख रहा है?'

'देव! गिद्ध की आँख।'

'और?'

'और कुछ नहीं।'

'ठीक से देखकर बता।'

'निश्चय ही, गुरुदेव!'

अर्जुन का दृढ़ स्वर सुनकर आचार्य पुलक उठे। फिर कहा—'ठीक उत्तर दे, वत्स! कहीं सबके समान तुझे भी हटना न पड़े। मेरे इतने दिन के परिश्रम की लाज रख।'

'पर मैं क्या करूँ, गुरुदेव? मुझे और कुछ नहीं दिखता।'

आचार्य के शरीर में आनन्द के मारे रोमांच हो आया। वे सिहर उठे।

अर्जुन बाण चढ़ाये खड़ा था। बाण की नोंक पेड़ पर अधछिपे गिद्ध पर जमी हुई थी।

द्रोण ने मुस्कराकर कहा—'मारो!'

'मारो' के साथ ही बाण छूटा। गिद्ध आकर नीचे गिरा। सुयोधन ने कहा—'अरे, लकड़ी का है? नक़ली है?'

भीम हँसा। आचार्य ने अर्जुन को वक्षस्थल से लगा लिया और बार-बार स्नेह से उसका सिर सूँघने लगे जैसे आज उनकी आत्मा अत्यन्त प्रसन्न हो रही थी।

'वत्स!' द्रोण ने कहा—'मैं तो डर गया था।'

'क्यों, देव?' अर्जुन ने पूछा।

'सब ही ने ऐसे उत्तर दिये।'

'देव! उन सब पर आपकी कृपा कहाँ थी?'

'चंचल!' द्रोण ने हँसकर कहा।

आचार्य ने रात को कृपी से कहा—'द्रुपद का अन्त आ गया है।'

'ऐं?' कृपी ने पूछा, 'अस्वस्थ हैं?'

आचार्य झुँझलाये। फिर अर्जुन की बात बतायी।

'तो उससे क्या हुआ?' कृपी ने पूछा।

'जो अश्वत्थामा नहीं कर सका, वह अर्जुन ने किया।'

कृपी चुप हो गयी।

दूसरे ही दिन सब लोग रथ में गंगा-स्नान करने चल पड़े। द्रोणाचार्य की बहुत दिन से गंगा-स्नान करने की इच्छा हो रही थी। किन्तु उन्हें अवकाश ही नहीं मिलता था। अब जो शिक्षा पूर्ण हुई तो सबसे पहले उसी का ध्यान आया। गंगा की धारा प्रशस्त थी। जल में दूर पर नौकाएँ चल रही थीं। कुछ के पाल खुले हुए थे। उनको देखकर लगता था जैसे विराट् हंस पंख फैलाकर बहे जा रहे थे।

कुछ कुमार जल में कूद पड़े। उनको तैरता देखकर आचार्य प्रसन्न हुए और धीरे-धीरे आचार्य जल में उतरे। अभी वे कुछ दूर ही जल में गये थे, एकाएक वे चिल्ला उठे—'भीम!'

भीम पुकार उठा—'गुरुदेव!'

'यहाँ कोई ग्राह है।'

ग्राह! सब चौंक उठे।

'हाँ, उसने मेरी जँघा पकड़ ली है।'

कोलाहल मच उठा। आचार्य को मगर ने जल में पकड़ लिया। सब कुमार देखते रहे। कोई पास जाने का साहस नहीं करता था। वे भयभीत से देख रहे थे। ग्राह विशाल था।

अर्जुन ने देखा। विशालकाय महारथी द्रोणाचार्य की जंघा को ग्राह ने पकड़ रखा था और जल में खींचने का प्रयत्न कर रहा था, किन्तु आचार्य अपने भीम बल से उसे किनारे की ओर खींचे ला रहे थे। आचार्य उस समय निःशस्त्र थे। अर्जुन ने उनका पराक्रम देखा। विशाल शरीर स्वेद-बिन्दुओं से ढँक गया, परन्तु वे हारे नहीं थे। वृद्ध होकर भी कितने प्रचंड हैं, उसके मस्तिष्क में यह विचार आया।

श्रद्धा से मस्तक झुक गया। ग्राह अब पुच्छ फटकारने लगा था और कभी-कभी द्रोण पर चोट करता था। उसके काँटे उनके पाँव में चुभ गये। उस समय अर्जुन आगे बढ़ा।

कुमार भयभीत होकर चिल्ला उठे।

द्रोण पुकार उठे—'अर्जुन!'

'गुरुदेव!'

'ग्राह प्रचण्ड है, मारो।'

'गुरुदेव! अभी लें।'

अर्जुन ने बाण खींचे। पाँच बाण निकाले और एकदम अर्जुन ने प्रत्यंचा पर चढ़ाये।

ग्राह फिर झपटा। आचार्य ने फिर उसे रोका।

'मारो! शीघ्र,' वे चिल्ला उठे। कुमारों में भय से फिर कम्पन छा गया।

पाँचों बाण छूटे। कब छूटे, कब वे ग्राह में लगे, यह कोई नहीं देख सका। उन्होंने केवल एक चिल्लाहट सुनी, और आचार्य जल पर डगमगाये। फेनों से जल ढँक गया और उस समय भीम जल में वेग से कूद पड़ा और आचार्य को भीम ने बढ़कर सम्भाल लिया। कुमार आचार्य को उठाकर सिकता पर ले आये। उन्हें लिटा दिया गया। युधिष्ठिर ने अपनी जंघा पर उनका सिर रख लिया। मगर खंड-खंड हो गया था। उसका कोई निशान भी नहीं था।

'अर्जुन!' आचार्य ने पुकारा।

'देव!' वह पास आ गया।

'मर गया?' आचार्य ने पूछा।

आचार्य की जंघा से रक्त बह रहा था।

'रक्त!' अर्जुन ने कहा।

'हाँ वत्स, ग्राह के दाँत बड़े तीक्ष्ण होते हैं,' आचार्य कराह उठे। कुमारों ने एक-दूसरे के मुँह की ओर देखा।

अर्जुन ने उत्तरीय भिगोकर बाँध दिया।

आचार्य ने कहा—'वत्स! तुझे पाकर मैं धन्य हुआ! आज तूने मेरी रक्षा की, मुझे प्राणदान दिया।' वे गद्‌गद थे जैसे कहना बहुत चाहते थे, पर थक गये थे।

'देव, विश्राम करें,' अर्जुन ने कहा, 'आप विश्रांत हैं। रक्त बहुत बह चुका है।'

आचार्य ने गद्‌गद होकर कहा—'हे वीर! प्रयोग और संहार के साथ अब मैं तुमको ब्रह्मशिर नामक दिव्य अस्त्र दूँगा। मैं आज तुझसे प्रसन्न हूँ।'

अर्जुन ने प्रणाम किया।

जब घर आये तो कृपी ने देखा। रो पड़ी। अर्जुन की बात सुनी तो माथा चूमा। भीतर से मिष्ठान्न लाकर दिया। द्रोण की आरती उतारी। द्रोण शैया पर लेटे नहीं। कहा—'अर्जुन! भीतर चलो।'

वे उसे भीतरी आँगन में ले गये। एकान्त कर दिया। फिर वे उसे कुछ समझाने लगे। कहा—'पर अनुचित प्रयोग कभी न करना। यह अस्त्र बड़ा भयानक है। यह सृष्टि का नाश कर सकता है।'

अर्जुन के रोंगटे खड़े हो गये। तब द्रोणाचार्य ने उसे मुक्त कंठ से आशीर्वाद दिया।

अर्जुन ने पाँवों पर सिर रख दिया। कहा—'प्रभु! विश्राम करें।'

कृपी ने उलाहना दिया—'तो यह शिष्य अब विश्राम भी नहीं करने देगा?'

द्रोण ने कहा—'क्यों नहीं? जो तुम्हारा पुत्र नहीं कर सका अपने पिता के लिए,

वही तो इसने किया है।'

कृपी चुप हो गयी।

अर्जुन पाँवों के पास बैठ गया। उस समय दास चिकित्सक को बुलाने जा चुके थे।

आचार्य ने कहा—'अर्जुन! तुम जैसा धनुर्धर इस पृथ्वी पर कोई नहीं होगा।

❑❑

आचार्य अस्वस्थ हैं, यह संवाद समस्त हस्तिनापुर में फैल गया। दौवारिकों में बात चल पड़ी। सुहनु ने कहा—'आचार्य का यश बहुत है।'

'नहीं तो?' ताम्बूल करङ्कवाहिनी वृषका ने कहा—'आचार्य हैं कितने महान्!'

उनकी बात रुक गयी। एक दास ने कहा—'आ गये।'

चिकित्सक भृगुतुङ्ग ने आकर देखा। कहा—'रक्त अधिक बह गया है। मैं लेप दूँगा। कुछ औषधि भेज दूँगा।'

कृपी ने कहा—'तो पौष्टिक भोजन दें?'

'ओ हो हो,' करके भृगुतुङ्ग हँसा, 'वैसे तो बड़ा रूखा-सूखा भोजन बनता है, देवी? विनय भी कोई आपसे सीखे।'

कृपी भीतर चली गयी। वृषका ने भृगुतुङ्ग को लाकर दुशाला भेंट किया। नारियल दिया। दो स्वर्ण-मुद्राएँ दीं। वह चला गया।

द्रोण ने हँसकर कहा—'कृपी!'

कृपी तभी आयी थी। पूछा—'देव!'

'तो लाओ क्या बनाया है, भूख लगी है।'

'मुझे भी दें। न जाने कब का क्षुधित हूँ। नित्य सोचता हूँ कुछ मिलेगा, कुछ मिलेगा,' विदुर श्रेष्ठ ने आकर कहा, 'सो आचार्य! मिलने के स्थान पर किसी ने कभी पूछा भी नहीं।'

'पहली बार ही तो,' कृपी ने कहा, 'मैंने भोजन करने का निमन्त्रण दिया था, मन्त्रिप्रवर! आप तो स्त्रियों को लोभी कहने में तनिक भी नहीं हिचकते।'

विदुर हँसा।

पुरुषों का गम्भीर हास्य तो तब बढ़ा जब पितामह भीष्म, बाल्हीक और सोमदत्त आये।

सोमदत्त ने कहा—'वह नहीं खा सकेंगे, देवी! हमारे रहते किसी को क्यों बुला रही हैं?'

पितामह भीष्म ने हँसकर जोड़ा—'योग्य पात्र देखकर भोजन मिलता है, आर्य!'

स्वास्थ्य पूछने आये थे। ऐसे ही इधर-उधर की बातें हुईं। वैद्य ने क्या कहा, भृगुतुङ्ग के हाथ में यश है, इत्यादि। फिर वे लोग चले गये। एकान्त में द्रोण ने कहा—'देवी! तुम्हारा पुत्र वीर नहीं बन सका।'

'इसका कारण है, देव! दैन्य में जिसकी बाल्यावस्था कट जाती है, उसमें विकास के वे बहुतेरे रूप अधूरे रह जाते हैं, जो किसी भी उन्नति के वास्तविक आधार होते हैं।'

दसवें दिन जब राजा धृतराष्ट्र अपने स्वर्ण-सिंहासन पर बैठे थे और सामने बाल्हीक, सोमदत्त, विदुर इत्यादि बैठे थे, द्रोणाचार्य का आगमन हुआ। सबने उठकर अभ्यर्थना की।

'स्वागत है, द्विजश्रेष्ठ!' सोमदत्त ने कहा।

'फिर क्या हुआ, आचार्य?' बाल्हीक ने पूछा।

द्रोण ने कहा—'कार्य सम्पन्न हुआ, राजन्! राजकुल के समस्त कुमारों की शिक्षा पूर्ण हुई। जो मैं जानता था, वह मैं उन्हें सब सिखा चुका हूँ। उनमें काफ़ी ग्रहण-शक्ति थी।'

धृतराष्ट्र प्रसन्न हो गये। बोले—'आचार्य! आप धन्य हैं। आपने बड़ा भारी उपकार किया। कुरुकुल की डगमगाती नौका को सहारे की आवश्यकता थी। मैं सोचता था, सभी महारथी वृद्ध हो चले हैं।'

द्रोण ने कहा—'देव! अब प्रदर्शन करना चाहता हूँ। यदि आपकी इच्छा और अनुमति हो तो वे अपना कौशल प्रदर्शित करें।'

'साधु ब्राह्मणदेव! साधु!' धृतराष्ट्र ने कहा, 'जो चाहो करो। जिनके नेत्र हैं वे ही कौशल देखें। मेरे लिए वही सबसे बड़ा आनन्द का कारण होगा कि वे मेरे पुत्रों को देखकर प्रसन्न हों। विदुर, आचार्य जो कहें वही करो। परमानन्द का विषय है। परम हर्ष हुआ।'

विदुर द्रोण के साथ चला।

'आचार्य, राज-सभा छोटी रहेगी,' विदुर ने कहा।

'तो नया स्थान चुना जाये।' द्रोण प्रसन्न हुए।

रंगभूमि के लिए समतल भूमि देखी गयी। नापी गयी। द्रोण को बहुत पसन्द आयी। उस भूमि में घास और वृक्ष नहीं थे। ऐसी स्वच्छ भूमि देखकर विदुर ने भी कहा—'अत्यन्त श्रेष्ठ स्थान है।'

स्थान जलाशय के समीप अत्यन्त रम्य था। किनारों पर वृक्ष थे। सबसे बड़ी जल की समस्या [illegible] ह यहाँ सरलता से ही हल हो गयी। आचार्य ने कहा—'यहीं प्रारम्भ हो।'

शुभ नक्षत्र और तिथि देखकर आचार्य ने भूमि-पूजा की। उस समय उन्होंने

पृथ्वी की स्तुति में मन्त्र पढ़े। विदुर ने कहा–'आचार्य! अब आगे का कार्य सम्पन्न करें।' आचार्य ने सिर उठाया।

फिर रंगभूमि की नींव डाली।

'पहले सभा-मण्डप बनने दें,' आचार्य ने कहा।

'ठीक है। प्रेक्षागार फिर बने,' विदुर ने अनुमोदन किया।

फिर कारीगर भेज दिये गये। नगरश्रेष्ठी आकर देख जाया करता। नागरक ने उसे सहायता दी। श्रेणियाँ काम पर लग गयीं। उनका वेतन पहले से तय कर दिया जाता था। उन्होंने पहले भूमि को और भी ठीक किया, फिर सभा-मण्डप बनाने लगे। जब बन चुका तो द्रोण को दिखाया। द्रोण ने कहा–'ठीक है।'

काम फिर भी चालू रहा। फिर राजा-रानी और राज-परिवार के बैठने के लिए शास्त्रोक रीति से अस्त्र-शस्त्रपूर्ण प्रेक्षगार बनाया गया।

'प्रेक्षागार बन गया,' द्रोण ने कहा, 'तो फिर देर क्या है?'

'देव! अभी धनी पुरवासी अपने लिए मंच बनवा रहे हैं।'

'उन्हें भी बनने दो,' रुककर कहा, 'शीघ्रता करो।'

श्रेणी फिर लग गयी।

नगर में ढिंढोरा पिटने लगा–'राजकुमारों की अस्त्र-शस्त्र-शिक्षा देखने का उत्सव होगा।'

सुनने की देर थी। बात ऐसे उड़ी जैसे मिष्ठान्न पर मक्खी उड़ती है। अभी यहाँ, अभी वहाँ। राजकुमार! सीख गये सब! वाह! क्या दिन होगा!

दास व्यस्त थे। अभी से कार्य तो सब उन्हीं पर आ पड़ा था। नगरहार के कृषक भी महानगर में आने लगे।

पण्यों में भी बातें चल पड़ीं–'इस बार तो कौरवों का वैभव बढ़ता ही जा रहा है।'

'हम समझते थे कि इन वृद्धों के बाद न जाने क्या होगा?'

'महाराज चित्राङ्गद के बाद राजा पाण्डु ने तो युद्ध किये थे।'

'परन्तु शत्रु यदि डरते हैं तो पितामह भीष्म से।'

'उन्हीं के कारण कुरु-देश बचा रहा।'

'कृपाचार्य भी तो थे।'

'मैं राजकुल की बात कर रहा था।'

'भीष्म! वे! मृत्युंजित हैं।'

नर्तकी सघनजंघना ने वादक क्रोष्टा से कहा–'चलोगे?'

'कहाँ?' मदल सामने से हटाकर क्रोष्टा ने पूछा।

'उत्सव देखने।'

'यहीं हो जायेगा।'

'वहाँ अस्त्र-शस्त्रों की शिक्षा का प्रदर्शन होगा। बड़ी भीड़ होगी।'

क्रोष्टा ने उसे अपने अंक में खींचकर कहा—'मूर्ख हैं सब। तेरे नयनों से बढ़कर कोई क्या शस्त्र चलायेगा?'

'चलो हटो। तुम्हें तो यही रहता है।'

'मैं झूठ कहता हूँ?'

'नहीं तो।'

'अच्छा मैं क्यों मर रहा हूँ, बता?'

सघनजंघना हँस दी। क्रोष्टा ने उसकी रशना पर हाथ धर दिया। सघनजंघना छुड़ाकर भाग गयी।

उत्सव का दिन उल्लास के साथ आया। एक पग उत्सुकता का धरा, तो दूसरा हलचल का। और आकर रंगशाला में ठहर गया।

स्त्रियों के बैठने का अलग प्रबन्ध था। उन्हें दास ले जाते और बिठा देते। स्त्रियाँ बहुमूल्य वस्त्रों और आभरणों से सुसज्जित होकर आयी थीं। कुछ की कटि के बीच स्वर्ण-रशनाएँ थीं। वह यक्षी वेश में थीं, जूड़ा ऊपर को बाँधे। कुछ के वक्षस्थल पर मोतीमाला पड़ी थीं। वक्ष पर चन्दन लगा था। मुख पर पत्रलेखन और नेत्रों में कज्जल की काली रेखाएँ। हाथों में क्वणित होते हुए कंकण!

व्यवस्था सुचारु थी। दासों ने गहरा प्रबन्ध कर रखा था। जगह-जगह प्याऊ लगा दी गयी थीं। और रंग-बिरंगी पताकाएँ हवा पर झूल रही थीं। सब जगह एक शबलित उल्लास बिखर रहा था। नर्तकियाँ विलासियों के साथ आयी थीं।

बाहर ऊँचे-ऊँचे मंच थे। धनी पुरवासियों ने उन्हें अपने व्यय से बनवाया था। उनके अपने दास थे जो सब प्रबन्ध कर रहे थे। उनकी स्त्रियाँ उनके साथ आयीं। बालकों को खिलाने के लिए परिचारक आये थे जो उन्हें रोने नहीं देते थे, बहलाते थे।

पालकियाँ आने लगीं। उनके चारों ओर सैनिक चल रहे थे। उनमें राजकुल की महिलाएँ थीं। माता गांधारी और कुन्ती हाथीदाँत की पालकियों में आयीं। और उनकी दासियाँ पीछे-पीछे बढ़ी आ रही थीं।

फिर हाथी पर राजा धृतराष्ट्र दिखायी दिये। उत्तुंग हाथी ने प्रजा को सूँड उठाकर नमस्कार किया। उस हाथी पर सोने की झूल पड़ी थी, जिस पर हीरे जटित थे। ऊपर स्वर्ण का हौदा था।

जयजयकार होने लगी। प्रजा राजा को देखकर अब सम्मान से सिर झुकाने लगी। सैनिकों ने गम्भीर स्वर से जयकार किया। हाथी रुक गया। चाँदी की सीढ़ी लग गयी। कृषकों ने देखा तो आश्चर्य से दाँत निकल पड़े।

पितामह भीष्म और कृपाचार्य आगे-आगे थे। उनके पीछे महाराज धृतराष्ट्र चले। उनके साथ विदुर हाथ पकड़े चल रहे थे। देखते-ही-देखते मुक्तामणि मण्डित, वैडूर्य शोभित, स्वर्ण से अलंकृत, प्रेक्षागार भर गया। राजकुल की स्त्रियों के अपरूप शृङ्गार से नेत्र चौंधियाने लगे। उनके सुन्दर गौर शरीर देखकर देवता भी विमुग्ध हो सकते थे। वे अपने सौन्दर्य को इतना धन व्यय करके सुरक्षित रखती थीं कि साधारण कृषक की स्त्री उसे सुनकर, अपने प्राण त्याग सकती थी, यदि उसे विश्वास दिला दिया जाता कि अगले जन्म में वह राजकुल में ही जन्म लेगी। ऊँचे-ऊँचे मंचों पर चढ़कर उन्होंने देखा, समस्त दृश्य स्पष्ट दिखायी देता था। प्रेक्षागार गोल था। सोपानों पर प्रजा बैठी थी। बीच में रंगशाला थी। सोपान एक के बाद एक ऊँचे होते चले गये थे। उनके पीछे धनी पुरवासियों के मंच थे।

उस समय विदुर ने उठकर धृतराष्ट्र से कहा—'महाराज! महर्षि द्वैपायन का शुभागमन हो रहा है।'

महर्षि द्वैपायन व्यास का आगमन सुनकर स्वयं राजा धृतराष्ट्र उठ खड़े हुए। वे उन्हीं के वीर्य से रानी अम्बिका के गर्भ से जन्मे थे। अम्बिका विधवा हो गयी थीं। उस समय सत्यवती महारानी ने ऐसा प्रबन्ध कुल चलाने के लिए किया था। व्यास का सर्वत्र आदर था। ब्राह्मणों में उनकी अत्यन्त ख्याति थी। उनका नाम तो सुदूर मिथिला तक पहुँच चुका था।

माता गांधारी के पास ही कुन्ती भी थीं। वे विधवा के वेश में नहीं रहती थीं। गांधारी की नाक लम्बी थी। नेत्रों पर पट्टी बँधी थी। पति अन्धे हैं, कोई उपहास न करे, अतः वे भी अन्धी बन गयी थीं।

सभा-मण्डप भरने लगा। दण्डधर जगह-जगह खड़े थे। फूल बेचनेवालियाँ अब अपने नेत्रों का जादू फैला रही थीं।

दर्शक-वृन्द बढ़ते जा रहे थे। ऊँचे मंचों से दृश्य अत्यन्त सुन्दर लगता था। रानियाँ प्रसन्न होकर देख रही थीं।

ब्राह्मण सबसे आगे थे। उनका अधिकार सबसे पहला था। वे पृथ्वी के देवता थे। फिर क्षत्रिय। फिर वैश्य। उनके पीछे शूद्र बैठे थे। शूद्र बाकी सबसे कहीं अधिक थे। वे भी बैठ गये, पर दासों को विश्राम नहीं था।

नगर-श्रेष्ठि ने आकर सब देखा और नगरपाल को सूचना दी जिसने सचिवों तक बात पहुँचा दी।

दासों की भीड़ बराबर भाग-दौड़ कर रही थी। दो ही दिखते थे—इस छोर से उस छोर तक लटकती फूलों की असंख्य मालाएँ या फिर दास। वे अधिकांश काले और ताम्रवर्ण के थे। आर्य भी कुछ थे, पर वे भी वही जो जाति-भ्रष्ट, वर्णसंकर थे।

कृपी और लङ्वती जाकर गांधारी के समीप बैठीं और वहाँ से देखने लगीं।

वाद्यध्वनि से प्राचीन हस्तिनापुर गूँज रहा था। वह सुन्दर स्थान जिन कर्मकरों की मेहनत से बना था, वे आकर शूद्रों की भीड़ में बैठ गये। काफ़ी धन का व्यय हो गया था।

प्रचण्ड कोलाहल होने लगा था। जैसे एक-से-एक, और दो-से-दो, इसी प्रकार अगणित-से-अगणित और फिर असंख्य-से- असंख्य होकर भीड़ बढ़ गयी और जैसे कोई हिल न सके, डुल न सके, ऐसा भराव आ गया।

रंगशाला के चारों ओर चार विशाल सिंहद्वार थे, जिन पर पटह रखे थे और भीतर वादक बैठे थे। वाद्यध्वनि से उस समय एक आवेश-सा छाने लगा था, क्योंकि वह चेतना को कुण्ठित करके स्वर पर झूमने की प्रेरणा दे रही थी।

ऐसा लगता था जैसे महासागर काँपकर उमड़ पड़ा है। चारों ओर मुण्ड-ही-मुण्ड दिखायी देने लगे। समुदाय की बातचीत लहरों के गर्जन-सी बजने लगी।

धीरे-धीरे उत्कण्ठा बढ़ने लगी। कार्य प्रारम्भ नहीं हुआ था। समुदाय में आगे के कार्यक्रम के बारे में बातचीत होने लगी।

जब प्रतीक्षा करते हुए कुछ देर बीत गयी, तब पटह बजने लगा। उसकी मन्थर ध्वनि हृदय में आवेश को उद्रेकित करने लगी जैसे धीर स्वर से मेघ गरजने लगा था।

गांधारी ने कहा—'देवी! अभी प्रारम्भ नहीं हुआ?'

'अभी नहीं!' कुन्ती ने कहा।

'क्या विलम्ब है?'

'आचार्य की प्रतीक्षा है।'

आगे-आगे द्रोणाचार्य और पीछे अश्वत्थामा ने प्रवेश किया। आचार्य श्वेत वस्त्रों में थे। उनके शरीर पर सफ़ेद चन्दन लगा हुआ था। श्वेत फूलों की ही मालाएँ पहन रखी थीं। उनके सिर पर श्वेत केश तथा श्वेत दाढ़ी थी। वे उस समय अत्यन्त गौरव से खड़े हुए। गर्व से उनका सिर उठा हुआ था।

अश्वत्थामा वीर वेश में था। उसका दृढ़ शरीर सुगठित था। आचार्य को आते देखकर यह प्रचण्ड कोलाहल धीरे-धीरे थम गया जैसे सूर्य के आने पर मेघ नतशीश होकर अपना गर्जन छोड़ बैठे।

आचार्य द्रोण ने ऋषि व्यास की ओर देखकर कहा—'ऋषि-श्रेष्ठ, आज्ञा दें! कुमार उत्सुक हो रहे हैं।'

ऋषि द्वैपायन व्यास ने हाथ उठाकर कहा—'साधु! आचार्य, साधु! समय हो गया। प्रारम्भ करो। काफ़ी प्रतीक्षा हुई।'

ब्राह्मण स्वस्त्ययन पाठ करने लगे। गम्भीर मन्त्र-पाठ से रंगशाला गूँजने लगी।

अगरु धूम उठने लगा। राजन्य वर्ग उस समय नतशीश था। शूद्र उदासीन-से बैठे थे।

इधर पुण्याह पाठ समाप्त हुआ, उधर रंगशाला में विविध प्रकार के अस्त्र-शस्त्र लिए अनेक कुमार आ गये थे। वे महारथी कुमार वीर-वेश में थे। उँगलियों पर अंगुलित्र चढ़े थे। कमर कसी हुई थी। तूणीर पीछे लटक रहे थे। हाथों में धनुष थे।

पहले युधिष्ठिर ने अपना कौशल दिखाया। फिर बड़े-छोटे के क्रम से कुमारों ने अपनी विद्या दिखायी। दशकों पर प्रभुत्व करनेवालों की गरिमा छाने लगी। परिमार्जित कौशल देखकर राजन्य प्रसन्न हो उठे।

स्त्रियों ने कानों पर उँगलियाँ चटकायीं और कहा—'युधिष्ठिर तो अब युवक हो चले।'

कुन्ती सुनकर मुस्करायीं।

उस समय कुमार घोड़ों पर चढ़कर भागते हुए अपने नामांकित बाण विविध प्रकार से छोड़ने लगे। वह नगर अब इस समय धनुष-ज्या की टंकारों से गूँजने लगा।

कुछ दर्शकों ने डरकर सिर झुका लिया। उन्हें लगा, वे बाण कहीं उन्हीं के आकर नहीं लग जायें। परन्तु कुछ ने उत्सुकता से सिर उठा दिया।

कुमारों का उत्साह बढ़ता जा रहा था। वे बड़ी ही चतुरता और वेग से भागते घोड़ों को रोक देते और फिर उन्हें तीव्र गति से दौड़ाकर उन पर दौड़ते हुए चढ़ते और फिर एक दौड़ते घोड़े से दूसरे दौड़ते घोड़े पर कूदकर सवार हो जाते।

'साधु-साधु' की पागल पुकार उठने लगी। युधिष्ठिर का कौशल साधारण नहीं था।

'पाण्डु-कुमार की जय' का नाद गूँज उठा। उस समय व्याकुल होकर आतुर स्वर से अन्धे धृतराष्ट्र ने कहा—'विदुर! विदुर! क्या हुआ?'

विदुर ने कहा—'देव! कुमार कौतुक कर रहे हैं।'

दर्शक अब उचकने लगे।

धृतराष्ट्र ने कहा—'क्या किया, विदुर?'

विदुर ने खेल को देखते हुए कहा—'अब सुशासन आ गये। उन्होंने पहले लक्ष्यपात किया। फिर रथ पर चढ़ गये हैं।'

'अच्छा!'

'हाँ, देव! रथ-विद्या में कुशल हैं।'

'अच्छा! अच्छा!' धृतराष्ट्र प्रसन्न हुए।

जयध्वनि से रंगशाला थरथराने लगी।

'यह क्यों हुआ, विदुर!'

'देव! कुरुकुल की प्रशंसा हो रही है।'

'हो रही है न?' धृतराष्ट्र ने प्रसन्न होकर कहा, 'तुम्हें सब दिख रहा है न?'

'हाँ, देव!'

'मंगल हो, मंगल हो,' वृद्ध ने कहा।

कुरु-भूमि के मदांध क्षत्रियों के भुजदण्डों से हवा टकराकर जब स्तम्भों पर जलते अगरु की गन्ध को लेकर झकोरे मारती, तब पुष्प-गन्ध जर्जर होकर झूमती और तब वायु सघन स्तनों और विशाल नितम्बों वाली स्त्रियों की जंघाओं से टकराती और स्त्रियाँ कलकल नाद करके अपने आभूषणों को झंकृत करतीं। ऐसे उत्सवों में तरुणियाँ अपने लिए मन-ही-मन वर चुन लिया करती थीं। प्राचीनकाल में भी ऐसा ही होता था। अब यह विवाह बन्द हो चले थे।

तरुणियाँ आपस में अनेक प्रकार के उपहास भी किया करती थीं। प्रदर्शन का मूल्य इसलिए कुमारों के सामने बहुत बढ़ गया था।

सभा में प्रचण्ड जयजयकार उठा। वृद्ध धृतराष्ट्र ने पूछा—'क्या हुआ, विदुर?'

'देव!' उसने कहा, 'महाबाहु भीमसेन और प्रशस्त-बाहु सुयोधन अब गदा लिए उतर आये हैं।'

'अहा हा!' वृद्ध ने गद्गद होकर कहा, 'दोनों आ गये हैं, विदुर?'

'हाँ, देव!'

'कौन अच्छा नहीं लगता? सुयोधन?'

'नहीं देव! दोनों पर्वत के दो शिखरों के समान ऊँचे हैं।'

'धन्य हो, धन्य हो,' वृद्ध ने कहा, 'ब्रह्मा! एक दिन भी पुत्र को देखने के लिए आँखें नहीं दीं! हाँ, वे क्या कर रहे हैं?'

'महाराज, दोनों एक-दूसरे के सामने कैसे कठोर स्वर उत्पन्न करके खम ठोक रहे हैं।'

गांधारी ने कहा—'महारानी कुन्ती! फिर!'

'देवी! उन्होंने गदाएँ सम्भाल लीं।'

'कैसे? सुयोधन कैसा है?'

'मत्त गजराज-सा लगता है।'

'भीम कैसा है?'

कुन्ती बताने लगीं—'उतना बली नहीं। हो कैसे? वैसा कुछ खाये तो देह बने।'

गांधारी समझ गयीं। अपना पुत्र सदैव दुबला ही दिखायी देता है।

उस समय भीम और सुयोधन दायें-बायें चक्कर काटते हुए पैंतरे बदल रहे थे। दोनों वीरों को देखकर दर्शकों में हठात् दो पक्ष हो गये। एक कहता था—'धृतराष्ट्र की जय! कुरुराज सुयोधन की जय!' दूसरा पक्ष कहता था—'पाण्डु-पुत्र भीमसेन की

जय!'

आचार्य कृप ने झुककर देखा और भीष्म पितामह से कहा—'देव! सुन रहे हैं?'

आचार्य का गूढ़ तत्त्व समझते पितामह को देर न लगी। कहा—'मुझे भी यही भय है। पहले ऐसा नहीं था।'

'क्या कौरवों से कुछ लोग असन्तुष्ट हैं?'

'नहीं, मेरी समझ में यह दिवंगत महाराज पाण्डु के पुराने प्रेमी हैं।'

उस समय भीम ने जो हाथ मारा तो गदा सुयोधन की गदा से टकरायी। इतना भयानक वेग था कि दोनों के हाथों से गदाएँ छूट गयीं। पर तुरन्त पकड़ लीं; परन्तु भीम के हाथ में सुयोधन की गदा आ गयी और सुयोधन के हाथ में भीम की।

वृद्ध बाल्हीक हो-हो करके हँसे। ऐसा दृश्य उन्होंने देखा नहीं था। कहा—'आर्य, देवव्रत!'

'देव!' भीष्म ने कहा।

'देखा?'

धृतराष्ट्र ने सुन लिया। बोले—'विदुर, फिर क्या हुआ? बताते चलो, विदुर! तुम बालक की भाँति अपने को भूल जाते हो।'

प्रजा के दो दल हो गये हैं, विदुर यही सोच रहा था। अब बार-बार भीम और सुयोधन के कौशल पर विभाजित जयजयकार उठता। बात कुछ समझ में आने लगी थी। इस जयजयकार से दोनों योद्धाओं में स्फूर्ति और युद्ध की भावना निरन्तर बढ़ती चली जा रही थी।

द्रोणाचार्य ने सुना और अश्वत्थामा से कहा—'पुत्र!'

'आर्य!' अश्वत्थामा ने कहा।

'दोनों अपना कौशल दिखा चुके। उन्हें रोक दो। बात बढ़ जाने से कहीं इनके पक्षपाती दर्शक आपस में लड़ न बैठें। रंग में भंग हो जायेगा।'

अश्वत्थामा ने झपटकर बीच में रोक दिया। प्रलय की लहरों के बीच पाषाण आ गया। दोनों वीरों ने अब भी रुककर एक-दूसरे की ओर स्पर्धा से देखा।

'गुरुदेव! कौशल का निर्णय नहीं हुआ,' सुयोधन ने कहा।

'हो गया, वत्स! हो गया,' द्रोण ने कहा, 'और भी तो कुमार हैं। उन्हें समय नहीं दोगे?'

द्रोणाचार्य ने इंगित किया। दास चिल्लाये—'वाद्यध्वनि बन्द कर दो। आचार्यप्रवर अब कुछ कहेंगे।' दासों की पुकार दो बार और उठी।

वाद्यध्वनि बन्द हो गयी। उसके बन्द होते ही दर्शकों पर से उन्माद का आवेश हट गया। बुद्धि सुस्थिर हुई। उन्होंने देखा, वे बहुत अधिक उत्तेजित हो गये थे। धनी पुरवासी अपने आसनों पर शिथिल होकर बैठे।

तब आचार्य द्रोण का मेघ गम्भीर स्वर उठा—'हे सभ्यगण! आज आपने कुमारों का कौशल देखा। कैसा लगा?'

जयजयकार हुआ। जब वह ध्वनि शान्त हो गयी, द्रोण ने फिर कहा—'अब आप मेरे सर्वप्रिय शिष्य को देखेंगे। वह उपस्थित कुमारों में सबसे अधिक योग्य है।'

और बिजली की छिटक के समान अर्जुन ने प्रवेश किया।

दर्शकों में से एक ने कहा—'इन्द्र का पुत्र लगता है।'

दूसरे ने कहा—'विष्णु लगता है।'

अर्जुन सोने से मँढ़ा हुआ लौह-कवच पहने था। धनुष लिए, बाणों से भरा तूणीर बाँधे था। गोह के चमड़े के अँगुलिकों से उँगलियाँ ढंकी हुई थीं। वह मेघ के समान सुन्दर था।

दर्शक प्रसन्न हो गये। वाद्य फिर बजने लगे। शंखों की गूँज से वातावरण विक्षुब्ध हो उठा। अप्रतिहत जय-निनाद उठने लगा। उस नाद को सुनकर कृपाचार्य ने मार्मिक ढंग से आर्य भीष्म की ओर देखकर सिर हिलाया। कुन्ती का मँझला पुत्र, जब गर्व से शीश उठाकर खड़ा हुआ, तरुणियों ने विचलित होकर जो देखा तो एकटक देखती ही रह गयीं।

राजन्यों की हुंकार का आनन्द सुनकर कुन्ती की आँखें आनन्द से भर आयीं और उन्होंने गांधारी से कहा—'पुत्र अर्जुन है।'

'बहुत श्रेष्ठ है,' गांधारी ने लोक-व्यवहार के ढंग से कहा, 'बहुत श्रेष्ठ है।'

परन्तु कुन्ती समझ गयीं। फिर भी प्रसन्नता उनके हृदय में समा नहीं पा रही थी। जब कोलाहल उठा था, वे तभी जान गयी थीं कि अर्जुन ही होगा।

उसी समय विदुर से राजा धृतराष्ट्र ने कहा—'यह स्वर जो उठ रहा है—आकाश को विदीर्ण किये दे रहा है, यह क्यों है, किसलिए है विदुर?'

विदुर ने कहा—'देव! अर्जुन आ गये हैं।'

'उन्होंने क्या किया?'

'अभी कुछ नहीं।'

'तो देखकर ही यह जय-निनाद उठ रहा है?'

तब द्रोणाचार्य का हाथ उठा। अर्जुन अपना कौशल दिखाने लगे। सब देखने लगे।

धृतराष्ट्र ने कहा—'महामति विदुर! कुन्ती-रूप यज्ञ-काष्ठ से उत्पन्न युधिष्ठिर, भीम और अर्जुन जैसी तीन अग्नियों को पाकर मैं धन्य हो गया। अनुगृहीत हुआ, सुरक्षित हुआ।'

परन्तु विदुर का ध्यान अर्जुन पर था। दर्शकों की उत्कंठा और आनन्द का कोलाहल धीमा पड़ गया था। अर्जुन अपने बाण चलाने लगा। उसने आग्नेय,

वारुण, वायव्य अस्त्र चलाये। भौमास्त्र चलाया। पार्वतास्त्र के बाद अन्तर्धानास्त्र चलाकर अपने को छिपा लिया। फिर कभी रथ के धुरे पर, कभी बीच में प्रकट हुआ। फिर भरा घड़ा, अण्डा उड़ाया पर वे तनिक भी नहीं हिले। फिर घुँघची का निशाना बनाया। फिर लौहपिण्ड आदि के भारी निशाने मारे। घूम रहे लोहे के बने सुअर के मुँह में पाँच बाण मारे, पर फुर्ती के कारण एक-एक कर मारे हुए वे बाण दर्शकों को लगा जैसे एक ही बाण मारा। रस्सी में लटके अस्थिर को बेध दिया और फिर गाय के सींग के निशाने पर इक्कीस बाण लक्ष्य चलाकर अर्जुन ने अपना कौशल दिखाया।

आचार्य ने इंगित किया तो उसने खंडयुद्ध और गदायुद्ध के भी हाथ दिखाये। और फिर उन्होंने रथयुद्ध के पैंतरे दिखाये।

अर्जुन अपना सब कौशल दिखा चुके। दर्शक अब तक स्तब्ध बैठे हुए थे। अब बाजों का शब्द धीमा हो चला। सब उतार पर था। दर्शक समझे—अब क्या होना है? चलो, सब समाप्त हो गया।

भीड़ छँटने लगी। उनका कोलाहल अभी प्रारम्भ ही हुआ था कि सब राजन्य चौंक उठे।

रंगभूमि के द्वार पर निनाद हुआ। खम और ताल ठोंकने का शब्द था। जैसे दो बिजलियाँ टकरा रही थीं। सब लोग बहुत ही विस्मित हुए। और रुककर वे सब द्वार की ओर देखने लगे कि देखें—क्या होने वाला है? दर्शक बैठने लगे।

द्रोणाचार्य ने देखा कि सुयोधन विचलित हो उठा है। वे पाँचों पाण्डवों के बीच में खड़े थे। पाँचों के स्वर्ण-किरीट चमक रहे थे। आचार्य ने देखा, सुयोधन अपने भाइयों के साथ उठ खड़ा हुआ था। वह जैसे इस प्रकार अर्जुन के गौरव को सह नहीं सका था। वह जैसे युद्ध करने के लिए तैयार था। आचार्य का विस्मय तब और बढ़ा, जब उन्होंने देखा कि अपना पुत्र, स्वयं अश्वत्थामा भी वहीं था। सुयोधन की ओर। सारे कुरु-कुल के कुमार शस्त्र उठाये तैयार थे। उनके बीच में सुयोधन गदा लिए खड़ा था।

पाँचों पाण्डव चुपचाप देखते रहे।

'सुयोधन!' आचार्य ने कहा, 'यह क्या है?'

'देव! आज्ञा दें,' सुयोधन ने कहा।

'आज्ञा कैसी, कुमार?'

'देव! अर्जुन को गर्व हो गया है।'

'हो जाने दो, कुमार! उसका परिणाम तुम पर नहीं, मुझ पर है। पीछे हट जाओ।'

सुयोधन हट गया! पर उसने कहा—'गुरुदेव! आज्ञा से अनुगृहीत हूँ। अपने

इस शिष्य को भी अवसर दें।

प्रजा ने देखा, महापराक्रमी कर्ण रंगशाला के बीच में खड़ा था। उसके मुख पर आश्चर्य का भाव था। वह उत्तुंग, विशालकाय, गौरवर्ण तरुण। उसके कानों में कुण्डल और वक्षस्थल पर कवच चमक रहा था। कमर में बँधी हुई तलवार लटक रही थी। हाथ में धनुष था। वह सूर्य जैसा तेजस्वी, चन्द्रमा-सा कान्तिमय, अग्नि का-सा द्युतिमान था। वह रंगशाला में जब सिर उठाये, पतली कमर और प्रशस्त वक्ष तथा सुदृढ़ हाथों को लेकर चला, तब वह सिंह-सा प्रतीत हुआ। उसमें इतना स्फुरण था।

कर्ण ने रंगशाला में खड़े होकर चारों ओर देखा। सब के मुख पर उसके प्रति विस्मय था, जिसे देखकर कर्ण के मुख पर एक अजीब-सा भाव था। कर्ण ने फिर द्रोण और कृपाचार्य को साधारण भाव से प्रणाम किया। सारी सभा स्थिर दृष्टि से देख रही थी। दोनों आचार्यों ने कुछ कहा नहीं। केवल सिर हिलाकर उसके प्रणाम को स्वीकार किया।

आचार्य द्रोण कर्ण को लाना नहीं चाहते थे। परन्तु अब परिस्थिति बाहर हो गयी थी, हाथ में न थी।

'बड़ा बली है,' प्रजा में से किसी ने कहा।

दूसरे ने कहा–'यह भी कोई राजन्य है?'

'क्या जानें!'

प्रजा की पुकार उठी–'यह कौन है?'

द्रोणाचार्य ने कहा–'कर्ण!'

'देव!' उसने फिर सिर झुकाकर कहा।

'सुनते ही हो। प्रजा तुम्हारा परिचय जानना चाहती है। बता दो। उन्हें स्वयं बता दो,' कर्ण आचार्य का व्यंग्य समझ गया। पर कर्ण झिझका नहीं। आचार्य मुस्कराये। कर्ण ने पुकारकर कहा–'सभ्य गणो!'

दर्शकों में नीरवता छा गयी।

कर्ण ने कहा–'मैं आचार्य द्रोण का एक विनीत शिष्य हूँ। जो उन्होंने मुझे शिक्षा दी है, वही मैं आपका मनोरंजन करने को दिखाने आ गया हूँ। मेरा नाम कर्ण है।'

और फिर सुयोधन से मुड़कर कहा–'कुमार?'

'क्या है, सखा?' सुयोधन ने कहा।

'मैं अपना कार्य प्रारम्भ करता हूँ।'

'अवश्य।'

'परन्तु तुम यहीं रहना,' कर्ण अपनी रक्षा चाहता था। शारीरिक नहीं, सामाजिक

अधिकार की। तभी सुयोधन और उसके भाइयों ने पुकार लगायी—'महारथी कर्ण की जय!'

माता गांधारी ने चौंककर कहा—'कौन है, कौन है?'

कुन्ती समझ गयीं। वे तो समझ ही रही थीं। गांधारी की बात से एकदम चौंक गयीं। कुन्ती का गला रुँध गया। कष्ट से कहा—'नहीं जानती।'

कह तो गयीं, परन्तु लगा जीभ कट गयी। क्या वे अपने ही पुत्र को नहीं पहचान सकेंगी? कुन्ती का रोम-रोम काँप उठा। यह तो उनके कौमार्य में उत्पन्न हुआ था, जिसे उन्होंने त्याग दिया था। भला हो अधिरथ सूत का, जिसने बालक को पाल लिया था।

परन्तु पितामह भीष्म से सोमदत्त ने कहा—'अरे! यह तो उद्यत है, आर्य!'

'अर्जुन के प्रति उन्मुख है,' सोमदत्त ने कहा।

उस समय कर्ण ने अर्जुन को देखा और वह हँस पड़ा। इतना स्पष्ट हास्य था कि हास्य का केन्द्र अर्जुन ही है, यह समझते हुए किसी को तनिक भी देर नहीं लगी। अर्जुन का मुख लज्जा से लाल हो उठा।

उस समय कर्ण का हँसना बन्द हुआ भी नहीं था कि बड़े ही व्यंग्य से सुयोधन ठहाका लगाकर हँसा।

कर्ण ने कहा—'अर्जुन! तुमने जो रंगभूमि में कौशल दिखाया है, वह तो कुछ भी नहीं। तुम्हें इसी पर इतना गर्व है? मैं, देखो, तुम्हें कौशल दिखाता हूँ।'

अर्जुन ने कहा—'कर्ण! तुम अपने को बहुत बड़ा धनुर्धर समझते हो। यह तुम्हारी भूल है।'

प्रजा के लोग यन्त्र-चालित-से उठकर खड़े हो गये, यह देखने कि अब क्या होता है?

कर्ण पुकारने उठा—'सभ्यगणो! आपने जो देखा है, सो देखें।'

कहकर उसने बड़ी शीघ्रता से जो अर्जुन ने किया था, वह सब एक-एक करके दिखा दिया। प्रजा बार-बार जयजयकार करने लगी। वह कोलाहल जो पहले अर्जुन को मिला था, वह सब अब कर्ण की सम्पत्ति बन गया था।

सुयोधन ठठाकर हँसा। और उसने कर्ण को गले से लगाकर कहा—'हे महाबाहो! तुम महान् हो। तुम्हारा गौरव तुम्हारे धनुष की प्रत्यंचा में पुकार रहा है। यह राज्य तुम्हारा है। तुमसे मिलकर मेरा सौभाग्य है। मैं तुम्हारे वश में रहूँगा। यह सब भाई तुम्हारे वश में रहेंगे। मैं तुम्हारा स्वागत करता हूँ।' वह आनन्द से हँसा।

उसके साथ कौरव हँसे। उन्होंने हाथ फैलाकर कर्ण से कहा—'स्वागत! पृथ्वी के सर्वश्रेष्ठ धनुर्धर! स्वागत!'

और उन्होंने एक-एक करके कर्ण को गले से लगाया।

द्रोणाचार्य देखते रह गये। यह क्या हुआ? वे तो अर्जुन को सर्वश्रेष्ठ धनुर्धर बना रहे थे। कुरु-कुमारों ने कर्ण को कैसे बना दिया? परन्तु कर्ण ने सारे कौशल बात-की-बात में कर दिखाये थे।

एकाएक उन्होंने देखा, अर्जुन ने नमस्कार किया।

'गुरुदेव!' अर्जुन का स्वर घुटा हुआ था।

'वत्स!' द्रोण ने पूछा।

'देव!' वह आगे नहीं कह सका।

'मैं देख रहा हूँ, अर्जुन,' द्रोण ने साहस देते हुए कहा, 'सारे कुरु-कुमार विद्वेष से एक हो गये हैं।'

'तो फिर?'

'कल्याण हो, वत्स!' द्रोण ने कहा।

कर्ण पुकार उठा—'मैं तत्पर हूँ, सभ्यगणो! यदि अर्जुन अब भी अपने को धनुर्धर समझता हो तो वह मुझसे द्वंद्व-युद्ध करे और जीते।'

अभी वह स्वर रुका नहीं था कि अर्जुन की प्रत्यंचा से टंकार उठी और वह आगे आ गया।

अर्जुन और कर्ण को एक-दूसरे के सामने देखकर कुन्ती की छाती फटने लगी। आकाश में बादल घिर आये थे। उनकी छाया अर्जुन पर पड़ रही थी। कर्ण पर बादल नहीं पहुँच सका। एकाएक करके कुरु-कुमार कर्ण के पीछे जा खड़े हुए। तो क्या अर्जुन अकेला ही रहेगा?

सहसा सबने देखा पितामह भीष्म, आचार्य कृप, आर्यश्रेष्ठ द्रोण अर्जुन की ओर जा खड़े हुए। उस समय प्रजा ने जयजयकार किया। विदुर की आँखों में पानी आ गया। उसने सतर्कता से पोंछ लिया। वृद्ध बाल्हीक झुककर देखने लगे।

प्रजा के भी दो भाग हो गये। एक अर्जुन की ओर था, दूसरे के मन में कर्ण की विजय-कामना थी।

कर्ण के पीछे धृतराष्ट्र के पुत्र खड़े हो गये थे। कर्ण ने मुड़कर कहा—'कुमार! मैं आपकी मित्रता चाहता हूँ।'

सुयोधन ने कहा—'मैं धन्य हुआ। दुष्टों का दलन करो।'

उसी समय अचानक दोनों पुत्रों को यों युद्ध के लिए उद्यत देखकर महारानी कुन्ती मूर्च्छित हो गयीं। विदुर ने दासियों को नियत कर दिया। वे उन पर हवा झलने लगीं और पानी के छींटे देने लगीं। कुन्ती को कुछ चेतना लौटी। उन्होंने फिर देखा और आँखें बन्द कर लीं। और वे लम्बी-लम्बी साँसें लेने लगीं। उनकी इच्छा हुई—वे युद्ध रोक दें, पर साहस नहीं हुआ। कैसे वे कर्ण को स्वीकार कर सकेंगी?

तब कृपाचार्य ने देखा कि अर्जुन बढ़ा। उसने कहा—'सावधान! अपमान करने

को आज एक मूषक सिंह के सामने आया है! कर्ण! जो लोग बिना बुलाये आते हैं, तुम मेरे हाथ से मरकर उसी लोक में जाओगे, जहाँ वे लोग जाते हैं।'

कर्ण मुस्कराया, कहा—'अर्जुन! यह रंगभूमि और उत्सव सर्व-साधारण के लिए है, केवल तुम्हारे लिए ही नहीं है। राजा लोग बल को ही श्रेष्ठ समझते हैं। क्षत्रिय धर्म बल का अनुगामी है। दुर्बल लोगों की भाँति क्या बातें करके समय नष्ट कर रहे हो? बाणों से बातचीत करो। आचार्य के सामने मैं अभी बाणों से तुम्हारा सिर काटकर पृथ्वी पर गिराये देता हूँ।'

'साधु, साधु!' कुरु-कुमारों ने कहा।

द्रोणाचार्य ने गम्भीर स्वर से कहा—'अर्जुन!'

'देव!'

'तत्पर हो?'

'सदैव, मेरे देव!'

द्रोण ने सिर पर हाथ धरकर आशीर्वाद दिया।

युधिष्ठिर ने अर्जुन को गले से लगाकर कहा—'अर्जुन! कुल की मर्यादा!'

अर्जुन ने कहा—'देव, स्मरण है! निश्चिन्त रहें।'

कर्ण धनुष लिए प्रतीक्षा कर रहा था।

आकाश में बादल और घिर आये। अभी तक वे कम थे, अब उमड़ पड़े। बिजली चमकने लगी। कहीं-कहीं पर बादल फट रहे थे, वहाँ से सूर्य की किरणें फूट रही थीं। बगुलियों की पंक्तियाँ आकाश में उड़ने लगीं। उस समय कुलीन स्त्रियों के भी दो दल हो गये थे—एक अर्जुन की ओर, एक कर्ण के पक्ष में।

दासियाँ इस समय कुन्ती पर चन्दन का पानी छिड़क रही थीं। वे पुनः मुर्च्छित हो गयी थीं।

जब दोनों वीर एक-दूसरे की ओर बढ़े, तब कृपाचार्य ने बीच में आकार वज्र-गर्जन किया और स्वर उठाकर कहा—'महारथी कर्ण!'

स्वर गूँज उठा। सभा स्तब्ध हो गयी। कृपाचार्य ने कहा—'यद्यपि यह रंगशाला कौतुक और कौशल दिखाने के लिए ही बनी है, परन्तु यह फिर भी राजपुत्रों के लिए है। अतः पहले तुम्हें कुछ बताना पड़ेगा।'

'पूछें आचार्य, पूछें!' कुरु-कुमार बोले।

'वही,' कृपाचार्य ने कहा, 'यही महारथी अर्जुन हैं। ये कुरु-वंश में उत्पन्न दिवंगत महाराज पाण्डु के पुत्र हैं। महारानी कुन्ती के तीसरे गर्भ से इनका जन्म हुआ है। ये तुमसे युद्ध करने को तैयार हैं। इसलिए हे वीरवर! तुम भी अपनी माता और अपने पिता का नाम बताओ। जिस कुल को तुमने सुशोभित किया है, उसका परिचय देना भी आवश्यक है। तब ही अर्जुन यह निश्चय करेंगे कि वे तुमसे लड़

सकेंगे या नहीं?'

द्रोण ने कहा—'ठीक कहा, आचार्य!'

भीष्म ने कहा—'राजन्यों की मर्यादा! ब्राह्मणों से अधिक उसे कौन अच्छी तरह समझा सकता है? वे ही इसका नियमन करने के अधिकारी हैं।'

'तो,' कृपाचार्य ने कहा, 'यह कौन नहीं जानता है कि राजपुत्र लोग कभी अज्ञात कुल-शील पुरुष से, या नीचकुल से उत्पन्न पुरुष से द्वन्द्व-युद्ध नहीं करते!'

'साधु, साधु!' भीष्म पितामह ने कहा।

स्वर गूँजकर थम गया! धृतराष्ट्र ने विदुर से कहा—'विदुर कैसी निस्तब्धता है?'

'देव! निर्णय हो रहा है।'

'किसका?'

'पाण्डु-पुत्र अर्जुन का कर्ण से द्वन्द्व-युद्ध हो कि नहीं?'

'अच्छा, कौन रोकता है?'

'कृपाचार्य।'

'साधु, विदुरश्रेष्ठ, साधु! वे जानकार हैं। उन्हें अधिकार है।'

कुन्ती को कुछ होश आया। अभी भी युद्ध नहीं हो रहा था। उन्होंने आँख खोलकर देखा। उठकर बैठ गयीं।

कृपाचार्य ने फिर कहा—'बोलो कर्ण, कौन हैं तुम्हारे पिता? कौन हैं तुम्हारी माता? जब तक यह प्रकट नहीं होगा, तब तक कैसे युद्ध हो सकता है? द्वन्द्व-युद्ध तो सदैव ही समान पुरुषों में होता है।'

कर्ण कुछ उत्तर नहीं दे सका। कुन्ती को लगा, वे पागल हो जायेंगी। अपने पुत्र का अपमान होते देखकर, कर्ण को चुप देखकर उनकी इच्छा हुई, वे पुकार उठें—यह मेरा पुत्र है, यह मेरा पुत्र है। पर फिर यदि पूछा, इसके पिता का नाम क्या है, तो वे क्या कहेंगी? कैसे कहेंगी कि यह उनके कौमार्य की सन्तान है। आज तक उन्होंने जिस भेद को छिपाया है, अपने पति तक को नहीं बताया, कैसे बता दें उसे?

कृपाचार्य ने गरजकर कहा—'बोलो!'

कर्ण ने यह सुनकर लज्जा से सिर झुका लिया। उसका मुख लाल हो उठा। जैसे वर्षा-काल की अजस्रधारा से आहत कमल श्रीहीन हो जाता है, वैसे ही उसका मुख अपनी समस्त कान्ति को खो बैठा। वह पराजित-सा नीचे ही देखता रहा।

उस समय सुयोधन ने आगे बढ़कर कहा—'आचार्य! राजवंश में, या सूतकुलोत्पन्न, या वीरपुरुष और सेनापति—यह तीनों ही राजा होने के अधिकारी हैं। शास्त्र में यह बिल्कुल स्पष्ट कहा गया है। यदि अर्जुन राजा के अतिरिक्त किसी

से युद्ध नहीं कर सकते तो कहें।'

'कैसे कर सकते हैं?' आचार्य कृप ने पूछा।

और सबने आश्चर्य से देखा कि सुयोधन ने हाथ उठाकर कहा—'पूज्य गुरुजन और सभ्यगण, सुनें! मैं कुरुराज धृतराष्ट्र का ज्येष्ठ पुत्र, उत्तराधिकारी युवराज, महारथी कर्ण को अंगदेश का राजा बनाता हूँ।'

सब ऐसे चौंके जैसे वज्रपात हुआ। और वहीं स्वर्ण-सिंहासन रखवाकर मन्त्रज्ञ ब्राह्मणों द्वारा स्वर्ण-कलशों के जल से अभिषेक करवाकर सुयोधन ने कर्ण को अंगदेश का राजा बना दिया। प्रजा में हलचल मच गयी। जब कर्ण पर छत्र लगाया गया और चँवर डुलाये गये, जय-जयकार से आकाश फट चला। कुन्ती हँसी, फिर रोयी, फिर रोयी, फिर हँसी। विदुर स्तब्ध हो गया। धृतराष्ट्र ने सिर झुका लिया। कुलीन स्त्रियाँ देखती रह गयीं। कृप और द्रोण ने एक-दूसरे को देखा। भीष्म पत्थर की मूर्ति की भाँति खड़े रहे।

उस समय कर्ण ने सुयोधन से कहा—'राजन्! आपने मुझे राजा बनाया है, इसके बदले में आप मुझसे क्या चाहते हैं? आपके प्रिय के लिए, आप जो कहें, वही करने को तैयार हूँ।'

सूयोधन ने कहा—'राजन्! मैं आपके साथ गाढ़ी मित्रता करना चाहता हूँ।'

कर्ण ने कहा—'राजन्! आप धन्य हैं। मैं आज कृतार्थ हुआ।'

सुयोधन ने कर्ण को गले से लगा लिया। इस मिलन को देखकर दर्शकों में से बहुत-से आतुर होकर चिल्लाने लगे—'जय युवराज!' और 'अंगराज की जय!'

अधिक समय तक यह बात नहीं रही। कर्ण फिर आगे आ गया। उसके मुख पर अहंकार था।

आचार्य द्रोण पुकार उठे—'सभ्यगण! अभी-अभी कुरुराज के ज्येष्ठ पुत्र ने अज्ञात कुल-शील कर्ण को प्रसन्न होकर अंगदेश का दान कर दिया है। अब कल तक के अज्ञात कुल-शील कर्ण भी राजन्यों में आ गये हैं, क्योंकि वे राजा हो गये हैं। वे धन्य हैं; और धृतराष्ट्र, सुयोधन भी धन्य हैं। इस समय वे आतुरता में हैं। यदि द्वन्द्व-युद्ध न करना होता तो वे गुरुजनों को प्रणाम करके आशीर्वाद प्राप्त करते और तब आगे बढ़ते। अब युद्ध होगा, क्योंकि अब वे अधिकारी हो गये हैं!' आचार्य का व्यंग्य स्पष्ट था।

'कर्ण!' एक वृद्ध की करुण पुकार गूँज उठी, 'कर्ण! पुत्र!'

सब चौंक उठे। वह सारथी अधिरथ था। वृद्ध लाठी टेकता हुआ, काँपता हुआ आ गया था। घबराहट के मारे, राजन्यों के बीच खड़े पुत्र के लिए चिन्ता में, कन्धे पर से उसका वस्त्र खिसका जा रहा था। अधिरथ पसीने से तर था। उसका स्वर सुनकर अंगराज कर्ण ने व्याकुलता से देखा और अपने धनुष-बाण को रखकर उसकी

अभ्यर्थना और सम्मान करने वे आगे बढ़े। अधिरथ ने दोनों हाथ फैलाकर कहा—'पुत्र!'

निर्भीक कर्ण ने अभिषेक के जल से भीगा सिर उस समय वृद्ध के चरणों पर निस्संकोच रख दिया। घबराकर अधिरथ ने कपड़े से अपने पाँव ढँक लिए। उस समय कर्ण को राजा के रूप में देखकर वह रो दिया और उसका गला रुँध गया। पहले उसे पुत्र के लिए डर था, यहाँ आकर जो देखा तो वह सब उसकी कल्पना के बाहर की वस्तु थी। उसके आँसुओं से कर्ण का भीगा सिर सिंच गया।

कर्ण की विशालता देखकर द्रोण की भौं तन गयीं। वे देखते रहे। कर्ण ने कहा—'पिता! इस अज्ञात कुल-शील को तुमने पालकर जो इतना बड़ा किया है, उसे क्या मैं कभी भूल सकूँगा?'

वृद्ध ने रोते हुए कहा—'पुत्र! मेरे पुत्र, तू कितना अच्छा है! तू कितना कोमल-हृदय है!'

भीम ने बढ़कर कहा—'सूतपुत्र कर्ण!' उसके स्वर में उपहास स्पष्ट था। उसे लगा, कर्ण अधिरथ का ही बेटा था—'तुम अर्जुन से युद्ध करोगे? तुम अर्जुन के हाथ से मरने योग्य भी नहीं हो। सूतपुत्र! होश में आओ। अभी ऐसा अनर्थ नहीं हो सकता। तुम्हारे कुल के योग्य काम है, घोड़ों की रास पकड़ना। आज तुम घोड़ों की रास छोड़कर राजदण्ड संभालोगे, कल महानगर के अंत्यज महामन्त्री बनने लगेंगे! हे नराधम! जैसे कुत्ता यज्ञ के हवि में मुँह नहीं डाल सकता, वैसे ही तुम भी अंगराज का उपभोग करने के योग्य नहीं हो।'

भीम के मुख पर घृणा प्रकट थी। वह रोष में था। भीम की बात सुनकर पितामह भीष्म मुस्कराये। उनकी मुस्कराहट देखकर द्रोण शान्त हुए। भीम की बात सुनकर राजन्यों ने ठहाका मारा। और दर्पाट्टहास देर तक गूँजता रहा।

कर्ण क्रुद्ध हो गया। पर उसने कहा कुछ नहीं। उसने सिर उठाकर आकाश की ओर देखा। सूर्य ढल रहा था। उसकी लम्बी-लम्बी साँसों को देखकर सुयोधन से नहीं रहा गया। कमलवन जैसे भाइयों के समूह में से वह ऐसे निकल आया जैसे मदमत्त हाथी निकल आता है। उसके नेत्र लाल हो गये।

कर्ण के होंठ फड़कने लगे। वह एकदम प्रचण्ड-सा दिखायी देने लगा। पितामह भीष्म आगे बढ़ आये। प्रजा शान्त बैठी थी।

क्रोधान्ध सुयोधन ने गरजकर कहा—'भीमसेन! तुम क्या कह रहे हो, जानते हो? क्षत्रिय का अर्थ कुल नहीं है, बल है। बल का ही क्षत्रियों में आदर होता है।' फिर उसने हाथ उठाकर कहा—'कौन जानता है? महानद और शूरवीरों के जन्म का वृतान्त कोई नहीं जानता।' उसने और भी स्वर उठाकर कहा—'इस चराचर विश्व में निम्नमुख बहनेवाले जल से प्रचण्ड तेजस्वी त्रिभुवन-व्याप्त अग्नि का जन्म हुआ

है। तुम मिथ्या कुल-गर्व की बात कहते हो! असुरों का नाशक वज्रधर इन्द्र का आयुध दधीचि की हड्डी का बना था। क्षत्रिय वह है, जो बली है। कुमार कार्तिकेय किसके पुत्र थे, वह अभी तक भी निश्चित नहीं हुआ है। वे अग्नि के पुत्र थे, या वृत्तिका के, या रुद्र के या गंगा के—यह कोई नहीं बता सकता। आचार्य द्रोण का जन्म कौन कुलीन है? गौतमपुत्र कृपाचार्य का जन्म कैसे हुआ? तुम्हारा जन्म कैसे हुआ? तुम्हारे भाइयों का जन्म कैसे हुआ? स्वयं पिता और पितृव्य का जन्म किस प्रकार हुआ? स्त्री का गर्भ व्यर्थ न जाये, यही शास्त्रोक्त सत्य है। श्रेष्ठ वीर्य से पुत्र उत्पन्न करवाना ही आर्य धर्म है। तुम समझते हो, कर्ण किसी नीच स्त्री की सन्तान है? ऐसा सिंह कोई मृगी पैदा नहीं कर सकती है! मैं इनका आज्ञाकारी मित्र हूँ। ये केवल अंगदेश ही नहीं, चाहें तो समस्त कुरु-वैभव का शासन कर सकते हैं। जो इन्हें अंगदेश का राजा स्वीकार नहीं करता, वह रथ पर चढ़कर धनुष लेकर युद्ध करे। मैं तत्पर हूँ। कुल और जन्म नहीं, महावीर, शक्ति देखो।'

'साधु! साधु!' रंगभूमि में कोलाहल गूँज उठा। और 'कुरुराज सुयोधन की जय' के जय-जयकार से एक बार नहीं, बार-बार हस्तिनापुर का एक-एक पाषाण थर्रा उठा। कोलाहल के शान्त होते ही द्रोण ने आकाश को देखा और वे मुस्कराये। उस समय सूर्य अस्त हो गया था। कृपाचार्य ने आगे बढ़कर कहा—'सभ्यगणो! सभा विसर्जित होती है। संध्या हो गयी है।'

सुयोधन ने कहा—'अंगराज! कोई बात नहीं।' और कर्ण का उसने बढ़कर हाथ पकड़ लिया और रंगभूमि से चल दिया। उसके साथ अनेक कुरु-कुमार हो गये।

उल्का हाथों में लिए दास आगे-आगे चलने लगे। प्रकाश हवा में फरफरा रहा था। कर्ण के मुख पर आतृप्ति थी। सुयोधन प्रसन्न था।

उसने कहा—'अंगराज! भविष्य उज्ज्वल है।'

सुशासन ने कहा—'भ्रातर! कैसे?'

सुयोधन ने उत्तर नहीं दिया। सेवक आगे-आगे चल रहे थे। सुयोधन अपने ध्यान में चल रहा था।

युधिष्ठिर चिन्ता से घर लौटे। घर आकर देखा, माता कुन्ती गम्भीर बैठी थीं। शायद वे रोयी थीं। उनके नेत्र लाल थे।

'माता! तुम रोयी हो क्या?' युधिष्ठिर ने पूछा।

'नहीं, पुत्र! सब आ गये? चलो, भोजन कर लो।'

आचार्य द्रोण जब अपने भवन में पहुँचे, वृषका ने कहा—'देव!' उसके स्वर में प्रश्न था।

'क्यों, पुत्री?'

'आचार्य! आज युद्ध होता, तो?'

'तो रक्तपात होता।'

'आनन्द के स्थान पर हाहाकार मच जाता। क्यों आपने सबको यह विनाश-विद्या सिखा दी?'

'पुत्री, इसी से तो मर्यादा का नियन्त्रण होता है।'

कृपी ने कहा—'पुरुषों की मर्यादा हिंसा ही है?'

वृषका मुस्करायी।

द्रोण ने उत्तर दिया—'स्त्रियों की मर्यादा रघुकुल के राम ने निबाही थी। क्या परिणाम हुआ? सारे राक्षस प्रायः वेद पढ़ने लगे!'

वे अब अपने कपड़े उतारने और दूसरे वस्त्र धारण करने भीतर चले गये थे।

'उत्तरापथ का क्या होगा?' कृपी ने उनके लौटते ही पूछा।

'कल्याण होगा।'

'मुझे नहीं लगता।'

द्रोण चौंका। पूछा—'क्यों?'

'कुरु-कुल में फूट है। स्त्रियों तक में विद्वेष है।'

'तो युद्ध होगा,' द्रोण ने कहा। कृपी चौंकी।

फिर द्रोणाचार्य हँसे। कहा, 'जैसे एक दिन ब्राह्मण का अधिकार मदांध होकर नष्ट हो गया था, वैसे ही इन क्षत्रियों का भी होगा, कृपी! ब्राह्मण की ज्वाला के पीछे बुद्धि थी, क्षत्रियों के पास वह नहीं है। फिर ब्राह्मणों का विरोधी केवल क्षत्रिय था, सो परस्पर अधिकार बँट गये, परन्तु क्षत्रियों का विरोधी समस्त अनार्य जाति-समुदाय है। यहाँ समझौते की कोई बात ही नहीं उठती।'

कृपी विस्फारित नेत्रों से देखती रही। द्रोण कहते रहे—'और यह भी निश्चित है कि यदि कुलघात हो गया तो क्षत्रिय के विनाश के साथ ही क्षत्रिय का ही नहीं, ब्राह्मण का भी विनाश समझो। ब्राह्मण की आयुध-शक्ति तो क्षत्रिय है। युद्ध तो सर्वनाश कर देगा। कुल, गण, गोत्र फिर छिन्न-भिन्न हो जायेंगे।'

वृषका नहीं समझी। द्रोण कह रहे थे—'इस समय एक ऐसे राज्य की आवश्यकता है जो समस्त देशों को एक राष्ट्र बना सके। छोटे-छोटे भेद भुलाकर एक सूत्र बने। क्षत्रिय तो मरेंगे ही, ब्राह्मण की भी रक्षा नहीं होगी।'

❑❑

रात गहरी हो गयी थी। आकाश में बादल फट गये। नीला आकाश, उस पर चन्द्रमा की झिलमिल चमक और शीतल समीर बह रहा था। शृंगवान ने कम्बल लाकर बिछा दिये। द्रोण बैठ गये। कृपी भी बैठ गयी। कहा—'वृषका, दीपाधारों में तैल डाल दे।

ज्योति कम हो गयी है।'

अश्वत्थामा जब आया तब द्रोण बैठे ही मिले। वह भीतर जाने लगा। वह इस समय अपने ध्यान में था।

कृपी ने अश्वत्थामा की ओर रहस्यमयी दृष्टि से देखा।

'पुत्र!' द्रोण ने कहा। उनका स्वर गम्भीर, कुछ स्नेहपूर्ण, कुछ उलाहने से भरा था।

'आर्य!' अश्वत्थामा पास आकर खड़ा हो गया और उसने प्रश्नवाचक दृष्टि से देखा।

'तो तुमने निश्चय कर लिया कि तुम सुयोधन की ओर हो?'

पहले तो वह चकराया। फिर कहा—'आर्य! अर्जुन मुझसे बढ़ गया है, यह मैं नहीं सह सकता।'

'फिर?' वे हँसे, 'तो ईर्ष्या ही तुम्हारा ध्येय है?'

'नहीं, देव! सुयोधन मेरी बड़ी प्रशंसा करता है। उसका मुझ पर बड़ा स्नेह है। वह मुझसे स्नेह करता है।

❒❒

प्रातः आचार्य द्रोण उठे तो सुना विदुरश्रेष्ठ आये हैं। मिले। कहा, 'विराजें, मंत्रिवर, विराजें। कल कैसा रहा? बड़ा ही अद्भुत रहा न?'

विदुर ने कहा—'मुझे पूर्वायोजित लगा।'

'हो सकता है। परन्तु सुयोधन का काम था सब।'

'वह तो था ही। उसी का तो मन फटता है। भाइयों को देख नहीं सकता, न जाने क्यों?'

आचार्य ने सोचकर कहा—'महाराज क्या कहते हैं?'

'पुत्र का स्नेह सर्वोपरि है,' विदुर ने कहा, 'वे तो सुयोधन की बात काट नहीं पाते।'

'ठीक नहीं हो रहा है।'

'कौन नहीं जानता, आचार्य?' विदुर ने कहा।

'कुन्ती महारानी तो ठीक हैं?' आचार्य ने पूछा, 'वे क्यों मूर्च्छित हो गयीं? मैं तो समझा ही नहीं।'

'स्त्री का हृदय तो था। अपने पुत्र की आशंका में माता का हृदय एकदम विचलित हो उठा होगा।'

'ठीक है मंत्रिश्रेष्ठ, ठीक है।'

उसी समय कृपी आ गयीं। विदुर ने प्रणाम किया। कृपी बैठ गयीं। उन्होंने कहा—'मंत्रिश्रेष्ठ! कल तो युद्ध होते-होते बचा। भला कोई बात थी!'

'बहुत कठिनाई से रुका,' द्रोण ने कहा।

'पितामह भीष्म बहुत प्रसन्न हुए,' विदुर कहने लगे।

'हुए क्यों, हो रहा हूँ,' द्वार पर भीष्म पितामह खड़े थे। दोनों उठे और कहा—'अरे! आर्य! स्वागत है।'

'स्वागत है? चलो ठीक हुआ,' पितामह ने कहा, 'कहीं कोई मुझे भी ऐसे ही द्वन्द्व-युद्ध के लिए आमन्त्रित कर देता तो, तो मैं वृद्ध...! आचार्य! कृपा रखें। कहीं आप सब कुमारों को एकत्र करके कहने लगें कि भीष्म! ले...तेरा समय आ गया...!'

द्रोण मुस्कराये। विदुर ने ऐसे देखा जैसे सुना तुमने?

आर्या कृपी ने सुना। हँस दीं।

❑❑

आज आचार्य-पत्नी बहुत व्यस्त थीं।

'वृषका!' उन्होंने पुकारा, 'अरे, वह कहाँ है?' वे बड़बड़ायीं। आज सामग्रियों की भीड़ में से वस्तु का ढूँढ़ निकालना कुछ कठिन हो रहा था। दासियाँ काम पर लगी थीं।

'आर्ये!' वृषका ने आकर कहा।

'खीर के लिए तो दूध आया था?' कृपी ने पूछा।

उनकी बात समाप्त होने के पहले ही वृषका ने इशारा किया—'वह जो रखा है, उधर।'

उसने ढकना खोलकर दिखाया।

'ठीक ही तो है,' कृपी ने पास खड़ी दासी को डाँटा, 'रखा तो है। तू देखती तो है नहीं, बस, आर्ये यह कहाँ है, वह कहाँ है?' फिर वृषका से कहा—'मैं क्या-क्या देखूँ? अरे, फिर भूल गयी।'

'क्या, आर्ये?'

'कुछ नहीं,' कृपी ने कहा, 'वहाँ है?'

'देवी, क्या?' वृषका ने उत्सुकता से पूछा। कृपी की ध्यानमग्न मुद्रा देखकर उसका कौतूहल बढ़ गया।

अभी बात समाप्त नहीं हुई थी कि अश्वत्थामा आया। उसने कहा—'अम्ब!'

'क्या है, वत्स?' कृपी इधर आ गयीं।

'सब ठीक है न?' अश्वत्थामा ने पूछा।

'सब ठीक है,' कृपी ने कहा, 'बस तनिक भूमि-प्रक्षालन रह गया है। वृषका, तू ज़रा दासों को वहाँ भेज दे।' वृषका चली तो कहा–'अरी सुन तो, ठहर जा, मैं कहे देती हूँ। अश्वत्थामा आया है, तू उसे कुछ खिला दे न! कब तक जाने सूपकार भोजन बना पायेंगे, कुछ ठीक ही नहीं, न अभी मांस बना है, न...अरे, तू देख, क्या हो रहा है?' कृपी ने अश्वत्थामा का मुख देखकर कहा।

'मैं देख रहा था,' अश्वत्थामा ने मुस्कराकर उत्तर दिया, 'कि अभी तो यहाँ कुछ नहीं हुआ।'

'क्यों, कुछ क्यों नहीं हुआ रे?' कृपी झल्लायी, 'यह इतने पदार्थ बन गये हैं, यह सब क्या है?'

'फूल-मालाएँ कहाँ हैं?'

'वह पुष्पध लाता हो। माली लाये स्यात्!। मैंने कल भी मालिनी से कहा था, पर तू तो जानता है, वे धूर्त्त होती हैं,' कृपी कहती रही।

'अच्छा माता! मैं जाता हूँ,' अश्वत्थामा ने कहा, 'मुझे बड़ा काम है।' वह चलने लगा तो कृपी ने रोककर कहा, 'क्या कहा, तुझे बड़ा काम है, और यहाँ सब हाथ-पर-हाथ धरे बैठे हैं। आजकल के लड़के...।'

अश्वत्थामा चला गया।

बाहर विशाल प्रांगण में चंचल तुरंगों-से युवक कुमार एकत्र होकर बातें कर रहे थे। उनमें अनेक प्रकार की बातें चल रही थीं। रंगशाला की बातें धीरे-धीरे कम हो चली थीं। शिष्यगण अब पाठशाला की कम बातें करते, बाहरी जगत की अधिक बातें होतीं। कौन, कब, कहाँ जायेगा, यह विषय उनमें छिड़ने लगा।

प्रांगण में भारी पगों के चलने से विक्षोभ पैदा हो गया। और वे मत्त होकर हँसते।

शस्त्रों की झंकार फैलने लगी। सुयोधन बीच में गर्व से खड़ा था। उसके चारों ओर कौरव-कुमार खड़े थे। पाण्डव-कुमार अलग खड़े थे। संख्या में वे कम थे। परन्तु अर्जुन का नाम इतना अधिक फैल गया था कि उसने अपनी अल्पसंख्या की कमी को दूर कर दिया था। कर्ण और सुयोधन ने कनखियों से देखा। कर्ण ने देखा कि अर्जुन ऐसे खड़ा था जैसे उसके सामने कोई था ही नहीं। युधिष्ठिर अवश्य नम्र था।

आचार्य द्रोण ने प्रवेश किया। उनको आते देखकर चारों ओर एक शब्द फैल गया, फिर स्वर संयत हो गये और सब आदर से खड़े हो गये। सुयोधन ने प्रणाम किया।

'सुखी रहो वत्स!' द्रोण ने कहा, 'जय हो!'

उन्हें देखकर महारथी अर्जुन ने चरण छुए। आचार्य ने कहा–'उठो, वीर धनुर्धर! उठो।'

आचार्य की यह प्रशंसा कर्ण के हृदय में शूल बनकर चूभी। वह आगे बढ़

आया।

आचार्य ने युधिष्ठिर को देखकर कहा—'वत्स! इधर तुम नहीं दिखे?' युधिष्ठिर ने हाथ जोड़े।

अंगराज कर्ण को देखकर आचार्य ने कहा—'वत्स! उस दिन तुम बहुत उद्विग्न हो रहे थे न! आज समय आ गया है। मैं कुछ कहूँगा। उसे करना। मैं तुम्हें ही वीर मान लूँगा।'

कर्ण ने सिर झुका लिया।

सुयोधन ने कहा—'देव! आज्ञा दें।'

'तुम्हारा भी काम है, वत्स! अधीर न हो।'

सुयोधन कुछ न कह सका। द्रोण जैसे आये थे वैसे ही बातें करते हुए भीतर चले गये।

कुछ देर बीत गयी। तब वृषका आयी। कहा—'आर्य, तत्पर हैं न? चलिए, हस्त-प्रक्षालन कर लें।'

दासों ने आकर कहा—'भोजन तैयार है।'

कुमार जाकर हाथ धोने लगे। दासियाँ पानी डाल रही थीं। जब वे हाथ धो चुके तो पट्टों पर जाकर बैठ गये। कई शूद्र भोजन परोसने लगे। गुरु-पत्नी कृपी स्वयं देख-रेख कर रही थीं। उनका ध्यान था कि कोई अधपेट न रह जाये।

'घर समझो वत्स, इसे घर समझो। यहीं रहकर बड़े हुए हो। अब बड़े होकर संकोच न करना।'

भोजनोपरान्त सब विशाल भवन में आकर बैठ गये।

आचार्य द्रोण पहले से ही बैठे हुए थे। वह किसी चिन्ता में डूबे हुए थे। सुयोधन और कर्ण भीम के पास बैठ गये।

आचार्य द्रोण ने उठकर कहा—'तुम सब मेरे शिष्य हो। आज तक मैं तुम्हें, जो मैं जानता था, वह सब स्नेह से देता रहा था, कुछ भी मैंने तुमसे छिपाया नहीं...।'

उन्हें उठते देखकर सब तरुण खड़े हो गये। उनके मुख पर भी गाम्भीर्य आ गया।

आचार्य ने देखा, वे सब तत्पर तरुण थे। उन्हें कुछ विश्वास-सा हुआ। फिर कहा—'आज वह समय आ गया है कि तुम मेरे सामने बराबर बनकर खड़े हुए हो।'

'यह नहीं, गुरुदेव!' युधिष्ठिर ने कहा, 'हम आपके शिष्य हैं।'

आचार्य ने कहना प्रारम्भ किया—'तो भी कुमार, समय परिवर्तन करता है। सोलह वर्ष का हो जाने पर पुत्र भी पिता का मित्र हो जाता है। फिर अब तुम लोग युवक हो चुके हो। इसलिए मैं तुम्हें योग्य समझकर आज तुमसे एक वस्तु माँगता हूँ। वह है मेरी गुरु-दक्षिणा, बोलो, दोगे?'

सुयोधन ने कहा—'आर्य! यहाँ तो आपकी आज्ञा की प्रतीक्षा है।'

कर्ण ने कहा—'देव! आज्ञा दें।'

आचार्य ने देखा, अर्जुन शान्त था। उन्होंने उधर देखा। कहा—'पुत्र! तुम?'

'देव! मैंने सबसे पहले प्रतिज्ञा की थी। मैं सोच रहा था, आपने मुझे भुला दिया।'

'नहीं वत्स!' द्रोण ने कहा, 'तो मैं कहूँ?'

'आज्ञा?' सब बोल उठे।

'पांचालराज द्रुपद को युद्ध में हराकर मेरे पास पकड़ लाओ।'

'पांचालराज!' सुयोधन ने कहा, 'देव! वह अपराधी है?'

'तर्क न करो, वत्स,' द्रोणाचार्य ने कहा, 'एक दिन उसने मेरा अपमान किया था। तब से अभी तक वही आग मेरे भीतर पल रही है।'

क्रोध की हुंकार फूट निकली। आचार्य के नेत्र भयानक दिखायी दिये। अर्जुन उस समय स्तब्ध रह गया। सारे कुमारों ने द्रोण के नेत्रों से निकलती उस ज्वाला को देखा। वे उसे देखते ही रह गये। इतना क्रोध!

आचार्य ने फिर कहा—'मदांध द्रुपद ने एक दिन मुझे दरिद्र समझकर कहा था कि ब्राह्मण! तू मूर्ख है। तू मुझे मित्र कहता है? यदि तू चाहे कि तू मुझे समान समझे, तो वह तेरा पागलपन है। वत्स! उसने भरी सभा में मेरा अपमान किया था। उस समय उसके गर्वीले राजन्य मुझ पर अट्टहास कर उठे थे। मैंने सुना था। लहू की एक-एक बूँद मेरे भीतर उस समय विष बन गयी थी। नहीं जानता, किसने मुझे आत्महत्या करने से रोक दिया था! उस मर्मान्तक वेदना को भी मैं सह गया था। किसलिए? आज के दिन के लिए।'

'जय!' सुयोधन ने गरजकर कहा, 'मैं प्रतिज्ञा करता हूँ कि उस मदांध द्रुपद को आपके सामने लाकर डाल दूँगा, गुरुदेव! उसका इतना साहस कि उसने आपका अपमान किया?'

आचार्य ने कहा—'साधु, सुयोधन, साधु!' पर फिर भी मन में अब भी आचार्य को सन्देह रहा। उन्होंने मुड़कर देखा। सब कौरव-कुमार सुयोधन की ओर देख रहे थे। आचार्य ने और मुड़कर भ्रू कुंचित करके बायीं ओर देखा। अर्जुन मुस्करा रहा था।

आचार्य को धैर्य हुआ।

कहा—'वत्स! कल प्रातःकाल हम चलेंगे। मैं तुम सबके साथ चलूँगा। कल परीक्षा है। कल जो विफल हो गया, वह अपनी विद्या के साथ न्याय नहीं कर सकेगा।'

एक-एक करके शिष्य उनके सामने आकर चरण स्पर्श करके चलने लगे। सुयोधन ने कहा—'आचार्य! विश्वास करें।'

'कल्याण हो, सुयोधन!' आचार्य ने उत्तर दिया।

□□

रात को कृपी बैठी सोचती रही। कल स्वामी युद्ध पर जायेंगे। प्रिय के प्रति बुरी सम्भावना भी तो आती है। ध्यान आया, यदि द्रुपद जीत गया, तो कितना भयानक होगा उसका परिणाम! वे थर्रा गयीं। द्रुपद के उस व्यवहार की कल्पना करके उनकी आँखें भय से विस्फारित हो गयीं। वे पूरी रात सो नहीं सकीं।

प्रातःकाल द्रोणाचार्य ने अर्जुन से कहा—'वत्स!'

'देव!'

'कल तुमने कुछ नहीं कहा!'

'देव! वहाँ कहना क्या था? वहाँ तो करना था।'

द्रोण मुस्कराये। कहा—'तो, तुम भी तो चलोगे?'

'अवश्य, देव! पाँचों भाई चलेंगे।'

'साधु वत्स, साधु!' द्रोण ने सिर हिलाया।

'परन्तु मेरी एक प्रार्थना है,' अर्जुन ने दबे स्वर से कहा।

'क्या, वत्स?' द्रोण चौंक गये।

'यदि आपकी आज्ञा और अनुमति हो तो मैं पहले कुरु-कुमारों की शक्ति देख लूँ?'

'फिर?' द्रोण ने पूछा।

'जब वे असफल रहें तो मैं यत्न करूँ।'

'तुम्हें निश्चय है, वे पराजित हो जायेंगे?'

'देव, मन कहता है।'

'ठीक है, यदि वे सफल हो गये तो?'

'तो मेरा दुर्भाग्य।'

द्रोण ने कहा—'अर्जुन, इतना दम्भ अनावश्यक है। सुयोधन और कर्ण भी साधारण योद्धा नहीं हैं। कहीं ऐसा न हो कि तुम कुछ न कर सको और वे द्रुपद को मेरे चरणों पर लाकर डाल दें। फिर तुम क्या करोगे?' द्रोण ने भौं उठाकर पूछा।

'देव! मैं जानता हूँ, जो घड़े छलछल करते हैं, वे कभी पूरे भरे नहीं होते,' अर्जुन ने चरण छूकर कहा, 'या फिर आज्ञा दें कि मैं अपने भाइयों के साथ चला जाऊँ। मेरे पराजित हो जाने पर वे जायें।'

'परन्तु ऐसा क्यों?'

'देव! मेरा परिश्रम होगा, वे अपने ऊपर यश ले लेंगे।'

'हूँ, वत्स! तो सफलता की भी रेखा खींचनी होगी?'

'देव! संसार कहेगा, अर्जुन कायर था। वह गुरु-दक्षिणा भी नहीं दे सका।'

अर्जुन उठा और बोलता गया—'माता कुन्ती का ऐसा ही आदेश है। हमने परामर्श किया था।'

द्रोण मुस्कराये। कहा—'तो कुरु-कुल और पाण्डु-कुल के विद्वेष की जड़ें इतनी

बढ़ गयी हैं!'

अर्जुन ने कहा—'आज से देव! सुयोधन सदा से ही ईर्ष्यालु है। इसने भीम को बचपन में ही विष देकर मार डालना चाहा था।'

'कब?' आचार्य चौंके।

'देव! प्रमाणकोटि में!' अर्जुन ने कहा, 'बहुत दिन की बात है। तब हम छोटे थे। माता ने कहा था कि किसी से न कहना। तब हम आश्रित थे, बालक थे। माँ स्त्री थीं। इनकी ओर सब ही थे। हमारा कौन था? एक विदुर श्रेष्ठ थे!'

द्रोण को याद आया। बहुत दिन हुए जब कुन्ती के आने पर कृप ने अश्वत्थामा से प्रश्नोत्तर किये थे।

'फिर,' अर्जुन ने कहा, 'उस दिन रंगशाला में आपने क्या नहीं देखा, गुरुदेव! वे तो हमें अकेला समझते थे। उस दिन यदि आप, कृपाचार्य और पितामह मेरी ओर आकर खड़े न होते, तो मदोद्धत सुयोधन इतनी शीघ्रता से शान्त कभी नहीं होता। वह हमें नष्ट कर देना चाहता है।'

द्रोणाचार्य ने कहा—'वत्स! दारुण संवाद है। महाराज को ज्ञात है?'

'सब तो नहीं, पर आभास है।'

'वे कुछ नहीं कहते?'

'आचार्य! सब पिता आप जैसे नहीं होते। वे पुत्र-स्नेह से विवश हैं।'

द्रोणाचार्य ने सोचा। क्या वे पुत्र-प्रेम से ऊपर हैं! क्या उन्होंने अर्जुन के समान ही अश्वत्थामा को सब कुछ बता देने का यत्न नहीं किया?

धीरे-धीरे रथों के ठठ लग गये। एक-एक करके राजकुमार अस्त्र-शस्त्रों से सुसज्जित होकर उतरे। जब ने जय-निनाद किया— 'आचार्य द्रोण की जय!'

वृषका ने वातायन से झाँककर देखा। प्रभात की धूप में युवकों के कवच और शिरस्त्राण चिलचिला रहे थे। उनकी कटि में खड्ग लटक रहे थे। हाथों पर अँगुलित्र थे। द्रोणाचार्य बाहर आ गये। वे इस समय लौह-वर्म पहने थे, जिस पर स्वर्ण का काम था।

राजन्यों ने गर्जन किया—'आचार्य द्रोण की जय।'

अबकी बार का गर्जन और भी गम्भीर था। द्रोणाचार्य का विशाल भवन गूँज उठा। दास-दासियों ने मर्दल बजाया। कृपी ने कुमारों की आरती उतारी। फिर प्रार्थना की—'वज्रधर इन्द्र! इन्हें विजय दें।'

द्रोण ने रथ पर खड़े होकर कहा—'पांचाल! प्रतिहिंसा गरज रही है। राजन्यो! शपथ लो, विजयी होकर लौटोगे।'

तुरंग हिनहिनाये। राजन्य रथों पर चढ़ गये और फिर उन्होंने खड्ग निकालकर आकाश की ओर उठाकर कहा—'हम प्रतिज्ञा करते हैं कि गुरु की इच्छा पूर्ण करेंगे।'

उस समय वृषका ने देखा की असंख्य खड्ग धूप में चमचमा उठे। द्रोणाचार्य

ने कहा—'विजय! विजय की ओर!'

सारथि ने कहा—'प्रभु! आज्ञा?'

'पांचाल की ओर!' सुयोधन पुकार उठा। वृषका ने देखा, रथ एक-एक करके विशाल सिंहद्वार में से बाहर निकल गये। दासों ने द्वार बन्द कर दिया।

वृषका दौड़कर छत पर चढ़ गयी। ऊँची अट्टालिका से उसने देखा, पर धूल उड़ती जा रही थी। राजप्रासाद के बगल में से राजपथ पर अब रथ दौड़े चले जा रहे थे। वह खड़ी-खड़ी देखती रही।

प्रासाद में बेठे आर्य बाल्हीक ने पूछा—'आर्य, देवव्रत! यह सेना किधर चली?'

बाल्हीक के चषक में सोमदत्त मदिरा ढाल रहे थे।

भीष्म पितामह ने कहा—'आज तो नया पर्व है, आर्य!'

'पर्व? कौन-सा?' सोमदत्त ने पूछा।

'आचार्य द्रोण अपनी गुरु-दक्षिणा लेने गये हैं।'

'गुरु-दक्षिणा?' दोनों चौंके।

'कैसी गुरु-दक्षिणा?' सोमदत्त ने मदिरा नीचे गिरा दी।

पितामह भीष्म ने कहा—'द्रुपद का अन्त आ गया है और क्या? क्षत्रिय का भी कोई जीवन है? एक दिन उसने गर्व में आकर आचार्य द्रोण का अपमान कर दिया था।'

'ब्राह्मण का अपमान किया, उस मूर्ख ने!' और वृद्ध बाल्हीक ने एक चषक पीकर कहा—'और डालो, सोमदत्त! इसमें कुछ था ही नहीं।'

सोमदत्त ने हँसकर फिर पात्र उठा लिया।

वृषका जब स्नान करने भवनकुण्ड में बैठी और काकातूआ बोला, तब वह हँसकर कह उठी—'क्यों रे? क्या है?'

काकातूआ बोला—'क्या है? क्या है?'

'है क्या, जय है,' वृषका ने कहा और पानी सिर पर डालने लगी। कृपी ने सुना तो पूछा—'क्या कर रही है?'

'देवी! स्नान!'

'जल्दी कर ले, मेरे पास आ जा। आज मेरा मन बहुत उद्विग्न है।'

'ऐसा क्यों, देवी? आर्य तो इस समय तक पांचालों का संहार प्रारम्भ कर चुके होंगे।'

कृपी डरी भी, प्रसन्न भी हुई।

आर्या कृपी बहुत दिन बाद आर्या लङ्वती के पास गयीं। आर्या लङ्वती बहुत प्रसन्न हुई। कहा—'हला! आज तुम आयीं तो।'

'अवकाश ही नहीं मिलता था।'

'हमारे लिए भी नहीं?' लङ्वती ने मुस्कराकर कहा।

'कैसी बात करती हो तुम!' कृपी ने कहा, 'तुम क्या मुझसे कुछ अलग हो?'

लङ्कती ने कृपी को हृदय से लगा लिया। कृपी रो दी। कहा—'आज वे पांचाल गये हैं।'

'तो क्या हुआ?' लङ्कती ने कहा, 'वे निश्चय ही विजयी होकर लौटेंगे।'

❐❐

पांचाल के हरे-भरे देश में रथ घुसने लगे। उनके पीछे अश्वारोही थे। कुमारों ने पहले नगर के बाह्य भाग में आग लगा दी और दो दलों में हो गये। एक दल राजद्वार से भीतर घुस गया। रथों की भीड़ देखकर नगरवासी समझ नहीं सके कि ये कौन हैं? कुमारों ने एकदम ही नागरिकों पर बाणों की वर्षा की। असंख्य आहत होकर गिरे। बाक़ी लोग भाग चले, हाहाकार मचने लगा। कुमारों ने एकदम ही लूटना प्रारम्भ कर दिया।

पांचालराज द्रुपद उस समय राजभवन में बैठे थे। वे कुछ मन्त्रियों से राजकीय विषयों पर वार्त्तालाप कर रहे थे। कंचुक ने घबराये हुए स्वर में कहा—'नर-नाथ! अनर्थ हो गया!'

'क्या हुआ?'

'कोई सेना आ गयी है।'

वे एकदम उठ खड़े हुए। शस्त्र उठा लिए। कहा—'सेनापति कहाँ हैं?'

'देव! वे अपने प्रासाद में हैं।'

'उन्हें संवाद भेज दो।'

कौरवों ने प्रजा के घरों पर आक्रमण प्रारम्भ कर दिया था। सुयोधन, कर्ण, युयुत्सु, सुशासन, विकर्ण, जलसन्ध, सुलोचन निरन्तर अनाम संहार कर रहे थे। उनकी क्रूरता से स्त्रियाँ चिल्ला रही थीं। एक वृद्ध ने आकर बीच में रोकने का यत्न किया। कुमार जलसन्ध ने वह तलवार का हाथ मारा कि वृद्ध का सिर कटकर धूल में जा गिरा।

कुमारों ने अट्टहास किया। सुशासन चिल्ला उठा—'जलसन्ध! कंदुक-क्रीड़ा कर रहे हो?'

जलसन्ध ने कहा—'बहुत दिन बाद रक्त देखने को मिला है। पहले क्षत्रियों को अधिक काम था!'

सुशासन ने एक सुन्दरी को देखकर कहा—'वह देखो।'

सबने देखा। वह चिल्लाकर भागी। उसी समय एक अश्वारोही ने उस पर घोड़ा चला दिया। वह मूर्च्छित होकर गिर गयी। तब तक घोड़ा उसे रौंद चुका था। उसको लहू से भीगा देखकर सुयोधन ने कहा—'लाल हो गयी है, जैसे रंग खेलकर आयी है।'

कर्ण हँसा। सुशासन चिल्लाया—'रजस्वला है।'

कुमारों का अट्टहास फिर गूँज उठा। आयुधों की झंकृति से पांचाल महानगर, अहिच्छत्र थरथराने लगा था। घोड़े भाग रहे थे।

नगरवासी भय से आतंकित हो उठे। उनकी समझ में ही नहीं आ रहा था कि यह कौन भयानक शत्रु है, जो इतनी बर्बरता से निरीह नगरवासियों का ही नहीं, स्त्रियों और वृद्धों का भी संहार कर रहा है। आखिर यह है कौन?

पांचाल-तरुण एकत्र होने लगे। उन्होंने परस्पर कुछ निश्चय किया। वे पहले राजप्रासाद की ओर संवाद भेजकर अवसर देखने लगे। उधर से संवाद आया—निर्भय रहो।

तरुण लौटे तो उनमें नया उत्साह था। उन्होंने मन्त्रणा की और अपना कार्य बाँट लिया।

कुछ ही देर में वाहिनी दिखायी दी। चतुष्पथों पर पांचाल के दुर्धर्ष सैनिक गरजने लगे। उनको देखकर सुयोधन ने कहा—'अंगराज! अब तो प्रत्युत्तर प्रारम्भ हुआ।'

'होने दें, युवराज! मैं अभी देखता हूँ।'

इंगित पर सैनिक टूट पड़े। दोनों ओर के सैनिक आपस में जूझ गये। इसी समय तरुणों ने टोलियों में आक्रमण किया। सैनिक घबरा गये। तरुण इधर से आते और छापा मारते। जब तक सैनिक चैतन्य होते, उन पर पीछे से हमला होता।

फिर जय-जयकार उठा—'पांचालों की जय! महावीर द्रुपद की जय!'

उधर कौरव गरजे—'कुरुराज की जय!'

पांचाल अब समझे—कुरुराज की सेना है।

आर्य द्रोण राजद्वार के बाहर खड़े थे। वे कौरव-कुमारों की प्रतीक्षा कर रहे थे। वे एक रथ पर खड़े थे। उनका मन चिन्ताकुल था। क्या वे उन पांचालों को पराजित कर सकेंगे, यही सोच उनके मन में बार-बार आता। उनके पास थोड़ी-सी सेना थी। उनके अंगरक्षक के रूप में खड़े सैनिक भीतर कोलाहल सुन-सुनकर उत्तेजित हो रहे थे। द्रोण की आज्ञा के बिना वे हिलने की सामर्थ्य नहीं रखते थे। पर नगर में से जब कहीं आग की ऊँची लपटें उठतीं, तो वे चंचल हो जाते।

उनके पीछे पाण्डव थे। युधिष्ठिर रथ पर खड़े थे। चारों बाकी भाई अपने-अपने रथ से उतरकर उनके पास ही आ गये थे और इस समय आपस में बातचीत कर रहे थे।

'बड़ा भयानक कोलाहल है,' युधिष्ठिर ने कहा, 'खूब युद्ध हो रहा है!'

सहदेव ने कहा—'आपने सुना, वे सैनिक क्या कह रहे हैं?'

नकुल ने कहा—'कौरव प्रजा को लूट रहे हैं। यही न?'

सहदेव ने स्वीकार किया—'हाँ, बर्बरता से।'

'मूर्ख हैं,' युधिष्ठिर ने कहा, 'शत्रुओं की संख्या बढ़ा रहे हैं। उन्हें नगरवासियों से बोलने की आवश्यकता ही क्या थी? यह तो व्यक्तिगत युद्ध है। राजा लड़े। राजा की सेना लड़े, क्योंकि वह लड़ने के लिए ही वृत्ति प्राप्त करती है।'

युधिष्ठिर बात समाप्त भी नहीं कर पाया था कि ऐसा तुमुल निनाद हुआ कि वे सब चौंक उठे। आचार्य द्रोण गम्भीर खड़े थे।

अर्जुन ने कहा—'देव! कुछ अनर्थ हो गया लगता है।'

द्रोण ने कहा—'ठहरो, अर्जुन! अधीर न हो।'

अर्जुन चुप हो गया।

महानगर में युद्ध बढ़ता ही जा रहा था। अपने सम्बन्धियों के साथ उसी समय दुर्जय द्रुपद सिंह के समान रथ पर दिखायी दिया। उसके स्वर्ण-रथ पर उसकी पताका फहरा रही थी। कर्ण ने लक्ष्य सन्धान करके पताका पर बाण मारा। द्रुपद ने उसका बाण काटकर दो टूक कर दिया और दूसरे बाण से कर्ण की प्रत्यंचा को काट दिया। सुयोधन आगे आ गया। उसने गरजकर कहा—'सावधान द्रुपद! तेरी मृत्यु तेरे सिर पर आ गयी है, यदि बचना चाहता है तो आत्मसमर्पण कर दे।'

द्रुपद हँसा। उसने बाणों की वर्षा प्रारम्भ कर दी। सुयोधन घबरा गया। द्रुपद की सेना की बाण-वर्षा ने कौरव-सेना को छिन्न-भिन्न कर दिया। सैनिक भागने लगे। उनको भागते देखकर सुयोधन चिल्लाया—'भागो मत! डटे रहो!'

किन्तु बाणों की पीड़ा से वे मुँह नहीं मोड़ सके। तब कर्ण ने रथ बदलकर नया धनुष लिया और दूसरी ओर से लेकर बढ़ा। सृंजय-गण ने उसी समय बाधा डाली। कर्ण फिर पीछे हट गया।

पांचाल दुर्धर्ष थे। उनका रोष प्रचण्ड था। वे ऐसे सामने आ गये जैसे अचानक ही हिमालय सामने आ गया था। उनकी शक्ति से कौरव अब मन-ही-मन डरने लगे।

वाद्यध्वनि होने लगी। पांचाल-वाहिनी ने जब वाद्य सुना तो वे उन्मत्त होकर चिल्लाने लगे और उनका वेग दूना हो गया।

'राजा द्रुपद की जय' का निनाद इतना अधिक हो उठा कि कौरव-सेना बधिर हो गयी। उसके सैनिकों को लगा, वे चारों ओर से घिर गये हैं।

अकेले द्रुपद रणभूमि में अलात-चक्र की भाँति घूम रहे थे। वे कभी यहाँ दिखायी देते, कभी वहाँ, परन्तु उनकी गति इतनी तीव्र थी कि कौरवों को वे एक नहीं, इस समय अनेक-से दिखायी दिये। उनकी प्रचण्ड हुंकार, उनके धनुष की टंकार ऊपर से सुनायी देती और तब कौरव सेना दहल उठी। उस पराक्रमी वीर की चपेट में आकर वे सैनिक हाहाकार करने लगे।

अचानक पुरवासियों ने आक्रमण कर दिया। वे बरसते हुए बादलों की भाँति लाठी, मूसल, जिसके जो हाथ में पड़ा लेकर कौरवों पर टूट पड़े। उनकी संख्या बहुत बड़ी थी। असली क्रोध तो उन्हें ही था, जिनके साथ कौरवों ने इतना क्रूर व्यवहार

किया था। उनकी आँखों में बच्चों, बूढ़ों और स्त्रियों का रक्त पुकार रहा था।

सुयोधन ने देखा, प्रजा स्वयं उमड़ी आ रही थी। वह पीछे हटने लगा। तब सुयोधन, विकर्ण, सुबाहु, दीर्घलोचन आदि कुपित होकर अकेले द्रुपद को लक्ष्य करके बाणों की वर्षा करने लगे। द्रुपद भी घायल हुए। उन्होंने बाणों को रोककर, जब फिर युद्ध प्रारम्भ किया तो वे और भी भयानक प्रतीत हुए। उनके विक्षोभ ने उन्हें रक्त के लिए आतुर बना दिया। जब वे बाण नहीं चलाते तो दोनों हाथों से खड्ग लेकर संहार करते।

कर्ण पीछे हट गया। पुरवासियों ने उसके रथ को घेर लिया था। वह धनुष पर बाण रख भी नहीं पाया कि दूर से सत्यजित् ने उसके धनुष को ही काट दिया। उस समय जलसन्ध ने आकर कर्ण की रक्षा की।

द्रुपद इधर ही बढ़ा। जलसन्ध ने उस पर बाण छोड़ा। बाण को द्रुपद ने हवा में ही अपने बाण से काट दिया।

द्रुपद ने गरजकर कहा—'सावधान! एक भी न जाने पाये।'

दूसरी ओर से सत्यजित् की हुकार सुनायी दी—'पांचाल वीरो! शत्रु अधिक नहीं हैं, और वीर भी नहीं हैं।'

सृंजय-गण आगे आ गया। उन प्रशस्त वक्ष वाले वीरों ने धनुष धरती पर टेक दिये, और कान तक जो प्रत्यंचा खींचकर बाणों को छोड़ा तो ऐसा लगा जैसे बाणों की एक भीत उमड़ पड़ी और फिर उसके बाद भीत-पर-भीत उड़कर शत्रु पर सीधा प्रहार करने लगी। बाणों की भयानक वर्षा हुई। उस समय इतनी धुलि उठी, इतनी रक्त-वर्षा हुई कि चारों ओर अँधेरा-सा छा गया। दारुण चीत्कार और फिर कराहकर गिरने का भारी शब्द और मरते हुए तुरंगों की हिनहिनाहट। एक-पर-एक, ऐसी वीभत्सता छा गयी कि सुयोधन के रोंगटे खड़े हो गये। उन्होंने देखा, उसका सारथि बाण से आहत होकर गिरा। वह रथ लेकर स्वयं भागा।

राजा द्रुपद का अट्टहास सुनायी दिया।

आगे-आगे सुयोधन का रथ भागा, उसके पीछे कर्ण था। उसके पीछे असंख्य कुमार अपने टूटे कवच और रथों के साथ भाग चले। जो सैनिक नहीं भाग सके, उन्हें पांचालों ने गाजर-मूली की भाँति काट दिया। जो भाग सके, उनके पीछे पांचाल-अश्वारोही प्रहार करते हुए बढ़ते चले गये।

द्रुपद ने देखा। सत्यजित् निकट आया। वह अभी थका नहीं था। सत्यजित् हँसा। कहा—'कुरु-देश भी इतना अहंकार कर सकता है!'

क्षण-भर में ही मैदान साफ़ हो गया। पुरवासी जयजयकार करने लगे।

'बर्बर!' सत्यजित् ने कहा, 'देखते हैं राजन्! कितना उत्पात किया है, इन मूर्खों ने! इसका बदला लेना होगा।'

तब कौरवों को आता देखकर द्रोण की आँखें अंगारों-सी जलने लगीं। नतशिर

राजकुमार एक-एक कर एकत्र हो गये।

द्रोण ने देखा और कहा—'सुयोधन!'

सुयोधन का मुँह नहीं खुला।

गुरुदेव ने कहा—'कर्ण!'

कर्ण ने सिर और झुका लिया।

'कोई नहीं बोलता,' द्रोण ने पागल की तरह कहा, 'तुम्हें मैंने यही शिक्षा दी है? इसी का उस दिन इतना अहंकार था? एक द्रुपद को तुम इतने लोग होकर पकड़कर नहीं ला सके? धिक्कार है तुम्हें धिक्कार है!' और मुड़कर उन्होंने गरजकर कहा—'अर्जुन!'

'गुरुदेव!' अर्जुन ने कहा और रथ बढ़वाकर एक भयानक बाण छोड़कर कहा—'विजय! गुरु द्रोण की जय!'

❑❑

पांचालराज द्रुपद ने सुना और चौंक उठे।

सत्यजित् ने कहा—'शत्रु लौट रहा है।'

'द्रोण!' द्रुपद ने सुना और हृदय में भय समा गया। तो वह यह तमाम उत्पात मचा रहा है! वह लाया है इन्हें, पांचालों पर आक्रमण करने? अब समझ में आया। वरना पांचाल और कुरु तो परस्पर मित्र थे। 'द्रोण' शब्द फिर कानों में बज उठा।

उस समय महाबली भीम की गदा उठी। वे अर्जुन के रथ के आगे-आगे चले। मानो पर्वत का एक खण्ड, एक और शृंग उठाये बढ़ रहा था। भीम का गर्जन इतना भयानक था कि सुनकर ही शत्रु काँप गया, जैसे पहाड़ आपस में टकरा रहे थे। अर्जुन ने देखा कि भीम झपटकर बढ़ते चल जा रहे हैं। वह प्रसन्न हो उठा।

नकुल, सहदेव ने अर्जुन के रथ के पहियों की रक्षा का भार उठा लिया। दिशाओं में सेना के चलने से प्रतिध्वनि होने लगी। पांचाल सेना के उतुङ्ग थपेड़ों में भीम ऐसे धँस पड़ा जैसे कोई विकराल ग्राह पुच्छ फटकारता हुआ घुस आया हो। उसके रुद्र रूप को देखकर क्षण-भर द्रुपद भी स्तम्भित रह गये कि यह भयानक व्यक्ति कौन है!

युधिष्ठिर नहीं आये थे। उन्हें अर्जुन ने रोक दिया था। जब वे चले तो अर्जुन ने कहा—'नहीं, आर्य! हम चारों ही काफ़ी हैं।'

जब तक युधिष्ठिर मना करते, वे चले गये थे। युधिष्ठिर वहीं रथ पर खड़े रह गये। उनकी इच्छा हुई, चले जायें, फिर अर्जुन का आदेश याद आया। क्यों जायें? क्या अर्जुन के रहते हुए द्रुपद बच सकेगा? उन्हें पूरा विश्वास था। वे नहीं गये।

पराजित कौरव द्रोण के पीछे खड़े थे। द्रोण ने एक-एक कर सबको देखा।

कहा कुछ नहीं। केवल तिरस्कार से मुस्कराये। परन्तु किसी ने भी सिर नहीं उठाया। अब वे अपना सिर उठाने की शक्ति को खो चुके थे। युधिष्ठिर ने कहा—'सुयोधन, थक गये होगे, विश्राम करो!'

सुयोधन के हृदय में आग लग गयी।

अर्जुन बढ़ता चला गया। उसके सामने से सेना ऐसे फटने लगी जैसे मत्त गजराज के घुसने पर वन में कमल-समूह छिन्न-भिन्न हो जाता है। अर्जुन के बाण धारासार वर्षा करने लगे।

राजा द्रुपद चैतन्य हुए और रथ पर चढ़कर कहा, 'सारथि! बढ़े चलो।'

अर्जुन ने पुकारकर कहा—'हे कुरुवाहिनी के वीरो! प्रजा पर नहीं, सेना पर आक्रमण करो।'

प्रजावासी इस पुकार से रुक गये। धीरे-धीरे वह पीछे हट गये। अब सेनाओं में परस्पर युद्ध होने लगा। कुरु-सेना अर्जुन के सेनापतित्व में अदम्य शक्ति से लड़ने लगी। योग्य सेनापति सब प्रकार से सेना की रक्षा करता हुआ रथ में घूम रहा था।

द्रुपद और अर्जुन का बाण-युद्ध होने लगा। द्रुपद ने अपने तीक्ष्ण बाणों को कटते देखा और वे अर्जुन के बाणों से छिप गये। सत्यजित् चिल्ला उठा। अर्जुन की बाण-वर्षा से द्रुपद व्याकुल हो गये। उन्होंने चिल्लाकर शंख फूँका। अर्जुन ने रथ द्रुपद के रथ की ओर बढ़ाया।

सेनापतियों ने हाँक लगायी—'सृंजयो! इधर!'

सृंजय टूट पड़े। वे बड़े भयानक योद्धा थे। उनके हाथ में लम्बी तलवारें थीं। कुछ धनुष-बाण लिए हुए थे। और देखते-ही-देखते उनके शार्दूलों के-से तरुणों की भीड़ बढ़ गयी और एक क्षण के भीतर ही सृंजयों ने अर्जुन को घेर लिया।

भीम टूट पड़ा। उसने गदा से हाथियों को मारना प्रारम्भ किया। हाथी लेकर फीलवान बढ़ते, पर भीम इतनी त्वरित गति से चलता कि वे हैरान रह गये। हाथी चिंघाड़कर अपनी ही सेनाओं को कुचलते हुए भाग चले।

उधर देखते-ही-देखते अर्जुन ने उस भीड़ को छिन्न कर दिया। सृंजय घबरा गये। अकेले आदमी में यह पौरुष उन्होंने कभी नहीं देखा था। तभी कुरु-सेना भी आ गयी। अर्जुन ने इंगित किया। प्रहार होने लगा। युद्ध बढ़ गया। और सारथि ने जो कुशाघात किया तो चारों घोड़े उन्मत्त रव से हिनहिन करते हुए अपने पिछले पैरों पर खड़े हो गये और वेग से झपटे। अर्जुन ने उस समय उठकर उछले हुए रथ पर से जो बाण मारा तो सामने खड़ा सेनापति कटकर गिर पड़ा। उसकी अद्‌भुत स्फूर्ति देखकर पांचाल सेना घबरा गयी।

सारथि ने रथ रोकने का यत्न किया, किन्तु घोड़े आवेश में थे। अर्जुन डगमगा गया, पर उसके बाण ने फिर दूसरे सेनापति को गिरा दिया।

उस समय द्रुपद के मुख से निकला—'धन्य, वीर! तुम धन्य हो!'

सत्यजित् नहीं सुन सका। वह क्रोध से चिल्लाया—'जाने न पाये!'

तब कुरु-सेना ने जयध्वनि की—'जय! गाण्डीव-धन्वा अर्जुन की जय!'

पांचाल-सेना घबराकर जयध्वनि भी नहीं कर सकी।

सत्यजित्, राजा द्रुपद का भाई, व्याघ्र की भाँति टूटा। दोनों में युद्ध होने लगा। सत्यजित् स्वयं बड़ा पराक्रमी था। उसके बाणों ने एक बार अर्जुन को ढँक दिया। अर्जुन ने जब तक उन बाणों को काटा, उसने दूसरी वर्षा की। अर्जुन ने कई बार प्रयत्न किया, किन्तु वे बार-बार उसकी बाणवर्षा से घिर जाते।

उसने अर्जुन को डाँट दिया। तब अर्जुन ने तीक्ष्ण बाण चढ़ाये और मारे। सत्यजित् घायल हो गया। वह कराह उठा। किन्तु उसने धीरज नहीं छोड़ा। अबकी बार उसने सौ बाण तक अर्जुन पर छोड़े जिन्होंने समस्त रथ आच्छादित कर दिया।

उनका भयानक युद्ध देखकर सेनाएँ स्तम्भित हो गयीं। वे चुप होकर उनका विकराल युद्ध देखने लगीं। तब अर्जुन ने एक पैने बाण से वीर सत्यजित् के धनुष की प्रत्यंचा काट दी। एक टंकार आयी और सत्यजित् ने अपना धनुष फेंककर नया धनुष उठा लिया।

तब अर्जुन ने बाणों से उसका रथ तोड़ दिया। सत्यजित् ने अर्जुन के सारथि और घोड़ों पर लक्ष्य किया, अर्जुन इसे सह नहीं सका। तब अर्जुन ने सत्यजित् के घोड़ों को मार डाला, सारथि को मार डाला जो भयानक चीत्कार के साथ गिरा। तब सत्यजित् सँभला भी नहीं कि अर्जुन ने उसकी ध्वजा काट दी। उसके धनुष की मूँठ काट डाली और जो बाण चढ़ाकर मारा तो उसका तूणीर कटकर गिर पड़ा।

सत्यजित् भाग खड़ा हुआ। उसे भागते देखकर द्रुपद ने रथ बढ़ाया और वेग से अर्जुन पर बाण-वर्षा करने लगा। अर्जुन ने द्रुपद के सारथि और रथ के घोड़ों को घायल कर दिया। द्रुपद का धनुष और ध्वजा काट डाले। द्रुपद का सारथि अचेत होकर रथ में गिर गया और मुख से रक्त उगलने लगा। द्रुपद ने दूसरा धुनष उठा लिया।

प्रचण्ड हुंकार के साथ जैसे आकाश से बिजली उतर रही हो, गरजकर अर्जुन को पांचालराज द्रुपद की ओर बढ़ते देखकर सेना हाहाकार करने लगी। उस समय कोई रोक नहीं थी। द्रुपद और अर्जुन के बीच का रास्ता खुल गया था।

किन्तु द्रुपद भयभीत नहीं हुआ। उसने कहा—'अर्जुन! तुम्हारी प्रशंसा बहुत सुनी थी।'

'आज देखें, राजन!' कहकर अर्जुन ने बाण छोड़ा।

द्रुपद ने काटकर कहा—'और छोड़ो!'

उस समय भग्नावशेष के बीच में द्रुपद ऐसा दिखायी दिया जैसे वह किसी विशाल भवन का अन्तिम स्तम्भ था जो अब भी गिरने को तैयार नहीं था। अर्जुन ने फिर उसकी ज्या काट दी। द्रुपद ने धनुष फेंक दिया।

सेना में भयानक चीत्कार हुआ। अर्जुन का रथ जाकर द्रुपद के रथ के पास

रुक गया।

द्रुपद के माथे से रक्त बह रहा था। उसने हाथ से पोंछ लिया। फिर उन्नतशिर देखा। अर्जुन ने धनुष रथ में रखकर, अपना तूणीर भी वहीं फेंक दिया। सारथि को 'सावधान' कहकर मुड़े। सारथि ने देखा, वे अब अत्यन्त उज्जस्वित दिखायी दे रहे थे। तब अर्जुन रथ से कूद गये और खड्ग हाथ में लेकर झपटे। द्रुपद भी तत्पर था। वह खड्ग लेकर सामना करने को खड़ा था। परन्तु उसके प्रयत्न अर्जुन को न रोक सके।

वे द्रुपद के सामने ही उसके रथ पर चढ़ गये। दोनों में कुछ देर खड्ग-युद्ध होता रहा। तब अर्जुन ने खड्ग का ऐसा हाथ मारा कि द्रुपद के हाथ का खड्ग झन्नाकर दो टूट होकर गिर गया। वह निःशस्त्र हो गया। तब अर्जुन ने अपना खड्ग फेंक दिया और खाली हाथों से दोनों में युद्ध होने लगा। द्रुपद को अर्जुन ने इतनी जोर से दबाया कि वे चिल्ला उठे।

अर्जुन ने द्रुपद को ऐसे बाँध लिया, जैसे समुद्र को मथकर गरुड़ किसी विशाल नाग को पकड़ ले।

सत्यजित् डरकर भाग चला। अपने राजा को इस प्रकार पकड़े जाते देखकर सैनिकों के छक्के छूट गये। देखते-ही-देखते कुरु-सेना के सामने पांचाल-सेना भागने लगी। उसके पाँवों की उठती धूल अब शवों से निकले रक्त को गँदला करने लगी। हाहाकार बढ़ गया।

उस समय अर्जुन अपना विशाल शंख निकालकर बजाने लगे। रणोन्मत्त प्रतिध्वनि दिगन्तों से थपेड़ा मारकर बजने लगी। सेना का हाहाकार दब गया। वह अप्रतिहत निनाद विशाल अट्टालिकाओं के प्रत्येक विवर में भरकर परिवर्द्धित होने लगा और पांचाल की रक्तरंजित भूमि उस भीषण प्रतिध्वनि से विक्षुब्ध हो गयी। धमनियों में प्रवाहित रक्त उस तुमुल निनाद को सुनकर जम-सा गया और शत्रु-स्त्रियों की छाती भय से विदीर्ण-सी हो गयी। बालक रोने लगे।

वह शंख-निनाद नगर के बाहर भी सुनायी दिया।

द्रोणाचार्य ने सुना। कहा—'सारथि, नगर में चलो।'

'देव! आप चलेंगे?'

'हाँ।'

'प्रभु, उन्हें आ जाने दीजिये,' सारथि ने डरते हुए कहा।

'वह मैं जानता हूँ,' द्रोण ने सूखी हँसी हँसकर कहा, 'यह अर्जुन का ही शंख है, जो इतना प्रचण्ड रव कर सकता है। तू निर्भय रह।'

जिस समय द्रोणाचार्य का रथ पांचाल नगर में घुसा, पथों पर अनेक शव पड़े थे जैसे वे अपने रक्त को धरती पर बहाकर द्रोण की अभ्यर्थना कर रहे थे। द्रोण ने आँखें फिरा लीं। क्या उनकी क्रोध की ज्वाला को बुझाने के लिए इतने मनुष्यों के रक्त की

आवश्यकता थी?

सामने से अर्जुन का रथ आ रहा था। वह प्रसन्न था। द्रोण ने देखा। उसने पुकारा—'गुरुदेव!'

द्रोण का रथ ठहर गया। अर्जुन के शरीर पर कई जगह तलवार के घाव थे। पर अर्जुन ऐसे लग रहे थे जैसे उनमें नयी स्फूर्ति भर रही थी।

अर्जुन ने कूदकर द्रोणाचार्य के चरण स्पर्श किये और कहा—'गुरुदेव! विजय हो गयी।'

'सच कहते हो, वत्स!' द्रोण के स्वर में कम्प था।

'देव! देखिये! नगर श्मशान बना पड़ा है। कुरु-कुल के कुमारों ने आचार्य का नाम काला कर दिया।'

'अर्जुन!' द्रोण ने कहा, 'क्या कहा तुमने?'

उस समय अर्जुन ने कहा—'गुरुदेव! नगर-नाश रोक दीजिये। नगरवासियों ने आपका कुछ अपराध नहीं किया। निरीह प्रजा पर आतंक जमाकर भी कौरवों ने क्या किया? द्रुपद ने उन्हें हराकर भगा दिया। द्रुपद फिर भी हमारे सम्बन्धी हैं। देव! दया करें। प्रभु! अपना क्रोध शान्त करिये।' अर्जुन की बात में सार था। द्रोण ने देखा, नगर श्रीहीन, भग्न, विनत पड़ा था।

द्रोण ने हाथ उठाया। उठे हुए हाथ उठे ही रह गये। फिर किसी ने भी विनाश नहीं किया। नकुल, सहदेव और भीम लौटने लगे। इस समय तक युधिष्ठिर का रथ भी नगर के बाहर से भीतर आ गया था।

द्रोण ने विभोर होकर अर्जुन का सिर बार-बार सूँघा। आज आनन्द ने उस विशाल वट-वृक्ष को कम्पित कर दिया था जो आशाओं के इतने पक्षियों को अपने भीतर आश्रय देकर चुपचाप खड़ा प्रतीक्षा कर रहा था। अर्जुन अलग हो गया। कहा—'गुरुदेव! आज्ञा दें।'

'क्या है, वत्स?'

'एक क्षण ठहरें।' द्रोण ने देखा, वह चला गया।

तब अर्जुन ने द्रोण के चरणों पर लाकर बँधे हुए द्रुपद को पटक दिया। द्रुपद का गर्वोन्नत शीश झुक गया था। उसका सर्वस्व छिन चुका था। वह आज बन्दी बनकर उस द्रोण के सामने खड़ा था, जिसे उसने उस दिन इतनी कठोरता से उत्तर दिया था कि तुम मेरे मित्र नहीं हो सकते। द्रोण को देखकर इस बेला द्रुपद को जैसे मन-ही-मन अब प्रायश्चित हो रहा था।

द्रोणाचार्य ने द्रुपद को देखा। जैसे डूबता हुआ चन्द्रमा था। निष्प्रभ मलिन, श्वेत-प्राय। और वे उदयगिरि पर चढ़ते हुए सूर्य के समान थे, जो वियजी अरुण की लालिमा के बाद आया था। द्रोण के मुख पर एक बहुत ही मन्द मुस्कराहट थी। वह विजय जीवन के एक स्वप्न की पूर्ति थी। एक-एक करके इस समय द्रोणाचार्य को द्रुपद

की सब बातें याद आ रही थीं। उन्हें याद आया, वह उनका अभिन्न मित्र था। एक दिन वह द्रोण के लिए कितना व्याकुल हो जाता था!

द्रुपद का सिर झुक गया। पराजय ने उसके हृदय को काट दिया था। अपमान ने जैसे उसके भीतर दाह पैदा कर दिया था।

द्रोण ने मुस्कराकर कहा—'तुमने शायद मुझे पहचाना नहीं, नरनाथ?'

'आप!' द्रुपद का गला रुँध गया।

द्रोण ने कहा—'द्रुपद! मैंने तुम्हारा राज्य छीन लिया है, मैंने तुम्हारा नगर लूट लिया है। मैंने पांचालों और सृंजयों के गर्वोन्नत शीश में धूल भर दी है। इस समय तुम जीते हुए शत्रु के अधीन हो। अब तुम्हें याद आ रहा है यज्ञसेन, कि पहले तुम मेरे मित्र थे, कि द्रोण केवल एक भिखारी नहीं है?' आचार्य का स्वर और उठ गया, बोले—'तुमने राजन्यों के दर्प और अहंकार में पागल होकर एक दिन मुझे भुला दिया था। परन्तु जानते हो ब्राह्मण का क्रोध! ब्राह्मण ने ही इक्कीस बार पृथ्वी को जीता था।'

द्रुपद मुस्कराया। द्रोण समझ नहीं सके। वे क्षण-भर आश्चर्य से देखते रहे। फिर कहा—'द्रुपद! तुम मुस्करा रहे हो? तुम्हें मेरे गौरव को देखकर सन्देह हो रहा है?' अर्जुन चौंक उठा।

परन्तु द्रुपद निर्भीक बोला—'यह सत्य है, आचार्य! मुझे वास्तव में सन्देह है। मुझे किसने पराजित किया है?'

'मेरे शिष्यों ने,' द्रोण ने कहा।

'और वे कौन थे! ब्राह्मण?' उसने पूछा।

'नहीं, वे राजन्य थे। वे कुलीन क्षत्रिय थे,' द्रोण ने ज़ोर देकर कहा। द्रुपद फिर मुस्कराया।

द्रोण को आश्चर्य हुआ। कहा—'तुम्हें इसमें भी सन्देह है?'

'नहीं, मेरे मित्र!'

'मित्र नहीं, मैं विजेता हूँ।'

द्रुपद हँसा। कहा—'मैं राजा था और हूँ, द्रोण! राजा पराजित होकर भी राजा ही रहता है। मेरा गौरव तुम नहीं मिटा सकते, क्योंकि राजा हारकर भी भिखारी नहीं बनता। वह माँगता नहीं। वह खड्ग के बल पर फिर राज्य अर्जित करता है।' द्रोण देखते रहे।

द्रुपद ने आगे कहा—'तुम समझते हो तुमने मुझे हरा दिया, क्योंकि तुम्हारे शिष्यों ने मुझे हरा दिया। मैं यह समझूँ कि आचार्य द्रोण ने नहीं, महर्षि अग्निवेश्य ने हरा दिया। ब्राह्मण! तुमने मुझे कहाँ हराया? राजन्य को राजन्य ने हराया है। तुम बीच में कहाँ हो?'

द्रोण को लगा, द्रुपद जीत रहा था। बोले—'क्षत्रिय! परन्तु तू आज बन्दी बनकर खड़ा है।'

'तो यह कोई विस्मय की बात नहीं है, ब्राह्मण! जय और पराजय भाग्याधीन है। जिस पर कोई नियन्त्रण नहीं हो सकता, उसे मनुष्य सदैव ही अपनी शक्ति के बाहर की वस्तु समझता है। मुझे एक ही हर्ष है। मुझे तुमने नहीं जीता, मुझे समर्थों ने जीता है।'

'क्षत्रिय!' द्रोण ने कहा, 'आज तेरे मुख से यह सुनकर मैं प्रसन्न हुआ कि महर्षि अग्निवेश्य की शिक्षा निरर्थक नहीं गयी। यह तो तब देखूँगा, जब तू मृत्यु के हाथ में पड़ेगा।'

द्रुपद एकाएक काँप उठा। तब द्रोण हँसे। कहा—'जीत किसकी, हार किसकी।' द्रुपद ने सिर नीचा कर लिया था। वह कुछ सोच रहा था।

द्रोण को लगा, द्रुपद ठीक कह रहा था। वास्तव में वे अपने पहले पथ से गिर गये थे। उन्होंने सेवावृत्ति की थी। वे कुरु-कुल के आश्रित थे। उन्होंने कृपाचार्य वाला ही पथ पकड़ा था, वही जिसकी वे एक दिन निन्दा किया करते थे। द्रोण ने देखा, द्रुपद गम्भीर था। उसके मुख पर काली छाया काँप रही थी।

'मैं ब्राह्मण हूँ,' द्रोण ने कहा, 'द्रुपद! मैं तुम्हारी भाँति नहीं हूँ। हारकर भी जो जीत जाये, वही ब्राह्मण है। जीत को जो अपना जन्मसिद्ध अधिकार समझे, वही ब्राह्मण है। ब्राह्मण इसी गर्व पर जिया है और जीता रहेगा तब तक, जब तक विधाता स्वयं उसका गर्व खण्ड-खण्ड नहीं कर देते। ब्राह्मण का गुण क्षमा है, राजन्! यदि ब्राह्मण के सामने सिर उठाओगे तो ब्रह्म-क्रोध उस सिर के टुकड़े-टुकड़े कर देगा, परन्तु यदि विनय से उसे अपना पूज्य, अपना स्वामी मानकर चलोगे, ब्राह्मण क्षमा करेगा। ब्राह्मण स्पर्धा नहीं सह सकता। और जानते हो, जो ब्राह्मण स्पर्धा करता है, उसका अन्त है मृत्यु! तुम अधिकार पाकर क्षमा नहीं कर सकते, मैं कर सकता हूँ।'

द्रुपद ने कहा—'आप विशाल-हृदय हैं, आचार्य! मेरी ही भूल थी।'

द्रोण ने टोका—'भूल नहीं थी, राजन्! पहले गण, गोत्रों में रक्त देखा जाता था। उसी के अनुसार वर्णभेद से मानापमान होता था। अब तुम नये प्रवाह में बह रहे हो। तुम धन देखकर मनुष्य की स्थिति को आँक रहे थे। कल तक वर्ण सर्वश्रेष्ठ गुण था। आज कुरु-पांचाल में धन सर्वेसर्वा हो गया है। आज धन के बल पर वैश्य भी आदरणीय हो चले हैं। ब्रह्मा की यही इच्छा है। कोई क्या करे?' द्रोण ने इशारा किया। अर्जुन आगे आ गया। उसने कहा—'उठो, नरनाथ! गुरु की आज्ञा हो गयी है।'

सुयोधन ने कर्ण को देखा। कर्ण ने अर्जुन को। तब अर्जुन ने हाथ बढ़ाकर द्रुपद के बन्धन छू दिये। सैनिकों ने आगे बढ़कर बन्धन खोलना प्रारम्भ कर दिया। तब द्रुपद के बन्धन खोल दिये गये।

द्रुपद बढ़कर द्रोण के चरणों पर गिर गया। पुरानी प्रीति उमड़ पड़ी। वह रोने लगा। द्रोण ने उसे उठाकर वक्ष से लगाकर कहा—'जब हम पढ़ते थे, तब हम केवल मनुष्य थे। न ब्राह्मण, न क्षत्रिय, न धनी, न दरिद्र! तब हम कितने सरल थे!' द्रुपद

ने नेत्र पोंछ लिए।

तब द्रोण ने दोनों हाथ फैलाकर कहा—'मित्र! मैं तुम्हारे प्राण नहीं लूँगा। हे क्षत्रिय श्रेष्ठ! बाल्यावस्था में वह सुन्दर दिन जब याद करता हूँ तो सोचता हूँ, संसार अब पहले की भाँति सुन्दर क्यों नहीं रहा? द्रुपद यज्ञसेन! मैं तुमसे फिर मित्रता करना चाहता हूँ।'

द्रुपद ने कहा—'मित्र!'

'मित्र!' द्रोण ने कहा, 'उस दिन यदि यही शब्द कह दिया होता तो क्यों इतनी वेदना की ज्वाला मुझे सहनी पड़ती, आर्य यज्ञसेन! मैं तुम्हारा आधा राज्य तुम्हें लौटा दूँगा क्योंकि तुमने ही कहा था कि राजा ही राजा का, क्षत्रिय ही क्षत्रिय का मित्र हो सकता है। तो उस मित्रता को स्थापित रखने के लिए आवश्यक है कि मैं स्वयं राजा बन जाऊँ। गगा के दक्षिण के किनारे के आज से तुम राजा हो और उत्तर की ओर का राज्य मैं करूँगा।' सेना ने जय-निनाद किया।

द्रुपद ने झुककर कहा—'ब्रह्मन्, आप पराक्रमी हैं। क्षत्रिय राज्य जीतकर देना नहीं जानते। मैं आपके सामने नतशीश हूँ।'

द्रोण ने कहा—'आश्चर्य न करो, क्षत्रिय! पहले भी हमने ही शूद्रों और वैश्यों को दबाने के लिए यह सारी पृथ्वी तुमसे जीतने के बाद भी, क्षत्रियों को ढूँढ़-ढूँढ़कर दान दी थी। क्योंकि जहाँ ब्राह्मण और क्षत्रिय एक होकर नहीं रहते, वहाँ नीच वर्ग सिर उठा देते हैं।' द्रुपद प्रसन्न हो गया।

द्रोण ने कहा—'अर्जुन! राजा द्रुपद की अभ्यर्थना करो।'

अर्जुन ने प्रणाम किया। द्रुपद ने उसको गले से लगाकर कहा, 'बड़ा वीर शिष्य पाया है, आचार्य!' यह कहते समय द्रुपद की व्यथा झलक उठी जैसे मन में काँटा कसक रहा था। ऊपर से वह मुस्कराया। सोच रहा था, इस समय मैं पराजित हूँ। यही क्या बुरा है? एक तो द्रोण ब्राह्मण, फिर उसके साथ में इस समय क्षत्रिय-बल!

द्रोणाचार्य ने कहा, 'अर्जुन! चलो। कार्य हो गया। राजा द्रुपद को प्रासाद में जाने दो।' रथ लौट चले।

❑❑

द्रोणाचार्य अहिच्छत्र देश के राजा हो गये थे। द्रुपद गंगातट पर स्थित माकन्दी देश के काम्पिल्य नगर में रहने लगे और चर्मणवती तक के गंगा के दक्षिण भूभाग का शासन करने लगे। द्रुपद की ज्वाला भीतर-ही-भीतर पलने लगी। आचार्य द्रोण जीतकर भी अपने को विजयी नहीं समझते थे। क्या वे वास्तव में अपने ब्राह्मण-गर्व को निभा सके थे? वह दम्भ तो पहले ही चूर हो गया था। रानी कृपी ने जब प्रवेश किया, उसकी आँखों में आँसू थे। कहा—'आर्य!'

'देवी!'

'अश्वत्थामा हस्तिनापुर गया है।'

'क्यों?'

'वहाँ स्यात् कुरु-कुमारों की कुछ मन्त्रणा हो रही है।'

द्रोण ने देखा कि कृपी सच कहती थी। उन्होंने भी सुना था। कहा, 'तो देवी! भय क्या है?'

'आपको अर्जुन प्रिय है न?'

'है तो, आर्ये?'

'फिर अश्वत्थामा सुयोधन की ओर है।'

'सब कुछ है, देवी,' द्रोण ने कहा, 'परन्तु पुत्र पुत्र ही है। मेरी आत्मा का प्रतिबिम्ब उसी में है।'

अश्वत्थामा आया। उसने कहा—'आर्य!'

दोनों चौंक गये। द्रोण ने उठकर उसे गले से लगाकर कहा— 'पुत्र! तू कहाँ चला गया था? यह राज्य मैंने तेरे ही लिए अर्जित किया है।'

अश्वत्थामा ने पाँव छुए। द्रोण ने आशीर्वाद दिया।

वृषका बोल उठी—'आर्य! अब हम यहीं रहेंगे?'

द्रोण ने कहा—'नहीं, वृषका! वहीं, हस्तिनापुर ही चलेंगे।'

अश्वत्थामा ने कहा—'माता! मैं बहुत थक गया हूँ।'

'सो जा, जाकर,' कृपी ने कहा, 'वृषका, दासों से कह, वे प्रबन्ध करें।'

अश्वत्थामा चला गया। उसके जाने के बाद वृषका भी चली गयी। एकान्त हो गया। द्रोण ने कृपी के दोनों हाथ पकड़ लिए। कृपी शान्त खड़ी रहीं। द्रोण ने कहा—'देवी! तुम प्रसन्न नहीं हो?'

'तुम प्रसन्न हो?' कृपी ने पूछा। द्रोण उत्तर न दे सके। दोनों एक-दूसरे की ओर रात के दीपालोक में देखते रहे। उस समय कृपी सोच रही थी कि एक दिन यही द्रोण राह का भिखारी था। उसका गौरव है कि वह आज इतना गर्वीला बनकर खड़ा है। और कृपी का गौरव था कि उसने उसका तब भी साथ दिया था, जब वह भिखारी था और आज भी वह उसके साथ थी। स्त्री का तो एक ही धर्म था, पति की सेवा। कृपी ने धन की महत्ता को स्वीकार नहीं किया, पुरुष को महत्ता दी। धन और दरिद्रता पुरुष के अनुगामी हैं। स्त्री पुरुष की अनुगामिनी है। द्रोण जैसे समझ गये। कहा— 'आर्ये! एक दिन यही अश्वत्थामा दूध-दूध कहकर चिल्लाया था। इसका रोना देखकर मेरी छाती फटने लगी थी। आज वह एक राज्य का स्वामी है।'

कृपी ने मुस्कराकर कहा—'पर क्या यह वही ब्राह्मण है, जो द्रोण थे?'

'यह तो नहीं है। युग बदल गया है। परन्तु ब्राह्मण कैसा क्षमाशील हो, आपत्ति

के समय सदैव ही शस्त्र लेकर अपनी रक्षा करता रहा है।'

कृपी ने कहा—'सोयेंगे नहीं?'

'क्यों नहीं, देवी! तुम थकी नहीं?'

'जब तक तुम्हारे पास हूँ, तब तक नहीं थकूँगी।'

'इतना विश्वास है!'

'क्योंकि मुझे तुम पर विश्वास है,' कृपी ने गर्व से कहा और आँखों में झाँककर देखा।

❑❑

प्रातःकाल मनोरम बेला थी, शीतल समीर बह रहा था। चारों ओर एक स्वच्छ निर्मलता थी जैसे सारा चराचर इस समय मनोहारी और शुद्ध था। ओस से भीगी वसुन्धरा पर से कोहरा तो हट गया था, पर दूर्वा पर हीरे चमक रहे थे। ब्राह्म वेला में पक्षी बोल रहा था। जागरण की हिलोर-सी आ रही थी।

द्रोणाचार्य ने उठकर अग्निहोत्र प्रज्ज्वलित किया और मंत्रपाठ करने लगे। कृपी गृहकार्य में संलग्न थी। अश्वत्थामा राज्य के कर्मचारियों के साथ चला गया था। कृपी ने देखा, प्रासाद में से द्रुपद के अन्तिम चिह्न भी जा चुके थे। उसने शान्ति का निश्वास लिया। और पुकारा—'वृषका!'

अब आचार्य द्रोण रेशम के आस्तरण पर बैठे थे। वे कुछ सोच रहे थे। द्वार पर कभी-कभी घूमता हुआ दण्डधर दिखायी देता। अन्तराल में कहीं कोई वाद्य बज रहा था। द्रोण को लग रहा था जैसे वे बहुत दिन बाद ज्वर से छूटे हैं। उनमें एक थकान थी, एक शिथिलता थी।

यह क्यों है? उन्होंने अपने-आप से पूछा। तभी वृषका और कृपी आ गयीं। आचार्य ने कहा—'बैठो।'

वे बैठ गयीं। दण्डधर ने कहा—'देव! कुमार अर्जुन उपस्थित हैं।'

अर्जुन ने आकर प्रणाम किया। कहा—'महाराज...!'

द्रोण ने रोककर कहा—'यह मेरा गौरव नहीं, वत्स! आचार्य कहो, आचार्य...।'

कृपी ने देखा और आँखों में आँसू आ गये। अर्जुन झुका और उसने पाँवों की धूलि अपने माथे से लगा ली। उसके आँसुओं से द्रोण के चरण भीग गये। द्रोण ने विभोर होकर आशीर्वाद दिया।

'आचार्य!' गम्भीर स्वर गूँज उठा। सबने देखा। द्वार पर पितामह भीष्म हँसकर कह रहे थे, 'ब्राह्मण! तुमने प्रतिदान दे दिया? मैं तुम्हें लेने आया हूँ।'

द्रोण व्याकुल-से उठ खड़े हुए।

✧ ✧ ✧